감각의 갱신, 화장하는 인민

김정은 시대와 북한 문학예술의 지향

감각의 갱신, 화장하는 인민

김정은 시대와 북한 문학예술의 지향

초판 1쇄 인쇄 2020년 2월 24일
초판 1쇄 발행 2020년 2월 28일

지은이 남북문학예술연구회
펴낸이 김승희
펴낸곳 도서출판 살림터

기획 정광일
편집 조현주
북디자인 꼬리별

인쇄·제본 (주)신화프린팅
종이 월드페이퍼(주)

주소 서울시 양천구 목동동로 293, 22층 2215-1호
전화 02-3141-6553
팩스 02-3141-6555
출판등록 2008년 3월 18일 제313-1990-12호
이메일 gwang80@hanmail.net
블로그 http://blog.naver.com/dkffk1020

ISBN 979-11-5930-136-0 93810

이 도서의 국립중앙도서관 출판예정도서목록(CIP)은 서지정보유통지원시스템 홈페이지(http://seoji.
nl.go.kr)와 국가자료종합목록 구축시스템(http://kolis-net.nl.go.kr)에서 이용하실 수 있습니다.
(CIP제어번호: CIP2020007480)

북한문학예술의 지형도 7

김 정 은 시 대 와 북 한 문 학 예 술 의 지 향

감각의 갱신, 화장하는 인민

남북문학예술연구회 지음

남북 평화체제의 안착을 위하여

 한반도는 여러 우려와 위기 속에서도 평화체제 구축 중이다. 2018년 2월 평창 동계올림픽 이래로 남북 교류를 바탕으로 진행되고 있는 화해 무드 속에 동년 4월 남북 정상회담을 시작으로 남북미 정상들의 노력을 통해 한반도의 비핵화와 평화체제 구축 분위기는 2년 가까이 지속되고 있다. 더구나 2019년 6월 30일 판문점에서 열린 북미 정상회담과 남북미 정상의 만남은 1953년 7월 한국전쟁의 정전협정 체결 이후 66년 만에 '종전선언'이 가시권에 들어오고 있음을 보여준 상징적 사건에 해당한다.

 북측에 의해 '악마의 국가'로 호명되어 온 미국의 트럼프 대통령이 판문점을 넘어 도보로 북측으로 건너가 악수를 하고 다시 조선민주주의인민공화국의 김정은 국무위원장과 함께 도보로 남측으로 건너왔다가 남측 자유의 집에서 북미 정상회담을 진행한 뒤, 대한민국의 문재인 대통령의 환송을 받고 3자가 헤어지는 모습은 여기가 70년 넘은 분단국가가 맞나 싶을 정도로 '50년 분단둥이'의 감개를 무량하게 한다. 필자가 20세 이래로 꿈꿔 왔던 남북의 이상적 자유왕래 분위기가 문재인, 김정은, 트럼프 등의 세 지도자에 의해 30년 만에 현실적으로 전개되고 있기 때문이다. 강산이 세 번 변하면 이상이 현실화된다. 총을 내려놓고 DMZ를 평화 공간으로 구상하고 있는 한반도의 풍경이 그것을 여실히 보여준다.

　남북미 관계의 다양한 부침 속에서도 한반도의 평화 무드가 지속되고 있는 즈음에 발간되는 이 책은 '남북문학예술연구회'의 이름으로 발간하는 일곱 번째 책에 해당한다. 그동안 '남북문학예술연구회'는 첫 번째 공저인 『북한문학의 지형도』2008에서 '대표 작가와 대표작으로 본 북한문학의 어제와 오늘'이라는 부제로 오영재와 홍석중 등의 북한 대표 문인을 집중 분석하였다. 두 번째 공저인 『북한문학의 지형도 2』2009에서는 김정일 시대의 문학을 '선군시대의 문학'1997~2008으로 규정하며 백인준과 황건 등의 작가·작품론을 상재하였다. 이명박 정부 시절 남북 관계의 경색 국면 속에서 기획된 '지형도 3'권인 『해방기 북한문학예술의 형성과 전개』2012는 해방과 분단 초기에 출간된 북한 문학예술 텍스트의 원전을 집중적으로 분석하였다.

　'지형도 4'권인 『3대 세습과 청년지도자의 발걸음』2014은 '김정은 시대의 북한 문학예술'이라는 부제 속에 최초로 김정일 사후 김정은 체제 초기의 북한 문학예술의 변화된 양상을 주목하였다. '지형도 5'권인 『전쟁과 북한 문학예술의 행방』2018은 한국전쟁기를 둘러싸고 전개된 문학예술의 다면성을 집중적으로 분석하였다. '지형도 6'권인 『전후 북한 문학예술의 미적 토대와 문화적 재편』2018에서는 1950년대 전후 복구 건설과 사회주의 체제하에서 '도식주의 논쟁' 등을 중심으로 북한식 사실주의의 고정화 과정을 함께 고찰한 성과가 집약되었다.

　이번에 출간되는 '지형도 7'은 『북한문학의 지형도』2008를 1권으로 출간한 지 12년 만이고, '김정은 시대 초기'의 북한 문학예술을 다룬 『3대 세습과 청년지도자의 발걸음』2014에 이어 6년 만에 두 번째로 김정은 시대의 북한 문화예술을 다룬 책에 해당한다. 집권 초기의 김정일 애도 정국에서 탈피하면서 2016년 제7차 당 대회를 치른 이후 안정기에 접어들고 있는 현재 김정은 체제의 북한 문학예술의 변화 양상을 정면에서 다루고 있는 텍스트이다.

1부 '김정은 시대 이야기의 원근법'에 담긴 6편은 김정은 시대의 북한 서사문학에 대한 인식을 보여주는 성과에 해당한다. 먼저 김성수의 「인민의 사랑과 일상의 행복」은 김정은 체제가 2016년 5월 제7차 당 대회를 계기로 집권 제2기로 안정화되었음을 분석한다. 특히 최신 '실마리 어'로 '우주시대, 조선속도, 만리마, 명작폭포' 등의 표현을 주목하면서 평양 주민의 일상적 행복과 청춘남녀의 사랑을 형상화한 텍스트에서 정상 국가 인민의 평범성을 추출하여 한반도의 정서적 소통과 마음의 통합의 실마리를 읽어내고 있다.

오태호의 「사회주의적 이상과 현실의 균열」은 2012~2018년까지 북한 단편소설이 '강성대국 건설'과 함께 '인민생활 향상'을 주제로 '김일성-김정일주의'의 모토 속에서 '김정일 애국주의'와 '김정은의 인민 사랑'으로 형상화되고 있음을 주목한다. 특히 2017년 11월 핵 무력 완성을 선포한 이후 2018년 이래로의 한반도 비핵화 논의 속에 만리마 시대와 사회주의 문명국을 강조하며 과학기술의 발전과 인재 강국의 전망 속에 인민생활 향상을 추구하는 작품들이 생산되고 있음을 분석한다.

오삼언의 「'사탕 알'과 변화된 일상」은 김정은 시대의 경제 변화를 감지할 수 있는 농업정책과 과학기술정책이 반영된 소설작품을 주목한다. 특히 김정은 시대의 변화된 농업정책이 2015년에 전면화·안착화되고, 과학기술정책이 반영된 소설 텍스트가 2015년 이후 가시적으로 분명하게 제출되고 있음을 점검하면서 자강력 제일주의와 함께 경제적 일상의 변화가 인민의 삶에 어떻게 반영되고 있는지를 구체적으로 분석하고 있다.

오창은의 「정치 담론을 초과하는 북한 소설의 세 가지 풍경들」은 '낮선 문학'으로서의 북한문학의 이질성을 두려움 없이 받아들이자는 제안을 포함하여 북한문학계가 외면한 작품에 대한 적극적 의미 부여를 수행한다. 특히 남북한 문학의 텍스트 교류가 '같아야 한다'는 전제가 아니라, '다름이 의미하는 것'에 대한 성찰에서 시작해야 함을 실증하면서, 남북의 문학이 서로의 다양성을 인정하는 과정을 견뎌내야 비로소 한반도 평화 정착을 위한 남북의 대화가 동반자적 관계를 형성할 수 있다고 분석한다.

김민선의 「테크놀로지와 '멋진 신세계'」는 2014년 이래로 김정은 시대의 과학환상소설이 뇌파 통신에서 인공위성과 반중력 방어막, 유전자 변이에 이르는 고도의 과학기술이 활약하는 과학적 환상의 장으로 작동하고 있음을 분석한다. 특히 이 테크놀로지들이 '조국'을 수호하고 우주발전소를 세우고 어류를 증산하기 위해 동원되고 있으며, 죽은 자(들)의 목소리에서 국가를 수호하는 고도의 테크놀로지를 향한 열망이나 집착을 끌어내는 대신에 인민의 요구에 응답할 방안을 모색하고 있음을 주목한다.

김은정의 「성노예 문제와 역사추리 서사」는 탐정소설인 전인광의 『네덩이의 얼음』 분석을 통해, 침략국과 피침략국의 인물들이 대면하여 '동아시아 성노예' 문제를 전쟁 범죄로 확장시키고 있음을 주목한다. 특히 공간적 배경을 북한이 아닌 '타이, 일본, 남한' 등으로 설정한 배경 속에, 등장인물을 피침략국(=남북한, 타이, 중국, 필리핀) 국민들과 함께 침략국인 일본인들의 대비 구도로 구성하여 대동아공영권의 재생을 희망하는 일본의 패권주의적 시각과 움직임을 비판하고 있음을 실증적으로 분석한다.

2부 '김정은 시대와 문화예술의 지향'의 6편은 김정은 시대의 북한 문화예술의 현재적 지향을 보여주는 성과에 해당한다. 이지순의 「시대감각

의 토포스, '만리마' 표상과 시적 전형」은 당문학이 북한문학의 정체성
이라는 전제하에 7차 당 대회 이후 만리마 시대의 사회주의 강국 건설
을 향한 시적 양상을 점검한다. 특히 첨단과학기술과 지식경제의 세계
적 수준을 열망하는 북한이 당 대회를 통해 시대 담론으로 상징한 것이
만리마였지만, 명작에 대한 기대가 전형화의 난항에 봉착하였음을 주목
한다. 결국 집단, 일터, 생산현장, 생산물이 '만리마'의 표상 범주로 전환
되었지만, 개별적인 노동영웅이 아니라는 점에서 기존의 창조적 전형과
다른 양태임을 분석한다.

오태호의 「'체제의 목소리'의 대변인적 재현」은 2017년 『조선문학』에
게재된 시편들을 통해 '김정일 애국주의'를 강조하던 북한문학의 표상
이 점차 김정은의 지도력 예찬과 인민 사랑으로 방점이 옮겨가고 있음
을 분석한다. 그러나 여전히 '수령과 당의 목소리'를 재현하는 시대적 대
변인의 역할을 문인에게 요구하고 있는 현실에서 북한 시에서 배제된
'자아의 목소리'의 부활이 필요함을 강조하면서, '체제의 목소리'를 이반
하며 타자와 세계를 삐딱하게 응시하는 개인의 목소리가 복원될 필요성
을 제기한다.

마성은의 「화장하는 여성과 시대 풍자」는 『아동문학』에 게재된, 《봄향
기》와 《은하수》 등의 화장품을 소재로 한 동요와 동시를 분석하여 경공
업 부문에서 제기되는 현대화와 국산화, 질적 제고를 통한 인민생활 향
상의 구체적 양상을 분석한다. 특히 사회주의 체제 여성들의 꽃을 피우
는 삶과 자본주의 체제 여성들의 "짓밟힌 인생"을 대조적으로 드러낸
작품에서처럼 사회주의적 우월성을 강조한 시편들 속에서 당의 지원과
복된 삶을 누리는 여성의 화장이 강조되고 있으며, 화장품이 북측의 변
화, 새로워진 여성상을 상징하는 소재임을 주목한다.

천현식의 「모란봉악단과 음악정치」는 2012년에 출현한 '모란봉악단'

의 공연 양상을 구체적으로 분석하면서 김정은 시대 음악 정치의 현재성과 방향성을 가늠한다. 즉 모란봉악단의 미학원칙으로 '수령과 국가에 대한 충실성', '동시대성(=현대성)', '대중성' 등을 구체적으로 분석하면서, '모란봉악단의 창조기풍'이 초기에 '1. 결사관철의 정신, 2. 진취적인 자세, 3. 혁신적인 안목'으로 제시되었다가, '1. 결사관철의 정신, 2. 참신하고 진취적인 창조열풍, 3. 집단주의적 경쟁열풍'으로 정리되어 확립되었음을 구체적으로 분석한다. 특히 '사회주의적 경쟁'이 강조되고 있지만, '경쟁'이 '개인'과 연결되어 다른 사람이나 집단과 비교되는 '우월성'의 개념으로 연결된다는 점이 중요하다고 주목한다.

홍지석의 「감각의 갱신과 화단의 세대교체」는 2012년 초 전람회에 출품된 선전화 〈경애하는 김정은 동지의 발걸음따라 앞으로 척척척!〉을 중심으로 '척척척'이 '천리마'에서 '만리마'로의 전환이자 '규모와 속도의 문화'로의 전환을 나타내는 김정은 시대의 대표적 기표라고 분석한다. '청년강국'은 김정은이 2015년 4월 백두산선군청년발전소 건설장 현지지도에서 새로운 시대어로 내세운 이후 북한매체에 빈번히 등장하면서, 김정은 시대의 '청년중시'를 단적으로 나타내는 개념이며, 2016년에 열린 평양미술대학 미술전람회에서 가장 주목받은 텍스트가 조선화나 유화가 아닌 산업미술이라면서 빠른 속도로 화단의 세대교체가 진행되고 있음을 추정한다.

전영선의 「충정이라는 표상과 권력승계의 문화기획」은 예술영화 〈백옥〉의 서사와 미학을 주목하면서, 북한의 방송 언론을 통해 충정의 표상으로 자리하고 있는 '백옥'의 원형을 분석한다. 〈백옥〉이 오진우의 생애 마지막을 배경으로 기록영화 형식을 차용하지만, 죽음에 대한 국가적 차원의 애도(哀悼)와 의미 부여를 통해 현실에서의 '오진우 이미지'가 제거되고, 최고지도자를 향한 '일심(一心)의 충정'으로 재탄생하는 문화정치가 함의된 텍스트임을 주목한다. 특히 김일성과 김정일 체제에 충성했던 인물들의 모습을 영화로 재현함으로써 유훈을 받든 충신의 이미지를 중첩시키면서 '백옥담론'이 "흰빛을 잃지 않는" 의례적인 문구로 김정은 시대의 충정을 상징하는 기표로 자리 잡았음을 분석한다.

2016년 7차 당 대회 이후, 더 구체적으로는 2018년 신년사 이래로 김정은 체제는 변화하고 있다. 체제 내적 의지에 의한 변화의 선택일지 외부의 압력에 의해 강제된 방식일지는 모르지만, 적어도 적대적 생존을 추구했던 남과 북의 대립은 당분간 먼 과거의 유산으로 치부되어도 좋을 성싶다. 2018년 4월 이래로 펼쳐지고 있는 남북 정상의 세 차례 이상의 만남과 북미 정상의 세 차례 만남이 장밋빛 평화체제에 대한 상상을 현실화시키고 있기 때문이다.

1989년 국어국문학과 대학 1학년 때 학과에 현대문학팀의 일원으로 방북 참가신청서를 제출했던 기억이 떠오른다. 1988년 월북 작가 해금 이후 이질적인 두려움 속에서도 분단 장벽을 넘어 '통일의 꿈'을 함께 노래할 시기가 도래했다고 짐작했었다. 하지만 여소야대 정국을 돌파하기 위해 노태우 정부에서 추진하던 민간 주도의 남북 교류는 이런저런 핑계와 변명으로 일관하며 울퉁불퉁거리다가 결국 좌초된 바 있다.

2020년 초겨울 한반도는 꿈을 꾼다. '꿈'은 잠을 자는 개인에게는 하나의 몽상에 불과할지도 모르지만, 현실을 직시하는 사람들에게는 이상 실현 가능성의 최대치를 보여줄 수도 있다. 2020년 현재 사회주의적 이상과 민주주의의 미래가 대화하면서 한반도의 평화적 현실을 견인하고 있다. 그 현실은 지난 70여 년 이상 한반도를 장악했던 냉전과 적대의 이데올로그를 넘어설 이상화된 현실이다. 혼자 꾸는 꿈은 백일몽에 그칠 수도 있지만, 함께 꾸는 꿈은 실현 가능성을 가시화한다. 1989년 이래로 필자가 상상했던 '개인의 백일몽'은 2019년 판문점에서 만나 미

소를 지으며 자유롭게 대화를 나눈 남북미의 정상에 의해 현실화되었
다. 이제 유라시아행 철도를 예약하고 대륙을 횡단하며 지구의 더 나은
미래를 상상하는 '꿈같은 현실'을 기대할 때가 되었다. 바야흐로 남북이
함께 더 나은 내일의 공동체적 꿈을 모색할 때다.

2020년 새봄
경기도 용인시 매미산 자락에서 필진을 대신하여
삼가 오태호 쓰다

차례

1부

김정은 시대 이야기의 원근법

인민의 사랑과 일상의 행복[1]

김성수(성균관대학교)

1. 지금 평양의 처녀 총각들은

그때 누군가의 억센 손길이 내 어깨를 왈칵 잡아챘다.

나는 그 사람의 윤기 도는 까만 구두를 보았다.

오늘은 웬일인지 온통 흙투성이로구나….

"누가 이렇게 하라고 했소? 누가?"

정인의 목소리는 아픔에 떨리고 있었다.

나는 조용히 웃었다.

"저 하나의 머리쯤이야 뭐라나요? 나의 모든 것을 다 바쳐서 우리 조선녀성들의 아름다움을 가꿀 수만 있다면 이런 실험은… 백 번이라도 하겠어요. 난… 후회하지 않아요…."

눈물이 저도 모르게 한 방울, 두 방울 볼을 타고 흘러내렸다.

"유정이…!"

뜨거운 그 목소리에 몸을 흠칫했다.

타는 듯한 그의 두 눈이 나의 한심해지고 처참해진 머리를

---

1. 이 글은 2편의 평론(「상상의 '사회주의 문명국' 공동체-김정은 시대(2012~18) 북한 인민의 꿈과 문학적 상상력」, 『21세기문학』, 2018 가을호. / 「김정은 시대 북한 청년들의 사랑과 일상의 행복」, 『21세기문학』, 2018 겨울호)을 단행본 취지에 맞게 수정 보완한 것이다.

가슴 아프게 훑어내리고 있었다.

나의 자그마한 손을 꽉 잡는 그 억센 손의 따뜻함….

심장이 전율하듯 요동쳤다.[2]

얼핏 보면 3류 애정소설의 한 대목 같은 신파조 내용처럼 보인다. 실은 올봄에 평양에서 나온 렴예성이라는 신인 여성 작가의 북한 단편소설 「사랑하노라」『조선문학』, 2018. 3의 한 대목이다. 남주인공 정인과 여주인공 유정에게 도대체 무슨 일이 있어서 이리 가슴 떨며 손을 맞잡고 포옹을 하게 된 것일까? 작품 첫 대목을 보자.

나의 꿈은 언제나 1등생이 되는 것이었다.

그 꿈은 아마 내가 학교적으로 제일 체소한 소녀였기 때문에 생겨난 것인지도 모른다.

줄을 지어 걸어가도 맨 뒤에서 따라가고 출석부의 이름마저 제일 마지막에 불리워지는 것이 너무 싫어서 나는 항상 제일 먼저 불리워지는 이름으로 제일 앞에서 걸어가는 사람이 되기를 꿈꾸었다. 이 꿈과 함께 나는 도에 있는 1중학교를 최우등으로 마치고 리과대학 입학시험을 1등으로 치르었다.

봄이다. 무엇인가 꿈꾸게 하는 희망의 봄….

오전 실험이 끝나갈 무렵 손전화 착신음이 울렸다.

소장의 옹글은 목소리가 울려나왔다.

"유정 동무, 11시에 최종합의를 진행하겠으니 모든 실험자료들을 가지고 올라오시오."

---

2. 북한의 현실을 '조선어', '문화어' 그 자체로 실감케 하기 위하여 띄어쓰기 외에는 원문 그대로 인용하였다.

불현듯 심장이 활랑거렸다. 한 시간 후면 모든 것이 결정되는 것이다….

홍유정은 어렸을 때부터 1등주의에 사로잡힌 재원이다. 이과대학을 수석으로 졸업하고 유기화학연구소에 배치되어 열심히 근무하였다. 덕분에 일용품연구실 실장으로 내정될 정도였다.

그런데 느닷없이 낙하산으로 대학 때 라이벌이었던 김정인이 실장으로 와서 마음이 편치 않았다. 분명 소장은 유정에게 "이렇게 우리는 우리 원료로 우리식의 파마약을 드디어 만들어냈습니다. 유정 동무, 정말 수고가 많았소." "파마약연구조 조장 홍유정 동문 일용품실뿐만 아니라 연구소적으로 유일한 처녀 조장이요. 리과대학 졸업생이고 석사요"라며 격려와 총애를 보냈는데도 말이다. 더구나 총각 정인은 대학 시절 유정이 농민 출신에 촌스럽다고 깔보았던 기억과 달리, "품위 있게 지은 까만 양복 안에 까만 샤쯔를 받쳐 입고 팔색의 줄무늬 넥타이를 단정하게 맨 청년"에 "처녀처럼 맑아 보이는 얼굴에서 침착하고 리지적으로 빛나는 눈…"을 가진 너무나도 세련된 해외유학파 풍모로 4년 만에 등장했던 것이다.

유정은 실장 정인 밑에서 뭔가 모를 한숨을 몰래 내쉬며 주체형 파마약 개발에 몰두한다.

파마약은 머리카락의 기본성분인 케라틴 섬유의 디슬피드 결합을 화학적으로 끊었다가 감은 상태에서 다시 회복하여 머리카락에 파장을 주는 약이다. 모노클로르초산에 티오류산소다 아니면 수산화나트리움과의 반응을 통해서 최종 결과물이 떨어지는데 현재의 가장 난점은 산가스분해 중 아류산가스가 모액 속에 포함되면서 알지 못할 부산물이 섞이는 것이다. 수입제 보조제를 쓰지 않은 때부터 생겨난 현상이다. 그 때문에 우리 파마약은 냄새가 세게 나고 머리카락의 질을 담보하지 못했다.

3년이라는 세월과 더불어 112번의 실험 만에야 본래보다 냄새가 60프로 이상 적어지고 질 담보는 30프로 이상 상승한 파마약 결과물이 나왔고 다량생산에 넘어가도 되겠다는 의견이 일치되었다.

그 마지막 최종 회의를 유명무실하게 만든 사람이 바로 새 실장인 것이다.

"외국에서는 진공증류해서 뽑는데 생산량이 너무 적어서 우리 실정에 맞지 않습니다. 하지만 진공증류냐 추출이냐가 문제는 아니지요."

"그러니 역시 보조제 문제로구만…."

실장은 생각에 잠겨 조용히 고개를 끄덕였다.

북한 소설의 특징을 보다 보면 작가들의 현지체험과 현장취재 덕분인지, 위에서 보듯이 생산 공정에 대한 현장의 전문용어가 자연스레 나오는 등 실감 나는 묘사가 많다. 북한산 파마약이 수입산 보조제를 쓰지 않고 자체 원료로만 배합한 탓에 실용화에 계속 실패했다는 저간의 사정을 설명한다.

주지하다시피 북한이 자력갱생 생산 시스템에 매달릴 수밖에 없는 이유는 사회주의 자체의 문제와 고착화된 경제제재 탓이다. 특히 사회주의 경제 시스템도 한계에 봉착해 1992년 이후 전 세계에서 그 교조적 수행방식을 작동하는 나라가 거의 없어졌는데도 아직도 낡은 사회주의적 생산방식을 고집하니 문제다. 거기 더해 자기들만이 세상의 중심이고 최고지도자를 중심으로 살아가겠다는 폐쇄적인 주체사상 체제 때문에 외국 기술과 자본, 문화를 들여오는 것을 매우 꺼린다. 더욱이 생필품 생산기술의 역량 부족에 겹쳐 핵개발 이후 국제사회의 경제제재로 인한 일상생활의 수준이 상식 이하인 경우가 너무나 많다.

주인공이 하는 일은 바로 외국산에 의존하지 않고 자체 원료만 배합해서 인민들이 편하게 사용할 샴푸와 파마약을 개발하는 일이다. 그 과정에서 둘은 과년한 나이 탓에 결혼을 서두르란 압박까지 받는다.

"아니, 넌 선을 보라는데 왜 그렇게 싫다는 거냐? 파마약이 성공한 다음에 보자는 건 뭐냐? 파마약이 네 결혼 지참품이라도 된다는 거냐?"

아까부터 어머니는 온통 시약 냄새밖에 나지 않는 딸의 옷에 향수를 치며 지청구를 들이대고 있었다. 집안의 하나밖에 없는 외동딸을 남 못지않게 내세우고 시집을 잘 보내고 싶은 어머니의 소원을 나는 너무나 많이 외면해온 것이다.

"파마약인지 뭔지 성공하길 손꼽아 기다리다가 이 엄마 머리가 희겠구나."

어머니의 푸념에 나는 조용히 웃었다.

(…) 우리 녀성들을 우리의 것으로 더 아름답게 가꾸어주자고, 그래서 우리 거리가 밝아지고 우리 사회가 밝아지고 우리 래일이 더 밝아지게 해야 한다고….

이 작은 파마약 하나에도 사랑이 있다는 걸 엄만 모르지요? 뜨거운 사랑이….

이제 성공한 다음엔 엄마가 하자는 대로 다 할게요….

유정은 파마약과 결혼했느냐는 핀잔에도 아랑곳하지 않고 연구개발이란 공적 임무가 결혼이란 사적 행복보다 중요하다고 강변한다. 다른 한편 유정의 마음 한쪽에는 평소 자기에게 살갑게 대해주는 직장 상사 정인에 대한 의구심마저 생긴다. 무엇보다도 대학 때의 라이벌 의식에 더해 그의 유학 경험과 외제 선호가 걸리는 것이다. 어느 날 빗속에 우산을 씌워주는 실장의 배려를 대하는 유정의 심리묘사가 섬세하다 못해 날카롭기까지 하다.

문득 커다란 우산이 머리우를 가리웠다. 그 사람이었다.

까맣고 탄탄한 방수천의 우산을 펼쳐든 정인은 어색함과 미안함과 여러 가지 감정들이 뒤섞인 복잡한 표정으로 나를 내려다보고 있었다.

그에게서는 연한 향수 내가 풍겨오고 있었다. 대학 시절에는 전혀 느낄 수 없었던 야릇한 냄새가…,

우산 상표에 눈길이 가자 마음이 아파왔다.

류학을 갔다 오고 외국물을 먹고 오면 외국 것만 눈에 보이는 이런 사람들 때문에 가슴 아프게도 내 나라의 것이 무시당하고 있다…. 그토록 힘들게 창조해낸 내 나라의 것이!

나는 입술을 꼭 다문 채 우산 밖으로 한 걸음 비켜섰다.

설사 뼈 속까지 젖어든 데도 이 홍유정이 동무의 우산 밑에서는 비를 긋지 않을 거예요….

그의 놀란 눈길을 잔등에 받으며 나는 꼿꼿이 걸어갔다.

우산 속의 그에게서 예전에 느껴보지 못한 야릇한 향수 냄새가 연하게 났다는 대목에서, 마치 강신재의 단편 「젊은 느티나무」1960가 연상되었다. "그가 학교에서 돌아와 욕실로 뛰어가서 물을 뒤집어쓰고 나오는 때면 비누 냄새가 난다"는 감각적인 표현이 덧칠해져 순간 가슴 설레기도 하였다. 하지만 북한의 현실은 그리 낭만적이지 않다. 유정은 향수 냄새와 외제 상표에 정인에게 그만 정이 뚝 떨어져버린 것이다.

게다가 실장이 자기와는 별다른 상의도 없이 혼자 국산 보조제를 개발하여, "우리식의 수티롤유탁 방수액 성공! 유기화학연구소 일용품연구실 실장 김정인 동무 열렬히 축하!"라는 공지가 붙을 정도로 주위의 축하를 온통 받게 되니 더욱 마음이 불편하였다. 유정은 모든 것을 망각한 사람처럼 그 자리에 굳어져버렸다. 요즘 텔레비전과 신문, 방송에서 소개되던 그 수티롤유탁 방수액을 다름 아닌 바로 그 사람이 연구해냈고, 덕분에 수입제를 훨씬 능가하는 국산을 도입하겠다고 수많은 생산 단위 공장, 업소들이 수입 계약을 취소했다는 소식에 마음이 마냥 편치는 않았다….

유정은 대학 때 물리학과 실험 경연에서 1등을 정인에게 빼앗기자 배전의 노력을 다해서 마침내 수학 경연에서 1등을 되찾은 후 수석 졸업했던 과거 경험을 떠올린다. 그래서 미친 듯이 파마약 개발에 몰두한다. 실험실에서 날마다 밤을 새우며 각종 파마약을 만들고 그것과 수입한 다른 나라 약을 자기 머리카락에 번갈아 시험 사용한다. 결국 얼마 못 가 머리칼 윤기가 다 사라지고 탈색·탈모 현상이 극심해진다. 하지만 상한 머리칼을 부여잡고서, "이 파마약의 약점을 알았어. 숟가락을 쓰는 민족이 있고 저가락을 쓰는 민족이 있듯 매 민족성원들의 머리질도 서로 다를 것이다. 그런데 수입 파마약의 배합비율을 무턱대고 그대로 리용했으니… 난… 참 바보야…"라고 진실을 깨닫는다.

그때 실장 정인이 나타나 유정이를 사랑스레 껴안아주었던 것이다.

알고 보니 정인은 일부러 유정이의 호승심을 자극해서 개발 의욕을 격동시키려 했던 것이다. 그리고 "난 동무가… 대학 때처럼 경쟁자가 되길 바랬소. 낮은 것에 만족하는 사람이 아니길 바래서 아팠지만 부정했던 거요. 이렇게 자신을 괴롭히라는 건 아니었소…"라고 사과한다. 그래서 두 라이벌은 새로운 파마약 연구개발도 성공하고 사랑도 익어가게 된다.

> 그의 목소리는 왜 이렇게 떨리는 걸가? 그리고 내 심장은 왜 이다지도 쿵쿵 뛰는 걸가?
> "난… 난… 괴롭지 않아요…. 난 행복해요…."
> 서쪽 하늘가에서 노을이 황황 불타고 있었다.
> 다음 날 새로운 보조제를 첨가한 우리식 파마약의 공업화를 토의하는 모임이 있었다.
> 나는 그를 바라보았다.
> 그도 나를 바라보았다.
> 참으로 많은 말을 읽으며 나는 자리에서 일어났다.
> (…) "지금 우리 파마약은 다른 나라의 것과 대등한 수준에 올랐습니다. 전 우리가 목표를 좀 더 높여 그들의 것을 릉가하는 세계 제일의 파마약을 만들 것을 제기합니다."

소설의 결구에선 생필품 개발이란 작은 에피소드가 김정은 시대 북한이 자랑하는 '핵무력 완성' 구호로 확산된다. 즉 2017년의 핵실험 성공과 ICBM급 위성인 '화성 14호' 발사 성공으로 고무된 국가적 축제 분위기와 새 파마약 개발 자축을 동렬에 놓는 것이다. 그래서 주인공은 창문을 활짝 열고 그토록 자랑스러운 우리의 '화성'이 날아간 푸른 하늘을 오래도록 바라보았다고 한다. 왜?

이날 우리의 '화성'이 영원한 푸른 행성을 선언하며 날아올랐다.

온 세계가 법석 떠들고 있었다.

"조선의 핵이 부럽다!"

그들은 핵이 없어서 우리를 부러워하는 것일까?

아니, 100프로 우리의 힘, 우리의 기술, 우리의 자재로 했다는 것이 그들을 놀라게 한 것이다. 최대의 속도로 나래쳐 오르는 조선의 위력이 그들을 놀래운 것이다.

(…) 그 사람이 바라보는 푸른 하늘, 우리의 '화성'이 날아간 아득한 우주의 끝에 닿아 있는 그 사람의 시선에서 나는 세계의 첫자리를 향해 눈부시게 나래쳐 오르고 있는 내 조국의 모습을 보았다.

이 사람이였구나…. 내가 사랑하고 싶었던 사람!

파마약·샴푸 같은 생필품·화장품 개발을 통해, 청춘 남녀의 사랑도 확인하고 국가적 자부심도 갖게 되는, 바로 이런 발상이 2018년 평양 청춘 남녀의 내면 풍경일 것이다. 수입품에 의존하지 않고 북한 주민 머릿결에 맞는 자력갱생형 파마약을 고심 끝에 개발하는 과정에서 애정도 무르익어간다는 과학기술 미담·연애서사이다. 이는 마치 1987년 주체문예의 이념적 완화기에 나온 남대현의 출세작 『청춘송가』를 떠올리게 한다. 북한의 제련공업을 발전시키기 위한 1980년대 중반의 청년 지식인, 과학자, 기술자들의 노력을 통하여 사랑과 혁신을 형상화한 점에서 비슷하기 때문이다.

『청춘송가』에서 주인공 진호는 수입 연료에 의존하지 않고 국내산 연료로 가동할 수 있는 새로운 제강법을 연구한다. 제철소에 들어가 무리한 실험을 거듭하다가 폭발사고로 부상을 입고 대학 때부터의 동료이자 연인인 현옥과의 애정도 위기에 처한다. 결국 주변의 온갖 비난을 무릅쓰고 효율성 높은 새 연료를 개발하고 애정을 되찾는 데 성공한다. 작가 자신이 애정 문제로 구설수에 올라 하방했던 황해제철소에서의 현지체험 덕분인지 박진감 넘치는 생산현장 묘사와 섬세한 애정 갈등 표현이 사실적이다.

『청춘송가』는 인민 위에 나서지 않고 인민 속에서 인민과 더불어 하는 '숨은 영웅'의 전형을 잘 그렸다는 북한에서의 공식 평가보다 남한을 포함한 한반도 독자에게 정서적 통합의 실마리를 제공했다는 점이 중요하다. 진호와 현옥, 기철과 정아, 태수와 은심, 세 커플의 애정 밀당 묘사에서 인상적인 것은 우리 문학에서 신파로 매도되어 아예 사라져버린 청춘남녀의 진지한 애정심리와 헌신적 희생이다. 사랑을 기성의 열매로 생각하지 말고 신세대가 자신의 손으로 그것을 가꾸고 창조할 수 있다는 단순한 문제의식이, 단지 촌스럽다는 이유로 진정성을 상실한 남한 풍토에서 북한 젊은이들의 사랑 행태가 그 자체만으로도 신선하게 다가왔다는 것이다.

더욱이 '직장에서의 고난 끝 성공과 동시에 사랑의 시련 끝 성공'이라는 동서고금의 오랜 서사구조를 '보수 관료주의 대 신세대의 개척정신'이라는 80년대 북한 사회의 갈등구조에 절묘하게 접목한 것은 탁월한 성과라고 생각된다. 북한문학에 흔한 상투적 갈등유형과 이념적 도식에 사로잡힘이 없이 서사적 갈등을 생활의 진실에 맞게 설정하였으며 스토리를 심리 묘사 중심으로 전개한 것 등은 나름대로 예술적 완성도를 보여주었다.

2018년의 「사랑하노라」가 1987년작 『청춘송가』보다 진전된 서사적 지점은 무엇보다도 1등주의에 사로잡혔다가 마침내 경쟁자를 사랑하게 된

연구사 처녀의 섬세한 애정심리가 실감 난다는 사실이다. 2017년 대륙간탄도미사일, 우주로켓 발사 성공을 계기로 '핵무력 완성'을 선언한 김정은 시대의 사회주의 강국(실은 '강소국')이란 자긍심을 뒷배경으로 깔고 '인민생활 향상(민생)'을 위한 경제 발전에 매진하는 세태 변화를 잘 보여준다고 평가된다. 북한 세태소설을 읽고 가슴 떨리긴 백남룡의『벗』1988, 홍석중의『황진이』2002 이후 아주 오랜만이란 사실!

가령 한철규의「길을 열라」실화,『조선문학』, 2018. 5처럼, 발전설비 제작소의 자력갱생 노력을 그린 전통적인 사회주의 건설 미담 플롯 속에 처녀 총각의 애정담을 서브스토리로 담는 방식이다. 청년 기술자인 주인공 광성이 순천음료공장 지배인으로 임명된 것이 넉 달 전. 전기 사정이 여의치 않아 쉰 넘은 고참 차정수와 함께 자체 발전 설비를 만들려 애썼지만 계속 실패한다. 가스기관 발전기 제작조 구성원들은 스물여섯 번째 시험도 또 실패하여 낭패한 기색을 지으며 풀썩풀썩 주저앉는다. 결국 갈탄을 정제한 무연탄가스로 발전기를 돌리기까지 온갖 고생 끝에 성공한다.

그 과정에서 숨은 영웅이 등장한다. 누군가 밤마다 몰래 작업량을 더 채우고 가는 것이다. 알고 보니 취사반 처녀 경희가 제작소 노동자 동료들은 맹추위에 야외에서 다들 고생하는데 자기는 편하게 식사 준비만 하고 있어 미안하다고 근무 시간이 끝난 밤에 몰래 일을 도왔던 것이다.

> "그는 추위를 느끼는 듯 몸을 옹송그리였다. 순간 광성은 추위를 타는 처녀의 몸을 아니, 뜨거움에 불타는 처녀의 몸을 꼭 감싸주고 싶은 충동이 온몸을 휩쌌다.
> 온몸을 짓태우는 듯싶은 격동, 뜨겁게 포옹해주고 싶은 강렬한 열망, 소리높이 자랑하고 싶은 충동….

"경희!"

그는 저도 모르게 처녀를 와락 그러안았다….

그때부터 지배인 광성은 퇴근하는 경희를 날마다 집에 태워다 주고 결국 사랑의 결실을 맺게 된다. 청춘 남녀의 사랑이 예전처럼 연구개발과 생산 혁신의 곁가지, 조미료만이 아니라 본령이 되는 것이 김정은 시대 서사의 새로운 특징이라고 할 수 있다.

2. 김정은 시대 2기(2016~) 문학에 나타난 평양/사람의 일상

아버지 김정일 시대까지 북한 인민들은 나라가 못살고 외세의 압박에 맞서야 하기 때문에 일상생활과 개인의 행복은 유보, 희생되어야 한다고 믿었다. 그래서 아이들을 위한 사탕 한 알보다 총알 한 개를 더 생산해야 한다고 '선군'을 외쳤다. 그러나 세상이 달라졌다. 사탕을 먹고 자란 아이들은 나라의 미래이자 기둥감이지만(후대양성론, 인재입국론), 총알은 쏘면 없어지는 소모품일 뿐 다른 가치로 전환될 수 없는 것이란 인식이 확산되었다.

특히 '사회주의 낙원'의 김정은식 슬로건이라 할 '사회주의 강국, 사회주의 문명국'에 대한 청년 지도자의 욕망과 이면의 실체가 바로 사회주의적 유토피아의 이미지였다. 청년 지도자 김정은은 전통적인 '사회주의 락원(선경)'의 김정은(체제)식 버전인 '사회주의 문명국'을 파마약과 스키, 치즈, 횟집 등으로 표현하려 애쓴다. 이를 위해서 생필품 생산과 경공업, 레저산업 개발에 전에 없는 노력을 기울인다.

평양 시가만 해도 김정일 시대(1994~2011) 회색빛 중심의 무채색에서 알록달록한 채색화 스타일의 색채 변화가 실감 나듯이, '감각의 변화'야말로 김정은 시대 문학예술의 숨겨진 변화 징표라고 하겠다. 가령 '만수대 언덕, 창전거리, 려명거리 고층 살림집의 새집들이, 평양 불장식의 불야성, 세포등판(북한판 대관령 목장)의 푸르른 선경, 마식령스키장 속도' 등의 이미지가 그것이다. 남는 것은 결국 사람 그 자체다. 원래 주체사상의 출발도 생산력제일주의를 표방한 마르크스레닌주의를 대신하는 사람 중심의 철학이 기본 바탕(황장엽 주장)이었는데 신앙 차원의 개인숭배물인 수령론으로 왜곡된 면이 있을 것이다. 이전과는 확연하게 달라진 평양 려명거리의 다채로운 색채와 들쑥날쑥한 공간 감각에 어울리는 다종다기한 시, 소설이 풍성하게 나왔으면 하는 바람이 크지만, 아직은 마음에 드는 작품을 찾기 어렵다는 것이 솔직한 심정이다.

그래도… 혹시 하는 마음으로….

북한 문예지 『조선문학』(월간), 『문학신문』(주간)이 나올 때마다 실시간으로 꼼꼼하게 챙겨 읽은 지 벌써 스무 해가 넘는다. 정보/공안당국의 검열로 여과된 정보나 탈북민의 단편적 전언, SNS에 떠도는 풍문 대신 최신 문예지와 단행본 중심의 문학판 실상을 확인하였다. 세월이 한참 지나서야 정전화되는 문학선집, 문학사, 교과서 등 2차 자료로는 헤아릴 길 없는 당대 삶의 섬세한 결을 동시대적으로 감지할 수 있기 때문이다.

문예지 『조선문학』(월간), 『문학신문』(주간) 70년 치를 개관해보니 대략 1975년 이후 북한문학장의 동향은 크게 두 주제로 나뉜다. 즉, 대를 이은 개인숭배를 정당화한 '수령 형상 문학'과 주민들의 생활감정을 담은 '사회주의 현실 주제 문학'으로 대별된다. 따라서 시와 소설, 비평 모두 당 정책과 개인숭배에 동원된다.

여기서 우리가 특히 관심을 갖는 것은 수령 형상보다 현실 세태이다.

김경일의 단편소설 「우리 삶의 주로」『조선문학』, 2012. 4에서는 기초식품 공장 식료기계기사인 진석의 입을 통해 총알보다 사탕 알이 중요하다고 역설한다. 전대 지도자 김정일이 "사탕과자와 갖가지 식료품을 만족하게 바라보시며 인민들에게 당과류와 식료품을 마음껏 먹이는 게 자신의 소원이라고, 자신께서는 오늘 인공지구위성을 쏘아올린 것보다 더 기쁘다고 말씀하셨습니다"라는 대목에서 보듯이, 선군을 외쳤던 김정일도 말년에 가서는 민생을 돌보려 애썼고 그 기조가 김정은 시대까지 이어졌다. '민생' 담론이 김정일 시대 말기였던 2010년부터 김정은 통치기인 2018년까지 주요 사회 의제로 떠오른 셈이다.

2017년 말 나온 심복실의 송년 시 「2017년에 부치여」『조선문학』, 2017. 12나 전명옥의 시 「인민의 한마음」『문학신문』, 2018. 9. 22이 바로 그런 변화를 잘 보여준다. 이전까지 비정상적이었던 선군정치 때문에 희생되었던 인민들의 일상생활이 다시 윤택해져 기쁘다는 일상 찬가를 구체적인 이미지로 잔뜩 나열한다.

> 얼마나 가슴 벅찬 한해인가/ 만리마속도 창조의 고향 려명거리 (…) 강원도정신 (…) 백리과원의 사과바다 향기 (…) 황금해의 바다 향기 (…) 금골의 영웅소대 광부들 (…) 상원의 미더운 로동계급/ 그리고 비단 짜는 처녀들과/ 백두전구의 청년 건설자들/ 또 득장의 탄부들 (…) 우리네 국방과학자들 (…)
>
> ―「2017년에 부치여」 부분

> 저 하늘이 맑고 푸르러서/ 좋은 날이라 하겠습니까/ 우리의 생활 우리의 재부/ 날마다 늘어가니/ 보통날도 명절처럼 즐거

위/ 좋은 날인가 봅니다// 지금도 막 들려옵니다/ 저기 문수물
놀이장 미림승마구락부/ 마식령스키장에서/ 만경대 대성산/
개성청년공원 유희장들에서/ 인민의 기쁨 커만 가는 소리// 세
상이 보란 듯이/ 우리 눈앞에 쏟아지는 식료품들과 화장품들/
우리 손으로 만든 멋진 가방과 구두…/ 인민생활 날마다 향상
되니/ 인민들 모두가 좋아합니다// 삼지연의 보배감자/ 원수님
의 사랑 노래하고/ 전야엔 벼 이삭 설레이는 소리/ 땅우엔 온
갖 과일 향기 풍겨오고/ 동서해에선/ 사회주의 바다 향기 차넘
칩니다// (…)

-「인민의 한마음」 부분

북한문학은 기본적으로 우리와 결을 달리하는 레닌적 당(黨)문학 원
칙이 철저하게 관철되는 사회주의문학이기 때문이다. 동시에 주체사상
에 기초한 주체문학이며 김정일 시대 때 정식화된 선군사상에 따른 선
군문학이기도 하다.

70년 동안 펼쳐졌던 북한 시, 소설을 시계열적으로 주욱 훑어보면 사
회주의 경제가 좋았던 1950~1960년대에는 '5개년 계획, 6개 고지 점령,
200프로 초과 달성' 같은 수치로 환산되는 실감 나는 통계가 창작을 지
배한 적이 있었다. 경제가 나빠져 개인숭배와 폐쇄적 자력갱생을 강조했
던 1970~1980년대에는 '주체와 수령에의 충성'이라는 추상적 구호로 문
학예술 전체를 선전 도구화시킨 적이 있었나. 1980년대 말 한때 이념적
완화기가 있어서 일상의 구체적 형상화가 시도된 적도 있었으나, 1994년
김일성 사망과 '고난의 행군'기로 불리는 체제 붕괴 위기에서 다시 '선군
혁명문학예술'이란 군대식 작풍이 시대를 압도한 바 있다.

2016년 제7차 당 대회를 전기로 해서, 북한은 군대 대신 당이 중심인

정상적인 사회주의 국가로 돌아왔다. 그러자 문학예술에도 변화 바람이 인다. 아직도 선군과 수령의 그늘이 없지 않지만, 그래도 이전처럼 온갖 통계 수치와 추상적 정치 구호, 충성 슬로건이 남발되기보다 일상의 구체적 형상이 조금씩 전면화된다. 마치 심복실의 시처럼, '평양 려명거리의 시민, 금골 영웅소대 광부, 상원의 로동자, 비단 짜는 처녀, 백두전구의 청년 건설자, 등장의 탄부, 국방과학자' 같은 구체적 캐릭터가 시적으로 소환된다. 앞에 인용한 전명옥의 시에서 보듯이, '문수물놀이장, 미림 승마구락부, 마식령스키장, 만경대 대성산 유희장, 개성청년공원 유희장, 식료품과 화장품, 가방과 구두, 삼지연의 보배감자, 백리과원의 사과바다 과일 향기, 황금해의 바다 향기' 등의 이미지들이 독자로 하여금 시적 대상을 보고 듣고 만지고 냄새 맡을 수 있도록 다섯 가지 감각을 동원하게 만든다. 어쩌면 김정은 시대판 스펙터클을 득의 넘치게 보여주려는 북한식 「경기체가」("이 멋진 풍경 어찌하니잇고!")의 파노라마일 수도 있다.

1970~1980년대 이후 "싸우면서 건설하자!"란 구호가 전쟁 직전에 대치 중인 한반도 분단 양국의 정치/통치 슬로건이었다면, 2018년 최근에는 한반도 평화체제로 가는 길목에 서 있다. 따라서 경제 발전과 사람살이의 행복이 문학예술의 중심으로 자리 잡게 되는 것이 인지상정이라 할 수 있다.

가령 『조선문학』 2017년 5월호(통권 835호)를 펼쳐보면 그해 봄 완공된 평양 '려명거리 완공 축하' 기획이 눈에 뜬다. 김목란의 「우리에겐 려명거리가 있다」를 비롯하여 김경준의 「큰절을 올립니다」, 류명호의 「우리 집은 려명거리에 있다」, 강문혁의 「더 오르지 못하고…」, 정두국의 「볼수록 서럽습니다」, 리영봉의 「과학과 나」 등의 시와 렴정실의 「만복의 미래를 불러」(시묶음), 장류성의 「축복받은 려명거리」(가사) 등이다.

이들 작품은, 금수산태양궁전과 영흥4거리 사이 룡남산지구에 2017년 4월 13일 조성된 최신식 35~82층 아파트로 이루어진 초미니 신도시 준공을 축하하는 기획작이다.

이들 작품에 형상화된 평양/사람들의 이미지는 어떨까? '고난의 행군'으로 일컬어지던 90년대 중반의 체제 붕괴 위기를 극복하고 주민 생활도 이전 김정일 시대보다 훨씬 나아진 김정은 시대(2012~) 평양의 풍광은? 평양 창전거리와 만수대 언덕거리, 려명거리에 고층아파트가 신축되어 국가 발전에 공이 큰 과학기술자들과 김일성종합대학 성원 등이 '고급살림집'을 배정받았다. 문수물놀이장, 미림승마장, 릉라인민유원지(물놀이장, 수영장, 곱등어관) 등 각종 레저시설들 덕에 평양 시민의 삶의 질은 분명 이전보다 좋아졌다. 가령 김목란의 「우리에겐 려명거리가 있다」와 류명호의 「우리 집은 려명거리에 있다」를 보면, 최고급 고층아파트 입주의 감격을 다음처럼 노래한다.

전설 속의 신비한 세계런가/ 우리 꿈에서나 그려보던 지상락원/ 천하제일 려명거리가/ 화려함을 자랑하며 우뚝 솟았구나//
인민의 마음을 흐뭇하게 해주며/ 어서 오라 부르는 행복의 거리/ 푸른 하늘을 떠받든/ 저 70층 살림집 우에선/ 반짝이는 별도 손에 잡을 듯// (하략)

문을 열고 들어서니/ 고급호텔에 늘어선 듯/ 드넓은 방들엔 해빛이 구울고/ 아늑한 침실이며 고요한 서재/ 희한한 식사실이며 정갈한 위생실/ 돌아보는데도 한참이나 걸리는/ 아, 이렇게 황홀한 집이 우리 집이란 말인가!//
눈을 뜨고도 꿈만 같다/ 아이들은 축구장 같은 전실에서/

좋아라 웃고 떠드는데/ 안해는 현대적인 부엌에서 나올 줄 모른다/ 갖가지 세간들을 어루만지며/ 수도를 틀어보며/ 가스곤로를 켜보며 그저 운다 운다// (하략)

'무너져가는 오두막'과 '고급호텔 같은' '70층 아빠트'의 이분법적 대비를 통해 평양의 최신 아파트를 '우리 꿈에서나 그려보던 지상락원/ 천하제일 려명거리'로 한껏 찬양하는 것이다. 김정은 시대 문학은 전통적으로 혁명적 노동자·농민과 군인을 중시했던 부조(父祖)와 달리 청년, 과학기술자를 상대적으로 중시하기에 문명의 혜택을 청년 지도자의 은혜로 받아들인 입주민들은 한껏 기쁨에 차 있다.

유튜브에서 '려명거리 아빠트' 관련 기사와 사진, 동영상을 보면 50~80층짜리 아파트 6개 동을 지은 초미니 신도시에 '가스곤로'(가스레인지)까지 갖춘 입식 주방에 방 3개라고 나오던데, 이만하면 서울에서 5~10억 원짜리일 것이다. 김대 교수아파트처럼 공짜도 아니며 임대료까지 거금을 내야 하는 낡고 낡은 우리 국립대 교수 아파트보다 훨씬 좋아 보인다. 그러나… 그러나 말이다. 같은 지면에 '남조선 한 교수의 고백'이란 부제가 눈에 확 띄는 정두국의 시 「볼수록 서럽습니다」가 흥미롭다.

평양 방문의 나날/ 지금도 잊을 수 없어 오늘도 이렇게/ 인터네트 앞에서 못 박힌 듯/ 려명거리 아빠트들을 바라봅니다//
처음 깜짝 놀랐어요/ 다음엔 의심이 생겼어요/ 저런 집을 나같은 교수들에게/ 글쎄 거저 주었다는 것이/ 간부도 아닌 평범한 사람들이/ 돈 한푼 안 내고 저 집에서 산다는 것이/ 어쩌면 세상일이 그렇게도 될가요? (중략)

교수생활 32년/ 백발을 이고 뒤돌아보면/ 셋방살이 수십 여
년에/ 달마다 돈을 쪼개 바치고/ 인생의 황혼기에 차례진 것
은/ 덧쌓이는 빚더미 (중략)

볼수록 서럽습니다/ 저 빛나는 집 창가에/ 슬프도록 비처보
는 나의 한생이/ 려명의 한줄기 빛이라도/ 나의 집 한끝에라도
비처주었으면…

평양 방문 경험이 있는 (최소한 관련 학계의 저명인사거나 진보적인 지
식인이리라 추정 가능) 한국 대학교수가 32년 교직생활 후(최소한 50대
후반에서 60대 초반) 백발이 성성한데 여전히 셋방살이를 하면서 월급을
빚 갚는 데 쪼개 내는 경우라면 도대체 그 이유가 무엇일까? 일반적이거
나 정상적인 상황은 아니다. 교수 수준에 맞지 않는 터무니없는 사업을
벌였다가 망했거나 본인 또는 가족 누군가의 도박, 마약, 불치병 등으로
집안이 망하지 않는 한, 교수 월급 30년이면 빚더미에 앉는 게 더 어렵
지 않나 싶다. 설령 그럴싸한 이유를 찾았다 해도 그를 차치하고서라도
그가 인터넷 기사나 사진, 유튜브로 동영상을 보고 평양 거리의 초고층
아파트를 김일성대 교수에게 무상공급한 것을 두고 자신의 비참한 처지
와 비교하여 북한을, 북의 사회주의체제, 주체체제, 무상복지 시스템을
부러워할까 대단히 의문스럽다

그나저나 남조선 교수의 불쌍한 처지를 십분 이해했거나 혹은 이를
상상하고 시로 쓴 시인(그는 생활비를 감당할 만큼의 원고료도 제대로 받
지 못하는 우리네 시인과는 달리, 안정적으로 월급을 받고 창작실에 출근
한다!)은 그 예의 '인터네트'를 통해 남조선 교수의 셋방 아파트 풍경을
좀 확인해보면 어떨까? 그런데 차마 웃을 수가 없다. 이 상상력의 거리
와 심리적 괴리감을 어떻게 지혜롭게 메워야 하나 말이다. 조만간 남북

관계가 급변해서 풀려 서로 왕래하면서 일상을 공유하는 등 '내면의 소통'이 가능하게 서로 역지사지(집 바꿔 살기) 프로젝트를 시도하면 어떻게 될까 궁금하다.

지구촌이 급변하는데도 북한 시인은 요지부동이다. 전수철은 「과학자 거리 풍경화」『문학신문』, 2013. 10. 5에서 평양의 최첨단 랜드마크를 두고, "이리도 화려한 선경 도시가 펼쳐지지 않았던가"라고 '중세적 상상력, 상투적 이미지'로 해체한다. 기껏 '해금강의 병풍절벽, 전설 속의 무릉도원, 절경, 선경' 등으로 비유할 수밖에 없는 김정은 '최첨단시대'의 '낡은' 문학 담론이 대부분 그렇듯이 말이다. 평양을 노래한 최신 텍스트의 시각 이미지는 저 60~70년 전 김일성 시대의 '사회주의 락원'과 김정일 시대의 '사회주의 선경'의 낡은 상상력과 크게 다르지 않다. 살아 있는 로컬리티를 상실하고 추상적인 중세 이상향으로 형해화된 이미지로만 고착되는 느낌이기 때문이다.

인민의 애환이 살아 숨 쉬는 사회주의 현실이 휘발된 곳, 그곳은 더 이상 '사회주의 락원'도 최첨단 공간도 아니리라. '무릉도원, 선경' 같은 낡은 비유법의 기표(시니피앙)가 지시하는 기의(시니피에)가 '은하과학자거리' 같은 최첨단 과학기술자(핵실험과 인공위성에 성공한)들을 위한 최신 아파트이기 때문이다. 중세와 최첨단의 부조화가 가져온 생경함이 의외로 신선하게 받아들여질 수도 있겠지만 말이다. 낡은 비유의 기표와 새로운 최첨단시대를 구가하는 기의 사이의 이러한 균열과 층차가 바로 김정은 시대의 '사회주의 문명국' 담론의 한 실체인 셈이다.

최신 북한문학 작품에 나타난 평양의 실상이란 기실 '오래된 미래'라 일컬을 수 있다. 핵과 로켓(인공위성) 발사 성공으로 한껏 고무되어, 세계와 우주의 중심이란 담론을 강변하면 할수록 괴리감이 커진다. 무려 '가스곤로까지' 완비된 '최첨단 고층아빠트'를 사회주의 문명국의 지상낙원이라 자화자찬하지만 실제로는 주민들의 인간다운 삶의 섬세한 생동감이 그리 실감 나지 않는다.

청년 지도자가 꿈꾸는 사회주의 문명국의 밝은 이미지 뒤엔 그늘도 있는 법. 화려한 사회주의식 낙원 뒤엔 노동자들의 희생과 동원 규율이 엄존한다. 가령 『문학신문』 2018년 6월 9일 자를 보면, '자력갱생의 전통, 과학기술의 위력 떨쳐가는 내 조국의 눈부신 모습'이란 슬로건 아래 시, 수필, 포스터, '과학환상단편소설'(우리의 SF소설)이 3면을 가득 채우고 있다. 5월 말 준공된 동해안 철도선의 '고암 답촌 간 해상 철도 교량' 완공을 기념하는 선전문학 기획이다. 김재명의 「그 사랑 그 믿음이 있어」, 박성일의 「더 높은 곳으로!」, 조경미의 「그 눈빛을 본다」 등의 축시와 건설공사에 헌신한 노동계급의 열정에 감격해하는 안혜영의 수필 「하나, 열, 백…」, 그리고 집단창작된 '선전화(포스터)' 「사회주의경제 건설에 총력을!」이 레이아웃되어 있다. 그중 가장 인상적인 조경미의 '단시' 「그 눈빛을 본다」를 보자.

발파소리/ 착암기소리/ 단천 전역의 물길굴 전투장마다에 선/ 이 밤도 결사전의 분분초초가 흐른다//
완공의 그날을 하루빨리 앞당기려/ 낮과 밤 치렬한 전투를 벌리는 병사들/ 착암기를 억세게 틀어잡고/ 물길굴을 열어가는 병사들의 그 눈빛에서//
나는 본다/ 전화의 그날 한몸이 육탄이 되여/ 불뿜는 적의 화구를/ 피끓는 청춘의 가슴으로 막으며/ 승리의 진격으로 열어가던/ 아, 1950년대의 화선병사들의 그 눈빛을.

외국 수입 기술을 사용하지 않고 변변한 중장비도 없이 해상 철도 교량을 건설하려니 군관민 합동 공사에 노동자들의 자발적 동원이 반드시 필요했을 터. 그래서 노동계급의 희생과 헌신적 기여를 문학이 선동했을 것이다. 그런데 하필 그때 떠올린 상상력이 최전선 전투장면, 그것도 6·25전쟁 때의 고지 점령용 육탄 돌격식이다. '화선(火線)병사의 눈빛'으로 건설노동에 뛰어들라는 예술선동이 너무 고답적 의고적이 아닐 수 없다. 2018년의 철도 건설 공사장 노동자가 무려 67년 전 6·25전쟁 때 백병전의 최전선 병사처럼 '전화(戰火)의 그날 한몸이 육탄이 되'자는 서정적 발상이 신선하기보다는 놀랍고 섬뜩하기까지 하다.

3. '만리마시대 사회주의 문명국'의 환상과 '명작폭포'의 강박증

김정은 체제는 2016년 5월 제7차 당 대회를 계기로 집권 제2기로 안정되었다. 최신 담론을 분석하니 '실마리어'('주제어, 핵심어, 키워드'의 북한말)로 '우주시대', '조선속도, 만리마, 명작폭포'란 표현이 주목된다. 그 배경이 되는 2015~2018년의 정세 및 미디어 키워드는 '당 창건 70주년', '제7차 당 대회', '주체의 핵 강국', '사회주의 문명국' 등이다. 2015년은 '조국해방과 당 창건 70돐 경축', 2016년은 '제7차 당 대회 경축', 2017년은 '대륙간탄도미싸일 화성 14호'와 '핵실험 성공', 2018년은 '사회주의 경제강국, 공화국 창건 70돐 경축' 등이 정세 분석의 '실마리어'로 떠오른다. '우주시대'는 핵과 인공위성 등의 최첨단 과학기술의 발달을 상징하고, '조선속도'는 북한 특유의 사회주의적 개발 담론과 속도전의 최신 명명을 의미하며, '만리마(기수)'란 저 1950년대의 '천리마(운동 기수)'를 재소환한 슬로건이자 전형이며, '명작폭포'란 현금의 창작론을 의미하는 표현으로 풀이된다.

　이들 실마리어는 '주체와 선군'이라는 키워드로 대표되었던 부조(父祖)와 차별화된 김정은 정권만의 '핵 무력과 경제 병진' 정책이 안정화된 '사회주의 강국'으로 안착되고 있다는 의미로 해석 가능하다. 특히 1980년에 마지막으로 열린 제6차 당 대회 이후 실로 오랜만에 36년 만에 개최된 2016년 5월의 '제7차 당 대회 경축'이라는 주제가 주목된다. 이는 아버지 김정일 시대(1994~2011) 내내 북한 체제를 떠받친 선군(先軍)정치·선군사상과 그 반영물이었던 선군문학예술의 강고한 구심점이었던 '선군' 담론의 쇠퇴 약화, 그 대체재로 당(黨) 중심으로의 복귀와 그를 통한 정상적인 사회주의체제, 정상 국가로의 회복 욕구를 상징한다고 풀이할 수 있다.

　사회주의 강국 목표를 위한 구체적인 수단은 김정은 시대판 천리마운동의 변형태인 '만리마시대, 만리마속도 창조운동'과 그를 위한 단기적 경제선동 구호인 '70일전투, 200일전투'라 하겠다. 만리마속도 창조운동은 김정은 시대의 새로운 대중적 영웅주의운동이다. 여기서 우리에게 다소 생소한 '만리마'란 단어는 1950년대 말부터 10여 년간 자발적 노동동원으로 일정한 성과를 올린 예전 구호 '천리마'를 최첨단 우주시대인 2010년대 현실에 맞게 10배로 변형시켜 재호명한 것이다. 2013년 이후 인공위성 발사와 잇단 핵실험 성공에 고무되어 이른바 '우주시대'를 맞은 자신감에서 생긴 천리마의 진화형태인 셈이다. 2015~2016년에 언론에 부각되어 두 용어가 혼용되다가 2016년 7차 당 내회를 맞아 '만리마'로 정착된 용어라 하겠다.

　주체사상의 한 축인 경제 구호 '자력갱생'의 김정은식 호명인 '자강력제일주의'와 김정은 시대만의 새 특징인 우주시대라는 자신감이 천리마와 결합하여 '만리마'가 된 셈이다. 하루에 4백 킬로를 쉬지 않고 달리는 '준마, 천리마'가 동아시아적 중세에 기댄 1950~1960년대식 낡은 상상의 산물인 데 비해, 하루에 4천 킬로를 날아갈 수 있는 '룡마(龍馬), 만리마'란 기실 대륙간탄도유도탄(ICBM, Intercontinental Ballistic Missile)을 연상시키는 2010년대판 상상력의 명명인 셈이다. 따라서 "천리마가 남을 따라 앞서기 위한 비약의 준마였다면 만리마는 세계를 디디고 솟구쳐오르기 위한 과학기술 룡마이다"라는 선언이 그럴듯하게 들린다. 이에 따라 "작가들은 항일유격대식으로 배낭을 메고 당 제7차 대회에서 제시된 전투적 과업을 높이 받들고 만리마속도 창조의 불길 높이 사회주의 완전승리를 향하여 총공격해나가고 있는 장엄한 현실에 뛰여들어 명작창작 전투를 힘있게 벌려야 한다"고 선언한다.

하지만 만리마시대, 자강력제일주의, 사회주의 강국 등의 비문학 담론이 문학 '명작' 창작을 보장하거나 해결해주는 것은 아니다. 7차 당 대회 전후의 새로운 문학 담론이라 할 실마리어는 '명작창작, 명작폭포'일 터인데 그 실질적인 내용이 별반 없기 때문이다. "창작가, 예술인들은 경애하는 최고사령관 동지의 명령과 당 정책 결사관철의 기풍으로 여러 가지 형식의 예술활동을 힘있게 벌려 글폭탄, 노래폭탄, 춤폭탄으로 군인과 인민들에게 힘과 용기를 북돋아주고 그들을 위훈 창조에로 추동해야 한다"는 구호 정도로 '모란봉악단의 창조기풍'에 버금가는 새로운 창작방법을 유추해 내기란 불가능하다. 그렇기에 "력사적 전환기에 들어선 오늘 우리나라에서는 다계단으로 변이 나고 모든 부문이 만리마의 속도로 내달리고 있지만, 문학예술 부문은 아직 온 사회를 혁명열, 투쟁열로 들끓게 하고 천만심장에 불을 다는 훌륭한 문학예술작품들을 많이 내놓지 못하고 있"는 것이다. 여기에 김정은 시대 작가, 예술가의 고민이 있을 터이다. 7차 당 대회를 맞은 작가, 예술가들은 예전만큼 자기 시대를 대변한 이렇다 할 대표작을 내놓지 못했다. 새 청년 지도자를 맞아 '만리마시대, 우주시대, 사회주의 강국'을 선언했건만 문화예술 부문은 그렇지 못했던 것이다.

사회주의 문명국을 향한 청년 지도자의 욕망은 끝이 없어 예술의 특수성을 인정하지 않는다. 비물질적 비가시적인 문학예술의 특성을 무시하고 사회주의 문명국에 걸맞은 예술 생산실적을 '명작폭포'처럼 쏟아내라고 한다. 재작년 연변대 국제학술회의에서 만난 북한 국문학계의 최고 원로(원사)인 은종섭 김일성대 교수가 쓴 「혁명적인 사회주의문학의 위력을 떨치는 만리마시대의 명작을 창작하는데서 나서는 중요한 문제」『문학신문』, 2018. 3. 24, 2쪽를 보면, 결국 해결책은 '현실체험'이란 전가의 보도이다.

김정은은 2018년 신년사에서 문학예술 부문의 과제로, "만리마시대를 반영한 명작을 창작 창조하여 혁명적인 사회주의문학예술의 힘으로 부르죠아반동문화를" 이겨내자고 한 바 있다. 여기서 '만리마시대'란 김정은의 영도 밑에 '김일성-김정일주의'의 기치를 높이 들고 '주체혁명의 새로운 단계를 열어나가는 새시대'라 한다. 작가들은 '만리마시대의 기적'을 생활적으로 생동하게 보여주어야 하며 '만리마속도를 창조'하며 천만 군민(軍民)의 정신세계를 형상적으로 깊이 그려내기 위해 창작적 사색을 기울이고 노력해야 할 것이라 한다. 문제는 문학이 생활을 진실하게 반영하는 데서 굳어진 도식과 틀을 깨고 새로운 전환을 이룩하기 어렵다는 사실이다. 작가, 예술인, 문예 부문 종사자들 속에 청년 지도자가 원하는 요구에 즉각 따라서지 못하는 관행과 도식이 남아 있는데, 그 틀을 깨고 명작을 내놓기 위해서는 결국 현실에 깊이 들어가야 한다.

결국 은종섭 같은 원로조차 해결책은 '현지파견'이란 만능 보검의 구두선뿐이다. 하지만 작가 예술가들이 저 1950년대 천리마운동 시절의 '현지파견' 사업처럼 2018년에도 여전히 농촌, 공장, 탄광에 들어가 노동체험을 하면 창작을 잘하게 되는 것일까? 과연 당의 명령대로 소설가들은 매년 생산현장으로 현지파견된다. 작품 구상과 취재차 단기간 다녀오기도 하고 아예 6개월, 1년씩 하방하기도 한다.

작가동맹 소설분과위원회에서는 '수령형상소설' 창작 전투를 수행하는 소설가들의 창작 열의를 적극 계발하고 취재 조건과 창작 여건을 마련해주려 '현지지도 단위들에 나가 깊이 있는 현실체험을 진행하도록' 하였다.[3] 소설가 최성진은 평양락랑영예군인수지일용품공장, 리정옥은 협동농장 농기계 연구사, 엄호삼, 주병윤, 리명순 등을 비롯한 여러 소설가들도 과학기술전당과 평양어린이식료품공장, 평양교원대학 등 방방곡곡에 파견되었다. 득장지구탄광련합기업소의 소설가 오광철은 막장에서 탄부들과 함께 탄을 캐며 단편 실화소설의 초고를 완성하였다. 자기가 태어난 수도 평양을 떠나 섬마을분교 벽지 교사로 자원한 사범대 졸업생을 영웅으로 묘사한 단편 「나의 꿈」『조선문학』, 2017. 7 작가 김향순은, 또다시 더 많은 석탄 증산으로 당 정책을 떠받들어갈 어느 탄광의 중간관료를 형상한 창작에 착수하였다.

이처럼 오늘 이 시간에도 평양을 비롯한 북한 전역에선 작가들이 청년, 미래, 과학기술 소재 작품 창작을 위해 보다 강한 정신력과 창조기풍을 터득하려고 생산현장에 파견해 있다. 그런데 타자의 시선에선 '만리마시대의 명작폭포'란 담론 자체가 일종의 억압장치로 느껴진다. 명작이란 과연 무엇인지 실체도 잘 모르겠는데, 명작창작을 폭포처럼 쏟아내라고 위에서 요구하니 도대체 어쩌란 말인가 하고 내심 의문, 반발, 눈치 보기가 성행하지 않을 수 없다.

하지만 우리 기대에도 불구하고 앞에서 칭찬한 렴예성의 단편 「사랑

---

3. 김향(본사기자), 「'천만군민의 영웅투쟁과 생활, 아름답고 숭고한 인간미를 작품마다에'_완강한 정신력과 창조기풍으로-소설문학분과위원회에서」, 『문학신문』, 2018. 4. 7, 1면.

하노라」 같은 수작은 잘 눈에 띄지 않는다. 『문학신문』, 『조선문학』의 시, 소설, 비평을 보면 여전히 개인숭배 수령문학과 당 정책 선전을 중시하기 때문이다. 예를 들어 제9차 전국예술인대회(2014년 5월)에 김정은은 서한을 보내 문학예술 부문 사업이 "당과 혁명, 시대와 인민의 요구를 충족시킬 좋은 명작들이 꽝꽝 쏟아져 나오지 못하고 있다"고 비판한다. 예술 창작의 침체 원인은 창작 조건의 열악함, 현실체험 외면, 명작 창작을 위한 사색과 열정 없이 시간을 헛되이 보내는 태도 등에 있으며, 창작 지도자와 작가의 수준과 실력이 시대 요구에 따르지 못하는 것도 관련된다. 김정은의 공개서한이 지적한 문제 해결책으로 '문학예술혁명'의 불길을 피워 인민대중을 투쟁으로 불러일으키는 시대의 명작을 창작해야 한다는 해설들이 뒤를 이었다.[4]

이들 해설을 정리해볼 때 명작창작의 '방향' 세 가지, 명작창작의 '방도' 네 가지가 제시된다. 명작창작의 '방향'은 첫 번째, "사회주의 정치사상강국의 불패의 위력을 더욱 강화하는 데 적극 이바지하는 명작들을 창작"하는 데 큰 힘을 넣어야 한다는 것이다. 이를 위해서는 김일성 3대의 "위대성을 형상한 작품"과 "혁명의 사상진지를 철통같이 다져나가는 데 이바지하는 혁명적인 작품" 창작에 주력해야 한다고 주장한다. 두 번째, "혁명무력 건설과 국방력 강화에서 새로운 전환을 일으켜 군사강국의 위력을 더 높이 떨치기 위한 투쟁을 반영한 명작"을 적극 창작해야 한다는 것이다. 세 번째, "과학기술을 확고히 앞세우고 사회주의 경제강

---

4. 「백두의 혁명정신, 백두의 칼바람정신으로 시대의 명작들을 더 많이 창작하자」(『문학신문』, 2015. 1. 17), 「침체를 불사르고 대중을 투쟁에로 불러일으키는 시대의 명작들을 더 많이 창작하자」(『조선문학』, 2015. 3), 「명작폭포로 당의 선군령도를 받드는 것은 사회주의 문명국 건설의 중요 요구」(『조선예술』, 2015. 5), 「백두의 칼바람으로 침체를 불사르고 문학예술의 전성기를 열어나가자」(『로동신문』, 2015. 5. 18), 「당의 선군령도를 명작폭포로 받드는 것은 우리 작가들 앞에 나서는 전투적 과업」(『조선문학』, 2015. 6), 「승리의 대축전장을 명작창작의 자랑찬 성과로 빛내이자」(『문학신문』, 2015. 8. 8), 「당 제7차 대회를 전례 없는 명작폭포로 맞이하자」(『로동신문』, 2015. 12. 22) 등이다.

국, 문명국 건설에서 전환이 이룩되는 눈부신 현실을 폭넓고 깊이 있게 반영한 명작"을 창작해야 한다고 강조한다.

명작창작의 '방도'로는, "백두의 혁명정신, 백두의 칼바람정신으로 튼튼히 무장하는 것, 당의 사상과 의도를 민감하게 받아들이고 작품에 철저히 구현하는 것, 시대정신이 나래치는 현실 속에 깊이 들어가 약동하는 시대의 거세찬 숨결을 작품에 잘 담는 것, 모방과 도식, 반복과 유사성을 없애고 끊임없이 새것을 탐구하며 대담하게 혁신하는 창작기풍을 세우는 것" 등 네 가지이다. 하지만 반찬 가짓수만 많고 먹잘 것은 없는 밥상 같다는 것이 '타자의 시선'에서 본 북한 문예정책의 실체이다.

때문에 추상적인 문예정책의 무한 반복에 맞춰 매년 연중기획으로 개최되는 새해 창작 결의조차 진정성이 느껴지지 않는다. 문단의 지도급 인사들이 연초마다 매번 창작 결의를 다지지만, 새로운 모험보다는 지난해의 저조한 성과에 대한 반성문 분위기가 짙다. 김정은의 "명작폭포로 당의 선군령도를 받들자!"라는 교시에 부응하는 구체적 창작성과를 내지 못했기 때문인 것 같다. 1970년대 이래 지도자 승계 수단으로 1, 2차 문학예술혁명이라는 선전선동 분야를 주도했던 아버지 김정일에 비해, 김정은은 아무래도 과학기술, 스포츠에 대한 애착만큼 문학예술에 관심과 조예가 깊지 않은 탓인지도 모른다.

4. 모란봉악단의 창조기풍을 확대하라

기실 북한 역사 70년 동안 문학장의 이면을 가늠해보니 창작자들은 과거 관행을 적절하게 답습 변형하는 '안전망'을 구가하였다. 이른바 항일혁명, 조국해방전쟁, 사회주의 건설, 주체사상 유일체제, 선군 통치 등

등 '영광된 과거' 신화를 소환해서 현재를 다시 보게 하는 식으로, 지난 번에 시도해서 무난했던 '주체문예' 창작방법을 적당히 수정 보완해서 모방 반복하는 것이 상례화, 일상화되었다. 비록 당이나 상급 문예조직, 평론가에게 도식주의로 비판받더라도 전례를 반복하는 관행적 창작태도만이 문학장에서 탈락, 퇴출당하지 않는 현실 안주 방식이자 생존법인 것을 이미 오랜 세월 동안 온몸으로 체득하였다. 새로운 창작방법의 모험적 시도는 위험이 너무 크기 때문이다.

하지만 김정은 시대 이전에도 수령형상문학이나 선군문학의 강고한 구심력에서 벗어나 인민의 일상, 특히 여성의 일상을 잘 보여준 과거 '사회주의 현실 주제' 작품이 얼마든지 있었다. 특히 사회주의 리얼리즘 보편미학과 결별을 선언했던 저 1967년, 이른바 주체사상의 유일사상 체계화(1967. 5) 이후 북한문학사 전체를 통틀어 이념적으로 두 번째[5]로 유연했던 '주체문예의 이념적 완화기(1986~94)'[6]에 인민, 특히 여성의 일상을 사실적으로 그린 대표작이 적잖이 나왔다. 이를테면 최상순의 「보통날에」『조선문학』, 1974. 3 최상순의 『나의 교단』문예출판사, 1982의 전통을 이어받은 안홍윤의 단편 「칼도마소리」[1987][7]부터, 강복례의 단편 「직장장의 하루」[1992][8]까지. 그리고 그들 여성 리얼리스트의 계보를 잇는 렴형미, 최련의 시와 소설이 그렇다. 가령 렴형미의 최근 시 「한 녀성과학자의 고

---

5. 첫 번째 이념적 완화기는 1956년이다. 고자연·김성수, 「예술의 특수성과 당(黨)문학 원칙-1950년대 북한문학을 다시 읽다」, 『민족문학사연구』 65호, 민족문학사학회, 2017. 12. 참조.

6. 1967년의 이른바 '5.25교시' 후속조치(1968-1978)로 분서갱유에 가까운 사상통제가 이루어졌다. 적어도 문학예술 분야에서 20년간의 봉인이 해제된 결정적 계기는 조선문학예술총동맹 제6차 대회(1986. 3)에서 마련되었기에 1986년이 문학예술사적 분기점이라고 판단된다. 조선로동당 중앙위원회, 「조선문학예술총동맹 제6차 대회 앞」(축하문), 『로동신문』, 1986. 3. 28, 1쪽; 미상, 「우리 당이 문학예술사업에서 이룩한 업적을 옹호고수하고 계승발전시키자」, 『로동신문』, 1986. 3. 28, 1쪽 참조.

7. 『조선문학』, 2012. 11. 재수록.

8. 강복례, 「직장장의 하루」, 『조선문학』, 1992. 8.

백」한 대목을 보자.

> '화성-15'형 대륙간탄도로케트를 성공한 과학자라고/ 모두
> 가 저의 가슴에 꽃다발을 안겨주는데/ 남편만은 아무말없이
> 손을 꼭 잡아주더군요/ 그이는 큰 공장의 지배인이지만/ 집에
> 서는 너그럽고 부지런한 세대주예요/ 언제나 룡남산이 우리를
> 지켜본다면서/ 돌격 구령을 쳐주고 떠밀어주지요/ 우린 서로
> 바빠 늘 함께 있지 못해도/ 서로가 더더욱 귀중해짐을 말없이
> 느낍니다/ 짝이 꼭맞는 신발을 신어야 먼길 가듯이/ 끝없는 창
> 조로 매혹되는 것이 영원한 사랑인가봐요/ 시간에 쫓기우며
> 늘 생활의 시간표를 잊어/ 시아버님 일흔돐 상도 차려드리지
> 못한 이 며느리를/ 온 마을이 도와주던 그날을 잊을수가 없어
> 요/ 후더운 그 인정 눈물겨운 그 믿음속에서/ 저는 효성과 애
> 국은 하나라는것을 알았어요/ (하략)[9]

「한 녀성과학자의 고백」을 보면, '화성-15형 대륙간탄도로케트' 개발
에 참여한 여성 과학자의 자기 목소리를 시로 그려내고 있다. 최첨단 과
학기술자로서 중차대한 국가사업에 주도적으로 참여하면서도 일견 가정
사의 일상을 제대로 챙기지 못한 아내이자 며느리로서의 자기 정체성을
반성적으로 환기한다. 80년대의 완전체 여성을 그린 「칼도마소리」, 「직
장장의 하루」에서 나오듯이 예전에는 이 모든 것을 다 하는 사회주의적
알파맘, 억척여성을 전형으로 삼은 것과 달라졌다. 가사노동과 집안일을
다 챙기지 못하지만 그래도 더 큰 명분의 나랏일을 한다는 보람 속에

---

9. 렴형미, 「한 녀성과학자의 고백」(시), 『조선문학』, 2018. 3, 71쪽.

가정주부의 정체성이 용인되는 셈이다. 이런 지점이 김정은 시대 들어 달라진 여성 형상이 아닐지 모르겠다.

문제는 첨단 과학자 같은 개별적 예외 사례가 아니라 일상적 대표 전형을 널리 그려내고 공감대를 확산하는 일일 터이다. 결국에는 새로운 문예정책과 노선, 전형이 이론적으로 뒷받침되어야 할 텐데 그렇지 못하다. 가령 김정은 시대 공인받은 거의 유일한 새로운 창작 담론은 주체문예도 선군문학도 아닌 '모란봉악단의 창조기풍' 정도이다. 타자의 시선에서 거칠게 비판하면, '명작폭포'란 구체적 미학과 창작방법이 없는 일종의 레토릭일 뿐이며, 저 1950~60년대 천리마 담론을 재호명한 '만리마속도, 만리마시대 기수'도 생산현장의 슬로건이지 문학예술장의 전형으로는 아직 정착되지 못했다. 심지어 김정은 시대 예술 창작의 유일한 대표 담론 '모란봉악단의 창조기풍'조차 '새정치'처럼 막연하다. 도식과 유형에서 벗어나지 못한 낡은 창작방법을 대담하게 버리고 진취적이고 박력 있으며 약동하는 시대정신을 반영한 새롭고 독창적인 작품을 창조하라는 주문이 어찌 모란봉악단의 만능키일 뿐일까. 이에 김정은과 북한 인민들이 진정 새로운 삶과 문학예술을 구가하고 싶다면, 이른바 모란봉악단의 창조기풍을 또 하나의 '억압장치'로 이데올로기화시키지 말고 상상력을 무한 확대하라고 권하고 싶다.

현금의 북한문학이 김정은 체제가 추구하는 '선군·민생 병진정책'의 반영물이라 이해하려 해도 실제로는 청년 지도자의 욕망의 산물, 상상의 공동체에 머무르지 않나 하는 판단이다. 다만 평화체제로의 도정에서 '사회주의 문명국'의 '인민생활 향상'에 매진하기에 일상의 행복을 찬양하는 '사회주의 현실 주제'의 수작이 자연스럽게 뒤따를 것으로 전망한다.

저녁식사 한자리에 모여앉지 못한다고/ 화목하지 못한가고 묻지 마세요/ 밥상을 물린 채로 전호를 차지하듯/ 자기 책상 마주앉는 한식솔입니다//

뜨개코는 쉴새없이 늘어만 가도/ 안경 너머 우리 모습 지켜보군 하시는/ 어머니는 교수참관 들어오신 선생님인듯/ 사각사각 펜소리가 초침소리 밀어놓는/ 살림방에 펼쳐진 수업시간입니다//

때로는 콤퓨터에 저 먼저 앉겠다/ 나이순서 상관없이 싱갱이질 있어도/ 배운 지식 기름지게 익혀가는/ 새 대학생 지식이 높아가는 시간입니다//

(중략) 어머니의 뜨개바늘도 신이 난듯/ 우리 집의 아름다운 풍경을/ 부지런히 떠나가는/ 아, 이런 밤은 분명 행복의 밤입니다![10]

혁신자 소개판에 나란히 붙은/ 선반공 처녀와 총각의 사진/ 사람들 웃으며 소곤소곤 하는 말/ 미더운 그 모습 천상배필이래요/ 라 이걸 어쩌나/ 처녀는 웬일인지 얼굴 붉히고/ 총각은 벙글써 웃기만 하네//

년간계획 넘쳐한 장한 그 모습/ 증산돌격운동에도 앞장섰다네/ 온 공장의 축복 속에 사랑 속에 받들리는/ 미더운 그 모습 천상배필이래요/ 라 이걸 어쩌나/ 축하의 무대에서 서로 만나도/ 마음속 고백은 나눈 적 없대//

혁신자 소개판의 처녀와 총각/ 시대가 맺어주는 인연인가

---

10. 현송미, 「'나의 노래'-우리 집 풍경」(시초), 『조선문학』, 2018. 6, 57쪽.

봐/ 만리마를 타고서 비약의 나래 펼친/ 미더운 그 모습 천상 배필이래요/ 라 한쌍의 모습/ 시대가 정담아 축복해주는/ 미더운 그 모습 자랑이래요[11]

　지금 평양 주민의 일상적 행복과 청춘남녀의 사랑이란 위의 시에 보듯 정상 국가 인민의 평범한 일상 이미지가 아닐까? 평범한 가정 식구들이 거실 컴퓨터를 자기 먼저 차지하겠다고 실랑이를 벌이고 공장의 남녀 노동자가 실적 경쟁을 하면서 사랑에 빠진다는 시적 장면은 우리 남한의 10여 년 전 일상과 크게 다르지 않다. 이것이 바로 한반도의 정서적 소통, 나아가 마음의 통합의 한 실마리가 아닐까?

　2018년 말, 현재 시점은 근 백 년 만에 찾아온 한반도의 근본 변화가 가능한 결정적 시기라고 희망 섞인 전망을 한다. 과거사를 되짚어 보면 남북관계가 적대와 무관심에서 대화와 화해, 교류 협력으로 급변한 계기가 예고도 없이 찾아오곤 하였다. 빠른 시간 내에 정치적 부담 없이 추진할 수 있는 문학예술 교류가 선도가 되어 남북관계에 활력을 불어넣은 경우도 많았다. 이를 기대하며 꿋꿋하게 문학작품을 밑줄 치며 읽고 행간의 의미를 추정하는 작업을 계속한다.

---

11. 김정삼, 「정다운 축복」(가사), 『문학신문』, 2018. 9. 15.

사회주의적 이상과 현실의 균열[1]

오태호(경희대학교)

1. 김정은 시대의 단편소설 읽기

본고는 김정은 시대(2012~2018)[2] 북한의 사회주의 현실을 주제로 다룬 단편소설에 나타난 서사적 변화 양상을 이면적 독해의 방식으로 읽어내려는 시도에 해당한다. 김정일 사후 애도 정국을 거쳐 '김정일 애국주의'를 강조하던 북한문학의 표상은 점차 김정은의 지도력 예찬과 인민 사랑으로 방점이 옮겨가고 있다. 주지하다시피 북한문학은 '수령형상 문학'을 전면에 내세운다. 사회주의 사실주의 작품이 모토로 내건 '당성, 계급성, 인민성'의 특성 속에 '주체사상'의 강조는 '주체사실주의'로 이어져, '항일혁명문학' 이래로 '김일성 가계'에 대한 찬양이 주류를 이루는 문학 풍토는 2018년도에도 여전히 지속되고 있다. 북한은 '김일성-김정일주의' 기치 아래 '김일성 민족, 김정일 조선'을 내세우며 '김일성=김정일 ⇒ 김정은'으로 이어지는 3대 세습이 정착되고 있는 나라로서

---

1. 이 글은 「김정은 시대의 북한 단편소설에 나타난 서사적 특성 고찰-사회주의적 이상과 현실의 균열적 독해」(『인문학연구』 제38호, 경희대학교 인문학연구원, 2018. 12)를 단행본 취지에 맞게 수정 보완한 것이다.

2. 북한 사회 연구자들은 김정일 사망(2011. 12. 17) 이후 김정은이 권력을 승계하면서 2018년 현재에 이르기까지를 '김정은 정권, 김정은 시대, 김정은 체제' 등으로 혼재적으로 표현하고 있다. 본고는 김정은의 유일 집권 체제가 안정화되고 있다는 판단 속에 '김정은 시대'로 명명하여 논의를 진행하고자 한다.

'수령-당-인민'의 위계와 삼위일체적 결속이 강조되는 사회인 것이다.

　김정은 시대의 북한 소설 연구를 개괄해보면, 먼저 김성수[3]는 김정일에 대한 '추모문학'을 거쳐 부조(父祖)의 권위를 계승한 김정은이 '미래를 지향하는 친근한 지도자'로서 '인민생활 향상'과 '청년 미래' 담론 속에 '선군과 민생의 병진 담론'을 원심화하면서 청년 지도자의 욕망으로 '사회주의 낙원'을 실현하려는 모습이 형상화되고 있다고 분석한다. 오태호[4]는 2012년『조선문학』의 단편소설을 일별하면서 '백두 혈통'의 3대 세습 담론이 강화되고 있으며, '김정일 애국주의의 추구, 최첨단시대의 돌파, 긍정적 주인공들의 양심과 헌신의 목소리' 등으로 제재를 분류하여 김정은 시대의 소설적 현재성을 검토한다. 오창은[5]은 김정일 사후 불확실성이 강조되었을 때의 '통치와 안전'의 메커니즘을 중심으로 '혁명의 일상화'와 '정치 부재의 사회'에서 드러나는 세계 인식의 공통감각, '당과 인민의 자기 통치' 양상을 구체적으로 분석한다. 박태상[6]은 김정은 시대 소설의 특징이 '김일성-김정일주의'를 통치이념으로 내세우며 '김정일 애국주의'를 실천담론으로 강조하는 가운데 '1) 인민들의 삶의 질 증대, 2) 최첨단 돌파, 3) 여성 노동력 확보 시도' 등이 두드러진다고 분석한다. 이선경[7]은 탁숙본의『정의 바다』를 중심으로 김정은 시대 '사회

3. 김성수, 「김정은 시대 초의 북한문학 동향: 2010~2012년『조선문학』,『문학신문』 분석을 중심으로」,『민족문학사연구』 제50호, 민족문학사학회 민족문학사연구소, 2012. 12. 31, 481~513쪽/ 김성수, 「'선군'과 '민생' 사이: 김정은 시대 초(2012~2013) 북한의 '사회주의 현실' 문학 비판」,『민족문학사연구』 제53호, 민족문학사학회 민족문학사연구소, 2013. 12. 31, 410~440쪽/ 김성수, 「북한문학, 청년 지도자의 욕망-김정은 시대, 북한문학의 동향과 전망」,『세계북한학 학술대회 자료집』, 북한연구학회, 2014. 10, 259~277쪽.
4. 오태호, 「김정은 시대 북한단편소설의 향방: 김정일 애국주의의 추구와 최첨단시대의 돌파」,『국제한인문학연구』 12집, 국제한인문학회, 2013. 8. 31, 161~195쪽.
5. 오창은, 「김정일 사후 북한 소설에 나타난 '통치와 안전'의 작동-인민의 자기통치를 위한 기억과 재현의 정치」,『통일인문학』 제57집, 건국대인문학연구원, 2014. 3, 285~310쪽.
6. 박태상, 「김정은 집권 3년, 북한 소설문학의 특성-2012년 1월부터 2014년 12월까지『조선문학』 발표작품을 대상으로」,『국제한인문학연구』 16집, 국제한인문학회, 2015. 8. 31, 53~91쪽.

주의 대가정'의 구조가 '화목한 하나의 대가정'으로 형상화되는 사회주의 문명국의 복지 담론을 분석하면서 양가적이고 복합적 양상을 의미화한다.

이상의 연구사를 검토해보면, 김정은 시대의 출발을 알리는 2012년 이래로 현재에 이르기까지 북한문학은 '강성대국 건설'과 함께 '인민생활 향상'을 주제로 한 작품들이 등장하면서 '김일성-김정일주의'의 모토 속에서 '김정일 애국주의'와 '김정은의 인민 사랑'이 문학적 주제로 강조된다. 김정은 시대 초기에는 '핵-경제' 병진노선의 유지 속에 김정일의 사망에 대한 애도와 안정적 세습 구도가 우선시되면서 '최첨단시대의 돌파'가 시대적 과제로 대두되었으며, 2017년 11월 핵 무력 완성을 선포한 이후 2018년 현재는 한반도 비핵화 논의 속에 만리마시대와 사회주의 문명국을 강조하며 과학기술의 강조와 인재 강국의 전망 속에 인민생활 향상을 추구하는 작품들이 생산되고 있다.

김정일 사후에 쓰여진 2012년 권선철의 평론[8]은 김정일의 일대기를 조명하는 '총서 〈불멸의 향도〉 연작 중 『오성산』을 분석하면서 '김정은의 동행'을 강조한다. 즉 '김정일 애국주의'의 강조 속에 '수령형상문학의 향방'이 '김정은 권력'의 정당성을 강화하는 방향으로 진행될 것임을 보여준다. 1980년 제6차 당 대회부터 36년 만인 2016년 5월 개최된 제7차 당 대회 이후 '주체사상'이 변형된 '김일성-김정일주의'가 당의 지도이념으로 채택되고, '핵-경제 발전 병진노선'이 정책 노선으로 공식화된다. 특히 김정은이 조선노동당 위원장으로 취임하면서, 제7차 당 대회에서

---

7. 이선경, 「김정은 시대 소설에 나타나는 복지 담론의 의미-'사회주의 대가정'의 구조 변동과 '사람값'의 재배치」, 『북한연구학회 춘계학술발표논문집』, 북한연구학회, 2017. 4, 253~264쪽.
8. 권선철, 「선군승리의 불멸의 화폭에 대한 감명깊은 형상세계(총서 〈불멸의 향도〉 장편소설 『오성산』(박윤 작)을 읽고)」, 『조선문학』, 문학예술출판사, 2012. 8, 30쪽.

는 '자위적 국방력의 강화, 경제강국, 문명강국 건설의 사회주의 조선'을 지향하는 것이 강조된 바 있다. 2017년 내내 계속된 '화성' 발사와 11월 핵 무력 완성을 선포하기까지 북미 간의 대결 구도와 한반도의 긴장은 최고조에 이른 바 있다.

그러나 위기는 기회와 함께 온다는 말이 있듯이 2018년 1월 들어 평창올림픽에 북한이 참가하면서 한반도를 둘러싼 분위기는 변개된다. 즉 2018년 4·27 남북 정상회담과 6·12 북미 정상회담 이후 9·19 평양 남북 정상회담을 치른 9월 말 현재, 한반도는 북미 대화의 진전과 교착 속에서도 비핵화와 평화체제를 안착시키기 위한 도정에 놓여 있다. 이러한 가운데 본고는 조선작가동맹 중앙위원회 기관지인 『조선문학』에 2012년 이후 게재된 단편소설을 중심으로 북한문학의 현재적 양상을 대표적으로 보여주는 6편의 작품을 통해 김정은 시대 북한 단편소설의 특성을 서사적 균열 양상을 검토해보고자 한다. 특히 2012년 이래로 2018년 초까지 발표된 「영원한 품」, 「성전의 나팔소리」, 「재부」, 「영원할 나의 수업」, 「보습산」, 「세대의 임무」 등 6편의 작품들은 2015년 김정은의 「신년사」 이래로 북한문학에서 강조하는 5대 교양 사업(위대성교양, 김정일애국주의교양, 도덕교양, 신념교양, 반제계급교양)[9]이 확연히 드러나는 작품이라는 점에서 주목을 요한다. 더구나 이 작품들은 남북한 연구자들의 선행 연구[10]를 통해서도 이미 김정은 시대를 관통하는 대표적인 북한 단편소설로 주목된 바 있다. 따라서 이 글에서 시도하는 사회주의적 현실과 이상을 길항하는 '균열적 틈새 읽기'는 북한문학이 지닌 기존의 경직성 속에서도 유연적 변화 가능성을 탐색함으로써 남북한 문학의 접점을 확대하는 데에 기여할 것으로 판단된다.

---

9. 리강철, 「5대교양은 올해 사상사업의 중요한 임무」, 『로동신문』, 2015. 1. 16.
10. 김성수, 오창은, 오태호, 이선경, 박태상 등의 논문 참조.

2. 김정은 시대의 이상과 현실

1) 김정일 애국주의와 인민생활 향상

김정일 사망(2011. 12. 17) 이듬해인 2012년 김정은 시대의 문학을 대표하는 작품은 김하늘의 「영원한 품」이다. 이 작품에서 드러나는 '김정일 애국주의'에 대한 강조는 '수령형상문학'이 김정은 시대에도 주체문학의 핵심적 의제가 될 것임을 보여준다. '김정일 애국주의'의 추구는 김정일에 대한 애도와 헌사일 뿐만 아니라, 김정은 시대 초기에는 김정일의 후계자이자 계승자로서 김정은의 미미한 지도력을 상쇄하려는 의도가 내포된 것으로 파악된다. 하지만 이러한 지향은 2018년 현재에는 일종의 시대적 모토를 상징하는 '레토릭'으로 강조되는 담론이다.

김하늘의 「영원한 품」은 '김정일=김정은'의 구도를 강조하면서 김정일의 사망과 김정은의 지도를 연결함으로써 '김정은의 위대성'을 담아낸 최초의 단편소설이다.[11] 작품 속에서는 현지지도를 다니던 김정일이 죽음을 목전에 두고도 인민생활 향상을 위해 '평양 시민의 물고기 공급량'까지 자상하게 배려했음을 강조하는 내용이 주로 그려진다. 성 당일군이 수산성 부국장인 림해철에게 문건을 내밀어 보이는 것으로 작품은 시작되는데, 김정일이 새해를 맞이하는 평양시민들에게 수도시민 1인당 물고기 공급량을 어종별로 확정해주었다면서, 총수량은 확보됐지만 명태가 200톤 모자라기에 명태 떼가 빠져나가기 전인 2011년 12월 23일까지 잡아야 한다는 내용을 담은 문건이 등장한다. 해철은 김정일의 뜻

---

11. 김성수는 이 작품을 김정은의 '친근한 지도자 이미지 담론'의 작품으로 평가하지만(김성수, 「김정은 시대 초의 북한문학의 동향」, 앞의 글, 499~501쪽), 오창은은 이면적으로 볼 때 김정일의 사망 소식이 지연 전달됨으로써 '김정일 사망에 대한 북한 내부의 의구심 제기'가 있었음을 추론하기도 한다.(오창은, 앞의 글, 328~329쪽) 두 연구자의 시각 역시 이 작품이 필자처럼 김정은의 위대성을 교양하기 위한 최초의 단편소설임을 주목한다.

을 '가장 진실하고 철저하게 관철하는 참된 전사'임을 자임하면서 어종별로 전량을 완수했다는 보고를 드릴 것을 다짐한다. 표면적으로는 김정일의 지시를 관철하는 '참된 전사'의 다짐이지만, 김정일이 죽음을 목전에 두고도 현지 지도를 강화하면서 인민생활 향상을 위해 '평양 시민의 물고기 공급량'을 일일이 세세하게 배려한 '인민 사랑의 화신'임을 강조하는 내용이다.

림해철은 배 위에서 2011년 12월 19일 낮 12시 '중대보도'를 통해 김정일의 사망 소식을 접한다. "위대한 령도자 김정일동지께서 주체100(2011)년 12월 17일 8시 30분에 현지지도의 길에서 급병으로 서거하시였다"는 것이다. 그리고 이어서 '김정일의 생전 지시'를 관철하라는 '김정은의 가르침'이 담긴 문건이 날아온다.

> 연포수산사업소 먼바다선단앞./ 경애하는 김정은동지의 가르치심내용에 따라 위대한 령도자 김정일동지께서 인민생활부문에 마지막으로 주신 12월 16일지시를 철저히 관철하기 위한 대책을 다음과 같이 세운다./ 수도시민들에게 공급할 물고기확보문제…/ 물고기수송을 위한 특별렬차편성과 운행문제…/ 수도의 각 수산물상점들까지 물고기운반문제… 이상./ 선단은 출항할 때 받은 지시를 그대로 집행할 것.[12]

인용문에서 드러나듯 우선적으로 '김정일의 지시'가 있었지만 결과적으로는 '김정은의 가르치심'을 따라 '인민생활 부문'에 대한 지시의 관철이 집행된다. 그리고 문건 내용을 확인한 해철은 뜨거운 오열 속에서도

---

12. 김하늘, 「영원한 품」, 『조선문학』, 2012. 3, 39쪽.

그것을 집행하려는 의지를 다진다. "가장 비통한 눈물을 쏟으면서도 변함없는 어머니로 천만자식들을 끌어안아주고있는 경애하는 김정은동지의 사랑 가득한 조국"이 있기 때문이다. 개인적 부친이자 국가적 지도자인 김정일을 잃은 비통한 눈물 속에서도 '김정은의 사랑'이 '변함없는 어머니'처럼 김정일의 사망 자리를 메우기에 조국 사랑의 길에 헌신을 다하겠다고 다짐하는 것이다. 사회주의 대가정 논리 속에 '아버지 김정일'의 부재의 자리를 '어머니 김정은'이 채워줄 수 있다고 강변하는 셈이다.

더구나 선단장은 김일성 사망 당시가 생각난다면서 '김일성=김정일=김정은'의 3대 세습을 강조한다. 즉 김일성 역시 경제문제를 심려하다가 사망했으며, 김정일 역시 한겨울 현지 지도의 와중에 순직했다면서, 이제 앞으로는 죽을 때까지 수령의 3대인 김정은에게 충성을 다할 것을 맹세하는 다짐이 그려진다. 경제 문제로 고민하던 김일성의 사망 당시와, 현지지도의 길에서 순직한 김정일의 사망을 유사 구도로 설명하면서, '비통한 슬픔' 속에서도 선대의 '물고기 대책'을 계승하고 관철하려는 '세심한 김정은'을 위해 충성을 맹약하고 있는 것이다.

해철은 눈물이 그렁해지면서 성 당일군으로부터 김정은이 친필로 "인민들이 호상서구있는데 추운 겨울밤에 떨구있다는거 장군님 아시문 가슴아파하신다"면서 "더운물이랑 끓여주구 솜옷이랑 뜨뜻이 입게 하라"고, "물두 맹물 끓이지 말구 사탕가루나 꿀을 풀어서 끓여주라"고 자심하게 지시했다는 말을 전해듣는다. 그러자 김정일과 김정은이 똑같은 지도자이며 두 지도자를 모신 것은 '인민의 타고난 복'이라고 생각하는 것으로 그려진다. 결국 이 작품은 김정일의 애국주의적 열정과 세심한 인민생활 배려의 형상이 주축이지만, 그것과 함께 사망 이후 '호상'을 서고 있는 인민의 모습과, '더운 물과 솜옷', '사탕가루와 꿀물' 등을 챙겨주는 김정은의 다정다감하고 자심한 형상이 핵심적 종자에 해당함을 확인할 수 있다.

그러나 역설적이게도 그만큼 북한 사회가 물고기 어획량을 챙겨야 할 정도로 생필품이 부족하여 식량 자급자족 문제가 심각하며, 최고지도자가 직접 민생의 미시적 부분까지 점검하고 지도해야 운영될 수 있는 열악한 국가임을 보여준다. 물론 작품의 의도 자체는 '김정일=김정은'이기에 인민생활 향상을 위한 지도자의 헌신적 사랑과 노력이 김정일이 사망한 이후에도 그의 계승자인 김정은에 의해 지속될 것임을 문학적으로 강변하고 있다고 볼 수 있다.

2) 사랑과 평화의 전쟁이라는 역설

리동구의 「성전의 나팔소리」는 북미 갈등이 최고조에 달하던 2017년까지의 한반도 분위기를 반영하면서, 김일성군사종합대학 교수인 엄남용이 김정은의 올바른 지도로 제대로 된 논문을 작성하게 된다는 이야기를 통해 사랑과 전쟁의 역설을 강조한 작품이다.[13] 작품 앞부분에서 60세의 교수인 엄남용은 아버지의 집 문 앞에서 쫓겨나는데, 당에서는 엄남용을 대좌, 교수, 박사로 키웠는데 당의 뜻과 어긋나는 글을 써냈기 때문에 배은망덕하다고 비판받은 것이다. 더구나 김정은은 엄남용을 직접 불러 원고의 문제점을 지적하면서 전쟁의 본질을 논리적으로 개진할 것을 강조한다.

김정은은 "조선반도의 평화와 안정은 대원수님들의 유훈"이라면서 적들의 전쟁준비에 맞서 평화애호적인 입장에는 변함이 없음을 강조한다.

---

13. 이 작품은 김정은의 불멸의 형상을 창조한 단편소설들을 묶은 첫 단편집이자 사상예술성이 뛰어난 작품집으로 평가되는 『불의 약속』(2014)에 먼저 게재된 작품이라는 점에서 주목을 요한다.(김용부, 「경애하는 원수님을 모시여 조선의 미래는 창창하다-단편소설집 『불의 약속』에 대하여」, 『조선문학』, 2015. 2, 27~31쪽).

그러면서 "당의 평화애호적인 립장을 옳게 리해하는데" 엄남용의 글이 미흡하다고 지적한다. 엄남용이 "미제침략자들과 남조선괴뢰들이 전쟁을 도발한다면 그것은 곧 최후의 파멸로 될 것이다. 우리의 타격은 무자비하다"라는 구절로 논문을 마감했기 때문이다. 김정은은 엄남용이 "적들에 대한 무자비한 증오와 징벌만을 강조"했다고 지적하면서, "우리가 앞으로 치르어야 할 혁명전쟁도 우리의 혁명무력이 이미 겪은 두 차례의 전쟁과 그 본질이 같"다면서 "우리의 혁명무력은 과거나 지금이나 외래침략자들로부터 조국과 민족을 구원하고 평화를 수호하는데 그 력사적사명이 있기 때문"이라고 강조한다. 북한은 애시당초 평화를 원하지만, 적대국이 선제적으로 침략을 감행했기에 정당방어로서 전쟁을 수행할 수밖에 없었다는 관점인 것이다. 이러한 논리는 북한이 2017년 '핵무력 완성'을 통해 사회주의 체제의 유지 강화를 기획하고 실천하는 국가임을 보여준다.

뿐만 아니라 김정은은 엄남용이 "론문에서 원쑤놈들에 대한 무자비한 징벌만을 강조"한 것이 일면적이라면서 "우리의 혁명전쟁은 어디까지나 조국과 민족에 대한 사랑과 믿음으로 벌리는 전쟁"이며, "사랑과 믿음의 철학으로 우리가 벌리는 전쟁의 본질을 풀이해야" 함을 지적한다.

"적들이 만일 불질을 한다면 기회를 놓치지 않고 반타격으로 대응하려는 것은 우리가 자기 조국과 민족에 대한 뜨거운 사랑을 지닌 혁명가, 애국자들이기 때문입니다. 자기 조국과 민족에 대한 사랑을 지닌 사람이라면 외세의 침략으로 조국과 민족이 당하는 고통을 그대로 보고만 있을 수 없습니다./ 조국과 민족에 대한 사랑이 없이는 원쑤들에 대한 증오도 있을 수 없습니다. 사랑이 열렬할수록 증오도 무자비합니다./ 우리는

누구보다 평화를 사랑합니다. 우리 당의 그러한 립장에는 지금

도 변함이 없습니다. 그러나 적들이 전쟁을 강요한다면 우리는

최후의 선택을 하지 않을 수 없습니다. …/ 우리의 전쟁은 어디

까지나 조국과 민족에 대한 뜨거운 사랑이 구현되는 성전으로

되어야 합니다."[14]

인용문에서처럼 김정은은 "적들이 만일 불질을 한다면 기회를 놓치

지 않고 반타격으로 대응하려는 것은 우리가 자기 조국과 민족에 대한

뜨거운 사랑을 지닌 혁명가, 애국자들이기 때문"이고, "자기 조국과 민

족에 대한 사랑을 지닌 사람이라면 외세의 침략으로 조국과 민족이 당

하는 고통을 그대로 보고만 있을 수 없"으며, "조국과 민족에 대한 사랑

이 없이는 원쑤들에 대한 증오도 있을 수 없"다면서 "사랑이 열렬할수

록 증오도 무자비"함을 강조한다. '조국과 민족에 대한 사랑의 크기'가

'원쑤들에 대한 증오의 크기'를 비례적으로 확대해왔다고 파악하고 있

는 것이다. 조국에 대한 에로스적 욕망이 외세에 대한 타나토스적 충동

을 비례적으로 상승시켰다는 진술인 셈이다. 그러나 이러한 자부심은

사회주의 대 제국주의의 구도 속에 '선과 악, 동지와 적'이라는 이분법적

대립을 전면화함으로써 인민들로 하여금 도덕적 우위 속에 체제 내적

결속을 강화하게끔 만드는 전략에 해당한다.

나아가 "우리는 누구보다 평화를 사랑"하지만, "적들이 전쟁을 강요한

다면 우리는 최후의 선택을 하지 않을 수 없"으며, "우리의 전쟁은 어디

까지나 조국과 민족에 대한 뜨거운 사랑이 구현되는 성전"이 되어야 한

다는 것이다. '사랑과 성전'을 연결하는 김정은은 최종적으로 자신이 군

---

14. 리동구, 「성전의 나팔소리」, 『조선문학』, 2018. 1, 17쪽.

사와 관련된 원고를 작성할 때 '철학과 창조성'을 중요시한다면서 "철학성이 결여된 글"을 자신이 인정할 수 없다고 단언한다. 그러면서 엄남용에게 "사랑과 믿음의 철학을 가지고 론문을 다시 잘 써주시오"라고 당부한다. '십자군 전쟁' 같은 종교적 성전을 연상시키는 김정은의 '사랑의 성전'은 결과적으로 '평화와 전쟁'이라는 적대적 대결 구도를 강조하면서 체제 내적 결속을 강화하기 위한 레토릭에 해당한다.

원고의 마지막에 서술자는 이렇게 마무리를 한다. 즉 "원쑤들은 파괴와 살육을 전쟁의 본질로 알고 있"지만, "조선에서 원쑤들에 의해 전쟁의 불집이 터진다면 사랑과 믿음의 철학이 파괴와 살육의 철학을 어떻게 타승하는가를 세계는 보게 될 것"이라면서 북한의 "인민과 군대"가 "위대한 대성인을 진두에 모시고 있"음을 강조한다. 결과적으로 '파괴와 살육을 일삼는 원쑤들'과 맞서 싸워 '위대한 대성인으로서의 김정은'을 위시로 '사랑과 믿음의 철학'을 지닌 '조선'이 승전할 수밖에 없음을 강조하고 있는 것이다. 이러한 서술자의 태도는 결국 외세의 침략으로 인해 발생할 '파괴와 살육'을 막아내기 위한 체제 내적 언술임과 동시에 전세계적 고립과 제재를 신념과 의지로 극복하려는 체제 내적 방어기제의 작동이라고 볼 수 있다.

이렇듯 「성전의 나팔소리」는 '평화와 전쟁, 선과 악'이라는 대비적 구도가 강조되면서 사랑과 평화를 선호하는 국가가 '조선'임을 강조한다. 즉 방어와 공격, 사랑과 증오, 평화와 전쟁이라는 상대적 개념을 대비시켜 '원쑤들의 적대적 관점'에 비해 사회주의 체제가 지닌 도덕윤리적 가치관의 우월성을 강조하고 있는 것이다. 이 작품은 조선은 선이고, 외세는 악의 무리라는 이분법적 선악 구도가 2018년에도 여전함을 보여준다. 하지만 이러한 태도는 체제 내적 결속을 강화하기 위해 '수령과 당'의 의도를 문학 텍스트에 반영하면서 '미제와의 전쟁'이 가져다줄 공포와 불안을 심리적으로 이완시키려는 일종의 정신승리법에 해당한다고 비판적으로 독해할 수도 있다.

3. 사회문화적 과잉과 결핍

1) 새로운 속도전의 양상과 노동 과잉의 현실

전충일의 「재부」는 1950년대 말 '평양속도'나 1980년대 속도전 운동처럼 '속도'를 중시하는 북한 체제의 특성을 계승하면서 2000년대식 속도전인 '희천속도'를 강조하는 작품이다. 특히 주인공 최영희처럼 아내들이 '희천발전소'[15]를 무대로 굴착기 운전수 남편들이 일하고 있는 건설장에 가서 남편들의 노동을 대신하기 위해 굴착기 운전수가 된 일화를 다룬다. 건설장에서는 교대라는 말조차 모른 채 밤낮으로 운전수들이 일하며, 김정일의 명령을 관철하기 위해 "희천발전소의 완공을 하루라도 앞당기기 위해" 매진하는 것으로 그려진다.

작품 속에서 하루 세 끼 밥 먹는 시간도 따로 없다는 참모의 말을 들은 아내들은 지원물자를 싣고 가서 휴게 공간이 아니라 남편들의 운전칸에서 면회를 하게 된다. 이렇듯 실상 '밥 먹는 시간'조차 확보하지 못한 채 건설 노동이 강요되는 것은 북한식 사회주의 노동이 지극히 왜곡되어 있음을 보여준다. 그럼에도 화자 최영희는 비판적 현실 인식을 보

---

15. 북한 자강도 용림군의 장자강 유역과 희천시의 청천강 유역에 건설된 희천1·2호 발전소를 가리킨다. 2001년에 착공하였으나 경제난 등을 이유로 방치하였다가 2009년 3월부터 본격적인 공사에 착수하여 2012년 4월 5일 완공식을 열었다. 이 발전소는 일반적으로 약 10년의 기간이 소요되는 대규모 공사이나, 해발 800m가 넘는 고지대의 지형 조건에서 3년 만에 완공하면서 '희천속도'라고 명명한다. 강성대국 원년으로 선포한 2012년까지 이 공사를 마무리하기로 하고 핵심 국책사업으로 추진하였으며, 중장비가 부족한 상황에서 삽과 곡괭이를 동원하여 댐 기초공사를 5개월 만에 마치고 임시 수로 공사도 3개월 만에 마쳤다고 한다(두산백과, 「희천발전소」, 네이버 참조).

여주는 것이 아니라, 교대운전수가 없어 밤낮으로 일하는 남편의 운전 칸에 앉아 본 며칠 뒤에 딸을 본가에 맡겨놓고 건설장으로 다시 향한다. 잠이 모자란 남편을 위해 운전을 배우고, 남편의 과잉노동을 나눠 가지려는 헌신적인 행동에 나서기 위해서다.

남편은 처음에는 "정신 나갔어? 언젤 말아먹자구 그래?"라고 솔직하게 말하면서도 굴착기운전법을 가르쳐준다. 결국 이들 부부의 일화가 마치 '숨은 영웅'의 이야기처럼 널리 퍼져 평양을 그리워하는 감상을 잊고 아내가 굴착기를 배우는 부부 운전수들이 늘어난다. 최영희는 이제 맞교대를 할 정도로 운전법을 익히게 되고, 전투소보에는 "언제우에 활짝 핀 아름다운 꽃!"이라는 제목의 글이 실린다.

드디어 우리는 언제를 다 쌓았다./ 10년이 걸린다는 방대한 공사과제를 짧은 기간에 끝내는 기적을 창조하였다. (중략) 얼마나 간고한 나날이었던가, 얼마나 벅찬 나날이었던가./ 그 나날에 우리는 콩크리트언제만을 쌓은 것이 아니었다./ 먼 후날 뒤돌아보며 아름답게 추억할 인생의 커다란 자욱을 여기 희천 땅에 새겼다. 애오라지 수척해진 남편만을 생각하여 희천으로 달려왔던 내가, 남편의 모자라는 잠시간을 위해 굴착기운전을 배우던 이 최영희가 어머니조국과 숨결을 같이하고 조국의 재부에 자기 몫을 보탤줄 아는 조국의 딸이 되었다./ 지금 나의 색바랜 저고리 안주머니에는 한 장의 사진과 함께 네 겹으로 정히 접은 한 장의 전투소보가 진귀한 보물인양 소중히 간직되어 있다.[16]

---

16. 전충일, 「재부」, 『조선문학』, 2012. 8, 60~61쪽.

작품 말미인 인용문에서 드러나듯 노동자들은 드디어 언제(=댐)를 다 쌓으면서 10년 공사를 압축적으로 완성함으로써 '건설의 기적'을 창조한다. 간고하고 벅찬 나날이었다고 회상하지만 이면적으로 검토해보자면, 두 배의 노동력과 과다 책정된 노동시간을 통해 속도의 강박으로 만들어낸 '강제된 기적'이 '희천속도'의 핵심임을 확인할 수 있다. "아름답게 추억할 인생의 커다란 자욱"을 희천땅에 새겼다고 자부하지만, 역설적이게도 과도하게 부과된 노동력은 부당한 강제노동의 집행으로 인식되었을 가능성이 크다.

　　물론 작품 속에서 "애오라지 수척해진 남편만을 생각하여 희천으로 달려나왔던" 최영희는 "남편의 모자라는 잠시간을 위해 굴착기 운전을 배우"고 "이제는 어머니조국과 숨결을 같이하고 조국의 재부에 자기 몫을 보탤 줄 아는 조국의 딸"이 된 것으로 그려진다. 하지만 "수척해진 남편"의 외양과 수면 부족을 해소하기 위해 여성 노동이 추가되는 것은 '조국의 재부'를 위해 노동력을 강제할 수밖에 없는 모순된 사회주의 현실을 드러낸다. 최영희가 자부하는 '조국의 재부와 조국의 딸'을 이면적으로 검토해보자면 정상적인 가정생활을 외면한 채 24시간 지속된 혹독한 노동의 강요 속에서야 비로소 '희천속도'가 탄생될 수 있었던 것이다. 이러한 속도 제일주의에 대한 강박은 '마식령속도, 조선속도'를 거치면서 2018년 현재 '만리마 속도'로 명명되고 있다.[17]

---

17. '만리마 속도'는 김일성 시대의 평양시간과 천리마운동(1956), 김정일 시대의 속도전(1980)을 잇는 개념으로 김정은 집권 초기 '마식령속도, 조선속도' 등의 연장선상에서 강조되는 구호이다. 2016년 5월 열린 7차 당 대회에서 "10년을 1년으로 주름잡아 달리는 만리마시대를 열었다"라고 주장한다(오태호, 「최근 『조선문학』(2017, 1~6호)을 통해 본 김정은 시대 북한 시의 고찰-'만리마시대'의 사회주의 강국 건설 지향」, 『한민족문화연구』 제61집, 한민족문화학회, 2018. 3. 31, 169~916쪽). 김정은 시대의 속도지상주의적 과제를 구현하려는 현재적 욕망을 보여주는 작명이 바로 '만리마 속도'이자 '만리마시대'인 것이다.

2) 인재 양성의 모델과 다전공 교사의 강박

서청송의 「영원할 나의 수업」은 북한식 우수 교원의 형상을 깔끔하고 군더더기 없는 문장과 묘사력으로 형상화한 작품이다.[18] "명수에게 있어서는 뜻밖이였다"라는 문장으로 시작되는 이 작품은 플롯의 기대와 배반을 드러내면서 빼어난 서사적 흡입력을 보여준다. 특히 작품에서 실력이나 생활환경에 비춰볼 때 군인민위원회나 재교육강습소에 배치될 줄 알았던 교원 명수가 읍에서 멀리 떨어진 농촌의 장수고급중학교에 가게 된 일화를 '뜻밖'이라는 표현으로 함축하면서 시작되는 대목은 최근에 보기 드문 북한문학의 서사적 흥미를 보여준다는 점에서 주목을 요한다.

작품 주인공인 컴퓨터 수재 명수는 산골학교에 가서 자기 이름을 빛내고 인생의 다음 목표에도 빨리 도달하고 싶은 "인생의 지름길"에 대한 욕심을 드러낸다. 명수가 사회주의적 신념을 지닌 존재이기에 앞서 자기성취욕을 지닌 욕망형 인간으로 그려지는 것이다. 하지만 '꼴교장'이라는 별명으로 불리는 교장 리송직을 만나, '인재강국 건설'을 위해 명수를 초빙했다는 사실을 알게 되고, 교원들의 자질을 높이기 위해 '자연과학학습반'을 개설하고, 다양한 과목을 학습해야 한다는 말을 전해 듣게 된다. 심지어 교장은 수학이나 컴퓨터가 전공인 명수가 물리, 생물, 화학, 외국어, 력사 등에도 재능을 보유하고 있다고 이야기하자, 그 외에 문학이나 체육, 음악 등도 배워야 한다고 강조한다. 북한의 교육 사회가 한 명의 교사에게 지나치게 많은 만능형 실력을 겸비할 것을 주문하고 있다고 비판할 수 있는 대목이다.

---

18. 오창은은 이 작품을 비롯하여 「무지개」 등을 발표한 서청송을 '관료주의를 비판하는 민중적 관점의 작가'로 평가한다(오창은, 「북한문학의 미적 보편성과 정치적 특수성-비체제적 양식과 민중적 해석을 중심으로」, 『반교어문연구』 41, 반교어문학회, 2015. 12, 15~56쪽).

먼저 교장은 교육자로서 "당의 체육강국건설 구상"을 받들자고 강조하면서 명수에게 축구경기에 공격수로 출전할 것을 지시한다. 뿐만 아니라 '교수경연대회'에 참가하라면서 컴퓨터 교수 경연이 아니라 문학교수 경연에 나갈 것을 지시한다. 그러다 보니 명수는 교장의 참가 지시 임무를 원활히 수행하기 위해, 오전에는 수업, 오후에는 축구훈련, 밤에는 문학공부로 하루 24시간을 보내게 된다. 긍정적으로 보자면 다면적 인재로 거듭나는 교사로 볼 수도 있지만, 자신의 욕망 실현이 아니라 교장의 지시와 당의 구상을 실현하기 위해 부당한 지시를 수용하는 교사상이 북한식 인재 양성의 모델이라는 점에서 비판적으로 바라볼 필요가 있다.

> 그러던 어느날 명수는 설경이가 자리를 뜬 사이에 그의 휴대폰콤퓨터에다 자기 심정을 담은 글을 새겼다. "사랑합니다. 강명수" 명수는 그것을 다매체화해놓고 설경의 반응을 기다렸다. 그것도 모르는 설경이 컴퓨터를 펼쳐보다가 그 다매체화면 앞에서 눈이 화등잔만 해졌다. 경쾌한 음악과 함께 경치좋은 숲을 배경으로 큼직큼직하게 새겨지는 명수의 고백은 처녀의 심장을 쾅쾅 두들겼다.[19]

다만 인용문에서 드러나듯 '컴퓨터 수재'인 명수가 설경이의 휴대폰컴퓨터에 '사랑합니다, 강명수'라는 글자를 다매체로 설정하여 음악과 영상이 글자와 함께 전시되도록 만들었다는 부분은 2010년대 북한 청춘 남녀의 연애 방식을 보여준다는 점에서 흥미롭다. 즉 2000년대 북한 단편소설에서 드러난 청춘 남녀의 연애 담론은 동지애적 관계와 공공윤리

---

19. 서청송, 「영원할 나의 수업」, 『조선문학』, 2014. 6, 65쪽.

적 신념 확인이 감정교류에 우선한 것[20]으로 드러나지만, "명수의 고백은 처녀의 심장을 쾅쾅 두들겼다"라고 적시하듯, 충분히 사적 감정과 욕망의 자연스러운 움직임을 미디어를 활용하여 적극적으로 표현하고 있음이 주목된다.

결국 문학교수 경연에서 명수가 2등을 하지만, 원래 자기 분야가 아니었음에도 불구하고 최선의 노력을 기울였기 때문에 '보통'이 아니라 '최우등'이라는 평가를 받는다. 새로운 과목의 교수법에 도전하는 인재로 인정을 받은 것이다. 뿐만 아니라 축구시합에서도 2골을 넣어 최우등교원이라고 칭찬을 받은 뒤 '10월8일모범교수자증서'를 받고, 사랑의 결실을 맺게 되는 것으로 그려지면서 작품이 종료된다.

이렇듯 서청송의 작품은 사회주의 현실 주제를 다루는 북한 단편소설에서 생생하게 살아 있는 생동감 있는 인물의 형상과 함께 심리 묘사의 정확성, 흥미로운 플롯 구성 등을 보여준다. 특히 이 작품은 '종자'를 강조하며 '수령-당-인민'의 삼위일체적 관계를 강조하는 '당문학적 영향' 속에서도, 정확한 문장력과 서사적 구성력, 문학적 형상력으로 자신의 문학세계를 개척해가고 있는 역량 있는 작가가 서청송임을 보여준다.

4. 공적 담론과 사적 욕망의 균열

1) 인공위성 발사와 청년의 사랑

오광철의 「보습산」은 2012년 12월 12일 인공위성 '광명성 3호 2호기' 발사 성공을 배경으로 청년들의 사랑과 시대적 소명 의식을 드러내는

---

20. 오태호, 「북한 단편소설에 나타난 연애 담론 연구-2000년대 초반 단편소설을 중심으로」, 『국제어문』 58집, 국제어문학회, 2013. 8. 30, 559~585쪽.

사회주의 현실 주제의 작품이다.[21] 작품은 옛날에 농민이 불모지로 버림받은 땅을 갈아엎으려던 해토 무렵의 이야기가 일화로 제시되면서, 김혜선과 리명훈의 경쟁과 애정 관계를 밑면에 깔고, 서두에서 혜선이 "공교롭기도 하고 의미심장하기도 한" 전설을 돌이키면서 보습산 중턱에 자리 잡은 고굴 속으로 들어서는 내용으로 시작한다.

관리국 총각 기사장인 명훈은 광산의 전기문제를 해결하기 위해 발전소를 건설하고자 제안하면서, "오늘에 자기가 해야 할 일"을 놓치지 않는 것이 "래일에 일을 더 잘할수 있는 조건"이라며 독려한다. 중학교 3학년이던 혜선은 대동강수영경기에서 2번이나 1등을 했던 6학년 학생 명훈을 떠올리면서 "놀라움과 부러움 그리고 야릇한 반발심과 질투심"을 느꼈던 과거를 회상한다. 이렇듯 이 작품은 주인공인 혜선의 심리적 동요에 대한 묘사가 탁월하게 형상화된다. 혜선은 명훈과의 승부욕을 떠올리면서 아버지가 제기했던 'ㅎ광석'을 찾아내고자 홀로 굴 속에 들어선다. 하지만 캄캄한 굴 속에서 석수 흐르는 소리가 야릇하고 나직하게 들려오자 혜선은 쭈볏거리는 공포와 후회를 느낀다. 그럼에도 불구하고 명훈의 "주의깊고도 엄격한 눈길"이자 "알지 못할 힘과 지배감을 풍기는 듯한 그 눈길"을 상상으로 체감하며 공포를 이겨내고자 노력한다.

주인공 혜선은 "교교한 정적이 깔린 산천"에서 "문득 자기가 혼자라는 것을 느끼는 처녀다운 고독과 비애"를 느끼기도 하고, 명훈에 대해 "처음으로 느껴보는 이상하면서도 유혹적인 충동"을 느끼기도 한다. 더구나 명훈이 단층탐사설비개발에 성공했다는 소식을 들으며, 자신과 다르다는 이유로 "알지 못할 모멸감과 부끄러움", "뻐근한 압박감" 속에 젖

---

21. 이선경은 이 작품이 김정일 시대의 과학환상소설과 달리 신세대와 구세대가 선의의 경쟁 관계로 드러나면서 자연이 긍지와 희망의 공간으로 기획되는 김정은 시대의 단편소설의 특성을 보여준다고 평가한다(이선경, 「김정은 시대 문학에 나타난 국가적 이상: 이상적 영토로서의 조선 형상화를 중심으로」, 『신진연구논문집』, 통일부, 2015, 375~436쪽).

어든다. 그때 '인공지구위성 〈광명성-3〉호 2호기의 성공적 발사 소식'을 듣고는 "감격과 환희의 열띤 폭풍"을 체감한다.

명훈은 혜선에게 인공지구위성을 쏘아올린 과학자들을 생각하면서 "그들처럼 살아야 한다"면서 "그들의 정신, 그들의 본때로 오늘의 하루 하루를 완성해야" 한다는 것을 강조한다. 그때 혜선의 "가슴속으로 알 길 없는 전율이 날아지나"간다. 이후 굴 속에서 혼자 탐사하던 혜선은 홀로 떨어진 채 '무서운 공포'와 '공포의 전율' 속에 도와달라고 소리친다. 그때 전지불빛[22]이 보이며 "안도감과 고마움"을 느끼게 된다. 이후 명훈과 혜선은 고굴 속에서 명천지구의 새 ㅎ광체의 존재를 입증할수 있는 자료들을 찾아낸다. 고굴 밖으로 나온 혜선이 현기증으로 쓰러질 듯하자 명훈은 그의 어깨를 잡아준다. 혜선은 "온몸이 한없이 따스하고 아늑하며 편안한 곳으로 둥 떠가는 듯"한 행복감에 젖어든다. 하지만 "랭정한 리성의 도움으로 자기를 다잡"은 혜선은 멀리서 탐사대원들이 자신들을 보고 있는 모습에 "행복감인지 부끄러움인지 모를것이 온몸을 활활 태우는 듯"한 느낌을 받는다.

> 따스한 해빛속에서 오늘의 힘겨움도, 눈물도, 가슴다는 고백도 래일을 위한 우리의 생활이고 투쟁이며 사랑이라는 따스한 목소리가 그냥 들려오는 듯 싶어졌다./ 그것은 우주에서 내리는 해빛속에 슴배인 우리의 희망과 사랑의 별, 위성의 말이였다./ 처녀는 그렇게 위성 앞에 온몸을 맡긴 심정으로 오래도록 서있었다./ 행복과 사랑의 가쁜 숨소리마저도 고스란히 싣고

---

22. 이청준의 「소문의 벽」(1972)에서 드러나는 '전짓불'이 1970년대 한국 사회가 생산하는 이데올로기적 공포와 생사의 갈림길에서의 트라우마로 작동했다면, 2010년대 김정은 시대의 북한문학에서는 '전짓불'이 새로운 과학기술 시대의 전망을 상징하면서 어둠을 밝히는 희망의 빛이라는 메타포로 활용되고 있음을 확인할 수 있다.

보습산은 설레이고 있었다.[23]

  이후 명훈이 시대적 사명감을 강조하자, 혜선 역시 '오늘의 힘겨움과 눈물과 고백'을 '내일의 생활과 투쟁과 사랑의 목소리'로 들려주는 것이 우주의 "희망과 사랑의 별"인 인공위성의 전언이라면서, "위성 앞에 온 몸을 맡긴 심정으로", "행복과 사랑의 가쁜 숨소리"를 들으며 설렘을 고백한다. 하지만 보습산에서 ㅎ광체를 발견하는 내용과 인공위성의 성공을 '희망과 사랑의 전언'으로 연결 짓는 방식은 지나치게 작위적 서사의 구성을 보여준다. 핵 무력 강화와 인공위성의 개발을 통해 과학기술 강국을 향한 사회주의적 전망을 이상화하는 내용은 역설적으로 〈성전의 나팔소리〉에서 평화를 전제로 성전을 준비하는 모순에서처럼 핵에 의한 평화적 체제 유지를 기대하는 북한 사회의 고립감을 직시하게 한다.

  「보습산」에서는 인공위성 발사에 환호하면서 과학기술의 발전과 시대적 소명을 내면화하는 청년들의 헌신성이 미래의 행복을 위한 전제조건으로 그려진다. 김민선[24]에 의하면 인공위성은 고도의 테크놀로지를 보유한 북한이 완성된 공산주의 기술 강국으로서 세계체제의 변화를 일으켰다고 자부하는 근거가 된다. 그러므로 사회주의 문명국의 발전된 미래를 견인하기 위해 청년들로 하여금 '위성'을 사랑의 별로 호명하게 하는 것이다. 그러나 사회주의 문명국의 전망이 인공위성 발사 성공이라는 자부심만으로 성취되는 것은 아니라는 점에서 비판적 독해가 필요하다.

---

23. 오광철, 「보습산」, 『조선문학』, 2015. 2, 55쪽.
24. 김민선, 「'위성시대'의 도래와 북한문학의 응답-스푸트니크 직후(1957~1960)의 북한문학 텍스트들」, 『상허학보』 제53집, 상허학회, 2018. 6, 121~154쪽.

2) 오늘의 절제와 내일의 전망

홍남수의 「세대의 임무」는 아버지 세대가 아들 세대에게 사적 즐거움보다 공익적 가치를 우선시해야 하는 입장을 계승적 관점에서 강조하는 작품이다.[25] 아버지가 세상을 떠난 지 10년이 넘는 어느 날, 놀기를 좋아하는 화자 응일이 성실했던 아버지를 회상하면서 작품이 시작된다. 평범한 농민이었던 아버지에게 농삿일은 한생의 전부이고 기쁨이자 보람이다. 그런 아버지가 응일에게는 항상 "사회를 위해 유익한 일을 더 많이" 해야 하며 "더 많이 생각하고 노력해야 한다"면서 "스스로가 자각해야 되는 일"임을 강조한다. 공익을 위한 사색과 노력, 주체적인 자각의 필요성을 강조하는 전형적인 북한식 아버지상인 것이다.

응일은 농업전문학교를 졸업하고 집에 돌아와 기계화작업반 일이 생활도 따분하고 단조로울 것이라는 생각에 농산작업반에서 일하겠다고 결심한다. 다종다양할 농산반 생활을 상상하며, 농촌생활이 오로지 '기쁨과 즐거움, 환희'를 제공해줄 것을 기대하는 것이다. 실제로 '생활의 즐거움과 환희' 속에서 향유의 즐거움을 누리는 것이 "생활의 주인"이 된 '권리'임을 강변한다. 이러한 대목이 북한문학에서 드러나는 서사적 리얼리티에 해당한다. 심리적 갈등 속에서 주인공이 스스로를 투명하게 성찰하려는 내적 욕망이 드러나기 때문이다. 하지만 아버지로부터 '더 많은 사색'과 '사회적 공익 추구'의 필요성에 대한 비판을 듣게 되자, "난생 처음 느끼는 고독감"과 '무맥한 존재'에 대한 반성 속에 조바심이 생겨난다.

이후 응일이 탈곡기를 개조하지만, 작업반장으로부터 '도면의 부족점'

---

25. 이 작품은 남북 문학에서 드러나는 혈육에 대한 서사적 차이를 보여주면서 계승적 관점을 강조하는 북한식 세대론을 보여주는 작품으로 평가된다(오태호, 「남북에서 보는 '혈육'의 동일성과 차이: 사회주의 대가정과 해체된 가정-홍남수의 「세대의 임무」와 정용준의 「우리는 혈육이 아니냐」, 『겨레말』, 2017. 1).

을 듣게 되자 개조의 실패를 절감하게 된다. 결국 '슬픔과 창피' 속에 심리적으로 위축되고 생활이 힘겨워진다. 더구나 아버지는 "생각이 저속"하다면서 응일의 '대충주의적 태도'에 아쉬움을 표하고, 응일의 "모든 넋과 마음"이 목표와 목적에 부합하지 못한 채 비껴서 있다고 비판한다. 이렇듯 부모의 자식에 대한 걱정은 도덕과 신념을 교양하려는 목적의식적 당문학의 경향을 보여준다. 하지만 오히려 부모 세대가 비판하는 자식 세대의 부정성은 경직된 북한문학의 외연에서 더욱 적극적으로 형상화해야 될 유연한 리얼리티에 해당한다.

> "이제는 너희들세대가 이 벌의 주인이 되었다. 세월이 흐르
> 면 또 너희네 다음 세대가 여기서 살며 주인이 될게다. 넌 그
> 들에게 이 들판에 무엇을 새겨야 하는가를 배워줘야 한다. 그
> 래야 그들도 또 다음세대의 인생길을 올바로 잡아줄 수 있다."
> "오늘과 래일! 세대의 임무!"
> 나는 메아리처럼 귀전에 울리는 아버지의 말을 마음속으로
> 새겨보며 어둠이 내려앉는 들판을 오래도록 바라보았다.[26]

인용문에서처럼 응일의 아버지는 "세대의 임무"를 계승한 주체가 지금 "이 벌의 주인"인 '아들 세대'임을 강조한다. '배움'의 계승을 통해 오늘과 내일이 연결되어 구세대의 가치가 지속되어야 한다는 것이다. 응일은 아버지가 "나에게 생을 준 아버지"임과 동시에, "성장의 법칙"과 "우리 세대들의 임무와 자각이 무엇인가를 깨우쳐준 스승"이자 '동지'라고 회상한다. 아버지는 생물학적 아버지이자 멘토로서의 스승, 세대의 임무

---

26. 홍남수, 「세대의 임무」, 『조선문학』, 2015. 11, 65쪽.

와 자각을 계도해준 동지 등의 다면적 역할을 감당한 존재인 것이다. 그렇기 때문에 응일이 "자기를 오늘이 아니라 래일에 세우라"는 아버지의 말씀을 좌우명으로 삼게 된다. 이렇듯 북한문학의 서사적 결말은 계몽주의적 교양의 수용으로 마무리되지만, 이면적으로 보자면 자식의 욕망이 부모 세대의 계몽적 시선에 의해 계도되는 억압적 구도가 '사회주의 대가정'의 논리적 허구임이 드러난다.

홍남수의 「세대의 임무」는 아버지 세대의 헌신성을 본받으면서 후세대가 지식과 기술을 겸비하고 오늘과 내일을 연결하여 더 나은 내일을 선도하는 것이 새로운 세대의 임무임을 강조한다. 일할 때는 일하고 놀 때는 놀면서 생활의 즐거움만을 향유하려던 화자 '응일'은 아버지의 공익을 위한 헌신과 배움의 중요성을 강조하는 태도를 통해 북한 사회에서 공익적 가치가 사적 욕망보다 우선하는 오늘의 과제이자 내일의 전망을 약속한다는 사실을 이해하게 된다. 그러나 이러한 훈육과 교양의 강요는 사회적 혁신보다 계승적 관점을 중요시하면서 부모 세대의 자식 세대에 대한 억압적 사회 구조의 축소판을 보여준다.

5. 북한 단편소설의 변화와 한계

2018년 9월 말 현재 김정은 시대의 북한문학은 변화의 기로에 놓여 있다. 2018년 1월 이후 전개되는 한반도 주변의 정세는 비핵화 의제를 둘러싸고 평화체제 구축 분위기로 이어지고 있기 때문이다. 그러나 아직 남북 정상회담이나 북미 정상회담과 관련된 분위기가 반영된 북한 문예물을 만나기는 쉽지 않다. 2018년에도 여전히 부르주아 반동문화를 배격하며 주체 사실주의를 강조하는 가운데 '5대 교양'을 강조하면서

사상 전선의 기수가 문화예술인임을 '김일성-김정일 시대'처럼 강조하고 있기 때문이다.

하지만 본고에서 살펴본 문학작품들은 북한 사회의 속살을 보여주면서 북한 사회의 유연한 면모를 가늠하게 해준다. 먼저 '김정은 시대의 이상과 현실'을 보여주는 두 작품 중 김하늘의 「영원한 품」에서는 '김정일 애국주의'와 인민생활 향상이라는 두 가지 핵심적 의제가 주체문학의 방향이 될 것임을 보여준다. 그리고 리동구의 「성전의 나팔소리」에서는 북미 간 대결로 치닫던 2017년까지의 전쟁 고조 분위기를 확인하면서 전쟁을 반대하기 위한 철학으로서의 '사랑과 평화의 논리'를 강조하는 사회주의적 이상과 현실을 확인할 수 있었다.

둘째로 '사회문화적 과잉과 결핍'으로 전충일의 「재부」에서는 '희천속도'를 강조하지만 북한 사회가 '속도 지상주의'에 강박되어 노동자들에게 노동 과잉을 강요하는 왜곡된 사회주의적 현실을 보여주고 있음을 들여다볼 수 있었다. 그리고 서청송의 「영원할 나의 수업」은 전공인 컴퓨터뿐만 아니라 문학, 체육, 음악에도 조예 깊은 교사가 훌륭한 인재임을 강제하는 인재 양성의 이면을 비판적으로 읽을 수 있었다.

셋째로 '공적 담론과 사적 욕망의 균열'로 오광철의 「보습산」에서는 인공위성 발사와 청년의 사랑을 연동하면서 과학 기술의 미래를 희망하는 북한 사회 현실을 확인할 수 있었다. 그리고 홍남수의 「세대의 임무」는 부모 세대의 공익적 가치 추구가 아들 세대의 자유주의적 생활 추구보다 우선하는 의제임을 통해 북한 사회의 세대론적 책무를 확인할 수 있었다.

2018년 한반도 평화체제의 구상은 비핵화 의제의 지속적인 검토 속에 현재진행형이다. 그러나 아직 북한문학에서는 여전히 반미 구호가 드러나는 것에서 알 수 있듯 냉전적 대결 구조가 여전히 상존하고 있음이 드러난다. 하지만 북한 사회의 단편소설은 당문학의 검열 체제 아래에서도 이면적 현실을 독해할 수 있는 여지를 제공한다. 즉 북한 사회의 이상과 괴리된 현실적 조건들이 곳곳에서 드러나고 있는 것이다. 이러한 대목을 균열적 틈새 읽기로 읽어낸다면 북한 체제의 사회적 전망과 다르게 드러나는 인간적 욕망의 섬세한 표정을 들여다보면서, 북한문학의 진정한 재미를 찾아낼 수 있다고 판단된다. 그리고 이러한 이면적 독해의 방식이 북한문학과 남한 독자의 간극을 좁혀 남북한 문학의 점이지대를 확장하는 방법이 되어 남북한 통합문학에 기여할 수 있을 것이다.

'사탕 알'과 변화된 일상[1]

오삼언(동국대학교)

1. 사탕 알과 총알

김정은 시대는 김정일 시대와 무엇이, 얼마나 다른 걸까. 이 측면에서 김정은 시대의 민생 담론을 김정일 시대의 선군 담론과 비교한 분석[2]은 흥미롭다. 이 연구에서는 '사탕 한 알과 총알 하나'의 상징적 대비가 문학판 전체에서 역동적으로 펼쳐지고 있다고 소개하고 있다. 즉, 선군시대인 김정일 시대에서는 '총알'이 귀중했지만 이제 김정은 시대에 와서는 '사탕 알'을 먹일 수 있다는 점을 대비시키는 것이다.

> 나는 우리 아이들에게
> 사탕 한 알 변변히 먹이지 못한 것이
> 제일 가슴 아픕니다
> 이제 그 애들이 크면
> 사탕 알보다 총알이 더 귀중해

---

1. 이 글은 「김정은 시대 소설에 반영된 농업 및 과학기술정책과 변화된 일상-「목화솜이불」, 「버드나무 설레이는 땅」 등을 중심으로」(『북한연구학회보』 22집, 2018)를 단행본 취지에 맞게 수정 보완한 것이다.
2. 김성수, 「김정은 시대 초의 북한문학 동향: 2010~2012년 『조선문학』, 『문학신문』 분석을 중심으로」, 『민족문학사연구』 제50호, 2012.

이 눈보라를 헤쳐가는
아버지의 마음을 알거라고 (중략)

밝게 웃어라
마음껏 뛰놀거라
사랑의 손풍금도 안겨주시고
야외빙상장, 물놀이장
이 세상에 제일 좋은 유희장도 주셨습니다[3]

　"이제 그 애들이 크면 '사탕 알'보다 '총알'이 더 귀중했던 '아버지의 마음'을 알거라"는 바람에서 '아버지=김정일'이라는 의미가 내포돼 있다. 사탕 알을 먹일 수 없었던 김정일 시대를 지나 김정은 시대에서는 손풍금, 야외빙상장, 물놀이장 등도 가능한 시대라는 점이 대비된다.
　이 같은 담론은 김정은 시대를 구분 짓는 큰 가늠자처럼 반복되고 있다. 2015년 전국군중문학작품현상모집 1등 당선작품의 아래 대목은 고난의 행군 시기 은방울꽃과 오늘날 은방울꽃이 다르다는 점을 말하고 있다.

　　어제날의 은방울꽃이 고난의 행군이라는 엄혹한 겨울에 피운 꽃이었기에 오늘의 은방울꽃은 경애하는 원수님께서 가꿔주시는 사회주의대화원을 이채롭게 장식할 아름다운 꽃다발이 되어야한다고 저는 생각합니다.[4]

---

3. 미상, 「우리는 영원한 태양의 아들딸」, 『문학신문』; 김성수(2012)에서 재인용.
4. 김은경, 「은방울꽃」, 『조선문학』, 평양: 문학예술출판사, 2015. 6.

'고난의 행군' 시절 핀 은방울꽃과 '오늘'에 핀 은방울꽃은 다른 꽃이라는 의미가 강조되고 있다. '엄혹한 겨울'에 핀 은방울꽃이 있었기에 '이채롭게 장식할 아름다운' 은방울꽃도 존재하는 것이지만 두 '은방울꽃'은 다른 운명을 가진 다른 꽃이 되는 것이다.

김정일 시대의 선군담론과 김정은 시대의 민생담론 대비

총알		사탕 알
은방울꽃 (고난의 행군)	⇔	은방울꽃 (사회주의 대화원)
과거 - 김정일 시대		현재(미래) - 김정은 시대

출처: 김성수(2016), 『조선문학』(2015)을 토대로 작성

큰 틀에서 김정은 시대는 김정일 시대와 다른 민생 담론으로 차별성을 드러내고 있다. 구분 짓기는 김정일 시대와 다른 지향을 적극적으로 표현하는 것으로 '사회주의강성국가'라는 국가전략목표를 제시하면서부터 예고된 것이기도 하다.

그렇다면 김정은 시대의 민생 담론과 변화상은 세부적으로 어떻게 나타나고 있을까. 선행 소설연구를 살펴보면 김정은 집권 초기인 2012~2014년 작품 분석에 초점이 맞춰져 있다. 오태호[5]는 2012년 『조선문학』 작품들을 통해 3대 세습 담론이 강화됨과 동시에 김정일의 형상을 통해 김정일애국주의와 인민생활향상 담론이 강조되는 텍스트를 읽어낸다. 김성수[6]는 2010~2012년 『조선문학』과 『문학신문』에서 '선군과 민생의 병진담론'과 청년 지도자로서 김정은의 '사회주의 낙원' 욕망을

---

5. 오태호, 「김정은 시대 북한 단편소설의 향방: 김정일애국주의의 추구와 최첨단시대의 돌파」, 『국제한인문학연구』 12집, 2013.
6. 김성수(2012); 김성수, 「'선군'과 '민생' 사이: 김정은 시대 초(2012~2013) 북한의 '사회주의 현실' 문학 비판」, 『민족문학사연구』 제53호, 2013; 김성수, 「북한문학, 청년 지도자의 욕망-김정은 시대, 북한문학의 동향과 전망」, 『세계북한학 학술대회 자료집』, 북한연구학회, 2014.

분석하고 있다. 오창은[7]은 김정일 사후 '통치와 안전'의 메커니즘을 중심으로 당과 인민의 자기통치 양상을 분석한다. 박태상[8]은 김정은 시대 소설의 특징이 인민들의 삶의 질 증대, 최첨단 돌파, 여성 노동력 확보 시도 등이 두드러진다고 봤다. 이선경[9]은『정의 바다』작품을 중심으로 김정은 시대 '사회주의 대가정'이 사회주의 문명국의 복지 담론을 담고 있다고 분석한다. 이상의 연구들을 보면, 김정은 시대 초기 문학작품들에서 '인민생활 향상'과 '강성대국 건설'을 주제로 '김정은의 인민 사랑'이 강조되고 있음을 알 수 있다.

본고는 선행연구와 달리 김정은 시대 정책 변화가 주민들의 일상에 어떤 변화를 불러왔는지에 주목한다. 특히, 경제 변화를 감지할 수 있는 농업정책과 과학기술정책이 반영된 소설작품을 분석한다. 농업은 김정은 시대 경제정책 전반의 변화를 불러온 '우리식 경제관리방법'[10]의 핵심 분야로 2012년부터 일부 지역에 시범운영을 시작하며 우리식 경제관리방법을 확립해나간 우선 분야다.[11] 또 과학기술은 김정은 시대 주요 키워드로 사회주의강성국가 건설의 3대 기둥(사상, 총대, 과학기술) 중 하나로 꼽힌다.[12] 과학기술정책은 2013년 열린 전국 과학자·기술자 대회에

---

7. 오창은, 「김정일 사후 북한 소설에 나타난 '통치와 안전'의 작동-인민의 자기통치를 위한 기억과 재현의 정치」, 『통일인문학』 제57집, 2014.
8. 박태상, 「김정은 집권 3년, 북한 소설문학의 특성-2012년 1월부터 2014년 12월까지 『조선문학』 발표작품을 대상으로」, 『국제한인문학연구』 16집, 2015.
9. 이선경, 「김정은 시대 소설에 나타나는 복지 담론의 의미-'사회주의 대가정'의 구조 변동과 '사람값'의 재배치」, 『북한연구학회 춘계학술발표논문집』, 북한연구학회, 2017.
10. "사회주의기업책임관리제는 우리식 경제관리방법의 하위 범주이다. 즉 우리식 경제관리방법은 사회주의기업책임관리제, 포전담당제 등을 포괄한다." 양문수, 「김정은 시대 경제분야 주요 법령 개정에 대한 평가: 경제개혁의 관점으로」, 『북한연구학회 동계학술발표논문집』, 북한연구학회, 2017.
11. 2012년 이른바 '6.28방침'이라 불렸던 '우리식 경제관리방법'은 2013년 3월 당 중앙위전원회의에서 김정은이 "현실 요구에 맞게 우리식의 경제관리방법을 연구 완성할 것"(『로동신문』 2013년 4월 2일)을 지시했다는 보도가 나오면서 공식 확인됐다. 양문수, 「김정은 시대 경제정책의 변화 가능성: 새로운 '경제관리방법'을 중심으로」, 『한국과 국제정치』 제30권 1호, 2014, 100쪽.

서 김정은의 관련 노작이 발표되면서 본격적으로 시행됐다고 할 수 있다.[13] 이처럼 김정은 시대의 변화를 이끄는 주요 분야인 농업과 과학기술 정책이 일상에 어떻게 반영되고 있는지 살펴보고자 한다.

이를 위해 불멸의 향도 총서[14] 『야전렬차』[15]와 북한의 대표 문예 월간 지인 『조선문학』에 실린 단편소설들을 분석한다. 『야전렬차』는 총서임에도 불구하고 김정일과 김정은이 함께 형상화되는 독특한 특징[16]을 갖고 있다. 더불어 『조선문학』에 실린 단편소설들 중 2015년 이후 김정은 시대 농업정책이 잘 반영된 단편소설 3편(「목화솜이불」, 「사랑을 보다」, 「장풍덕」)과 과학기술정책을 잘 엿볼 수 있는 단편소설 2편(「자기를 강하게 하라」, 「버드나무 설레이는 땅」)을 분석했다. 김정은 시대 들어 변화된 농업정책은 2015년에 전면화, 안착화됐으며 과학기술정책이 녹아든 소설 또한 2015년 이후 작품들에서 눈에 띄었기 때문이다. 농업 및 과학

12. 조웅주, 「과학기술의 힘으로 인민의 락원을 일떠세우자는것은 우리 당의 결심이고 의지」, 『경제연구』, 평양: 과학백과사, 2015. 1.

13. "2013년 북한에서는 제4차 과학기술발전 5개년 계획이 시작됐으며 전국 과학자, 기술자 대회가 개최되었으며 이 대회에서 김정은의 노작 '과학기술발전에서 전환을 일으켜 강성국가건설을 힘있게 다그치자'가 발표되었다. 따라서 2013년은 김정은 시대의 과학기술정책이 본격적으로 시행된 해라고 할 수 있다." 변학문, 「김정은 정권 과학기술정책의 특징과 산업 발전전략」, 서울대학교 산학협력단, 2016. 36쪽.

14. 총서는 하나의 체계에 의하여 창작된 소설 묶음을 일컫는 용어로서 총서를 이루는 작품들은 서로 연계되면서도 독자성을 가진다. 북한에서는 총서의 형식을 '수령의 혁명역사와 업적을 정연한 체계를 가지고 폭넓고 깊이 있게 형상하기 위한 가장 합리적이고 우월한 문학형태'로 평가하고 있다(『북한예술문화사전』). 〈불멸의 력사〉는 김일성을 중심으로, 〈불멸의 향도〉는 김정일을 중심으로 한 작품들이다.

15. "참으로 총서 〈불멸의 향도〉 장편소설 『야전렬차』는 위대한 장군님의 혁명실록에 대한 감명깊은 형상을 통하여 우리 장군님의 불멸의 령도업적을 깊이 체득시키고 경애하는 원수님을 높이 모신 크나큰 긍지와 자부심을 새겨주는 것으로 하여 커다란 사상예술적감화력을 발휘하고 있다." 「애국헌신의 기적소리 오늘도 천만심장에 메아리친다」, 『우리민족끼리』, 2017. 6. 11.

16. 총서의 다른 작품들이 한 명의 지도자를 중심으로 수령 형상화를 시도하고 있는 것에 비해, 『야전렬차』는 김정일의 사망 시기를 다루고 있어, 그 후계자인 김정은도 함께 형상화되고 있는 독특한 특징을 갖는다. 이 같은 특징을 가진 다른 총서 작품은 김일성 사망 시기를 다룬 『영생』(1997)이 있다. 오삼언, 「『영생』과 『야전렬차』를 통해 본 북한의 지도자 형상 연구」, 『통일인문학』, 제74권, 2018.

기술정책 외에 다른 분야들에 대한 비교, 분석은 향후 연구과제로 남는다.

2. 농촌 일상의 변화

김정은 시대 농업정책의 핵심 조치는 '분조관리제 안에서의 포전담당 책임제'로 꼽을 수 있다.[17] 포전담당제는 20여 명의 분조가 담당하는 농경지를 몇 개의 포전(圃田)으로 나누어서 3~5명 정도로 구성된 농민들이 담당 포전의 경작을 책임지고 그 생산결과에 따라 소득을 분배하는 방식이다.[18] 종전의 분조관리제에 비해 생산 및 결산을 책임지는 단위를 더욱 소규모로 축소하면서 사실상 가족 단위의 영농과 비슷한 규모로 농사를 짓는 것이 가능해진 형태다.

포전담당제의 성과에 대해 북한 농업과학원 농업경영연구소의 지영수 실장은 2015년 『통일신보』와 인터뷰에서 "농장원들의 높아진 생산 열의는 제도를 실시하기 전에 비해 노력가동률이 95% 이상으로 올라간 것만 보고도 알 수 있다"고 짚으며 "제도 실시로 협동농장에서 사회주의 분배 원칙과 인연 없는 평균주의가 퇴치되고 분배몫과 국가수매량도 늘었다"[19]고 밝힌 바 있다.

그렇다면 문학작품 속에서는 김정은 시대 농업정책의 변화가 어떻게 반영되고 있을까. 포전담당제가 실시되면서 변화된 농촌 현실의 단면을 볼 수 있는 단편소설은 「목화솜이불」[20]이다. 김정은은 2014년 2월 6일 열

---

17. 양문수, 「김정은 시대 북한의 경제개혁조치」, 『亞細亞硏究』 제59권 3호, 2016, 118쪽.
18. 「北협동농장 포전담당제, 개인분배량 최대 4배 차이」, 『연합뉴스』, 2014. 6. 11.
19. 「북한, 포전담당제 성과 실증… 왕가뭄에도 알곡증산」, 『연합뉴스』, 2015. 6. 28에서 재인용.

린 '전국 농업부문 분조장대회'에 보낸 서한을 통해 "농장원의 생산 열의를 높이기 위해 분조관리제 안에서 포전담당책임제를 실시하도록 했는데 협동농장에서 자체 실정에 맞게 적용해 농업생산에서 은(성과)이 나게 해야 한다"고 밝힌 바 있다.[21] 「목화솜이불」은 김정은이 서한을 통해 포전담당제를 강조한 지 1년 반이 더 지난 시점인 2015년 10월 『조선문학』에 발표된 작품이다. 특기할 점은 「목화솜이불」이 포전담당제를 직접 언급하면서도 성과에 초점을 맞추기보다는 부정적 현상들에 대해서 주목하고 있다는 점이다. 「목화솜이불」에는 사람들의 관심이 온통 개인의 텃밭에 쏠려 어떤 작물을 심어야 더 많은 이익을 얻을 수 있을지 궁리하는 모습 등이 연출된다. 농업정책의 변화가 농촌과 농민의 의식을 어떻게 변화시켰는지 짐작케 하는 장면들이다.

농삿일을 잘하는 데다가 영농 개발에서도 성과를 내는 분조장 금희. 금희는 다른 분조가 작업하는 토량 정리 덕에 자신의 분조는 누워서 떡 먹기 식으로 작업을 끝낼 수 있다는 사실을 계산하고 자신의 분조를 쉬게 한 뒤, 작업 또한 가장 먼저 마치고 귀가한다. 이 사실을 안 금희의 어머니 송복순은 이웃인 두만 아버지에게 이 사실을 털어놓으며 속상해한다. 이 말 속에는 포전담당제 실시 등으로 자신의 가족이나 분조의 이익만을 챙기려는 변화된 농촌의 일상이 잘 묻어난다.

내가 금희에게 듣기 좋게 우리땐 그렇게 하지 않았다. 덕을 입지 않았어두 뒤떨어진 사람, 힘들어하는 사람이 있으면 도와 주구 쓰고 남아서가 아니라 모자라도 나눠쓰구… 이렇게 말을 떼니까 그 애가 글쎄 〈어머니, 그 사람들도 제 할 일을 한거지

20. 황용남, 「목화솜이불」, 『조선문학』, 평양: 문학예술출판사, 2015. 10.
21. 「北 김정은 "분배 평균주의 해롭다"… 농업혁신 강조」, 『연합뉴스』, 2014. 2. 7.

우릴 돕느라 한건 아니잖아요. 또 이젠 어머니네 때와 달라요. 포전두 담당책임제를 하잖나요. 자기 책임을 다하면 되는 거지…〉 하는 게 아니겠수.

　난 남의 자식을 보는 것 같았수다. 분조울타리안에 있을 땐 그렇게 대견해 보이기만 하던 애가 큰 집단에 섞어놓으니 그 모습을 똑똑히 드러낸거지요. 그 애 소리가 왜 그렇게 무섭게 들리던지….

분조장 금희는 포전담당제 시행이 불러온 현상을 두고 항변한다. "이 젠 어머니네 때와 달라요", "포전두 담당책임제를 하잖나요. 자기 책임을 다하면 되는 거지"라고 말이다. 「목화솜이불」은 분조장 금희 외에도 자 신의 가족이나 분조의 이익만을 챙기려는 모습을 당연하게 여기는 주 변 인물들의 모습도 함께 그리고 있다. 분조밭에는 제대로 된 거름을 내 놓지 않고 자신의 텃밭에만 제대로 된 거름을 쓰고 있는 현실을 고백하 는 다음의 장면은 포전담당제 시행 등으로 더욱 불거지게 된 개인주의 와 함께 사회주의 체제의 근간으로 추구하는 집단주의가 부딪히며 뒤엉 키는 갈등을 구체적으로 보여주고 있다.

　집에서 톤당 로력공수를 계산해서 내가는 진거름도 그렇지 요. 10여 년 전에야 소우리에 깔았다가 돼지한테 다시 밟히구 거기에 겨우내 모아두었던 닭똥, 토끼똥, 염소똥을 버무려가지 고 푹 재운 다음에야 밭에 내가지 않았소. 헌데 지금은 어떻게 들 하우? 알속있는 똥꼬치는 다 제집 터밭에 내구 하루만 지나 면 벼짚이 꼿꼿이 살아있는걸 빡빡 긁어모아가지고는 진거름이 얼마요 하고 분조밭에나 내가지들 않소? 솔직한 말루….[22]

한편, 금희의 어머니 송복순은 자신 또한 젊은 시절, 금희와 비슷한 경험을 했던 기억이 떠오른다. 과거 송복순 또한 식수 작업을 할 때, 우연히 좋은 땅을 배당받은 데다가 나무모도 제일 먼저 할당받아서 작업을 가장 먼저 마치고 돌아왔던 적이 있는 것이다. 당시 세포비서였던 두만의 아버지는 송복순을 호되게 비판한 바 있다. 이 장면을 통해 두만의 아버지가 과거 송복순에게 했던 말은 현재 시점에도 유효하다는 것이 드러난다. 과거 송복순이 들었던 비판이 현재는 송복순의 딸 금희에게 해당된다는 것을 보여주는 대목이 되기 때문이다.

그때 발길이 돌아서던가. 곁의 사람들은 암반이 나타나서 함마질을 한다, 바위를 뽑아내느라 바줄을 걸고 개미역사를 한다는데 제 할 일을 끝냈다구 먼저 돌아선단 말이요? 남들과 같은 악조건에서 일을 먼저 끝냈다 해두 발길이 돌아서질 않겠는데 농사군으로서 어떻게 그런 낯간지런 짓을… 그렇게 네일 내일에 금을 딱딱 긋고 살 것 같으면 지경도 갈라서 개인농을 할 게지 왜 협동농장원이 되었소?

"개인농을 할 게지, 왜 협동농장원이 되었소?"라는 강한 비판을 들었던 과거 송복순의 모습은 현재 금희의 모습과 겹쳐진다. 송복순은 금희에게 '나라 덕'을 강조하면서 개인주의를 경계해야 한다고 설득한다.

제 딸이 돼서가 아니라 나두 금희가 기특할 때가 없지 않지요. 농사물계에서 어떤 땐 나보다 궁냥이 썩 앞설 때가 있다우.

22. 황용남, 「목화솜이불」, 『조선문학』, 평양: 문학예술출판사, 2015. 10.

그런데 그 애두 그렇구 새로 자라는 애들이 무얼 모르는가. 제 맘먹은 것이 어떻게 돼서 척척 작정한대루 되어가는지, 그게 제 잘나서가 아니라 나라 덕이라는 걸 모르는거우다.

결국 분조장 금희는 어머니 송복순의 교양을 통해 자신의 잘못을 깨우치는 것으로 소설은 마무리된다.[23] 다소 뻔한 결론으로 매듭짓고 있지만 『목화솜이불』은 포전담당제가 확대, 실시되면서 나타났을 농촌의 상황을 등장인물 전체를 통해 생생하게 보여주고 있다. "개인농을 할 게지, 왜 협동농장원이 되었소?"라는 비판은 실제 북한 현실에서 벌어지는 갈등의 양상과 수위가 어느 정도일지 가늠케 한다.

또한 송복순이 금희를 나무라듯 "그게 제 잘나서가 아니라 나라 덕이라는 걸 모르는 것"이라는 말에서는 금희의 개인주의적 행태가 1990년대 중반 고난의 행군 시절 나타난 개인주의적 태도와는 다른 결이라는 점도 암시하고 있다. 고난의 행군 시절에는 '국가가 생활보장을 못해주고 자신 스스로가 비공식 경제로 생존해야 하는 상황에서 개인주의적 태도'[24]가 나타났다면 위 대목에서는 일정하게 '나라 덕'이 존재하는 것을 전제하고 있기 때문이다.

2015년 작품인 「목화솜이불」을 2000년대 수작으로 꼽히는 변창률의 「영근 이삭」,[25] 「밑천」[26] 등의 작품과 비교하면 흥미로운 점을 발견하게

---

23. 부정적인 인물이 교양과 설복을 통해 깨달음을 얻고 변화한다는 결론은 북한문학 작품의 공식과도 같다.
24. 김갑식·오유석은 1990년대 고난의 행군 시절을 거치며 북한 주민의 경제적 의식이 '집단주의적 형식주의형'에서 '개인주의적 실용주의형'으로 태도가 증가했다고 분석하고 있다. 김갑식·오유석, 「'고난의 행군'과 북한 사회에서 나타난 의식의 단층」, 『북한연구학회보』 제8권, 2004.
25. 변창률, 「영근 이삭」, 『조선문학』, 평양: 문학예술출판사, 2004. 1.
26. 변창률, 「밑천」, 『조선문학』, 평양: 문학예술출판사, 2005. 11.

된다. 홍화숙은 '홍타산'이라고 불릴 정도로 매사 이익을 따지며 계산하는 인물이다. 이 작품에서 홍화숙은 작업총화에 늦게 참석한 분조원에게 "거름 한 차 못 실은 것은 물론, 그 시간에 트랙터가 태워버린 기름값까지 (작업량에)계산해야 한다"고 따지며 품종 연구에 도움이 될까 싶어 강냉이의 알 개수까지 세는 '이악쟁이'로 묘사된다. 그러면서 홍화숙은 "(농장원이)이런 저런 구실을 대고 한두달씩 제 볼장을 보고", "농삿일을 등한시하는 현상"을 보이는데도 정작 결산분배를 할 때에는 결과에서 차이가 없는 사회주의평균주의가 나타나는 현상을 반대하는 것이다.[27] 즉, 2004년 작품인 「영근 이삭」은 2002년 7.1경제관리개선조치에 따른 사회주의 분배원칙 등의 이념을 구현하는 인물로 홍화숙을 형상화하고 있다. 이렇듯 「영근 이삭」에서 2000년대 사회주의평균주의에 젖어 있는 북한의 사회상을 엿볼 수 있다면 2015년 작품인 「목화솜이불」에서는 포전담당제 시행[28] 등 변화된 환경에서 사회주의평균주의가 아니라 능력주의에 따른 이기주의, 개인주의의 발호 등이 다른 결로 확인되는 것이다.

또한 「목화솜이불」을 2005년 작품인 「밑천」 과 비교하면 개인의 텃밭을 두고 선명하게 상반되는 형상화를 찾아볼 수 있다. 「밑천」은 거름 등 농사 밑천이 넉넉하지 못한 구평리에 갓 부임한 문인숙 리당비서가 주인공이다. 문인숙 리당비서는 부족한 거름 탓을 하며 손을 놓고 있는 사

---

27. "2000년대 북한문학의 대표적 수작으로 꼽히는 변창률의 「영근 이삭」은 개성적인 인물 '홍화숙'을 내세워 개인의 이익과 국가의 이익이 만나는 지점을 긍정적으로 형상화하고 있다. 사회주의적 윤리에 기초한 평균주의적 노동평가를 반대하는 홍화숙의 태도가 이전에는 비판을 받았겠지만 '새로운 경제관리체제' 아래에서는 긍정적으로 평가받고 있다." 오창은, 「선군시대 북한 농촌여성의 형상화 연구」, 『현대북한연구』 제8권, 2010.
28. 2014년 개정된 농장법은 '분조관리제, 작업반우대제, 독립채산제 실시' 내용에서 작업반우대제와 독립채산제가 사라지고 분조관리제는 '분조관리제 안에서의 포전담당제와 유상유벌제의 실시'로 변경된 것으로 알려진다. 양문수, 「김정은 시대 경제분야 주요 법령 개정에 대한 평가: 경제개혁의 관점으로」, 『북한연구학회 동계학술발표논문집』, 북한연구학회, 2017.

사회주의평균주의와 능력주의 형상화 비교

평균주의		능력주의
농삿일 등한시	⇔	분조밭 등한시
2004년 「영근 이삭」		2015년 「목화솜이불」

출처: 「영근 이삭」(2004)과 「목화솜이불」(2015)을 토대로 작성

람들에게 자신의 집 퇴적장에 부엌과 돼지우리 등의 퇴수시설 등을 동원해 거름무지를 높게 쌓는 실천적인 성과를 보여준다. 그러자 거름 생산이 불가능하다고 여겼던 일꾼들도 하나둘씩 거름무지를 만들게 된다. 또한 가문 날에도 불구하고 문인숙 리당비서의 집 터밭에 싱싱한 채소와 감자 등이 자라는 것을 본 사람들은 따라배워야겠다는 생각을 하게 된다. 이 같은 장면을 본 부기장 만성은 "집에서 가꾸는 크지 않은 터밭 하나도 농장원들의 열의와 자각을 불러일으키는 채찍이 되고 추동력이 될 수 있다는 것을 미처 깨닫지 못했었다"고 감화된다.

이처럼 「밑천」에서 개인 텃밭은 농장원 대중들에게 "농사의 주인이라는 본분을 자각"하게 하는 형상화의 공간인 반면, 앞서 「목화솜이불」에서는 텃밭이 제 집의 텃밭에만 신경 쓰는 능력주의에 젖은 이기주의적 현상을 표현하는 공간이 된 것이다. 2005년 개인의 텃밭이 농삿일에 열의와 자각을 깨우쳐줄 수 있는 땅이었다면 2015년 개인의 텃밭은 포전담당제 시행 등으로 이기주의가 생길 여지가 있는 땅이자, 역으로 집단주의와 나라의 귀중함을 일깨워주는 땅이 되는 셈이다.

「목화솜이불」과 달리 모범적이고 헌신적인 분조장을 형상화하는 작품들에서도 흥미로운 장면을 볼 수 있다. 2015년 작품인 「사랑을 보다」[29]는 시력을 잃을 위기에 처한 촉망받는 젊은 대대장에게 안과 의사와 그의 아내마저 자신의 눈 이식을 결심하는 과정이 그려진다. 의사 부부는 대

개인 텃밭		개인 텃밭
농장원의 열의, 자각을 추동하는 공간	⇔	개인주의, 이기주의 면모가 표출되는 공간
2005년 「밑천」		2015년 「목화솜이불」

출처: 「밑천」(2005)과 「목화솜이불」(2015)을 토대로 작성

대장의 고향에서 벌어지는 이야기를 편지를 통해 알게 된다. 대대장의 아버지가 이끄는 분조는 리의 시범단위가 될 정도로 모범적인 분조다. 그런데 최고 수확년도를 돌파하기 위한 농장원궐기모임에서 로명화라는 분조장이 이 분조를 앞서겠다고 도전장을 내민다. 그러면서 로명화 분조장은 "우리 분조가 아바이네 분조를 따라앞서면 절 며느리로 받아줄 용기가 있습니까?"묻는다. 이 장면은 시아버지가 될지도 모를 '아바이'에게 내기를 하는 상당히 파격적인 모습으로 연출됐다.

〈명화분조장, 동무가 우리 분조를 따라앞서기만 하면 내 동무가 요구하는 것을 다 들어주겠소〉

회의에 참가했던 농장원들 모두가 또다시 숨을 모두고 두 분조장을 지켜보았다. 그 때 로명화 분조장이 별로 생각해보지도 않고 이런 요구를 들이대더구나.

〈좋습니다! 우리 분조가 아바이네 분조를 따라앞서면 절 며느리로 받아줄 용기가 있습니까?〉

순간 회의장은 바람맞은 갈숲마냥 와슬렁대고 아버진 꿀먹은 벙어리마냥 입이 떡 얼어붙어 대답을 못하고. 판이 이쯤되

---

29. 백명길, 「사랑을 보다」, 『조선문학』, 평양: 문학예술출판사, 2015. 8.

니 아버진 벌써 처녀분조장에게 한코를 단단히 떼운 셈이 되
었단다.

　앞선 「목화솜이불」의 분조장 금회와 비교해 로명화 분조장은 '실농군
처녀'이자, 당차고 모범적인 인물로 형상화된다. 로명화 분조장은 농사
실력을 갖췄으면서도 「목화솜이불」의 금회와는 달리 개인주의에 젖지
않은 인물이기에 모범으로 치켜세워진다는 점을 확인할 수 있다. 또한
기존의 다른 작품들과 달리 결혼문제에 대해 개성적이고 당찬 여성의
이미지를 보여주고 있기도 하다.
　모범적인 농촌 일군 형상화를 전형적으로 보여주는 작품은 『장풍덕』
2015[30]이다. 이 작품의 주인공 공지복은 땅도 척박하고 사람들도 안착이
되지 못한 높은 덕인 '장풍덕'을 새롭게 바꾸는 인물이다. 관리위원회
부위원장직을 버리고 분조장을 하겠다고 나선 공지복은 장풍덕에서 일
하기를 꺼려 하며 다른 데로 보내달라고 제기했던 강현구, 주변 사람들
이 몹쓸 사람이라고 했던 박수일 등 이른바 문제적인 사람들의 마음까
지 돌려세우고 변모하게 만든다.
　작품 속 화자는 인민경제대학을 졸업하고 이웃 군에서 농산과장을
몇 해 하다가 경영위원회 부위원장인 장명호라는 인물로 공지복이 만들
어놓은 장풍덕의 모습을 보면서 자신의 부족함을 깨우치게 된다.

　　공지복, 그는 높은 세계에서 사는 사람이다.
　　땅처럼 솔직하고 땅처럼 진실하며 땅처럼 근면한 농민, 그의
　가슴에 보석처럼 묻혀있는 것은 무엇인가. 이 높은 장풍덕에

30. 김명진, 「장풍덕」, 『조선문학』, 평양: 문학예술출판사, 2015. 5.

뿌리를 내려 땅과 한생을 같이하고 있는 그 자양분은 무엇인가. 그것은 애국이었다. 이 땅을 위해서라면, 이 땅의 곡식 한 포기, 나무 한 그루를 위해서라면 자기 손가락을 끊어 피를 방울방울 떨구어서라도 살리는 그 진정이리라. 천금같이 귀한 그 마음을 밑거름으로 하여 인간의 숲이 자라나고 이 땅에 풍성한 열매를 안아오는 것이 아니냐. (중략) 좋은 땅을 골라디뎌 오늘의 지휘에 올랐지만 나라를 위한 애국의 마음은 가랑잎처럼 가볍지 않은가. 공지복과 너무도 대조되는 자신을 느끼며 마음속으로 부르짖었다.

　(애국은 말로 하는 것이 아니라 실천으로 해야하거늘…)

　분조장인 공지복은 진정이 가득한 애국심으로 척박한 땅을 일구고 생산량을 높이는 인물이다. 작가가 공지복의 '자양분'이자 원동력을 '애국의 마음'으로 꼽은 점이 눈에 띄는 대목이다. 후술하는 '김정일애국주의'와 연결되기 때문이다.

　이렇듯 농업정책이 반영된 단편소설들에서는 포전담당제 등이 실시되면서 개인주의와 집단주의 사이의 갈등을 생생하게 표출하는 인상적인 모습과 함께 개성이 강한 등장인물들을 보여주고 있다. 그러면서도 모범적이고 헌신적인 분조장의 형상화를 통해 개인주의와 이기주의의 발호를 역으로 비판하는 것을 확인할 수 있다.

　더불어 이 작품들에서는 여성 분조장이 대부분 주인공으로 등장했는데 이는 2014년 2월 '농업부문 분조장대회'를 열어 분조장의 역할을 강조한 흐름과 맞물리는 것으로 보인다. 분조장을 모두 여성으로 설정한 점 또한 눈여겨볼 대목이다.

3. 과학기술중시의 강박

과학기술정책이 반영된 문학작품을 보면 크게 세 가지 특징이 나타난다. 첫 번째 특징은 과학기술중시 사상과 정책을 애국심과 이기심을 가르는 평가기준으로 제시하고 있다는 것이다. 『야전렬차』는 김정일의 직접적인 발언을 통해 북한에서 일어난 부정부패 현상을 구체적으로 지목하며 과학기술과 애국심을 연결시키고 있어 주목된다. 외화벌이를 위해 자원을 내다 판 관행을 비판하는 김정일의 발언은 강도 높다.

> 일군들문제, 사람문제입니다. 나라의 귀중한 자원을 아까와 하지 않고 그대로 팔아 자금을 망탕 써버리는 이런 관료적인 일군들 때문에 우리는 첨단과학기술을 도입하여 자원을 2차, 3차 가공하는데서 남들보다 뒤떨어져있소. 세계가 자원의존형 경제로부터 기술집약형경제로 경제로 이전하기 위해 치렬한 생존경쟁을 벌리고있는 이 불같은 시대에 조선의 경제를 첨단수준에 올려놓겠다는 각오가 부족하고 애국심이 결여된 일군들이 우리 대내에서 버젓이 자리를 차지하고있다는 것은 심히 유감스러운 일입니다.

김정일은 또한 "웃는 낯으로 삽삽한 태도를 취하면서도 로동자들의 생활을 외면하거나 모르는 척하고 겉으로 점잔을 피우는 것은 현대판 관료주의"라고 비판하면서 '현상유지형 일군'을 비판하며 '돈 욕심'이 아니라, 애국심을 바탕으로 한 '일 욕심', '의욕'이 있어야 과학기술을 배우고 개발하는 일에 나설 수 있다고 밝힌다.

어째서 우리 사람들에게 작은 기호품 하나라도 잘 만들겠다는 의욕이 희박한가. 자본주의사회에서처럼 소비품을 잘 만들지 못해 경쟁에서 지고 시장에서 팔리지 않으면 기업이 파산하는 것과 같은 운명적인 문제에 직면하지 않아서인가.

사회주의증산경쟁은 돈을 많이 벌기 위해서가 아니라 인민들이 더 좋고 값눅은 소비품을 사쓰도록 하려는 애국심이 근본바탕이다. 우리 사람들의 일 욕심은 돈 욕심이 아니라 애국심이다. 사회주의사상이 그래서 아름다운것인데 집단주의에 기초한 이 숭고한 애국리념, 복리의 짙은 그늘속에서 라태와 무능이 온상되어 쩔쩔히 적당히 만들어내고도 견뎌배기는 사람들이 있는것 같다.

과학기술과 애국심을 연결 짓고 의욕 문제를 돈 욕심이 아니라 애국심으로 연결시키는 맥락은 흥미로운 부분이다. 북한의 현실과 사상교양의 역할을 하는 문학작품의 간극을 보여주는 대목일 수 있기 때문이다.

또한 『야전렬차』에서 홀로 힘들게 천연흑연솔 개발에 몰두하는 조성숙 흑연제작소장[31]은 과학기술을 소홀히 여기고 외면하는 이들에 대해 "실력을 키워가지고 뼈심을 들여 일할 생각은 애당초 없고 평균주의 그늘 밑에서 남의 노력의 대가인 복리를 제 것처럼 누려보려는 리기심이 머리통에 들어찬 사람들"이라는 강한 표현으로 비판한다.

김정일은 천연흑연전기술 개발에 성공했다는 소식을 뒤늦게 보고한

---

31. 실제 인물은 조일숙 소장 박사로 추정된다. 『야전렬차』에는 실제 인물과 비슷한 이름의 등장인물들이 등장하는데 관련 내용이 『로동신문』 등에 보도됐기 때문이다. 「세계패권을 쥔 우리의 천연흑연솔」, 『로동신문』 2013. 3. 26; 『조선신보』는 2015년 조일숙 조선천연흑연개발교류사 소장(71)이 나라별 제품 비교를 하는 내용을 싣기도 했다. 「북 천연흑연제품 개발로 세계시장 독점 가능성」, 『통일뉴스』, 2015. 2. 8에서 재인용.

수출가공산업 부분 담당 부부장에 대해서는 "심장이 찬 사람"이라고 평가한다. "천연전기술 (성공을)보고 흥분하지 않는 일군이라면 그를 어떻게 내 나라, 내 조국을 위해 일하는 일군이라고 말할 수 있겠소"라며 강도 높은 비판을 이어간다. 이 같은 대비와 맥락을 표로 정리해보면 아래와 같다.

과학기술중시 사상의 대비와 맥락

출처: 『야전렬차』(2016)를 토대로 작성

과학기술정책이 반영된 문학작품에서 나타나는 두 번째 특징은 과학기술을 중심으로 구세대와 신세대 간 갈등과 대립을 그리며 구세대를 간부, 관료로 설정한다는 점이다. 새롭게 과학기술을 발전시키려는 인물과 대척점으로 상황을 안정적으로 관리하려는 인물의 대립이 부각되는데 후자의 인물이 대부분 간부나 중간 관료로 등장해 인상적이다. 이에 따라 '낡은 경험=구세대=관료'라는 등식이 자연스럽게 표출된다.

『야전렬차』에서 조성숙은 막대한 외화로 인조흑연술을 수입하는 실태를 목격한 뒤 천연흑연기술을 개발할 결심을 하는 인물이다. 그러나 서유럽에서도 천연흑연으로 전기술을 만들 수 없는 상황에서 조성숙의 연구는 허망하다는 비웃음과 교만하다는 비난에 직면한다. 조성숙은 천연흑연연구에 대한 무관심과 외면, 냉대가 심한 조건에서도 10여 년간 연구를 거듭한다. 그런데 초급당비서 지광현과 자신의 남편까지도 고품위 흑연가루를 팔아 외화벌이를 할 것을 종용하고 급기야 초급당비서인 지광현에 의해 연구소장직에서 쫓겨나게 되는 일을 겪는다. 김정일은 이 과정을 두고 당조직 사업에 대해 여러 차례 강하게 비판한다. '구세대＝관료＝과학기술 소홀'이라는 등식을 보여주는 대목이다.

당조직은 그 녀자의 흑연연구를 도와주어야지 사람을 쥐고 흔들고 권세를 써서는 안됩니다. 우리는 어떤 경우에든지 나라를 부강하게 하고 인민을 잘살게 하는 일이라면 설사 보잘 것 없이 작은 창조물이라도 그것을 만들어낸 사람이 누구건 머리 숙이고 존대해야 합니다.

「자기를 강하게 하라」2017[32] 또한 같은 설정이다. 실화로 소개되는 이 작품은 함남지구 석탄연합기업소 탄광기계공장 지배인 김정덕이 반복되는 실패와 중간 관료의 방해 등에도 불구하고 결국 자력으로 고강도 시멘트 생산에 성공해낸다는 내용을 담고 있다. 주인공 김정덕은 자신을 막아나서는 호문일 시멘트공장 지배인을 두고 "속담에 잠자는 사람보다 자는 척하는 사람을 깨우기가 더 어렵다더니 아예 문외한이면 이다지 안타깝지 않을 것이다. 수십년의 풍부한 세멘트공장 경험과 나름대로의 '기술'이 이런 고집불통을 든든히 뒷받침해주고 있는 것이 아닌가 싶었다"라고 한탄한다. 그럼에도 김정덕은 기어이 고강도 시멘트 생산이 성공을 거두고 "과학기술을 발전시키지 않고 남에게 의존하면 과학기술의 노예가 되고 종당에는 나라가 망하게 된다는 진리를 다시 한번 뼈 속

---

32. 한철순, 「자기를 강하게 하라(실화)」, 『조선문학』, 평양: 문학예술출판사, 2017. 5.

깊이 절감하는 뜻깊은 순간"을 되새기는 것으로 소설은 마무리된다.

「버드나무 설레이는 땅」2017[33]은 농촌을 배경으로 과학기술정책이 주되게 반영된 작품이다. 과학기술지식의 보급과 농업의 과학화 및 현대화를 통한 증산 등을 강조하는 정책이 반영돼 있는 것이다.[34] 이 작품에서는 과학기술을 소홀히 여기는 인물이 간부는 아니지만, "분조의 좌상격으로 살아왔"으며 "풍부한 농사경험과 여무진 일솜씨, 맡은 일에 대한 성실성으로 하여 분조의 키잡이 역할을 해"온 오복실이라는 인물로 간부와 다름없는 존재다. 나이 쉰이 넘은 오복실은 분조에서 치르는 과학기술시험에 낙제를 했는데 젊은 분조장인 송영순이 빈 시험지를 공시판에 붙여놓아 오복실이 망신당하는 일이 벌어진다. 오복실은 "분조장은 나와 척진 것도 없는데 왜 한사코 늙은 나를 공부시키지 못해 안달이고 망신시키지 못해 야단인가"를 고민하고 송영순 분조장은 자체 해충약 개발에 몰두하지 않고 과학기술시험 준비를 소홀히 한 오복실에게 세대갈등을 집약한 표현으로 비판한다.

> 복실 어머닌 너무해요, 말로는 과학기술의 시대라고 하면서
> 도 경험과 뚝심으로 농사를 지으려하니 그것이 이 땅을 비워
> 두게 한다는 것을 왜 모르는가 말이예요.

이 같은 장면들은 과학기술중시 사상과 정책으로 사람에 대한 평가 기준 등이 달라지고 있는 점을 단적으로 보여주는 것이다. '분조의 키잡이' 역할을 해온 오복실에게 '경험과 뚝심으로 과학기술의 시대를 살면

---

33. 리영철, 「버드나무 설레이는 땅」, 『조선문학』, 평양: 문학예술출판사, 2017. 11.
34. 김정은은 2014년 2월 6일 '농업부문 분조장대회'에 서한을 보내 과학기술 보급, 농업의 과학화 및 현대화를 통한 증산 등을 강조했다. 「전국농업부문분조장대회 개막」, 『조선중앙통신』, 2014. 2. 6.

안된다'고 비판하는 송영순의 면모는 김정은 시대가 요구하는 인간상이 되는 셈이다. 더불어 오복실을 비롯한 분조원들이 정기적으로 과학기술 시험을 치르는 모습이 나오는 등 과학기술정책이 불러온 일상의 변화 또 한 엿볼 수 있다. 작품들 속에 설정된 등장인물의 관계를 앞의 표와 같 이 정리해보면 다음과 같다.

작품 속 등장인물 관계

출처: 『조선문학』에 실린 소설 작품들과 『야전렬차』를 토대로 작성

과학기술정책이 반영된 문학작품에 나타난 세 번째 특징은 김정은 시 대에 강조되는 '자강력제일주의'와 '김정일애국주의'가 함께 표현되고 있 다는 점이다. 자강력제일주의는 2016년 7차 당 대회에서 사회주의 강국 건설을 위한 항구적인 전략적 노선으로 '사회주의 건설의 총노선'[35]과 함 께 채택됐다. 자강력제일주의는 "자체의 힘과 기술, 자원에 의거하여 주 체적 역량을 강화하고 자기의 앞길을 개척해나가는 혁명정신"으로 정의 된다.[36] 자기의 것에 대한 믿음과 애착 및 긍지와 자부심, 자력갱생, 간고

---

35. '사회주의 건설의 총노선'은 인민정권 강화, '사상·기술·문화 3대 혁명'을 말한다. 「당 대 회 분석 ⑥ '자강력 제일주의'를 전략노선으로 확정」, 『NK투데이』, 2016. 6. 16.
36. 자강력제일주의는 "자기 나라 혁명은 자체의 힘으로 해야 한다"는 사상을 기반으로 하며 '자력갱생'과 '간고분투'가 자강력제일주의를 구현하기 위한 투쟁방식이 된다. 「사회주의 강 국 건설의 전략적로선-자강력제일주의로선 견지」, 김일성방송대학.

분투의 혁명정신 등을 포함[37]하고 있기 때문에 자강력제일주의는 자체의 기술, 자원에 의거하는 과학기술중시 사상과 맞물리는 접점이 생기게 된다.

소설의 제목 자체가 주제를 드러내고 있는 「자기를 강하게 하라」[2017]는 주인공이 고강도 시멘트 개발에 나설 결심을 하며 '자강력'을 읊조린다. '남에게 구걸질할 수 없다'는 자강력이 과학기술 개발과 연결되는 것이다.

> 첫째도 둘째도 세멘트요. 우리 탄부도시의 자랑인 발전소들
> 을 마저 완성하고 물길굴과 탄광갱도 포장을 하기 위해서도 세
> 멘트가 있어야하오. 이젠 더는 남에게 구걸질하면서 살 수 없
> 소. 우리가 살 길은 오직 자강력의 길이요.

「버드나무 설레이는 땅」[2017]에서는 나이 쉰이 넘은 오복실이 기어이 자체 해충약을 개발한 후 마지막 장면에서 "제 힘으로 자기 것을 만들어냈을 때의 그 기쁨, 그 환희, 그 격정을 무슨 말로 다 표현할 수 있으랴"라고 감탄하며 "해충잡이 효과보다도 자체로 자기 식으로 연구하고 만든 것이어서 모범으로, 본보기로 떠받들리웠다"고 자강력제일주의와 연결되는 맥락을 선보였다.

김정일애국주의는 2012년 7월 김정은이 발표한 노작, "김정일애국주의를 구현하여 부강조국건설을 다그치자"에서 정식화됐다. 김정일애국주의는 "우리의 사회주의조국과 우리 인민에 대한 가장 뜨겁고 열렬한 사랑이며 사회주의조국의 부강번영과 인민의 행복을 위한 가장 적극적

---

37. 「김정일애국주의를 구현해나가고있는 우리 인민의 혁명적풍모」, 『로동신문』 2016. 7. 29.

이고 희생적인 헌신"[38]으로 숭고한 조국관, 인민관, 후대관 등으로 구성돼 정치, 경제 등 전반 분야에 담론으로 활용되고 있다. 과학기술중시 사상과 정책이 애국심, 이기심을 가르는 잣대로 활용되면서 김정일애국주의는 과학기술중시 사상과 더불어 자강력제일주의와도 맞물리게 된다.

과학기술중시 사상, 자강력제일주의, 김정일애국주의가 버무려지는 맥락이 드러나는 단적인 장면을 『야전렬차』에서 볼 수 있다. 『야전렬차』에서는 "수입해야하는 콕스를 쓰지 않고 북한에 흔한 무연탄으로 알탄을 빚어 크링카덩어리를 생산"한 대흥광산이 형상화된다. 대흥광산 당비서인 리천일은 성공의 비결을 묻는 김정일에게 이렇게 대답한다.

리천일은 우물쭈물하지 않고 선뜻 대답올렸다.
《자기 땅에 발을 붙이고 눈은 세계를 보라는 장군님의 말씀대로 했습니다. 자기 땅에 발을 붙이라는 것은 애국을 하라는 것이고 세계를 보라는것은 과학기술을 중시하라는 뜻이라는 걸 우리 대흥광부들의 심장에 심어주고 내밀었더니 성공할수 있었습니다.》

이 구호는 본래 김정일이 2009년 12월 17일 김일성종합대학에 보낸 친필서한의 내용, '자기 땅에 발을 붙이고 눈은 세계를 보라! 숭고한 정신과 풍부한 지식을 겸비한 선군혁명의 믿음직한 골간이 되라! 분발하고 또 분발하여 위대한 당, 김일성조선을 세계가 우러러보게 하라!'라는 글에서 비롯된 것이다.[39] 북한은 이 말을 "당에서는 지식경제시대인 오

---

38. 김정은, 「김정일애국주의를 구현하여 부강조국건설을 다그치자」(조선로동당 중앙위원회 책임일군들과 한 담화-2012. 7. 26), 『조선신보』, 2012. 8. 3.
39. 「룡남산의 아들들」, 『로동신문』, 2016. 12. 8.

늘의 요구를 반영하여 자기 땅에 발을 붙이고 눈은 세계를 보라는 구호를 내놓았습니다"라는 김정일의 교시로 정리하고 있다.[40]

이 구호는 김정일의 이름으로 제시됐지만 사실상 김정은 시대를 염두에 둔 것이라고 볼 수 있다. '자기 땅에 발을 붙이고'는 김일성·김정일 시대의 계승을, '눈은 세계를 보라'는 김정은 시대의 지향성을 드러낸다고 해석되기도 했다.[41] 이러한 구호에 대해 『야전렬차』는 리천일의 입으로 '자기 땅에 발을 붙이라=애국을 하라'이며 '눈은 세계를 보라=과학기술을 중심하라'는 의미로 설명하는 것이다.

『야전렬차』에서 김정일은 리천일에 대해 "무연알탄으로 마그네샤크링카를 구워내고 광산도시를 꾸린 것만 보아도 리천일의 애국적인 마음과 자력갱생의 일본새를 알 수 있는 것"이라고 평가한다. 리천일의 말과 김정일의 평가로 인해 '애국심=자력갱생=과학기술중시'라는 등식이 성립하면서 김정일애국주의와 자강력제일주의, 과학기술중시 사상이 맞물리는 것을 확인할 수 있다.

4. 일상의 변화와 애국심

김정은 시대 농업 및 과학기술정책이 반영된 소설에서는 북한 당국의 정책의지와 함께 주민 일상의 변화 또한 생생하게 드러나고 있다. 포전담당제 시행이 강조된 뒤 1년 반여가 지난 2015년 10월에 발표된 「목화솜이불」에서는 포전담당제 실시 등으로 분조밭보다 포전이나 개인의 텃

---

40. "자기 땅에 발을 붙이고 눈은 세계를 보라!", 「절세의 위인 김정일 동지」, 8장 8절, 『김일성방송대학』.
41. 정창현, 「〈연재〉 정창현의 '김정은 시대 북한읽기(1)」, 『통일뉴스』, 2013. 5. 6.

밭을 더 중시하는 풍조가 생겼으며 이를 둘러싸고 다양한 갈등과 상황이 벌어지고 있음을 확인할 수 있다. 2000년대 초중반 작품들이 사회주의평균주의에 대해 문제의식을 가졌다면 이제는 능력주의에 따른 개인주의, 이기주의 측면에 더 주목하고 있는 것이다. 개인의 텃밭을 두고서도 2000년대 초중반에는 사회주의평균주의에서 벗어날 수 있는 자각과 열정을 불러오는 긍정적인 공간으로 형상화됐으나 2015년 현재 개인의 텃밭은 이기주의가 표출되는 부정적인 공간으로 대조적으로 형상화되고 있다.

과학기술중시 사상과 정책은 애국심과 이기심을 가르는 잣대로 제시되며 과학기술을 소홀히 여기는 인물로 구세대만이 아니라 관료까지 등치시키는 점은 주목된다. 과학기술중시 사상을 중심으로 사람에 대한 평가기준 등이 달라지고 있음도 확인된다. 신망받는 구세대나 관료라고 하여도 과학기술에 대한 학습, 개발 등이 더디면 비판받는 분위기가 조성된 것이다.

농촌을 배경으로 과학기술정책이 버무려져 있는 「버드나무 설레이는 땅」에서 나이가 쉰이 넘은 오복실은 '과학기술의 시대는 경험과 뚝심으로 농사를 짓는 시대가 아니다'라는 점을 망신까지 당하면서 톡톡히 알게 된다. 이렇듯 일상 곳곳에 스며드는 과학기술중시 강박의 속살을 엿볼 수 있다. 오복실이 마지막에 "난 오늘에야 똑똑히 느꼈어. 과학기술학습을 소홀히 하면 이 땅의 작황에 공백이 나고 나라의 쌀독이 곯게 된다는 것을"이라고 독백하는 장면 또한 마찬가지다. 이는 매 기관마다 과학기술보급실, 전자도서실 등의 설치를 강조하는 북한의 과학기술중시 정책과 맞닿아 있는 것이기도 하다.[42]

개인주의가 스며든 농촌에서 타개책으로 애국심을 강조하듯이 공장에서도 애국심을 귀결로 삼고 있다. 김정일애국주의는 과학기술중시 사상과 더불어 자강력제일주의와도 접점을 이루며 형상화된다. 김정일애국주의와 과학기술중시 사상, 자강력제일주의 등이 각각 서로 맞물리는 맥락이 의도적으로 강조되면서 북한 당국이 추구하는 목표와 현실의 균열 또한 이 지점에서 파생되고 있음을 함께 엿볼 수 있다.

---

42. 『로동신문』은 "지금 온 나라 공장, 기업소, 협동농장들과 기관들 그 어디에나 과학기술보급실, 전자도서실이 꾸려지고 컴퓨터망을 통한 과학기술사업이 힘있게 벌어지고 있다"고 전하고 있다. 「과학기술보급실을 실속있게 운영하기 위한 요구」, 『로동신문』, 2018. 3. 29.

정치 담론을 초과하는
북한 소설의 세 가지 풍경들[1]

오창은(중앙대학교)

1. 『문학신문』에서 '카프'를 만났다

중국 연변대학교 도서관은 북한 자료를 중요도에 따라 분류해 엄격하게 관리하는 것으로 알려져 있다. 자료의 공개조건이 까다로운데, 중앙대 국제교류처의 공식 협조 요청과 연변대 외사처의 도움으로 북한 자료에 대한 접근이 허가되었다. 2018년 7월 10일, 연변대 도서관 1층의 '신문열람실, 사회과학서적서고'에 처음 들어갔다. 방학이라 이용자는 나 혼자뿐이었다. 실내 조명등도 꺼져 있었다. 그 넓은 서고 가득 쌓여 있는 중국어 책들과 조선·한국어 책들이 무덤의 벽돌처럼 느껴졌다. 안쪽 깊숙이 들어가자 큰 거울이 하나 비스듬히 벽에 기대어져 있었다. 1층 도서관 전체를 비추려는 듯한 거울의 어둠 속에 내 모습이 어릿하자 나도 모르게 움찔하고 말았다. 나는 얼른 거울을 외면하며 안쪽 깊숙이 스며들었다.

언덕을 넘어서니 광활한 녹음이 펼쳐진 듯한 느낌이었다. 자료들의 위치에 익숙해지자 희귀한 문헌들이 눈에 들어오기 시작했다. 방대한 분량의 『로동신문』이 차곡차곡 쌓여 있었고, 『민주조선』과 『로동청년』도

---

1. 이 글은 「거울 밖으로 나온 북한 소설들-동시대 북한문학 읽기」(『창작과비평』, 2018년 가을호)를 단행본 취지에 걸맞게 수정 보완한 것이다.

보였다. 『조선일보』도 있었다. 내가 찾는 『문학신문』은 안쪽 모서리의 맨 아래 칸에 숨바꼭질하듯 놓여 있었다. 『문학신문』은 '조선작가동맹 중앙 위원회 기관지'로, 창간 당시에는 매주 목요일에 간행되던 주간신문이었 다. 안타깝게도 1956년 12월 6일 창간호는 없었지만 1957년 1월 3일 자 부터는 비교적 온전하게 자료들을 살펴볼 수 있었다. 1958년 8월 21일 자 『문학신문』을 읽을 때는 감정의 파도가 내면에서 요동쳤다. 두 개면 에 걸쳐 '우리 문학의 빛나는 혁명적 전통 카프 창건 33주년' 특집이 실 려 있었다. 한설야·송영·윤세평·신고송·엄홍섭·박승극의 기고문들이 순식간에 나를 60여 년 전으로 이끄는 듯했다. 1925년 8월 24일, 카프 가 처음으로 둥지를 튼 곳이 '서울 견지동'이었다는 사실을 『문학신문』 을 통해 알아낸 것도 큰 성과였다.

나는 2018년 여름을 온전히 연변대 도서관과 연변 자치주 도서관에 서 보냈다. 1990년대 초중반에 중국 연변대 도서관의 '조선문도서열람 실'은 북한문학 연구자들에게 '자료의 성지'였다. 조명희·리기영·한설 야·림화 같은 카프시대 문인들의 자료와 백석·리용악 등 월북 문인들 의 자료가 이곳에 보존되어 있었다. 그 자료를 활용해 한국에서 문학선 집과 작가들의 전집이 간행되었다. 내가 북한문학을 본격적으로 공부한 곳도 연변대에서였다. 1997년 석사과정 때 교환연구생으로 연변대에서 생활하면서, 북한문학사의 대표작으로 일컬어지는 천세봉의 『석개울의 새봄』[1955], 황건의 『개마고원』[1956], 윤세중의 『시련속에서』[1957]를 읽었다. 그때도 옛날 신문이 있는 열람실은 이용하지 못했다. 20여 년이 지난 지 금에야 '자료의 성지'는 나를 온전히 품어주었다.

1950년대 후반과 1960년대 초반 『문학신문』을 읽으면서, 2010년대 북 한문학의 텍스트적 원형이 1950년대 후반의 문학과 연결되어 있음을 확 인했다. 북한문학은 노동과 일 중심의 서사, 비극이 없는 낙관주의, 개인주의에 대한 비판과 집단주의의 추구 등을 특징으로 한다. 1950년대 후반 『문학신문』에는 작가들이 노동현장에 가서 쓴 글들이 지속적으로 실리고 있다. 윤시철이 김책제철소에서 용해공들과 만나 쓴 오체르크(르뽀, 실화문학)나, 강계식료공장에 대한 현지보도나 강선제강소 모습에 대한 보도 등이 그 사례다. 노동현장과 문학세계를 연결시킨 사회주의 리얼리즘이 지금까지 북한문학의 전통으로 이어져오고 있다. 낙관주의적 세계관은 '우리식 사회주의'로 이어져 동구 사회주의권 몰락이라는 얼음 폭풍을 견뎌냈다. 주체사상에 대해 뭐라고 평가하든, 그 자부심은 1950년대 성공적인 북한 전후 복구를 통해 형성되었다. 1956년부터 시작된 '천리마 속도'의 자부심이 지금은 '고난의 행군' 시대를 거쳐, 김정은 집권 시기에는 '만리마시대'를 향해 간다는 구호로 외쳐지고 있다.

『문학신문』에 실린 기사들을 통해 '당시 북한 작가들이 『현대문학』, 『문학예술』, 『자유문학』, 『신태양』 등의 문예지를 읽고 있었다'는 사실을 알 수 있었다. 리상현은 「남조선문학의 현상태와 전망」『문학신문』, 1957. 12. 19에서 한흑구의 「보릿고개」『현대문학』 9호나 정한숙의 「화전민」『신태양』 10호을 직접적으로 거론하며 사실주의문학으로서 긍정적 평가를 내렸다. 최소한 1950~60년대 북한 작가들은 남한문학을 읽고 있었음이 분명하다. 남한에서는 1988년 '납·월북문인 해금조치' 이후에야 북한문학에 대한 비교적 자유로운 접근이 이뤄졌다.

2. 북한에도 좋은 소설이 있을까?

2018년 4월 27일 '판문점선언'으로 동시대를 살아가는 남한 민중과 북한 인민들은 새로운 역사적 국면에 첫발을 내딛게 되었다. 판문점선언은 남북 정상 간의 합의지만, 한반도 비핵화와 평화 정착은 한반도 전체의 운명과 결부된 일이다. 그렇기에 남북한 공통의 언어를 다루는 작가들의 역할도 전환점을 맞이했다고 보는 것이 맞다. '납·월북문인 해금조치' 30주년을 맞이하는 해에 판문점선언이 이뤄진 점도 공교롭다.

문학 텍스트에 스며들어 있는 정신적 내밀함이 남북한의 문화예술 교류에 긍정적 역할을 할 수 있을까? 북한 사회를 깊이 이해하기 위해 북한문학을 읽는 것은 올바른 접근법일까? 남북의 작품들은 과연 문학이라는 이름으로 만날 수 있을까? 이러한 질문에 대한 진지한 탐구는 결코 '낙관주의적 전망'과 연결되지 않는다. 근대문학사의 뿌리를 공유하던 남북한 문학은 해방기를 거치면서 각자의 길을 걸어왔다. 작품 창작의 물적 기반도 다르고, 남북한 사회가 설정하는 작가들의 역할도 상이하고, 독자들이 작품의 가치를 평가하는 기준도 크게 엇갈린다. 다만 남한의 독자가 북한의 역사소설을 읽을 때, 남북의 근원이 같다는 것을 깨닫는 특별한 경험을 할 수 있을 것이다. 1950~60년대까지 연결되어 있다고 믿어왔던 남북 문학은 별개의 미학과 가치를 지향하는 이방인의 문학이 되었다.

북한 사회에서 문학은 특별한 위치에 있다. 북한 대표 문학단체인 조선작가동맹은 노동당 선전선동부의 지도와 검열을 받는 중요 기구이다. 『조선문학』, 『청년문학』, 『아동문학』, 『문학신문』과 같은 매체가 정기적으로 간행되고 있다. 사회주의체제는 언어의 이데올로기적 성격을 중시하기에 '문학과 미디어'를 국가기구에서 통제한다. 사회주의체제에서는 문자언어의 공식성에 대한 믿음이 강하다. 북한 사회에서 출판된 문학작품은 공식 문학, 당의 문학이다. 북한에는 작가의 자유로운 창작에 의해 발표되는 개성적인 문학이 존재하는 것이 아니라, 활자화되기 전까지 검토와 토의를 거친 집체적 성격을 지닌 작품이 출간되고 있다. 견고한 검열체계가 작동하고 있는 셈이다. 북한 사회에는 두 부류의 작가가 있는데, 현역 작가에 대한 검열은 좀 더 엄격하다. 현역 작가는 북한의 대표 전문창작기관인 '4·15창작단'에 소속돼 활동하며 특별대우를 받는 작가를 일컫는다. 현직 작가는 별도의 직업을 지니면서 작품을 창작하는 작가를 일컫는다. 현역 작가는 모두 조선작가동맹 소속이다.

전문창작기관인 '4·15문학창작단' 소속 작가의 작품이나 『조선문학』, 『청년문학』, 『아동문학』, 『문학신문』에 실린 작품은 작가의 개성보다는 동시대 북한 사회가 요구하는 문학적 지향에 부합하는 작품일 경우가 많다. 조선작가동맹중앙위원회가 부과한 과업이나 당에서 요구하는 정책에 부응하는 작품을 창작해 발표한다. 그럼에도 불구하고 좋은 작품, 뛰어난 작품은 있을까? 남한의 문학적 관점을 문학의 보편성으로 간주한 상태에서 '문학적으로 뛰어난 북한문학 작품'을 판별한다는 것 자체가 조심스럽다. 문학적 가치평가에는 어떤 문학이 좋은 문학인가, 문학의 보편성과 특수성은 어떻게 구별할 수 있는가에 답해야 하는 책임이 따른다. 접근 방법을 바꿔보면 어떨까? 북한문학이 좋은 작품이라고 평가하는 작품은 어떤 작품일까? 북한문학의 공식적인 평가에 따르는 것이니 이 질문에는 조금 더 쉽게 답에 접근할 수 있다.

나는 이 글에서 김정은 시대에 주목할 만한 작품으로 어떤 것들이 있는지 소개하고, 어떻게 읽고 해석할지에 대해 논의해보려고 한다. 기본적으로 북한문학은 낯선 문학이다. 이 글은 북한문학의 이질성을 두려움 없이 받아들이자는 제안을 포함하고 있다. 불편함을 감수해야만 외면을 피할 수 있다. 이를 위해 북한문학계에서 높게 평가하는 두 작품에 대한 비평적 접근과 더불어 북한문학계가 외면하는 작품에 대한 적극적 의미 부여를 동시에 수행하려 한다.

김정은 시대에 뛰어난 북한문학으로 평가받는 작품으로 서청송의

「유봉동의 열여섯집」『조선문학』, 2017. 4과 김해룡의 「서른두송이의 해당화」 『조선문학』, 2016. 3를 꼽을 수 있다. 서청송의 작품은『조선문학』2018년 제 2호의 「『조선문학』축전상 시상결과」에서 수상작으로 선정되었다. 이는 2017년에 발표된 작품 중『조선문학』이 선정한 우수 작품이라는 뜻이 다. 무엇보다 서청송이라는 작가에 주목할 필요가 있다. 그는 김정은 시 대에 혜성처럼 등장한 '주목할 만한 소설가'다. 서청송의 「무지개」『조선문 학』, 2014. 7는 '전국군중문예작품현상모집 1등 당선작품'이었다. 2014년에 발표한 「영원한 나의 수업」『조선문학』, 2014. 6도 주목받았다. 서청송은 조선 로동당이 정책적으로 중시하는 문제를 다루면서도, 젊은 감각을 맘껏 발휘해 유희적이면서도 희화적 기법을 잘 활용하고 있다. 김해룡의 「서 른두송이의 해당화」는 2016년도의 중요 작품으로 선정되었다. 2016년 을 결산하면서 이 작품에 대한 별도의 평론이『조선문학』에 게재될 정 도였다. 문학평론가 정향심은 「해당화를 향하여 철썩이는 파도… 단편소 설「서른두송이의 해당화」를 읽고」『조선문학』, 2016. 12에서 "읽어볼수록 이 소설은 확실히 잘 조화되는 성격들을 형상한 작품"이라면서, "문명강국 건설에 떨쳐선 우리 군대와 인민들을 고무추동하는 명작, 력작"(69면)에 속할 만하다고 고평했다.

3. 북한문학제도는 작가를 삼킨다

북한문학이 평가한 우수한 작품은 어떤 면모를 보이고 있을까? 두 작 품을 통해 동시대 북한문학의 가치지향을 가늠해볼 수 있다.

서청송의 「유봉동의 열여섯집」은 두만강 유역의 한 마을을 배경으로 홍수 피해를 겪고 난 후의 복구 과정을 그렸다. 이 마을은 조선 세종

때 4군 6진이 설치되면서 이주해 온 삼남 지역 주민들이 만들었다. 마을 이름에 얽힌 전설도 있었다. 옛날에 토질병으로 추측되는 전염병이 돌아 사람들이 하나둘씩 쓰러졌다. 위난의 시기에는 영웅이 나타난다. 여기서는 효성이 지극한 총각이 그 역할을 한다. 총각은 어머니와 마을 사람들을 구원하려고 헌신적으로 노력해 하늘을 감동시켰다. '하늘의 신선'이 구름수레를 타고 꿈속에 나타나 '희귀한 새' 한마리를 청년에게 주었다. 총각이 깨어나 살펴보니 집 지붕 위에 새가 있었고, 그 알을 어머니와 마을 사람들이 먹여 병을 퇴치했다. 이 설화로 인해 닭 유(酉)와 봉황 봉(鳳)을 써서 '유봉동'이라는 이름을 갖게 되었다. 16세대로 구성된 이 마을 사람들은 서로 경쟁적으로 닭을 기르는 것을 전통으로 여겼다. 그중 한영배 아바이와 공달식 아바이는 희귀한 새가 지붕 위에 내려앉은 집이 자기네라면서 닭 키우기에 더 열을 올렸다. 일도 많고 말도 많던 유봉동이 큰 물난리를 겪고, 이를 극복하는 것이 서사의 큰 줄기이다.

「유봉동의 열여섯집」에 그려진 홍수 피해는 2016년 함경북도에서 실제 발생했던 사건이었다. 당시 남한에는 상세하게 알려지지 않았지만, 북한은 2016년 8월 29일부터 9월 2일 사이에 태풍 '라이언록'과 집중호우로 인해 두만강이 범람하는 큰 홍수 피해를 입었다. 유엔 인도주의업무조정국(OCHA)은 2016년 9월 12일 발표를 통해 133명 사망, 395명 실종, 3만 5500가구가 피해를 입었다고 밝혔다. 조선중앙방송도 '해방 후 처음 겪는 대재앙'이라고 표현할 정도로 북한 사회에 타격이 심각했었다. 그런데도 당시 남한정부는 '북핵문제, 한반도 정세를 고려할 때 대북지원 어렵다'며 두만강 유역 홍수 피해에 대한 인도주의적 지원을 거부했다. 소설 속에서는 홍수 피해 이후에 당 중앙의 책임 일꾼들이 '직승기'를 타고 피해 상황을 파악하고, 이어 군당의 일꾼들이 쌀 배낭을 지고 찾아오는 장면을 보여준다. 뿐만 아니라 인민군대 1개 대대가 마을로 파견을 나와 결국에는 열여섯집 모두를 새로 지어주는 복구작업을 진행하는 모습도 그려냈다. 작가 서청송은 '직승기'를 전설 속 '구름수레'로 비유하고, 원호 물품들은 '행복이 꼬리를 물고 찾아'오는 것에 빗댔다. 이를 통해 설화적 세계가 현실에서 성취되는 것으로 형상화했다. 수혜를 받는 유봉동 주민들의 입장에 서서 '원수님의 뜻'과 '당의 뜻'이 얼마나 고마운가를 세세하게 그려낸 것이다. 집을 잃은 절망에서, 나라의 은혜를 입고 희망을 갖게 되는 여정을 유봉동 마을에서 발생하는 구체적 사건들을 통해 보여주었다. 작가는 재난당한 사람들을 먼저 보살피는 '우리식 제도(사회주의 제도)'의 우월성에 대한 자긍심을 유도하는 방향으로 서사를 마무리했다.

그렇다면 「유봉동의 열여섯집」은 왜 북한문학에서 뛰어난 작품으로 평가를 받는 것일까?

이 소설은 '유봉동'의 열여섯집이라는 제한된 공간의 사람들 이야기를 통해 그 당시의 피해 상황을 구체적으로 그려냈다. 일종의 제유적 기법을 통해 피해의 구체성을 부각시키는 서사적 기법을 활용한 것이다. 열여섯집의 피해에 서사적 응축을 가함으로써, 고난극복의 서사를 낭만적이면서도 낙관적으로 그려냈다고 할 수 있다. 대신 작가는 피해가 제한적으로 비칠 수 있기 때문에 멀리 리소재지의 상황을 "2층짜리 학교는 지붕만 남아 있었"다라고 묘사하거나 "역사는 금방 와르르 무너지고 있었"다(37쪽)고 그려냄으로써 전체적인 피해의 심각성도 간접적으로 전달했다.

더불어 북한문학계에서는 유봉동 주민들의 '로동당'과 '수령'에 대한 충성심을 잘 그렸다고 평가한다. 체제가 다른 남한의 관점에서는 낯설 수밖에 없는 소재가 이 소설에는 반복적으로 등장한다. 그것은 '수령들의 초상화'에 대한 주민들의 태도이다. 한영배는 산모인 장수만의 부인을 이불을 싸안아 피신시키면서, 가장 먼저 "초상화를 정히 싸안았"(35쪽)다. 역무원이면서 마을 주민인 칠성이는 자신의 직업의 상징인 철도망치와 더불어 "위대한 수령님들의 초상화"(37쪽)를 정히 가슴에 품고 나왔다고 그려져 있다. 인민반장이 희생된 이유도 마찬가지다. 인민반장이 친정아버지 60세 생일로 인해 온 식구가 집을 비운 옥이네 집에 뛰어들어간 이유는 초상화를 챙기기 위해서였다. 인민반장의 시신은 "옥이네 집 초상화를 정히 가슴에 안고 물에 떠내려갔"(39쪽)다가 나중에야 발견되었다.

큰 물난리로 인해 위기에 처한 상황에서도 북한 주민들은 왜 '수령님들의 초상화'를 목숨 바쳐 지켜내려 하는 것일까? 우선 '초상화'는 북한 체제의 상징이기에, 이 행위의 의미를 주민들이 자발적으로 나서서 북한 체제를 보호하고 있음을 보여주는 기표로 해석할 수 있다. 또 다른 측면에서는 관습적이면서도 현실적인 이해관계와 연결이 될 수도 있다. 북한 주민들은 자신이 북한의 공민임을 국가와 당에 증명하기 위해 목숨을 걸고 '초상화'를 지키려 했다고도 판단할 수 있다. 마지막으로는 작가가 의도적으로 문학적 증언의 욕망에 따라 '초상화와 홍수 피해'를 상징화해 표현했을 수도 있다. 작가는 '수령들의 초상화'로 상징되는 체제로 인해 북한 주민의 희생이 이어지고 있음을 은유적으로 반복해 표현했다는 해석도 가능하다.

북한문학에서는 이 작품이 2016년의 대홍수 피해극복을 문학적으로 잘 형상화한 작품으로 평가했다. 하지만 남한 독자의 입장에서는 납득하기 힘든 북한 사회의 내밀한 모습을 드러내는 작품으로 읽힐 가능성이 높다. 더불어 눈길을 끄는 것은 작가 서청송의 변화 양상이다. 서청송은 2014년 북한문단에 등장할 때만 해도 북한 체제의 모순에 대해

내부자의 입장에서 문제 제기하는 작품들을 발표했다. 「무지개」라는 작품에서는 노동영웅인 혁신자들이 관리자의 의도에 따라 만들어지는 양상을 폭로했고, 「영원한 나의 수업」에서는 '쉼없는 전진이 교사에게 강요하는 피로감'에 대해 묘파해냈다. 그런 그가 「유봉동의 열여섯집」에 이르러서는 국가정책에 충실히 따르는 창작자의 면모를 보여주고 있다. 더불어 그의 신분도 북한 작가로서는 최고의 영예라고 할 수 있는 '4·15 창작단' 소속으로 바뀌었다. 서청송의 변화는 북한의 문학제도가 발랄했던 소설가를 어떻게 체제 내적인 작가로 변모시키는가를 보여주는 한 사례이다.

4. 북한문학에는 비극이 없다

그렇다면 김해룡의 「서른두송이의 해당화」는 어떤 작품일까?

이 작품은 액자소설의 형식을 취하고 있다. 있다. 소설 속에 등장한 작가는 '서해안 간석지 건설장' 취재길에 올랐다가 앞자리에 앉은 돌격대 청년에게 호기심을 갖게 된다. 그 청년은 '어여쁜 해당화들이 수놓아진 흰 수건'을 정성스럽게 쥐고 있었다. 그 청년의 이름은 박철이며, 금성 정치대학을 졸업하고 서해안 간석지건설장 대대장으로 임명돼 가던 중이다. 박철은 작가에게 서해안 간석지건설장에서 벌어진 청년 돌격대의 활약상과 자신의 사랑 이야기를 전해준다.

박철은 북쪽 광산도시 태생이었다. 어린 시절 부모님이 광산에서 순직하여 삼촌 슬하에서 자랐다. 그는 '주먹질 드새고 겁질기기가 지독하다' 해서 '날파도'라는 별명을 갖고 있다. 그의 삼촌마저도 '네가 좋은 제도에서, 훌륭한 사람들 속에서 성장'해서 그렇지 다른 나라였으면 '강도나 깡패두목'이 되었을 것이라고 평가할 정도였다. 힘, 패기, 열정으로 똘똘 뭉친 그가 '조선로동당원'의 영예를 안고 1중대 중대장으로 부임해 중대원들을 독려한다. 1중대의 목표는 '연간 총화'에서 여단 1등을 쟁취하는 것이다.

그런 박철의 제1중대 경쟁 상대가 '해당화중대'로 불리는 3중대다. 모두 '처녀대원들'로 구성되어 있고, 중대장은 군복무 시절 해안포대 사관장(선임하사관)을 지낸 '현희'라는 여성이다. '해당화처녀중대장'으로도 불리는 현희는 제대군인당원으로서 "10년이 걸릴지 20년이 걸릴지" 알 수 없고 "보수를 바랄 수 없는 헌신"(44쪽)이 필요한 이곳 서해안 간석지건설장에 자원해 왔다. 1중대와 3중대는 남성과 여성, 엄격한 규율과 여성적 부드러움이라는 측면에서 애초에 비교가 경쟁이 불가능한 것처럼 보였다. 의외성은 서사에 활력을 불어넣는 중요한 요소다. 남성중대인 1중대에서는 가혹한 노동을 버티지 못한 '도망군'(중도포기자)이 속출하지만, 여성중대인 3중대에서는 서로 다독이며 똘똘 뭉쳐 '도망군' 하나 없이 힘든 노동을 버텨낸다. 뿐만 아니라 3중대에서는 '처녀 함마명수, 함마 장수'들이 힘을 내기 시작하면서 1중대의 성과를 능가하기까지 한다. 다른 에피소드도 있다. 3중대 해당화중대는 '려단 체육대회'의 일정에도 없는 '바줄당기기'(줄다리기) 경쟁을 감히 1중대에 제안하기까지 한다. 1중대는 장난처럼 생각하고 응했는데, 3중대가 연거푸 두 번이나 이기는 예상치 못한 사태가 발생한다. 1중대 중대장인 박철은 "일생 처음으로 무서움을 느꼈"(41쪽)다고 할 정도로 놀라고 만다.

날파도 중대장 박철은 마침내 해당화 중대장 현희를 남모르게 연모하다 상사병을 앓게 되고 만다. 그 사랑의 감정은 다음과 같이 절절한 모습으로 그려져 있다.

"이른아침 무릎을 치는 숫눈길우를 걸어보셨겠지요.

숫눈은 희다못해 연푸른빛을 은은히 비칩니다.

그 숫눈은 청신한 향기를 풍겨주며 마냥 마음을 맑고 생기롭게 해줍니다.

볼수록 돋보이는 처녀의 청신한 모습을 본다는 것은, 이 처녀의 마음을 들여다본다는 것은 꼭 그런 숫눈길을 걸으며 마음껏 호흡하는 것과도 같은 것이었습니다.

(중략)

파도가 아무리 모래불을 치고 쳐도 백사장의 해당화를 안지 못하는 것처럼, 날파도가 덮쳐들고 또 덮쳐들어도 해당화꽃을 꺾을 수 없는 것처럼….

그래도, 그랬어도 파도는 해당화를 향한 자기의 흐름을 멈출 수 없는 것입니다."

-김해룡, 「서른두송이의 해당화」, 『조선문학』, 2016. 3, 44쪽

사랑에 빠진 남성의 낭만성이 그대로 투영되어 있는 문장이다. '숫눈길'에 색감과 향기, 그리고 정서를 불어넣은 표현이 인상적이다. 무엇보다 서해안 풍경을 연상시키는 '날파도'와 '해당화꽃'의 비유가 남성적 판타지를 잘 보여준다. 남성의 열정적 움직임과 대비되는 여성의 정적인 매력이 이 비유에는 담겨 있다. '날파도'와 '해당화꽃'의 상징은 남성적 노동과 여성적 노동의 대비로 이어진다. 1중대가 "휴식 한번 없이, 야간돌격"을 하면서 나아가면, 3중대는 서로 "눈물이 그렁해"져서도 "서로서로 밀어주고 이끌어가며 투쟁의 불길"(42쪽)을 지펴나간다. 3중대가 여단에서도 큰 성과를 낸 것은 바로 모든 중대원들이 동등한 위치에서 중대의 일을 함께했기 때문이다. 그것은 사랑에서도 마찬가지이다. 해당화

처녀중대장인 현희는 날파도 중대장인 박철의 사랑고백을 받아들인 후 "사랑하려면 같아져야 한다고 봐요. 자기 동지들과 마음도 생각도 같이 하고 조국과 생각과 뜻도 함께할 때만이 진정한 사랑이 이루어진다고 봐요. 사랑할수 있는 권리가 말이예요"(48쪽)라고 당부한다. 사랑할 수 있는 권리, 중대원들의 동등한 지위에 대한 권고는 북한 민중들의 민주주의에 대한 열망이 담겨 있는 언술이다. 가부장적 질서 속에서 여성들이 남성화되지 않고, 차이를 인정받으면서도 남성과의 경쟁을 이겨낸다. 이는 징후적으로 읽을 때, 북한 민중들의 내면에 자리 잡고 있는 이상사회에 대한 열망으로 확장해 해석할 수 있다.

「서른두송이의 해당화」는 '위대한 장군님', '인민의 령도자'에 대한 헌사만 없다면 바로 남한 독자들에게 소개해도 될 만큼의 풍부한 이야기를 품고 있다. 반면 북한문학은 정치 지도자에 대한 헌사가 적절히 덧붙여져 있기에 우수한 작품으로 평가한다. 이 작품은 1중대장의 패기가 부드러움으로 변모해가고, 1중대원들과 3중대원들의 우호적 연대가 결국 중대장들의 관계에 영향을 미치며, 청춘 남녀들의 열정이 노동으로 승화하여 높은 생산성을 낳는 역동성이 자연스럽게 형상화되어 있다. 이 소설은 액자소설의 단조로움, 일방적인 대화식 전달에도 불구하고 다양한 인물의 관점이 자연스럽게 녹아들어 있는 점도 중요한 성취라고 평가할 수 있다.

「서른두송이의 해당화」를 더 심층적으로 해석해보면 어떨까? 이 작품은 '날파도' 총각의 남성성과 '해당화' 처녀의 여성성을 과장되게 표현함으로써 서사를 단순화했다. 특별한 성장 배경으로 인해 승부욕이 강한 박철에 비해, 현희는 눈이 크고 유별나게 눈동자가 검을 뿐 행동거지나 차림새는 평범하기만 하다. 다정다감한 평범한 처녀가 오히려 여단 전체에서도 남성 돌격대마저 앞서간다는 설정 자체가 반전을 이뤄낸다. 남성들을 이기는 여성의 이야기라는 의외성이 설득력 있게 구성된 것이 이 소설의 큰 매력이다. 또한 이 소설은 전체의 서사가 밝고 희극적인데 결말에서는 슬픔의 정조를 자연스럽게 우려내고 있다는 점이 인상적이다. 북한문학은 혁명적 낙관주의를 강조한다. 북한문학에서 비극의 서사화는 '전쟁서사'나 '혁명서사'에서 드물게 보일 뿐, 동시대 북한 주민들의 삶을 형상화하는 문학작품에서는 거의 찾아보기 힘들다. 그런데 이 소설은 '혁명적 낙관주의의 관습'을 과감하게 깨뜨렸다. 소설 속 매력적 인물인 해당화 중대장 현희는 간석지 건설 5년의 1단계 공사가 끝날 무렵, 제대하던 바로 그날 비극적 죽음을 맞이한다. 중대원들이 '햇참미역'을 따겠다고 바다에 나갔다가 바다폭풍을 만나 위기에 처했을 때, 해당화 중대장이 바다로 나서 두명의 처녀를 구한 후 목숨을 잃은 것이다. 박철에게는 사랑하는 연인을 잃은 슬픔이며, 서른두 명의 해당화 처녀들에게는 사랑하는 중대장을 잃은 비극이었다. 좋은 문학은 관습에 도전하고, 독자에게 감동을 불러일으킨다. 「서른두송이의 해당화」는 비유를 통한 등장인물의 성격화, 남성을 이기는 여성의 서사, 비극적 긴장감의 측면에서 충분히 되새겨볼 만한 문학적 성취를 이룬 것으로 평가할 수 있다.

서청송의 「유봉동의 열여섯집」은 현재의 북한문학이 바라보는 문학적 관습에 부합하는 작품일 뿐, 남북 문학사를 아우르는 작품으로 평가받기에는 쉽지 않을 것으로 보인다. 다만 서청송이라는 작가가 앞으로 어떤 작품을 창작해 발표할지는 여전히 관심의 대상이다. 김해룡의 「서른두송이의 해당화」는 의외의 문학사적 성과로 남을 수 있다. 동시대 북한문학의 혁명적 낙관주의를 깨뜨린 비극적 서사와 남녀의 성격화, 그리고 이야기를 만들어가는 작가적 능력에 대한 긍정적 평가가 가능하다고 본다.

5. 북한 노동자의 일상을 발견하다

문학성을 높이 평가할 수 있는 북한문학 작품의 발굴 가능성을 탐색하기 위해서는 하나의 전제를 확인해야 한다. 대부분의 북한문학에서는 "위대한 수령님"(김일성), "위대한 장군님"(김정일), "위대한 원수님"(김정은)이라고 호칭을 구분해 사용한다. 이러한 '정치 지도자에 대한 헌사'가 포함된 작품이 문학적 논의에서 제외되어야 한다고 전제하면, 동시대 북한문학 대부분을 부정해야 하는 상황에 처하게 된다. 앞에서 논의한 「유봉동의 열여섯집」에는 "김정은원수님 만세! 조선로동당 만세"(41면)라는 구호가 등장하고, 「서른두송이의 해당화」에도 "위대한 장군님"(47쪽) "경애하는 원수님"(48쪽) 같은 표현이 거리낌없이 사용되고 있다. 이처럼 북한문학이 높게 평가하는 작품일수록, 작가적 역량이 잘 투영된 작품일수록 관습적으로라도 '지도자에 대한 경외심'이 대부분 표현되어 있다.

물론, 예외적인 작품도 있다. 리준호의 「나의 소대원들」『조선문학』, 2016. 6 은 특별한 작품으로 꼽아도 손색이 없다. 이 작품은 북한문학에서는 주목하지 않는 작품이지만, 내가 보기에는 북한 노동자들의 세세한 일상을 엿볼 수 있는 뛰어난 작품이다. 또한 '당 창건 70돐'에 대한 언급은 있지만, 정치 지도자에 대한 직접적인 호명의 등장하지 않는 점도 특이하다.

「나의 소대원들」은 일인칭의 시점에서 모든 사건이 서술되기에 풍부한 내면세계를 표현하고 있다. '나'(박윤식)는 1년 전까지만 해도 '탄광고속도굴진독격대'의 사관장이었다. 청년돌격대가 해산되면서 '6갱설비보전공'으로 배치받았다. 그 사이에 결혼도 하여 6개월여의 설레는 신혼생활을 하고 있기도 하다. 그런데 탄광의 설비를 정비하는 '보전공'의 존재가 애매하다. 탄광은 '굴진'이나 '채탄막장'이 중심이기에 기계와 설비를 다루는 보전공으로 이뤄진 설비중대는 항상 뒷전이다. 이 소설은 "탄광에서는 보전공이라는 직종은 3부류이하"(33쪽)라면서, 주류가 아닌 비주류 노동자들의 하루를 세세히 그려냈다.

'나'는 아내가 내놓은 새 구두를 신고 기분 좋게 출근한다. 마침 '탄광기동예술선전동대'의 한 처녀가 출근을 격려하며 던진 꽃보라 뭉치가 새 구두 앞에서 터지는 꽃세례를 받는다. 함께 출근하던 갱 사람들이 "오늘은 윤식동무에게 복이 굴러드는 날"(26쪽)이라며 흥겨워한다. 특히 저녁에는 도예술단이 탄광문화회관에서 '당 창건 70돐'을 앞두고 공연하기로 되어 있어 아내와 함께 갈 마음에 들떠 있기도 하다. 하지만 출근하자마자 내게 신임 소대장 자리를 제안했던 현 오승권 설비소대장은 일의 책임성에 대한 추궁을 한다. 어제 '내'가 맡은 1호 압축기 수리가 끝내고 최종 점검까지는 하지 않고 퇴근하는 바람에 업무에 차질이 빚어졌다는 것이다. 이때부터 '나'의 마음은 불편해지기 시작하며, 소대원들의 행태에 대해서도 삐딱한 시선으로 관찰하기 시작한다. 그 불편한 감정의 결이 스며들면서, 탄광 설비소대원들의 일상이 세세하게 묘사된다. 퇴근을 앞두고는 '내' 담당이던 '2호사갱 펌프'마저 고장이 나 모든 소대원들이 도예술단 순회공연을 보지 못하고 자정 넘게까지 야근하는 상황까지 발생한다. '내'가 아침에 탄광기동예술선동대로부터 받은 꽃보라가 단지 허망한 폭죽이었음을 고단한 현실이 증명한 셈이다.

「나의 소대원들」은 소대장 진급을 기대하던 윤식(나)이 동료들을 관찰하여 노동자들의 생활세계를 세세히 묘파해낸 문제작이다. 박윤식은 오승권 설비소대장이 매사에 집단주의만 강조하고, 일을 깐깐하게 진행하는 것이 여간 탐탁지 않았다. 소대의 연장자인 강운세 아바이는 잔소리꾼에다가 연로보장을 앞두고 있는데도 훈장은 두 개뿐이고 공로메

달만 주렁주렁 달고 있는 것을 얕잡아 보기도 한다. 쌍둥이 아버지이자 익살꾼인 안성만의 태도도 마뜩지 않기는 마찬가지이다. 진지한 구석이 없고 모든 일을 대충대충하는 듯이 보이기 때문이다. 젊은 축인 신춘일이는 호리호리한 몸에 멋내기를 좋아하고 처녀들에게 치근대기나 한다. 안쓰러운 이는 2호사갱 펌프 책임 운정공인 분희뿐이다. 책임감도 강하고, 마음도 착한데 스물일곱이 되도록 결혼 상대를 못 만난 것이 연민을 자아내게 한다. 박윤식은 소대원들이 모두 "누구도 관심을 돌리지 않는 곳에 용삐는 수가 없는 사람들이 자연적으로 굴러들어와 형성된 집단"(31쪽) 같아서 미래에 소대장 업무를 맡아 할 자신감마저 잃을 지경이다. 그런데 '운수 나쁜 하루 동안' 박윤식의 소대원들에 대한 평가는 반전에 반전을 거듭한다. 자신에게 딱딱하게 굴던 오승권 소대장은 누구보다 책임성이 높은 일꾼이었음을 확인하게 된다. 잔소리꾼인 강운세 아바이는 보전공이 "병을 제때에 정확히 진단하고 치료하는 유능한 의사"(33쪽)와 같다고 말할 정도로 자긍심 높은 일생을 살아왔음을 알게 된다. 박윤식이 아끼고 안타까워하던 분희와 못마땅해하던 신춘일이는 서로 사귀는 사이였고, 안성만이는 가정뿐만 아니라 직장일에도 최선을 다하는 낙천꾼이었다. 이러한 반전을 경험하며 박윤식은 소설의 마지막에 오승권 소대장에게 자신을 반성하며 "난 소대를 이끌만한 재목이 못됩니다"(36쪽)라면서 스스로 소대장 후보자에서 용퇴를 선언하게 된다.

리준호의 「나의 소대원들」은 '나'의 내면세계를 중심에 놓고 소대원들의 하루 동안의 일상을 세세하게 묘사한 수작이다. 특히 이 소설에 주목하는 이유는 다음 몇 가지 때문이다. 이 작품은 북한에서도 '3부류'로 취급하는 보전공들의 노동을 다룸으로써, 비주류적 노동 세계를 형상화했다. 대부분의 북한 소설이 혁신자, 노력영웅, 혹은 헌신적인 일꾼들을 그리는 데 비해 이 작품은 독특하게도 '자기도취'에 빠진 '예비 소대장'을 주인공으로 내세웠다. 둘째, 노동자의 내면세계를 그렸으면서도 소대원들의 각각의 개성을 살리는 성격 묘사에도 성공했다. 소설 속 화자의 진술 태도에 자기모순이 나타나기도 하고, 그 모순이 드러날 정도로 화자의 태도가 솔직하기도 하다. 외부의 시선을 의식하지 않고 내면세계를 적극적으로 표출한 작품은 북한문학에서 좀처럼 접하기 힘들기에 예외적인 소설이라고 할 수 있다. 그리고 이 소설은 소대원들의 성격화가 뚜렷하고, 오해와 그 해소라는 서사적 흐름도 원활하다. 셋째, 이 작품은 북한 작품으로서는 예외적인 '모더니즘적 요소를 지닌 노동소설'이라고 평가할 수 있다. 하루 동안의 일상을 세세하게 묘사하고 있으며, 그 일상이 다음 날도 반복될 것임을 기동예술선동대 처녀가 안성만에게 '꽃목걸이'를 걸어줌으로써 암시한다. 노동하는 일상을 통해 근대적 삶의 반복성과 동일성을 이 소설은 잘 보여주고 있다. 남한문학에서는 좀처럼 잘 다루지 않는 현장 노동자의 일상을 이 작품이 그리고 있을 뿐만 아니라, 북한에서도 특색 있는 '비주류노동'으로 노동자의 감성세계를 포착해낸 문제작이라고 할 수 있다.

6. 남북 문학의 장벽 너머를 상상할 수 있을까

연변대 도서관에 덩그러니 놓여 있던 큰 거울이 잊히지 않는다. 나의 동시대 북한문학 읽기 작업은 도서관에서 갑작스럽게 대면한 커다란 거울에 비유할 수 있다는 생각을 해보았다. 전혀 기대하지 않았던 곳에 놓여 있는 거울을 통해 자신의 모습을 보게 되면 누구나 놀라게 된다. 무방비 상태에서 거울에 비춰짐으로써, 자신이 믿고 있던 스스로에 대한 이미지를 다시 생각하게 하는 계기를 맞이하기도 한다.

김정은 시대의 북한문학을 읽는 작업도 마찬가지이다. 보통은 외국 문학작품을 읽듯이 북한문학을 접하고는 그 낯섦에 진저리를 치며 외면하기 쉽다. 언어가 같기에 번역이 필요 없지만, 이데올로기적 간극은 더 크기에 '경멸의 시선'이 무의식 속에서 큰 파문을 일으키며 확산된다. 미학적으로 뒤처진 문학, 고루한 사회주의 리얼리즘 문학, 외부가 없이 내부에서만 작동하는 문학, 북한문학에 덧입힐 수 있는 수사적 외투들이다.

시야를 역사적으로 넓혀보자. 마침 내가 연변대 도서관에서 비슷한 경험을 했다. 1960년 1월 1일 자『문학신문』을 보면서였다. 신문의 3쪽에는 한설야의「남반부 작가들에게」라는 글이 크게 실려 있었다. 한설야는 이 글에서 남한 작가들에게 "당신들이 원하는 어느 지역도 좋다. 우리들은 서로 만나서 흉금을 털어놓고 이야기하자"라는 공개 제안을 했다. 한설야는 조선에는 소련군도 중국 조선인민지원군도 이미 자기 나라로 돌아갔는데, 남반부에만 미군이 주둔하고 있다는 점을 강조했다. 소련의 인공위성 발사 성공과 북한의 근대적 공업국가로의 성장을 자긍심을 실어 강조했다. 이러한 우월감에 기반해 남북 작가회담을 공개적으로 제안한 것이다. 1960년 북한의 자신감은 분명한 물적 토대를 갖고 있었다. 과연 우월적 지위에 있다는 자신감을 앞세운 상대와 동등한 위치에서 대화할 수 있었을까? 남한문학을 '경멸의 시선'으로 바라보는 북한의 작가와 문학적 대화는 가능한 것이기나 했을까? 이미 체제 경쟁에서 패배한 것으로 규정된 남한문학을 북한 문인들은 문학으로 존중하면서 읽었을까?

1960년 한설야의 강력한 자신감은 남한의 4·19혁명으로 역전되었다. 독재정권을 교체하는 혁명적 경험을 한 남한은 민주주의의 자부심을 갖고 정치적 주체로 스스로를 각성시켜나갔다. 4·19혁명은 남한 민주주의의 활력이 되었다. 이는 북한의 유일사상체제가 세습체제로 현재까지 이어지고 있는 것과 대비된다. 이렇듯 역사적 국면 전환은 갑작스럽게 이뤄지기도 한다. 한설야의 1960년 당시의 우월감은 지금의 남한 문인들에게도 그대로 되돌릴 수 있다. 2018년의 국면 속에서 체제적 우월의식에 기반해 남북 작가들의 문학적 만남을 기획한다면, 그것은 북한 작가들에 대한 암묵적 무시를 동반하고 있을 수도 있다. 한설야가 '상대를 배려하는 상상력의 결여'를 보여주었다면, 2018년의 남한 문인들은 '소수자의 상상력'을 발휘하여 북한문학의 특수성을 껴안는 전향적 태도를 가질 수 있기를 희망한다.

북한문학을 폄훼하는 가치평가들은 상상력의 빈곤을 드러내는 것일 수 있다. 상대방의 입장에서 상상하는 능력이 결여되었을 때, 자신이 우월하다는 확고한 믿음이 발산된다. 북한문학은 자본주의적 근대 경험에 비춰볼 때, 예외적인 문학일 뿐이다. 남한 입장에서 상상하는 문학의 보편성에 대한 믿음은, 서구적 가치에 기반해 구축된 보편성의 믿음을 받아들인 것일 수도 있다. 근대적 공통경험이 서구적 경험에 편중되어 있기에, 예외적인 문학을 '열등한 문학'으로 바라보게 된다. 북한문학은 동구사회주의권 몰락 이후, 외부와 차단된 내부의 문학으로 자신의 장벽을 견고하게 구축해왔다. 이제야 그 장벽이 다시 열림으로써, 북한의 경계 너머에 있는 사람들도 북한문학에 대한 점진적 접근이 가능하게 되었다. 북한문학의 관습적 수사, 문학적인 것과 비문학적의 구분 등은 북한문학계의 담론의 질서에 따라 구축된 것이다. 그 역사성을 고려하지 않고 읽으면, 북한문학을 동시대적 현상으로 파악해 비판하고 외면하게 된다. 단지 구경꾼처럼 거리를 두고, 스스로는 개입되지 않은 평안한 상태에서 바라볼 수 있을 뿐이다. 거리를 두는 읽기는 실천적 행위가 아니다.

앞으로 남북 문학 교류가 다시 이뤄지게 된다면, 문학 텍스트의 교류는 필수적 과제일 것이다. 남한은 '북한문학을 어떻게 읽을 것인가'를 질문할 수밖에 없고, 북한 또한 '남한문학을 어떻게 읽을 것인가'라는 물음에 직면할 수밖에 없다. 남북한 문학의 텍스트적 교류는 '같아야 한다'는 전제가 아니라, '다름이 의미하는 것'에 대한 성찰에서 시작해야 한다. 그 다름을 실증해 보이기 위해 서청송의 「유봉동의 열여섯집」, 김해룡의 「서른두송이의 해당화」, 리준호의 「나의 소대원들」의 텍스트 분석을 면밀하게 진행했다. 남북의 문학이 서로의 다양성을 인정하는 과정을 견뎌내지 못하면, 한반도 평화 정착을 위한 남북의 대화는 앞으로 동반자적 관계를 형성하는 데 더 많은 시간이 소요되리라고 본다. 문학이 특별해서가 아니라, 인간의 내면은 보이지 않는 정서적 힘의 영향 아래에 있기 때문이다.

테크놀로지와 '멋진 신세계'[1]

김민선(동국대학교)

1. '김정은 시대'의 과학환상소설 현황

2018년 9월 평양에서 남북 정상회담이 진행되었을 당시, 한국의 방송매체들은 일제히 남북정상의 일정을 상세히 보도하였다. 이때 유독 남한 대중들의 시선을 끈 것은 김정은 집권 이후 변화하고 있는 평양 시내의 풍경이었다. 10여 년 전과 달리 밝고 다양한 색으로 칠한 건물들과 새로 건설한 여명거리 등의 시내 풍경은 '김정은 시대'[2]에 이른 북한의 변화를 가늠케 하는 흥미로운 스펙터클로서 미디어에 비쳐지고, 대중에 인식되었다. '김정은 시대'의 평양은 고도의 기술과 번화한 거리로 이미지의 변모를 꾀하고 있는 것이다. 이러한 풍경의 변화는 2012년에서 현재에 이르는 북한문학에도 반영되었다. '김정은 시대' 북한문학은 새로운 수령의 형상화라는 고민을 거쳐, 능라인민유원지와 마식령스키장과 같은 인민 삶의 변화와 '과학기술강국' 완성에 대한 열망에 이르는

---

1. 이 글은 「테크놀로지가 지배하는 어느 멋진 신세계의 풍경-'김정은 시대' 북한 과학환상소설 읽기」(『동악어문학』 77집, 2019)를 단행본 취지에 걸맞게 수정 보완한 것이다.
2. 한국 내의 북한학/북한문학의 기존 연구는 김정은이 집권한 2012년에서 현재(2019)에 이르는 시기의 북한을 '김정은 시대'로 지칭한다. 이는 지도자에 따라 그 방향성을 달리하는 북한의 사회문화적 특성을 반영한 지칭이자, 김정일 집권시기와는 구별되는 새로운 변화의 조짐을 부각시키기 위한 것이기도 하다. 따라서 이 글은 기존 연구에 기대어 김정일 사망 후 김정은이 실질적 후계자가 된 2012년부터 2019년 현재까지를 '김정은 시대'로 칭한다.

다채로운 스펙트럼을 보여준다.[3] 특히 여명거리는 사회주의 문명국임을 선전하기 위한 강조점[4]으로 기능한다. 이 중 여명거리 내에 위치한 미래 과학자거리는 그 이름부터 과학기술에 대한 북한의 강렬한 열망을 증명한다.

그렇다면 북한문학에서 과학과 고도의 테크놀로지는 무엇으로 상상되고 있으며, 이전 시대와는 어떠한 차이를 보이고 있는가. '김정은 시대'라고 지칭할 수 있을 약 6~7여 년의 기간 동안 북한에서는 일곱 편의 과학환상 단편소설과 경장편에 가까운 한 권의 중편소설이 출간되었다.[5]

---

3. 김정은 시대 북한문학에 관한 연구는 '청년 지도자'로서의 김정은 수령형상(김성수, 이지순, 박태상)과 '사회주의 문명 강국'에 대한 열망(오태호, 이지순, 강민정), 그리고 문학이 반영하고 있는 김정은 시대 현실의 변화를 검토(김성수, 마성은, 오창은, 오태호, 유임하, 이상숙, 이선경, 이지순, 임옥규, 전영선)하는 방향으로 전개된 바 있다. 주목할 만한 연구의 성과는 다음과 같다. 남북문학예술연구회, 『3대 세습과 청년지도자의 발걸음』, 경진, 2014; 강민정, 「김정은 체제 북한 시에 드러난 '사회주의문명국'의 함의」, 『인문학논총』 37집, 경성대학교 인문과학연구소, 2015; 김성수, 「청년 지도자의 신화 만들기: 김정은 '수령 형상 소설' 비판」, 『대동문화연구』 86집, 성균관대학교 대동문화연구원, 2014; 김성수, 「'단숨에' '마식령속도'로 건설한 '사회주의 문명국'」, 『상허학보』 41집, 상허학회, 2014; 오태호, 「최근 『조선문학』(2017년 1~6호)을 통해 본 김정은 시대 북한 시의 고찰: '만리마시대'의 사회주의 강국 건설 지향」, 『한민족문화연구』 61집, 한민족문화학회, 2018; 이지순, 「7차 당 대회 이후 '만리마'의 표상 체계: 『조선문학』(2016. 1~2018. 8) 시를 중심으로」, 『한국언어문화』 67권, 한국언어문화학회, 2018; 임옥규, 「북한문학을 통해 본 김정은 체제에서의 국가와 여성: 『조선문학』(2012~2013)을 중심으로」, 『국제한인문학연구』 13호, 국제한인문학회, 2014; 전영선, 「북한문학의 현재와 미래」, 『한국문학과 예술』 14집, 숭실대학교 한국문학과 예술연구소, 2014.

4. 오태호, 앞의 글, 184쪽.

5. 김정은 시대에 발표된 과학환상소설(동화 제외)과 이들 텍스트에 관한 평론 및 단평 등을 정리하면 다음과 같다.

이름	제목	장르	연도
리금철	「항로를 바꾸라」	단편소설	2017. 8-9. 『조선문학』
리금철, 한성호	「⟨p-300⟩은 날은다」	중편소설	2014. 금성청년출판사
리명현	「바다로 간 연구사」	단편소설	2014. 8. 『조선문학』
리명현	「숲을 사랑하라」	단편소설	2016. 1. 『조선문학』
리명현	「대양에로」	단편소설	2018. 2. 『조선문학』
신승구	「새날이 밝는다」	단편소설	2014. 4. 『조선문학』
신승구	「⟨광명성-30⟩호에서 날아온 전파」	단편소설	2016. 8. 『조선문학』
엄호삼	「밝은 앞날」	단편소설	2013. 11. 『조선문학』
리창유	「과학환상문학에서 과학적환상」	평론	2012. 11. 『조선문학』
강철국	「무엇으로 아름답고 무엇으로 번영하는가」	연단	2018. 8. 『조선문학』

각 텍스트들의 발표 시기를 가늠하여 본다면, 한 권의 중편이 출간되고 두 편의 단편소설이 『조선문학』에 게재된 2014년이 눈에 띈다. 김정은 시대의 과학환상문학은 2014년을 기점으로, 이전에 비해 비교적 활발히 창작된 것으로 판단된다. 이러한 경향은 김정은 체제가 안정됨에 따라 문학적 장르 및 소재의 다양성이 자연스레 이뤄진 현상으로도 읽을 수 있겠으나, 동시에 미래과학자거리의 조성과 발맞춘 문학적 요구에 의한 응답일 것으로 짐작된다. 과학과 고도의 테크놀로지에 대한 전 국가적 차원의 관심과 열정을 감안한다면 과학환상문학의 창작과 소비는 이후로도 꾸준히 지면을 획득하게 되리라고 예상한다.

과학에 대한 북한의 과도한 열정에 비한다면 몹시도 희소한 텍스트 숫자이지만, 김정은 시대의 과학환상소설 흐름에서도 변화의 조짐이 관찰된다. 「무지개를 타고 온 청년」[2009]으로 주목받은 신승구를 비롯하여 활발히 과학환상소설을 창작하고 있는 리명현과 같은 신인 작가들의 활약이 두드러진다는 것이다. 현재 남한에서 확인 가능한 김정은 시대 북한의 과학환상소설을 둘러보면, 1990년대 후반부터 활동을 시작한 리금철을 제외하고는 모두 2000년대 이후 데뷔한 작가들로 이루어져 있음을 알 수 있다. 1990년대에서 2000년대 초반까지의 북한 과학환상소설의 흐름이 김동섭과 박종렬, 황정상과 같이 1960~1970년대부터 활동을 시작한 중견 작가들의 장편소설을 중심으로 진행되어왔던 것과는 다소 다른 구도이다.[6] 주목할 만한 선행연구들[7]이 주로 다루는 북한 과학환상문학 텍스트 또한 대부분 이 작가들의 텍스트였다.

물론 아직 단편과 중편소설에 치우쳐 있고 장편소설이 등장하지 않고 있으므로 섣불리 '세대교체'라는 판단을 내릴 수는 없다. 그러나 한 편의 중편소설마저도 2000년대 초반에 등장한 신인 한성호와 리금철의 합작이라는 점과 단편을 발표하고 있는 과학환상소설 작가들의 활동 시기 등을 고려하여 볼 때, 이러한 현상을 김정은 시대 초기에 발표된 북한 과학환상소설의 한 특징으로 읽을 수 있을 것이다. 그렇다면 자연히 다음과 같은 질문이 던져진다. 이러한 경향은 중견 작가들이 2019년 현재 장편 과학환상소설을 창작하는 와중에 있기에 일어난 잠깐의 현상인가. 혹은 자연스러운 세대교체인가. 그도 아니라면 김정은 시대를 감각할 새로운 과학환상소설이 필요하다는 요청에 의한 것인가. 이 질문들에 전부 대답하기에는 아직 김정은 시대에 발표된 과학환상소설의 텍스트가 부족한 실정이다. 따라서 이 글은 몇 가지 흥미로운 징후들을 살핌으로써 김정은 시대의 과학환상소설이 어떠한 방향으로 나아가고 있는가를 진단하는 것으로 이 의문들에 대한 대답을 대신하고자 한다. 이 과정은 김정은 시대의 북한문학이 과학기술을 통하여 완성될 새로운 사회를 어떻게 상상하고 있는가에 관한 실마리를 제시하는 작업이기도 하다.

---

6. 특히 1988년에서 1995년까지 거의 1년에 한 권 이상의 과학환상문학 단행본이 금성청년출판사에서 출간되고 있어, 전략적인 창작과 출간이 이 시기에 이루어졌을 것으로 짐작한다. 1988년에서 1993년까지 발표된 단행본의 순서는 다음과 같다. 김정회 편저, 『번개잡이 비행선』, 금성청년출판사, 1988; 황정상, 『푸른 이삭』, 금성청년출판사, 1988; 박종렬, 『두 개의 화살』, 금성청년출판사, 1989; 금성청년출판사 편, 『지구 밖으로』, 금성청년출판사, 1990; 리광근 외, 『열을 내는 꽃』, 금성청년출판사, 1991; 박종렬, 『별은 돌아오리라』, 금성청년출판사, 1993; 황정상, 『과학환상문학창작』, 문학예술종합출판사, 1993; 미찌세 류, 림희철 역, 『그 렬차를 멈추라』, 금성청년출판사, 1994; 김동섭, 『로보트 승리호』, 금성청년출판사, 1995.

7. 북한의 과학환상문학에 관한 연구는 아직 시작 단계에 머물러 있다. 아동문학의 관점에서 리금철의 텍스트를 읽어낸 마성은과 과학환상소설에 투영된 정치적 무의식을 고찰한 복도훈의 연구가 있다. 특히 서동수의 연구는 북한의 과학환상소설을 시기별로 폭넓게 읽으며 초기 북한 과학환상문학에서의 소련의 영향을 비롯하여, 인물의 형상 및 서사적 특징 등을 다각도로 고찰하고 있어 주목을 요한다. 마성은, 「리금철의 과학환상소설에 관한 고찰」, 『아동청소년문학연구』 6호, 한국아동청소년문학학회, 2010; 복도훈, 「북한 과학환상소설과 정치적 상상의 도상(icon)으로서의 바다」, 『국제어문』 65집, 국제어문학회, 2015; 복도훈, 「북한 과학환상소설과 우주의 노모스: 박종렬의 「탄생」(2001)을 중심으로」, 『한국예술연구』 22집, 한국예술종합학교 한국예술연구소, 2018; 서동수, 「북한 과학환상문학과 유토피아」, 소명출판, 2018.

2. 더 그레이트 원The Great One, 국가: 『〈P-300〉은 날은다』

2014년에 출간된 중편소설 『〈P-300〉은 날은다』는 뇌와 뇌파, 그리고 집합체이자 거대한 하나에 대한 북한의 오랜 인식을 반영한다. 수령과 당, 대중이 삼위일체를 이루는 '사회정치적 생명체'로서의 국가[8]가 바로 그것이다. 이러한 인식은 이미 이전 시기 북한 과학환상소설에서 뇌를 통한 개체와 전체 사이의 긴밀한 연결을 보여준 바 있다. 1993년에 발표된 『별은 돌아오리라』와 2001년작 『탄생』에서는 죽은 자가 남긴 뇌를 주요한 소설적 장치로 활용한다. 뇌수를 해석함으로써, 유언을 듣고 그 유지를 계승하여 나가는 것이다. 이들 텍스트에서 뇌수(雷獸)의 재생은 "유훈을 통해 국가의 '신체'를 되살린다는 '그리움의 정치'의 미학화이자 노모스의 우주적 확장"[9]으로까지 이어진다. 박종렬의 텍스트들이 보여주는 것처럼, 개인과 집단의 연결은 『〈P-300〉은 날은다』에서도 주요한 인식으로 텍스트 근저에 자리하고 있다.

제목으로 제시하고는 있으나, 생소한 단어일 'P-300'은 인간의 뇌파 신호를 지칭한다. 주인공 해연의 설명에 따르자면, "지구상의 모든 사람들이 'P-300'이라는 뇌파를 공간으로 내보내고있다는 것은 이미 과학적으로 해명된 문제"이나, 단지 "뇌파의 신호가 너무 작아 광범히 리용하지 못했을뿐"(155쪽)이다. 소설 속에서 해연이 개발한 뇌파송수신장치는 바로 이 'P-300'의 신호를 공유하게 만든 장치이다. 초반부의 출항 전을 제외하고, 이 소설에서 두 사람의 소통은 전부 이 뇌파송수신기를 통해

---

8. 수령과 당, 대중의 '삼위일체' 원칙을 통하여 국가를 인체에 비유하는 북한 패러다임의 특성에 대하여는 와다 하루키가 상세히 논의한 바 있다. 와다 하루키, 서동만·남기정 역, 『북조선: 유격대국가에서 정규군국가로』, 돌베개, 2002.

9. 박종렬의 『탄생』을 중심으로 한 북한 과학환상소설과 우주의 정치적 상상, 그리고 '뇌수'를 중심으로 한 유사과학적 발상 등에 대하여는 복도훈, 「북한 과학환상소설과 우주의 노모스: 박종렬의 『탄생』(2001)을 중심으로」, 앞의 글 참조.

이뤄진다. 이때 이들의 대화는 마치 VR 체험과 유사하게 묘사된다. 장치를 열고 상대에게 말을 걸면, 상대가 눈앞에 이미지로 떠오르는 것이다.

현재까지는 시험통신이 이상할 정도로 잘되였었다. 시험신기는 참으로 신비하다고 할 정도로 진호의 마음을 끌어당기였다.

고성능단말장치를 꺼내 화면을 펼칠 때마다 이상한 광경을 체험하게 되군 했던것이다.

눈앞에 펼쳐졌던 바다가 없어지고 해안공원의 소로길로 혹은 강변의 버들숲사이로 해연이와 함께 걸으며 이야기를 나누는 자기를 보게 되는것이다.

이건 도대체 무슨 현상일가? 이렇게까지 상상이 될수 있는가?

어떻게 된것인지 모든것이 눈앞에 방불하게 펼쳐진다. 정말로 신기할 정도였다.

이번에는 저 멀리 울울창창한 숲너머로 초고층살림집들이 드문드문 보이기도 한다.

(아, 저 집이 내가 사는 아빠트가 아닌가.)

너무도 신통해 진호는 자기 주위를 둘러보기까지 했다.

어디 아빠트뿐이랴. 산뜻한 여름옷차림을 한 심해연이가 불쑥 나타나 곱게 웃으며 묻는다.

"진호동무, 그새 건강하셨어요?"[10]

---

10. 리금철, 한성호, 『〈P-300〉은 날은다』, 금성출판사, 2014, 26-27쪽. 이후 본문에 인용시 괄호 안에 쪽수만 표기한다.

로봇 혹은 기계에 의해 매개된 화상의 형식을 활용하는 현재의 텔레프레즌스(Telepresence) 형태와 달리 『〈P-300〉은 날은다』가 보여주는 소통의 장면은 더욱 직접적인 신체적 감각과 연관되어 있으며, 또한 내밀하다. 진호는 대화상대인 해연뿐만 아니라 주변의 공간까지 인식한다. 해안공원의 길을 걷는 자기를 보게 된다는 그의 말은 뇌파통신기를 통해 매개된 화상이 평면적 시지각의 수준에서 한 단계 더 나아가 VR과 같은 형식에 이르고 있음을 짐작케 한다. 해연의 기계는 단순한 메시지를 송수신하게 하는 데에서 더 나아가, 다양한 감각을 전달하며 이를 공유케 한다. 장치를 켜고 마음속으로 상대에게 말을 건네는 것만으로도 두 사람의 공간은 '지금' '여기'와 구분된다. HMD(head mounted display) 디바이스를 장착한 사람 외에는 그 공간을 볼 수 없는 것처럼, 두 사람의 통신 또한 마찬가지다. '류성'호의 다른 선원들은 진호가 그 자리에서 해연과 머릿속으로 대화를 나누고 있는 것을 짐작할 따름이지만, 그 순간 진호는 해연과 함께 완전히 다른 공간에 존재하고 있다.

이 '신통한' 기계는 개인의 뇌파를 인식하고, 이를 신호화하여 상대의 뇌에 전달한다. 이로써 연인들은 실제의 거리를 극복하고, 현실과는 구분된 가상의 공간에서 두 사람만의 내밀한 시간을 보낼 수 있게 되었다. 그런데 기실 이들이 공유하고 있는 것은 신호화되었다가 다시 번역되어 전달된 서로의 뇌파이다. 진호와 해연의 '황홀한 감각'을 걷어내고 말한다면, 이들의 대화는 결국 두 개의 뇌가 기계의 매개를 통해 신호화된 뇌파를 주고받는 그로테스크한 장면인 것이다. 이 순간 인물들의 생각과 감각은 기계를 통해 전자신호로 번역되고, 제어된다. 물리적 거리를 초월하여 감각은 무한히 확장되었으나, 역설적으로 두 명의 주체는 그저 두 개의 뇌가 되었다. 기계를 통해 번역되고 기록마저도 가능한, 'P-300'이라는 이름의 신호를 발산하는 두 물질로 전락한 것이다.

그뿐인가. 진호는 이 반복된 통신 실험으로 인해 부작용을 겪기도 한다. 해연과의 통신이 끝난 뒤에도 진호는 "눈앞에 펼쳐진 검푸른 바다와 해연이 서로 엇바뀌여지면서 어느것이 현실이고 어느것이 환각인지 분간하기가 힘들 정도로 정신상태가 교차되는 것"(28쪽)을 느낀다. 기계에 의해 매개되어 뇌에 직접적으로 주입된 감각은 진호로 하여금 현실과 매개된 감각 사이의 혼동을 일으킨다. 심지어 후반부에서 위기에 빠진 진호는 해연과 대화를 나누면서도 그것이 해연에 대한 그리움으로 인해 생긴 무의식적인 착각이라고 생각한다. 반복된 "속대사"는 진호로 하여금 무엇이 '진짜 대화'인지조차도 혼돈하게 만들었다. 기계를 통해 뇌 내에 만들어진 이미지가 현실 인식과 뒤엉키고 있는 것이다. 이로 인해 해적에 의해 '류성호'가 납치되었을 때에 이루어진 뇌파 통신을 진호는 인식하지 못한다.

텍스트 초반, 해연이 진호에게 선물한 손목시계는 소형 뇌파송수신장치였다. 시계의 정체를 알지 못하는 진호는 실험용 뇌파송수신장치를 포함한 통신기계들이 모두 해적들에 의해 망가지자 피랍된 상황에서 벗어나기 위한 방책을 고민하지만, 이미 해연은 진호의 상황을 알고 있다. 진호는 해연과 대화를 나누었으나, 반복된 "속대사"로 하여금 무엇이 '진짜 대화'인지조차 혼돈하고 있는 것이다. 반복적으로 뇌에 전달되었던 이미지가 자신의 강렬한 감정으로 인해 환각으로 떠오르고 있다고 믿는 진호의 상태는 현실과 기계를 통해 중개된 가상을 구분하지 못하는 중독자와도 같다. 게다가 진호가 손목시계의 뚜껑을 열 때에만 가능하다는 전제가 붙기는 하지만, 해연은 진호의 생각을, 심지어는 그가 인식하지 못하는 것마저도 '도청하고' 있다.

결말에 가까워서야 진호는 비로소 머릿속에 떠오른 해연의 이미지가 기계에 의해 매개된 메시지였음을 알게 된다. 해연은 '류성'호를 구출하기 위하여 진호에게 손목시계의 정체를 알린다. 첨단 무기인 '장수봉'의 사용이 결정되기 전까지도 진호는 '조국'에서 '류성'호의 상황을 모두 파악하고 있음을 알지 못한다. 손목시계를 통해 대화 중인 때에도 그 사실을 알아차리지 못했던 진호는 해연의 말을 듣고서야 비로소 자신이 지금 해연과 '실제로' 대화하고 있음을 깨닫는다. 그러나 진호는 결코 혼란이나 당혹감을 느끼지 않는다.

뇌파에 의한 통신시험! 손목시계! 아, 그거였구나.
그런걸 난 말단장치가 놈들의 전자기포탄에 못쓰게 되었을 대 수근의 말대로 이제는 조국에 우리가 처한 사태를 알릴 수 없다고까지 생각하지 않았는가.
나와 해연이가 지금껏 서로 주고받은 모든 대화들이 과학의 산물인 뇌파통신기에 의한 것이었다니 조국에서는 여기서 벌어지는 모든 일을 알고 있었을 것이다. 얼마나 놀라운 일인가?
언젠가 해연이가 나의 뇌파를 측정하고 그 무슨 설비에 나의 뇌파를 기억시킨다고 했지….
진호는 기운이 났다. 힘이 솟구쳤다. 적들의 준동이 아무리 심해도 이젠 끄떡없다고 생각되었다. (중략)
진호는 팔목의 시계를 다른 손으로 슬그머니 쓸어만졌다. 바로 이 시계로 해서 몸은 서로 멀리에 떨어져있었어도 자주 만나 이야기를 나눌수 있었다고 생각하니 눈물이 나도록 해연이가 고마웠다.
해연이, 이젠 힘이 생기오. 조국이 지켜보고 동무가 힘을 주는데 내 무얼 두려워하겠소. 놈들과 끝까지 결판을 볼테요.
-154~155쪽

진호의 내면에는 당혹감이나 곤란함이 부재하다. 자신의 생각을 감찰한 해연에 대한 불안이나 불편감도 없다. 무려 뇌파를 공유하는 이 연인들은 서로에 대한 강한 신뢰로, 그리고 뇌파로 묶여 있다. 진호는 손목시계의 정체를 깨달았을 때조차도 도리어 그 사실에 감탄하는 한편으로 감사한다. 이 놀라운 연인들은 무섭게도 "언제나 몸도 마음도 함께"(154쪽) 있다. 그리고 이들의 소통은 '조국'에 전달된다. 이들이 알고 있는 것을 '조국' 또한 알고 있다. 그럼에도 불구하고 생각을 '도청당한' 진호는 이에 전혀 불편감을 느끼지 않는다. 진호가 가진 절대적 신뢰가 무엇에 기인하는가는 해연의 다음과 같은 말에서 짐작할 수 있다. "몸은 비록 멀리 떨어져 있지만 동문 역시 조국이라는 땅을 딛고있어요."(154쪽) '류성'호 또한 조국 영토의 한 부분이라고 외치는 진호의 생각 또한 해연의 말과 일치한다. 멀리 떨어져 있는 두 사람이 뇌파를 공유하여 '언제나 함께' 있는 것처럼, '류성'호는 먼 바다에 나와 있으나 여전히 조국과 '함께' 있는 '조국'의 일부분이다. 이들 개체들은 '조국'이라는 거대한 이름에 흡수된다. 이 절대적이고도 완전한 이름에 의심을 품는 것은 불가능하다. 그러므로 진호의 내면에는 불안이 존재하지 않는다. 이는 자신의 생각을 도청하는 타인에 대한 신뢰이자, 동시에 자신의 도덕성에 대한 확신이다. 그 자신 또한 위대한 집합체의 일부이므로.

이제 개인의 뇌파 신호를 기계에 입력하는 것만으로도 다수의 개체는 동시에 접속하여, 소통할 수 있다. '전파 신호'로 번역된 뇌파들은 고유의 번호를 지니면서 일종의 연결망을 구축한다. 각 개인의 고유한 뇌파 정보를 입력함으로써, 개인들은 뇌라는 새로운 단말기를 통해 소통하게 되는 것이다. 이 소통은 단순히 타인의 생각을 공유하는 수준이 아니라, 상대의 시야와 배경, 즉 감각을 공유하는 데에까지 이른다. 이로써 각 개체들은 전파 신호를 통해 서로 연결되며 거대한 집합체를 이루고, 이 집합체는 같은 감각을 공유하는 각 개인이지만 동시에 거대한 하나의 존재가 된다. 하지만 소설 『〈P-300〉은 날은다』가 보여주는 미래의 소통은 위험한 가능성을 동시에 내포한다. 해연이 진호의 생각을 청취할 수 있는 것처럼, 거대한 집단은 개인의 생각을 청취할 수 있게 된 것이다.

위대한 집합체인 '조국'은 각기 다른 개체들로 구성되었으나, 이들의 생각은 동일하다. '조국'은 뇌파 신호를 통해 이전보다 더욱 긴밀하게 연결된 기관들을 보호하는 절대적 존재가 된다. 그리고 이 기관들을 외부의 위협으로부터 보호하기 위해서 각 단말기를 연결하는 네트워크를 관리하고, 필요에 따라 각각의 단말기에 '저장'된 내용까지 감찰한다. 그럼에도 불구하고 이들 중 누구도 이를 두려워하지 않는다. 위대한 집합체가 이미 완벽한 도덕성을 담보하고 있는 것처럼 이 집합을 구성하는 각 구성원들 또한 완전한 내면을 지니고 있기 때문이다. 같은 생각을 완전히 공유하는 하나의 거대하고도 위대한 집합체(The Great One)인 '조국'에 대한 절대적 신뢰. 이것이 뇌파를 통한 내밀한 소통을 그려내면서도, 소설의 어조와 테크놀로지에 대한 태도가 시종일관 긍정적일 수 있는 이유이다. 이러한 측면에서 중편소설 『〈P-300〉은 날은다』는 어째서 북한 과학환상문학이 테크놀로지에 대하여 무조건적으로 긍정할 수 있는가를 잘 드러내는 주요한 텍스트 중 하나라 할 수 있다. 하나의 사상으로 이미 개인의 내면까지 완성되어 있는 사회. 이 '조국'이라는 위대한 집합체에 대한 북한 과학환상소설의 무의식은 기계를 통해 연결된 거대한 뇌이자 의식체에 대한 징후적 상상에까지 이르렀다. 수많은 개체들이 모두 똑같은 꿈을 꾸고 생각을 공유하는, 어느 멋진 신세계, 혹은 거대한 뇌수의 완성이다.

3. 언더 더 돔Under the Dorm :
「항로를 바꾸라」, 「광명성-30호에서 날아온 전파」

해적에 포위된 '류성'호의 이야기를 조금 더 해보자. 뇌파통신을 통해 '류성'호의 상황을 인지한 당국에서는 플라즈마를 이용한 무기인 '장수봉'을 사용하기로 결정한다. "우리의 자주권을 건드리는 놈들한테만 불벼락을 내리는 위력한 자위적 무기"(140쪽)인 이 '장수봉'이 우주에서 쏘아낸 광선으로 '류성'호는 비로소 위기에서 벗어날 수 있었다. 2007년 대홍단호가 소말리아 해역에서 납치되었을 당시, 선원들이 자력으로 위험에서 벗어났던 현실[11]과는 달리, '조국'은 위기상황에 적극적으로 개입하여 '조국'의 일부인 '류성'호를 구해낸다.

'장수봉'은 우주에서 쏘아낸 광선을 통해 하늘에서 '불벼락'을 내려 적들을 타격한다. 비록 '불벼락'이라는 전근대적인 수사를 동원하고 있으나, '장수봉'은 지구상 '어느 곳도' 타격할 수 있는 최신의 무기로 서술된다. 우주에서 지구 대기의 한 부분에 특수한 빛을 쏘아서 그 흐름을 조종하여 타격하는 방식으로 가동되는 것이다. 여기서 주목할 것은 '장수봉'을 비롯해서 뇌파통신기까지 중편소설 『〈P-300〉은 날은다』에 등장하는 테크놀로지의 공통점이 '원거리'라는 부분이다. 뇌파송수신기는 서로 멀리 떨어져 있는 연인들을 뇌파로 연결시켜주었으며, '장수

---

11. 이른바 〈대홍단호〉 납치 사건'은 2007년 10월 28일 소말리아 해역에서 정박하였던 대홍단호가 해적들에게 피랍되었다가, 해당 선박의 선원들의 노력과 미해군의 협조로 해결되었던 사건을 가리킨다. 북한에서는 이례적으로 미군의 협조에 감사하며 이를 '테러에 대응한 조-미 협력의 상징'으로 치켜세운 바 있다. 그러나 실제 사례와 달리 중편소설 『〈P-300〉은 날은다』에 등장하는 해적 형상은 소말리아인이기보다는 서양인에 더 근접하다. 특히 이 중편소설이 발표될 당시의 북미관계와 '스미스'라는 이름 및 언론을 조종하는 신문사라는 배경 등의 전형적 북한문학의 악당 형상으로 미루어 보아 미국인일 것이라는 추측이 더 유력해 보인다. 그럼에도 불구하고 모티프가 된 실제 사건에서 미군이 협조적이었던 까닭인지, 텍스트 내 다른 인물들과 달리 유독 국적을 명확히 밝히고 있지 않다는 점은 특기할 만하다.

봉'은 멀리 떨어져 있는 적을 공격하여 '류성'호를 방어한다. 이들 모두 '조국'에서 먼 곳의 존재를 지키기 위해 활용되는 테크놀로지이다. 그리고 이러한 테크놀로지에 대한 상상력은 북미관계가 최악에까지 치달았던 2017년까지 북한 과학환상소설의 주요한 테마로서 지속적으로 사용된다.

리금철의 「항로를 바꾸라」는 2017년 당시 북한의 방어체계 인식이 2000년대 초반과 크게 다르지 않으며, 오히려 강화되고 있음을 시사한다. 2004년에 같은 제목으로 발표되었던 단편소설이 2017년에 두 호에 걸쳐 재수록된 까닭이다. 뿐만 아니라, 소설이 게재된 시기가 ICBM이 발사된 2017년 7월 직후임을 감안하면, 이 가공할 무기의 탄생을 축하하는 북한문학의 전략이었음을 짐작할 수 있다. 하지만 무려 13년의 시간차를 두고 화려히 등장한 것치고는 이 소설은 단순히 구성되어 있다. 테러의 대상이 된 비행기가 승객 중 한 명이었던 조선인의 도움 요청을 통해 조선 영공에서 극적으로 구조된다는 내용이다.

중심인물인 석진은 미군이 우주대 지상 미사일 연구에 종사하던 소련의 박사를 살해하기 위해 폭발물을 설치하였다는 것을 알게 된다. 고도가 떨어지면 폭발하는 특수한 폭발물이 장치되었다는 사실이 알려지자 기내는 혼란에 빠진다. 석진은 "수십명의 순례자들은 모두가 바닥에 무릎을 꿇고 엎디어 죽음을 앞두고 기도를 하느라 머리조차 드는 사람이 없"고, "객실 뒤쪽에서는 죽음의 공포를 가시느라 마약을 쓴 모양 몇 명의 애젊은 남녀들이 거의 발가벗다 싶이한 몸으로 웃고 떠들며 히스테리를 부리"는[12] 난장판 속에서 강간을 당할 곤경에 처한 박사의 딸을 구

---

12. 리금철, 「항로를 바꾸라」, 『조선문학』, 2004. 5; 2017. 7, 74쪽. 인용부분의 페이지가 2004년과 2017년 모두 정확히 일치한다. 『조선문학』의 텍스트 배치 관행이 2000년대 초반에서 현재까지 거의 변함없음을 반증하는 일례이기도 하다.

해내고, 와씰리 박사로부터 사정을 전해 듣는다. 그는 공개전문으로 현재의 상황을 비롯하여, "군수독점재벌들의 반동성을 폭로"한다. 그리고 평양으로 오면 조치를 취하리라는 조국의 전문을 받아든다.

석진이 받은 전문을 공개하자, 기내는 순식간에 열광의 도가니로 휩싸인다. 혼란은 순식간에 석진을 향한 찬탄으로 바뀐다. 승객들은 갑자기 '구세주'에게 귀의하듯 석진에게 재물을 바치며 무릎을 꿇는다. 승객들이 표출하는 감정들에는 그 어떤 의심이나 불안도 없다. 실제로는 북한이나 북한의 테크놀로지 수준에 대한 인식이 거의 없을 법한 다양한 인종들이 이 순간, 석진의 발에 입을 맞춘다. 이들은 한 순간에 『〈P-300〉은 날은다』의 진호가 되어 있다. 조금 전까지 집단 히스테리를 일으키던 사람들이 어떠한 과학적 물적 확신이나 근거도 확인하지 않고, 순식간에 광신의 태도로 전환되는 것이다. 그리고 승객들의 열렬한 믿음대로 이 당혹스러운 촌극은 조선 상공에서 끝난다. 연료 부족으로 고도가 떨어지기 시작한 비행기를 중력을 조절하여 이용하는 '반중력마당'이 받쳐낸 것이다. 강력한 방어체계에 둘러싸인 이 작은 국가의 저력은 소련 박사의 인터뷰를 통해 세계에 공증된다.

> 와씰리 이와노비치 박사는 자기의 딸 니나와 함께 로씨야로 떠나기 앞서 평양주재 외국기자들과 회견을 가지었다. 그는 회견에서 공수지구의 신비한 공간에 대한 서방기자의 호기심어린 질문에 다음과 같이 발언하였다.
> … 우리는 조선의 공수지구상공에 형성되여있는 미증유의 반중력마당에 의해 기적적으로 구원되였습니다. … 반중력 에네르기는 자기단극일수도 있고 또 그밖의 다른것일수도 있습니다. 반중력마당의 세기조절은 인공적으로 진행되는바 그 힘

은 려객기의 백여톤의 무게를 중화시키는 정도가 아닐것으로 추측됩니다.

아마 우주에서부터 대기권을 뚫고 날아들어오는 거대한 운석까지도 땅에 떨어지지 못하게 할것입니다. 그러니 하물며 외부로부터 침습하는 포탄이나 폭탄따위야… 그 반중력마당에서는 제아무리 강력한 추진력과 수직탄도를 가진 미싸일일지라도 무용지물로 되리라는거야 불보듯 뻔하지요. 그러고보면 공수지구에 존재하는 그 신비한 공간은 튼튼한 장갑판인셈입니다…. 나는 그 신비의 공간이 공수지구뿐아니라 평양의 상공에도 형성되여있는것으로 생각합니다. 혹시 알겠습니까? 조선의 전 령토가 바로 그 눈에 보이지 않는 장갑판으로 덮여있을는지. …[13]

박사의 인터뷰 내용에는 전문적 지식이나 설명이 거의 없다. 박사의 언술은 보이지 않는 방어체제를 갖출 수 있는 기술적 근거가 원리에 대한 설명에 할애되어 있지 않다. "자기단극일수도 있고 또 그밖의 다른것일수도 있"는, 정말 중력에 근거한 것이 맞는지조차도 불분명한 에너지다. 미사일 전문가의 설명치고는 범박한 정도를 벗어나 의심스럽기까지 하다. 결국 박사의 인터뷰는 이 소설에서 중요한 것은 과학적 설명이 아니라는 점을 드러낸다. 중요한 것은 오래 전 인류 최초의 인공위성을 발사하였던 '소련'의 과학자의 입을 빌려 전 세계에 널리 공포되는 '조선'의 위력이다. 이러한 측면에서 소설 「항로를 바꾸라」는 이 마지막 장면을 향해 진행되고 있다고도 할 것이다. 승객들이 기내에서 보여주는 감정의

---

13. 리금철, 「항로를 바꾸라」, 『조선문학』, 2017. 8, 77쪽.

급격한 변화 또한 방어체계를 구축한 '조선'에 대한 반응을 보여주고자 함이다. 그러므로 승객 중 그 누구도 그것의 진위 여부를 의심하지 않는 것이다.

자주적 방어체계를 갖춘 '조선'에 대한 세계의 찬탄은 다양한 인종으로 구성된 승객들이 석진 앞에 무릎을 꿇는 장면으로도 우화된다. 광명성 3호의 발사 당시 이를 보도하는 각국의 반응에 심취하였던 것처럼[14] 결국 박사의 인터뷰와 기내의 촌극은 '조국'의 위상을 스스로 재확인하기 위한 장치에 불과하다. 마찬가지로 이 소설에서 테크놀로지는 세계에 '조선'의 위력을 과시하기 위한 하나의 도구에 가깝다. 『〈P-300〉은 날은 다』의 진호가 그러하였듯 초점은 테크놀로지의 본질이 아니라 그 테크놀로지를 보유한 '조국'에 닿아 있다. 2004년에 기발표된 이 소설이 다시 게재된 것은 국제관계 속에서 고립되어 있던 '조국'이 세계의 찬탄을 이끌어내었다는 역전승의 감각을 2017년에 다시 재생할 필요가 있었던 것이다. 이로써 현실과 미래의 그 어딘가에 놓여 있는 소설 「항로를 바꾸라」는 무려 13년의 시간이 지나고도 여전히 같은 감정이 북한문학에서 요구되고 있으며, 동시에 유효함을 시사한다.

한편, 「무지개를 타고 온 청년」[2011]으로 "과학적인 론리와 타당성에 기초한, 앞으로 물고기를 더 쉽게, 더 많이 잡으려는 유익한 작가의 환상"[15]을 보여주었다는 평을 얻었던 신승구의 2016년작 「〈광명성-30〉호에서 날아온 전파」(이하 「광명성-30호」)는 우주공간에서 조국을 지키는 청년들에 주목한다. 2016년에 발표된 이 단편소설은 미국으로 추측되는

---

14. "얼마나 정정당당한 평가인가. 물론 그 나라 사람들은 우리에 대해 아는 것이 많지 못할 것이다. 그러한 그들까지도 우리의 성과를 놓고 경애하는 원수님을 모시고 전진하는 조선의 모습이라고 평을 내린 이 사실은 무엇을 보여주는 것인가." 황예성, 「조선의 모습」, 『문학신문』, 2012. 12.

15. 리창유, 「과학환상문학에서 과학적환상」, 『조선문학』, 2012. 11, 52쪽.

'적국'의 모략으로 인해 맞닥뜨린 위기를 '광명성-30'호에서 근무하고 있던 청년 영준과 박사원생 란희가 해결한다는 비교적 단순한 서사를 택하고 있다. 이 소설 속의 두 인물은 반물질을 이용한 우주비행선을 타고 인공위성을 향해 돌진하는 운석에 오른다.

〈운석은 소행성233에서 떨어져나온 철과 니켈로 이루어진 덩어리입니다. 적들이 소행성에 폭약을 장착하고 폭발시켜 일부를 떼여냈습니다. 우리의 〈광명성-30〉호와 우주발전소를 송두리채 없애버리자는거지요. 그다음에는 우리 나라의 령토를…〉

장혁은 끓어오르는 격분으로 몸을 떨었다.

〈고현놈들, 사회주의 강국인 우리 나라가 무섭단 말이지? 어림없다.〉

장혁의 눈길이 언듯 벽시계쪽으로 쳐들렸다. 채깍채깍… 분주히 돌아가는 초침소리… 공명되여 울리는 그 소리가 예리한 칼날처럼 육박해온다. 이제 5분! 그때는 운석이 태양전지판에 닿는다. 한초한초의 시간이 흘러 드디여 태양돛을 설치한 영준이와 란희가 허리를 폈다.

〈이제는 태양돛의 각도를 조절해야 합니다. 어떻게 할가요?〉

〈물어볼게 있니? 그래, 우리 인민이 뭘 생각하는지 모른단 말이냐?〉

〈알겠습니다. 운석을 다시 날려보내 소행성233과 충돌시키겠습니다. 그러면 소행성233은 산산이 부서져 나갈 것입니다. 어떻습니까?〉

장혁과 기사장은 동시에 소리쳤다.

〈바로 그거다. 걸음걸음 우리를 막아나서고 있는 적들과는 결산을 해도 똑똑히 해야 한다. 알겠느냐?〉[16]

'광명성-30호'가 우주에 떠올라 있는 먼 미래를 배경으로 하는 이 소설에서는 적대국의 모략으로 인해 조국 영토가 처한 위험을 해결하는 남녀가 등장한다. 이들은 '반물질우주비행선'과 '태양돛'을 개발한 과학자이자, 성별에 관계없이 우주 비행도 결연히 해내는[17] 대담한 청년들이다. 영준은 '광명성-30호'와 운명을 함께할 각오까지 보였으며, 란희는 위기 상황 속에서도 비행선 조종을 마쳤다. 이들은 운석 위에 착륙하였을 때에도 끝까지 냉정함을 지킨다. 이 장면에서 두 청년의 내면은 서술되지 않는다.

이 장면뿐만 아니라 「광명성-30호」에서 영준은 단 한 번도 감정의 변동을 보이지 않는다. 심지어 그 자신이 인공위성과 함께 폭발할 위기에 처했음에도 불구하고, 영준은 묵묵히 태양 전지판을 조립하는 일에 몰두한다. 조국의 연구소에서 이를 지켜보는 사람들의 안타까운 감정만이 표현될 뿐, 이 소설은 결코 영준의 감정을 표면에 드러내지 않는다. 영준을 위해 우주행을 결심하는 란희의 내면 또한 연구소장인 장혁에 의해 짐작된다. 두 사람의 관계는 장혁의 기억을 통해 짐작되며, 사랑하는 사람을 위해 결단하는 란희의 내면이나 고뇌는 소설의 뒤편으로 밀려난다. 이로 인해 두 인물은 우주에서 벌어지는 모험의 주체임에도 불구하고, 마치 테크놀로지의 일부인 것처럼 소모된다.

기실 「광명성-30호」의 시점은 장혁을 중심으로 한다. 그의 시선은 먼

---

16. 신승구, 「〈광명성-30호〉에서 날아온 전파」, 『조선문학』, 2016. 8, 59쪽.
17. 소설 속 인물들은 란희의 외모를 보고 "연약한 처녀", "아련한 처녀"로 그녀를 지칭하며, 우주 비행을 반대할 뿐만 아니라, 지속적으로 불안하게 지켜보기도 한다.

우주에 있는 아들에게 이르지만 그는 여전히 지구에, '조국'에 머물러 있다. 그는 아들과 란희에게 지시를 내리며, 또한 그들의 기술력에 탄복한다. 그러나 이 시선은 일방적이다. 지구에서 인공위성을 바라보는 것처럼 아버지와 아들의 교류는 멀고 건조하다. 오래된 적들과 결산을 해야 하는 순간에도 마치 기계처럼 아들은 묻는다. '어떻게 할까요?' '조국'의 아버지는 이렇게 대답한다. "적들과는 결산을 해도 똑똑히 해야 한다." 적들이 '조국'을 가로막는 이유는 '우리'를 두려워하기 때문이므로, 더욱 확실히 위력을 보여주어서 그들을 압도해야 한다. 이러한 장혁의 언술에는 새로운 시대를 열기 위해서는 오래된 적을 확실히 정리하여야 한다는 강박이 자리한다. 한편이 지나치게 냉정하고 한편은 격앙되어 있어 기묘한 이 대화는, 이로 인해 도리어 건조한 질문이 뇌리에 오래 남는 역설을 일으킨다. 가공할 테크놀로지를 보유한 순간에, 되묻지 않을 수 없는 것이다.

2000년대 이후 북한의 과학환상문학은 고도의 테크놀로지에 대한 화려한 상상력을 보여준다. 대륙간탄도미사일이 완성되었다고 자평하는 2010년대에 이르면 북한 과학환상문학은 텍스트 곳곳에서 국가의 영토를 지키는 강력한 방어체제에 대한 형상화를 시도한다. 무엇보다도 이들 텍스트의 장면들은 때로 적을 직접적으로 타격할 수 있는 무기의 완성이 타격을 위한 것이 아니라 방어에 있음을 역설한다. ICBM 성공과 함께 재등장한 '반중력마당'이 그러하듯 말이다. 무엇보다도 국가의 방어체계에 감탄하는 외신기자들의 찬탄에 귀를 기울이며, 세계 내에서 '조국'의 위상이 재정립되었다는 자평을 끌어낸다. 물론 여기에는 완벽한 방어체계가 완성되었으므로 세계 내에서 우위를 주장할 수 있으리라는 믿음이 자리하고 있다. 하지만 강력한 방어막으로 고립된 국가를 구축하기까지, 돔 안의 존재들은 그 안에서 치열한 생존을 이어나가야 했다. 세계에서 인정받았다는 감격은 살아남은 자들에게는 무엇보다도 강력한 위로였다. 하지만 「광명성-30호」의 영준이 되물었듯 그들이 성취한 테크놀로지는 그들에게 묻는다. 그래서, 이제는 어떻게 할 것인가. 오래된 숙원을 떨쳐냈으니 새로운 시대가 가능하리라는 예감을 불러일으키는 질문이다.

4. 완전변이세대Xenogenesis의 아이러니: 「대양에로」

리금철의 텍스트가 다소 보수적인 성향을 보여준다면, 2007년경부터 활동을 시작한 것으로 짐작되는 리명현의 텍스트들은 좀 더 유연하다고 할 수 있다. 리명현은 아직 단편 이상의 텍스트를 발표한 바가 없으며, 초보적인 수준이거나 상투적인 과학기술과 상상력을 보여주는 점이 다소 아쉬운 작가로 판단된다. 하지만 '인간'의 문제가 징후적으로 드러나는 흥미로운 텍스트를 생산하는 작가이다. 게다가 2012년 이후 활발하게 과학환상 단편소설을 발표하고 있어, 이후의 행보를 주목하게 하는 작가이기도 하다.

무엇보다도 특징적인 것은, 리명현의 텍스트들이 자연 친화적인 기술이나 환경 복원에 대한 관심을 꾸준히 표출하고 있다는 점이다. 예컨대 2014년작 「바다로 간 연구사」에서는 바다의 마름류에서 에너지를 얻어내는 상상력을 보여주며, 2016년작 「숲을 사랑하라」는 수림지구에서 초본식물과 목본식물의 유전자변이를 연구하는 연구사 석일벽을 통해 산림 복원의 중요성을 주장한다. 이러한 측면에서 리명현의 텍스트는 '자연'에 대한 북한문학의 고민과 태도 변화의 양상 등을 파악하게 하는 유효한 텍스트라고도 할 수 있다.

최근작인 「대양에로」 또한 이러한 그의 관심을 반영하는 텍스트이다. 이 소설은 자연종 어류의 증식 방안을 연구하는 유철을 중심인물로 선택하여 서사를 진행한다. 그런데 소설 「대양에로」는 유전자변이 어류 양식의 성과나 긍정적 가능성을 제시하지 않는다. 도리어 이 소설은 도입부에서부터 유전자변이 양식어류가 '집단도주'한 상황을 제시한다.

협의회의 분위기는 좀 엄엄한 정도가 아니라 아주 심각하였다.

만수역의 그물우리양어장에서 유전자변이된 수십마리의 련어와 농어무리가 또다시 〈집단도주〉하는 사건이 일어났기때문이다.

그 무리수가 수십, 수백마리라고 해도 방대한 양어규모에 비하면 도대체 빙산의 일각과 같은 마리수였지만 그것들중 어느 한마리라도 자연상태의 원종들과 교잡하게 되면 원종조락을 가져올수 있었다.

이건 심각한 일이 아니라 대사고를 일으킬수 있는 위험한 정황이였다.

직접적책임이 있는 어류자원연구실 상급연구사 류학진의 얼굴은 몹시 그늘져있었다.

그는 현재 실장대리사업을 하고있는 상태였다.

〈학진동무! 벌써 몇번째요?〉

예상외로 학진은 침착한 어조로 대답했다.

〈소장동지, 너무 걱정할 필요는 없을것 같습니다. 우린 이런 걸 예견해서 생산용물고기들은 전부 거세시켰습니다.〉

〈내 그걸 몰라서 하는 말이 아니요. 그래, 몇백만, 몇천만이

나 되는 물고기들이 한마리라도 빠짐없이 다 정확하게 거세되
여있다는 담보가 있소?〉

　이 말에는 류학진이 아무런 대답을 하지 못했다.[18]

　유철은 유전자변이 어류들이 해양생태계를 파괴할 수 있는 이 절체
절명의 위기를 해결해야만 하는 급박한 상황과 마주하고 있다. 이 위기
는 단순히 양어를 잃은 수준에 있는 것이 아니다. 소설은 원종과 교잡
할 경우, 초래될 수 있는 원종조락(原種凋落)의 부정적 전망을 설명한
다. 유철이 놓인 상황은 인간의 필요에 의해 개조된 생물이 자연의 생물
을 멸종시키는 재앙이다. 이는 『〈P-300〉은 날은다』의 진호가 보여주었
던 절대적 신뢰와는 궤를 달리한다. 테크놀로지가 초래할 수 있는 부정
적 가능성에 대한 불안이 부재하였던 진호의 세계와 달리, 「대양에로」는
때때로 인간이 일으킨 재앙과 마주해야 하는 세계이다. 심지어 이 재앙
은 농어의 천적 '지능곱등어'(유전자변이 돌고래)를 파견하는 것으로 마
무리되지만, 소설이 끝날 때까지도 이 상황이 완벽히 해결되었는가에 대
한 서술은 찾아볼 수 없다. 그런데도 이처럼 위기를 겪으면서까지 생산
해낸 유전자변이 어류는 공급에 수요가 미치지 못한다. "원종과 꼭같은
맛"(65쪽)을 찾는 인민들의 요구에 미치지 못하는 까닭이다. 유전자 개
조라는 높은 수준의 테크놀로지가 동원되었으나, 그 결과물은 자연에서
얻은 것에 미치지 못한다. 간혹 벌어지는 양어들의 탈주는 이마저도 인
간이 완전히 조정할 수 없음을 드러낸다.

　테크놀로지를 향한 완벽한 신뢰가 깨어지는 장면은 이 소설의 다른
에피소드에서도 등장한다. 로봇 '모범병'의 에피소드가 바로 그것이다.

---

18. 리명현, 「대양에로」, 『조선문학』, 2018. 2, 64-65쪽. 이후 본문 내에 인용시 괄호 안에 쪽
　수만 표기한다.

'모범병'은 먹이공급 수감부의 오작동을 찾아내지 못하여서 30%의 치어를 손실한다. 양어장을 관리하는 로봇이 단순한 오작동을 찾아내지 못하는 것이다. 그것도 명령어의 오류로 인한 사고가 아니라 그 역할을 제대로 수행하지 못하여서 발생한 실수이다. 여기서 더 나아가 소설은 로봇 에피소드를 통해 한 가지 더 흥미로운 장면을 연출해내고 있다. 실수를 추궁하며 로봇의 이름을 '락후병'으로 고치자, 로봇은 마치 인간처럼 "굵은 물방울"을 눈에서 떨어뜨리기까지 한다. 이 인간화된 기계는 인간처럼 감정을 표현하고 또한 실수를 한다. 흥미로운 것은 로봇에 대한 유철의 태도이다. 유철은 '락후병'이 된 로봇을 책망하는 한편으로 동정한다. 근원적인 문제는 자연어종 문제를 해결하지 못하는 자신에게 있다는 생각이다. 그간 로봇을 소재로 하는 북한 과학환상문학이 인민 교육의 문제로 귀결되었다면,[19] 이 소설은 로봇을 동정하는 인물을 전면에 내세운다. 마치 주어진 노동 환경에서 교대 시간까지 효율을 계산해서 움직이는, 북한문학에서 흔히 발견할 수 있을 기계적인 숙련공을 바라보듯. 이 소설이 그려내고 있는 미래는 고도의 테크놀로지는 보유하고 있으나, 그것이 로봇의 눈물을 해소해주지는 못하는 세계이다.

「대양에로」는 소설 내에 높은 수준의 테크놀로지를 배치하고 있으면서도, 정작 이들 테크놀로지가 성취해낸 결과물에는 유보적인 태도를 취하는 텍스트이다. 원종조락을 일으킬 수 있는 재앙의 상황이나, 실수를 하고 눈물을 흘리는 로봇을 서술하는 소설의 태도에는 '과학기술강국'을 구성하는 가장 기본적인 요소에 대한 다소 삐딱한 시선이 내재되어

---

19. 서동수는 북한의 과학환상문학이 로봇에서 낯선 두려움을 느끼는데, 이는 '만들어진 인민'을 표상하기 때문이라고 지적한다. 이로 인하여 로봇을 중심소재로 하는 북한 과학환상문학에서 인간의 올바른 활용과 교양이라는, 위계와 양심의 강박이 두드러지게 드러나고 있다고 판단한다. 서동수, 「로봇이라는 내부의 타자와 인민의 은유」, 『북한 과학환상문학과 유토피아』, 소명출판, 2018.

있다. 일반적으로 과학기술에 대한 광신과도 같은 숭모가 북한 과학환
상소설의 근저에 늘 있어왔음을 감안한다면,「대양에로」가 보여주는, 이
러한 장면들은 몹시 예외적인 것에 속한다.

> 남극반디곤쟁이를 유전자변이를 비롯한 기성방법을 쓰지 않
> 고 단순한 순화(순차적인 적응)의 방법으로 우리 바다에 분포
> 시킨다면 우리 나라 동해의 만이나 연안은 물고기들의 〈대로
> 찬식당〉으로 전환될 것이다.
> 그렇다!
> 그물우리를 전부 통채로 거두자.
> 물고기들이 인간의 손길이 미친 배합먹이가 아니라 제가 먹
> 고싶은 자연먹이를 먹게 하고 가고 싶은데 다 가라고 하자.
> 물고기들은 어데 갔다가도 먹이가 풍부한 곳으로 다시 온다.
> 떠살이 생물의 대량번식을 왜 만이나 연안에서만 하랴.
> 해류를 따라 대양에서도 번식시키자.
> 가슴뻐근한 흥분과 희열에 불타는 유철이를 실은 우주비행기
> 는 태양의 빛을 받아 오늘따라 유난히도 밝은 광채를 뿌렸다.
>
> -70쪽

로봇의 눈물을 해소하기 위하여 유철은 위와 같은 기발한 방안을 내
어놓는다. 극지방의 미생물을 동해 바다에 서서히 적응시킴으로써 물
고기가 자연히 동해에 몰려들도록 하는 방법이다. 동해안은 다양한 어
종의 보고가 되며, 대양은 거대한 양어장이 되는 것으로 소설은 결론
을 맺는다. 현실성이 몹시 부족해 보이는 이 방안은 기실 이미 신승구의
2011년작인「무지개를 타고 온 청년」에서 다뤄진 적이 있다.[20] "과학적인

론리와 타당성에 기초한, 앞으로 물고기를 더 쉽게, 더 많이 잡으려는 유익한 작가의 환상"[21]이라는 리창유의 평을 받은 신승구의 '과학적 환상'을 「대양에로」가 다시 활용하고 있는 것이다. 이미 우호적 평가를 얻은 '안정적인' 해결 방식을 활용하고 있음은 작가의 안일함이나 과학적 상상력의 부족에서 기인한 것으로 읽히기 쉽다. 그러나 정작 「무지개를 타고 온 청년」의 상상력이 동해안의 양어장화에서 한 단계 더 나아가 '회오리수송관'이라는 당혹스러운 환상을 보여주고 있으므로, 오히려 「대양에로」가 비교적 현실적인 환상을 활용하고 있는 것처럼 보이는 기묘한 역전현상이 벌어진다.

뿐만 아니라, 「대양에로」는 이 환상을 통해서 신승구의 소설에서는 발견할 수 없었던, 은유를 활용한다. 인용한 부분에서 소설은 동해안이 물고기의 보고가 되는 환상을 설명하며 이렇게 말한다. "물고기들은 어데 갔다가도 먹이가 풍부한 것으로 다시 온다." 기본적인 삶의 환경을 개선한다면, '어데 갔던 물고기'도 되돌아올 것이다. 비록 그 과학적 환상은 현실성이 부족하지만, 그 어떤 말보다도 현실적인 언술이다. 유전자변이기술은 로봇의 눈물을 닦아주지 못하며, 그의 또 다른 소설 「숲을 사랑하라」[2016]가 심해에서 우주까지로 펼쳐내는 극단적인 공간 변화는 단순한 배경으로만 소모될 뿐이다. 고도의 테크놀로지는 소설의 배경으로

---

20. 자연어종 풍부화의 문제가 「대양에로」의 주인공에게 주어진 연구 과제였던 것에 비해, 신승구의 「무지개를 타고 온 청년」은 이미 아버지 세대에서 마름류의 인공배양을 통한 물고기의 풍부화를 이룬 것으로 서술하고 있다. 「무지개를 타고 온 청년」의 주인공에게 주어진 난제는 동해안에 풍부한 물고기를 각 지역에 운반하는 것이다. 신승구의 소설은 '회오리수송관'으로 물고기를 직접 바다에서 빨아올리는 방식으로 이 문제를 해결하고 있다. 신승구가 택하고 있는 이 방법은 당시 독자들에게도 당혹스러운 환상이었던 것으로 짐작된다. 리창유의 평론이 "이것을 두고 아직은 그 현실성을 담보할수 없는 생활이라고 하여 과학성이 없다고, 동화적인 환상에 지나지 않는다고 단정할수는 없"으며, 문제는 "환상이 현실발전의 요구와 과학발전의 합법칙성에 기초하고 있는가 하는 것"이라고 옹호하고 있는 장면은 도리어 이 환상이 당시 독자들에게도 당혹스러운 수준이었으므로, 이를 설득하고자 하는 시도로도 읽힌다.

21. 리창유, 「과학환상문학에서 과학적환상」, 『조선문학』, 2012. 11, 52쪽.

소모되거나, 현실의 문제를 해결하지 못한다. 리명현의 텍스트에서는 뇌와 뇌를 연결하는 높은 수준의 테크놀로지가 화려히 등장하지 않는다. 심지어 환경과 자연복원에 대하여 취하여 온 태도와는 정반대로 동해안을 양어장화하는 지극히도 인간적인 '환상'으로 과학적 환상을 대체한다.[22] 그러나 도리어 이로써 그의 텍스트는 인공위성과 우주 발전소의 상상력을 발휘하는 텍스트와, 트랙터 한 대조차 등장하지 않는 농촌소설이 함께 게재되는 『조선문학』의 풍경을 다시금 떠올리게 한다. 이 현실성 떨어지는 '환상'이 오히려 더 현실적인 까닭이다.

체제의 변화 이후, 북한의 과학환상문학은 분명 변화의 조짐들을 보여주고 있다. 완성된 '방어체계'는 역설적으로 새로운 선택과 시대의 가능성을 열어주었다. 이제 양어장 안에, 혹은 돔 안에서 생존한 물고기들이 '대양에로' 나갈 때이다. 이 새로운 시대를 위해 재설정되는 테크놀로지의 목표는 우주 너머가 아니라 국산 파마약이나 해수욕장의 샤워장 설계[23]와 같이 삶의 가장 가까운 곳으로 내려올 것이다. 자연어종과 같은 맛을 원하는 '인민들의 요구'에 부응하기 위해 유전자변이를 포기한 것처럼. 김정은 시대의 과학환상소설이 보여줄 새로운 상상력들은 이러한 세부들에서 나타날 것으로 짐작된다. 그러므로 다소 난삽한 구성과 날카로운 현실 인식을 보여주는 리명현의 소설들은 김정은 시대에 새로이 나타나기 시작한 다양성을 그 자체로 반증하고 있는 텍스트인지도 모른다.

---

22. 흥미로운 점은 리명현의 텍스트에는 자연과 더불어 살아가는 인간 삶에 대한 지향과 인간의 이익에 따라 자연을 활용하는 태도가 동시에 나타난다는 것이다. 이러한 특성은 자연어종의 증대를 연구하면서도, 동해안을 양어장화 하는 「대양에로」의 해결 방식뿐만 아니라, 「숲을 사랑하라」(2016)에서도 나타난다. 중심인물 석일벽은 숲 생태 연구자이지만, 늑대에 둘러싸여 위기에 처한 처녀를 구하면서 인간의 우월함을 과시하는 태도를 보이기도 한다. 이러한 장면들이 현재 북한 과학기술을 비꼬는 우회한 비판인지 생태주의적 인식이 부족한 까닭에 기인하는지는 아직 판단하기 어렵다. 그러나 석일벽의 과장된 태도나 「대양에로」의 서술들이 의도하에 삽입된 것임은 분명하다.

23. 림길명, 「백사장의 붉은 노을」, 『조선문학』, 2018. 8.

5. 한 위성 과학자의 추억: 결론을 대신하여

> 죄스러웠다
> 전호의 찬이슬밑에
> 청년영웅도로의 로반우에
> 청춘을 아낌없이 묻어가는 동년배들에게
>
> 두려웠다
> 대학은 위훈과 인연이 없어보여
> 먼 훗날 오늘을 옛말해달라 조르는 후대들에게
> 들려줄 이야기 보잘 것 없을 것 같아
> 고난의 행군 그때 너는 무엇을 하였느냐
> 시대의 물음앞에 대답이 변변치 못할 것 같아[24]

고난의 행군 시기에 허황된 것으로만 보이던 고도의 과학기술을 연구하던 한 과학자의 두려움은 위성이 대기 너머의 우주를 날고, 강력한 방어 체계가 갖추어진 현재에 이르러 비로소 자부심으로 변환될 수 있었다. 이로써 다시 불러내어진 과거의 기억은 새로운 의미를 덧입는다. 고도의 과학 기술 양성에 희생해야 했던 현실의 생명들과 동년배들의 청춘은 과거의 일로 치장되어 그 실제를 잃는다. 그럼에도 불구하고 여전히 그 시기를 겪어냈던 청춘들에게 그 기억은 살아남았다는 죄책감과 같은 강렬한 상흔으로 남아 있다. 한 시대의 조락과 새로운 시대의 탄생에 따라 자연히 묻혔던 이 기억들은 현재의 북한문학 텍스트들에 간혹

---

24. 백현숙, 연시, 「한 위성과학자의 추억: 너는 그때 무엇을 하였느냐」, 『조선문학』, 2016. 10, 53쪽.

징후적으로만 출몰한다.

1980년대 후반에서 1990년대 중반에 이르는 집중적인 과학환상문학의 창작은 현실의 요구와 괴리된 고도의 테크놀로지를 주창했던 당시의 북한 사회와 맞닿아 있다. 그렇기에 박종렬의 텍스트가 그러하였듯 이 시기 북한 과학환상소설에서는 죽은 자들의 목소리가 지속적으로 재생된다. 망자들이 남긴 말은 산 자들로 하여금 그들의 유지를 이어서 연구를 완성하도록 한다. 소설 속 인물들이 완성해야 하는 테크놀로지에는 유언이 마치 지박령처럼 들러붙어 있다. 그 정체가 위대한 국가의 시초를 연 수령이건 "청춘을 아낌없이 묻어가는 동년배들"이었건 간에, "고상한 과학 연구"[25]가 완성되기까지 죽은 자들은 끊임없이 목소리를 내며 간섭한다. 그 유언이 완성되고 국가 방어 체제가 완비된 현재에 이르러서야 'P-300'이라는 통신체제의 등장과 함께 죽은 자들의 목소리는 사라지고 그 빈자리는 산 자들의 환각으로 대체된다. 때문에 죽은 자들의 목소리가 산 자들의 환각으로 바뀌는 이 장면은, 도래한 새로운 시대에 이르러서 살아남은 자들이 그 치열함을 무엇으로 발언할 것인가를 짐작케 하는, 문학적 징조로도 읽힌다.

김정은 시대 북한의 과학환상소설은 뇌파 통신에서 인공위성과 반중력 방어막, 유전자 변이에 이르는 고도의 과학기술이 활약하는 과학적 환상의 장이다. 하지만 이 테크놀로지들은 '조국'을 수호하기 위해서이거나, 전기를 안정적으로 공급하는 우주발전소를 세우기 위해, 어류를 증산하기 위해서 동원된다. 1958년에 발표된 「석개울의 새봄」에서 창혁이 새로운 품종의 벼 낟알을 손으로 세었던 것처럼, 2016년에도 여전히 「새

---

25. 『탄생』의 김창식이 달에서 시도하는 연구 작업을 바라보며 순희는 다음과 같이 말한다. "나라의 긴급한 에네르기수요를 충족시키지 못해 고심하는데 또 이쪽에선 나라의 경제 같은건 문제시하지 않는것같군요. 보다 고상한 과학연구를 목적한다고 하면서 말이예요." 박종렬, 『탄생』, 금성청년출판사, 2001, 232쪽.

날이 밝는다」의 주인공은 가지에 맺힌 토마토의 개수를 헤아린다. 그럼에도 불구하고 현실과 괴리된 고도의 테크놀로지를 상상하였던 이전 시대와 달리, 김정은 시대의 신인들은 '대양으로' 향하는 상상력을 보여주고 있다. 죽은 자 혹은 죽은 자들의 목소리에서 국가를 수호하는 고도의 테크놀로지를 향한 열망이나 집착을 끌어내는 대신에 인민의 요구에 응답할 방안을 모색한다. 유훈에 따라 고도의 테크놀로지를 완성하고자 연구에 몰두하는 과학자들의 서사와 인민 개인을 구하기 위해 테크놀로지를 활용하는 서사의 차이는 김정은 시대 과학환상문학이 어디로 향하고 있는가를 반증한다.

　유언의 완성과 함께 한 시대도 완료되었다. 반중력 방어체제가 완성되었으므로 살아남은 자들은 그 돔 바깥의 대양으로 나올 것이다. 「대양에로」의 상상력이나 신승구의 질문은 김정은 시대 북한 사회의 변화에 대한 징조이다. 유년시절 그들이 겪어낸 끔찍한 치열함은 이전 시대의 과학환상소설들에서처럼 죄책감이나 두려움의 얼굴을 하지 않는다. 대신에 그 기억은 그들 자신이 성취한 것으로 선전하고 있는 테크놀로지에 대한 양면적 상상력으로 드러난다. 완벽히 연결된, 오점 없는 어느 멋진 신세계의 풍경과 그 이면에 대한 암시. 그리고 테크놀로지라는 광신의 대상이 사실 인민의 문제는 아무것도 해결하지 못하고 있었다는 냉철한 은유가 그것이다.

성노예 문제와 역사추리 서사[1]

김은정(한국외국어대학교)

1. 서론

> "일본은 우리 민족에게 영원히 아물 수 없는 역사의 상처를
> 남긴 천년 숙적이다."

이 한 문장은 북한의 일본에 대한 인식을 잘 보여준다. 남북 정상회담과 북미 회담이 이루어지고 있는 가운데 북한은 철저하게 일본의 구애를 외면하고 있다. 북한은 2018년 10월 8일 자 『노동신문』 논평처럼 "저들의 과거 침략범죄에 대한 사죄와 반성은커녕 실로 뻔뻔스럽게 놀아댄 것"이라며, 일본 아베 정권이 평화헌법을 개정해 '전쟁이 가능한 나라'로 만들려는 가운데 욱일기 게양을 고집한 것은 "날로 노골화되는 침략 야망의 뚜렷한 발로"[2]라고 경계하고 있다.

남한에서도 성노예 문제는 영화, 연극, 그림, 시, 증언록 등으로 재현되었다. 소설에서는 단편적으로 성노예 문제가 언급되거나 증언록들이 주를 이룬다. 본격적인 성노예 관련 소설로는 정현웅의 『일본군위안부』[2014],

---

1. 이 글은 「북한의 추리소설 『네딩이의 얼음』에 나타난 미적 용기-동아시아의 일본군 위안부 문제를 중심으로」(『민족문학사연구』 68집, 2018)를 단행본 취지에 걸맞게 수정 보완한 것이다.
2. 심철영, 「후안무치 날강도의 궤변」, 『로동신문』, 2018. 10. 8, 6쪽.

2018년 증언 소설 김숨의 『군인이 천사가 되기를 바란적이 있는가』[2018]가 있다. 그러나 이들 소설의 가장 큰 문제는 구술에 의한 축조일 뿐 문학이 성노예의 서사를 뛰어넘지 못하는 점이다. 그것은 소설이 그들의 충격적인 경험을 핍진성 있게 담아내지 못하고 있기 때문이다. 이것은 작가의 역량 문제라기보다는 성노예로서의 위안부 서사 자체가 주는 충격이 더 크기 때문일 것이다. 일본 소설 역시 일본인의 시각에서 단편적인 기억으로 죄책감으로 표현될 뿐 본격적으로 성노예로서의 위안부를 다루고 있는 소설이 없다. 무라야마 유카의 『별을 담은 배』[2014]가 그나마 위안부에 대한 사랑과 위안부의 실생활을 보여주고 있지만 이 소설은 성노예 문제를 당시 군인이었던 아버지 시게오가 사랑했던 위안부에 대한 추억으로 협소화시키는 데 문제가 있다.

성노예 문제를 직접적으로 소설화하지 않는 것은 북한도 마찬가지다. 아니 2017년 전인광의 『네덩이의 얼음』이 나오기 전까지 북한에서 수없이 다뤘던 남성의 징용과 일본군에서의 탈출 서사와는 달리 여성의 성노예 문제는 소재로도 취급되지 않았다. 그 이유는 북한의 문학 문법에서 찾을 수 있다. 1946년 7월 30일 남녀평등권법령 반포로 남녀평등이 법제화되면서 여성 인권유린이 금지되며, 동등한 상속권과 재산분할의 권리[3]를 획득하게 된다. 특히 여성이 사회주의 건설의 주체로 견인되면서 여성은 전체 인민의 '한사람'으로 형상화되었다. 여성이 인민의 한사람으로 형상화되기 시작하면서 여성의 평등권을 침해하거나 인권을 유

---

3. 제7조 중세기적봉건관계의 유습인 일부다처제와 녀자들을 처나 첩으로 매매하는 녀성인권유린의 폐해를 앞으로 금지한다. 공창, 사창 및 기생 제도(기생권법, 기생학교)를 금지한다. 이 항을 위반하는자는 법에 의하여 처벌한다. 제8조 녀성들은 남자들과 동등한 재산 및 토지 상속권을 가지며 리혼할 때에는 재산과 토지를 나누어가질 권리를 가진다. 제9조 본 법령의 발포와 동시에 조선녀성의 《권리》에 관한 일본제국주의의 법령과 규칙은 무효로 한다. 김일성, 「북조선남녀평등권에 대한 법령」, 『김일성 저작집』 2, 조선로동당출판사, 1979, 328쪽.

린하는 내용 및 장면이 사라지고 북한문학에서 여성은 투쟁하는 여성의 모습으로 형상화된다. 사회주의의 우월감 안에서 여성을 묘사하던 북한이 성노예 문제를 전면적으로 들고 나온 것은 그야말로 미적 용기라 할 수 있다.

남한에서 1991년 김학순 할머니가 성노예 증언을 했다면 북한에서 언론에 최초의 증언을 한 인물은 리경생 할머니이다. 그는 1992년 5월 조선중앙TV 기자와 만나 자신이 성노예였음을 밝혔다. 평안남도 대동군 원천리에서 생활하던 74세의 그가 기자회견을 한 것은 고나 다카오의 글 때문이었다. 그는 1992년 『군사잡지』 5월호에 일본이 오히려 매춘부들에게 돈을 빼앗겼다며 "젊었을 때는 돈을 위해 몸을 팔고, 늙어서는 돈을 위해 넋을 팔았다"[4]는 글을 기고하였고 이를 보고 분개한 리경생 할머니가 방송과 인터뷰를 한 것이다.

성노예에 대한 북한의 입장은 한국과 크게 다르지 않다. 성노예 문제는 몇 안 되는 남과 북의 공유의 기억 중 하나이며, 공동으로 풀어야 할 숙제이다.

남북 여성의 교류와 공동대응은 1991년 11월 25일~30일까지 열린 '아시아의 평화와 여성의 역할 서울 토론회'에 북한 조국평화통일 서기국 참사 정명순이 대표로 참석하면서부터 시작됐다. 이듬해인 1992년 9월 2일 평양에서 제3차 토론회를 통해 남과 북, 그리고 일본 여성들은 일본군 '위안부' 문제 해결을 함께 연대하며 실천해나갈 것을 합의하였으며, 종군위안부에 대한 남북 공동조사가 제의됐다. 그리고 그에 대한 성과로 "1993년 6월, 오스트리아 빈에서 유엔이 주최한 세계인권회의에 한국의 김복동 할머니와 정대협, 그리고 북한의 장수월 할머니와 함께 '종

---

4. 조정린, 「분노의 웨침」, 『천리마』, 천리마사, 1992. 9, 117쪽.

군위안부 및 태평양전쟁피해자문제대책위원회'(이하 종태위)[5] 관계자들이 참석했다. 2000년 도쿄에서 열린 '일본군 성노예 전범 여성국제법정'에서는 정대협과 종태위의 남북 전문가 10인의 공동검사단이 남북공동기소장을 작성"[6]한 바 있다.

북한은 성노예 문제를 한국과는 달리 노동당 관할에 '조선일본군성노예 및 강제련행피해자문제대책위원회'를 두고 국가적 차원에서 좀 더 적극적으로 다루고 있다. 2000년 3월 30일~4월 1일 중국 상하이에서 열린 '중국 위안부 문제 국제 심포지엄'은 이 문제가 비단 남북의 문제가 아닌 동아시아 여성 문제[7]임을 국제사회에 알리는 자리였다. 이때 북한에서는 종태위의 박명옥 부위원장과 이춘애 위원, 황호남 서기장이 참석했다. 이 자리에서 박명옥 부위원장은 기조 발제를 통해 현재 북한에는 218명의 피해자가 있는 것으로 확인했다고 밝혔다. 이 가운데 43명만이 자신의 이름을 공개하는 데 동의하고 경험을 증언하였으며, 나머지는 가족이나 친척들의 반대로 증언을 거부[8]했다고 전했다.

2004년 5월 서울에서 열린 일본의 과거사청산을 요구하는 국제연대협의회 회의에 당시 홍선옥 종태위 위원장과 리상옥 할머니 등 대표단

---

5. 종태위는 '종군위안부 및 태평양전쟁피해자문제대책위원회'로 지금은 명칭이 바뀌어서 '조선일본군성노예 및 강제련행피해자문제대책위원회'로 불린다.

6. 2018년 7월 3일 BBC 보도.

7. 1931년 만주사변 이후 일본은 본격적으로 중국을 점령하기 시작해, 한국과 대만 등 식민지 여성들을 끌어가 위안소 제도 속에서 혹사시키면서도 점령지 중국 여성에 대한 광범위한 강간을 막지 못했다. 중국학자들은 위안소로 끌려가 장기간의 성폭력에 시달린 여성들뿐만 아니라, 점령지에서 벌어진 일본군의 일회적인 성폭력을 포함한 여성들의 성적 피해를 모두 문제 삼고 있는 것이다. 그래서 피해자를 지칭하는 용어를 '위안부'가 아닌 '전쟁 중 일본군에 의한 성폭력 피해자'로 수정하자고 주장하고 있다. 이런 뜻에서 그들은 중국의 피해자를 적게는 20만 명에서 많게는 100만 명 정도로 추산하고 있다. 고혜정, 「위안부 문제 해결 국제적 연대」, 『한겨레21』 제304호, 2000. 4. 20. 검색일 2018. 10. 9: http://legacy.h21.hani.co.kr/h21/data/L000410/1pau4a8x.html

8. 고혜정, 위의 책, 2000년 4월 20일. 검색일 2018. 10. 9, http://legacy.h21.hani.co.kr/h21/data/L000410/1pau4a8x.html.

이 참석했는데 이것이 북한의 성노예 피해자들이 참석한 마지막 국제무대였다. 남북 여성의 교류가 중단된 것은 이명박 정부 때부터이다. 천안함 사태와 5·24 조치 등으로 인해 남북교역과 위안부 문제에 있어 남북의 교류 활동이 전면 중단됐다. 그 이후 북한의 성노예 할머니들의 생존 여부는 확인할 수 없지만 북한은 1992년 9월 2일 자 『로동신문』에 실린 「조선일본군성노예 및 강제련행피해자문제대책위원회 고소장」을 필두로 지속적으로 남한의 '수요 집회' 소식과 함께 성노예 문제와 일본의 태도를 문제 삼아 오고 있다. 북한에서 성노예 문제에 대해 처음 언급한 것은 김일성의 1946년 교시이다.

> 일본제국자들은 대동아 전쟁 때에 조선의 나어린 처녀들과 젊은 녀성들을 강제로 끌어다가 자기들의 군수품생산을 위하여 굴속이나 철조망속에 죄수처럼 가두어넣고 말과 소처럼 부려먹었습니다. 지어 일제는 전쟁판에까지 그들을 끌어내여 별의별 야수적만행을 다 감행했습니다.[9]

김일성은 "일본군처럼 전쟁마당에 《위안부》까지 끌고다니며 남의 나라를 침략하고 사람들을 도살한 군대는 세계전쟁사에서 더는 찾아볼수 없을것이다"[10]라며 성노예를 인적약탈에 포함시키고 있다. 그 이후 김일성의 교시는 일본군 성노예와 강제 동원자들을 규정하는 규범이 된다. 김일성 교시 이후 북한에서 성노예 문제가 수면위로 본격적으로 떠오른 것은 리경생 할머니의 조선중앙 TV와의 인터뷰, 1992년 9월 2일 평양에서 열린 제3차 토론회 때문이다. 1992년 9월 2일 북한의 『로동신문』에

---

9. 김일성, 『김일성전집』 3(1946. 1-1946. 6), 조선로동당출판사, 1992, 381쪽.
10. 김일성, 『세기와 더불어』 6, 조선로동당출판사, 1992, 202쪽.

「조선일본군성노예 및 강제련행피해자문제대책위원회 고소장」이 실리고, 이후 『로동신문』과 기관지 『천리마』 그리고 문학잡지 『조선문학』 등에는 지속적으로 성노예에 관한 기사가 실린다.

일본의 아베 총리는 북미대화를 앞두고 납치자 문제를 언급하면서 조·일 대화 문제를 꺼냈다. 이에 북한은 2018년 6월 29일 『노동신문』에서 성노예 문제를 다음과 같이 규탄하며 일본의 사과 없이는 대화는 없다는 입장을 분명히 했다.

> 일본당국자들이 입만 벌리면 운운하는 《랍치자문제》로 말하면 도리어 우리가 일본에 대고 크게 꾸짖어야 할 사안이다. 일본의 국가랍치테로범죄의 가장 큰 피해자가 바로 우리 민족이기 때문이다. (…) 야수적인 방법으로 840만여명의 청장년들을 강제련행하고 살인적인 교역장과 전쟁판에 내몰고 20만명의 조선녀성들을 일본군의 성노예로 끌고가 꽃나이청춘을 무참히 짓밟고 학살한 특대형인권유린만행들은 천만년세월이 흘러도 지울수 없는 피멍으로 우리 민족에게 남아있다. (…) 이런자들이 그 무슨 《국민감정》을 운운하며 《랍치자문제해결》을 대화의 명분으로 들고나오는것이야말로 량심도 체면도 없는 몰지각한 행위이며 우리 민족에 대한 참을수 없는 모독이고 우롱이다.[11]

위의 북한의 입장에서 알 수 있듯 북한은 일제 강점기 성노예 징발이

---

11. 김연이, 「죄악이 과거를 덮어두고는 미래로 나갈수 없다」, 『로동신문』, 2018. 6. 29, 6쪽.

강제적 납치와 유괴 그리고 사기에 의한 것이라고 규정한다. 그 예로 북한은 1942년 '야마구찌로무협회' 일원으로 조선인 여성을 강제 연행했던 요시다 세이지의 고백[12]과 1997년 '일본군《위안부》피해자진상조사단' 중간보고서의 17명의 증언자료 중 강제랍치피해자 7명의 사례와 유기 및 사기의 사례[13]를 제시하고 있다.

> 조선에 대한 일제의 략탈은 경제적령역에만 머물러있지 않았다. 적들은 인적자원도 사정없이 략탈하였다. 청장년들을 징발하여 전쟁판에 내몰았고 막대한 로동력을 군수공장과 군사시설을 건설하는 공사장들에 강제로 동원시키였다.[14]

북한은 위의 인용문처럼 일제 강점기에 일본에 의해 자행된 약탈을 경제적 약탈과 인적 약탈로 구분하고 있다.

일본군 성노예 문제를 쟁점화될 때만 다루는 남한에 비해 시민단체가 아닌 국가가 주도하는 북한의 경우 2004년까지는 지속적으로 국가적 차원에서 조사가 진행된 것으로 보이나 2004년을 기점으로 북한도 쟁점이 될 때만 일본군 성노예 문제를 다루고 있는 점에서 남한과 다르지 않다. 북한은 일본이 유일하게 전후 처리를 하지 못한 국가다. 그럼에도 북한이 주도적으로 일본군 성노예 문제를 해결하지 못하는 것은 2004년 피해자 가운데 60%가 사망했고, 조·일 회담이 열리지 않고 있는 가운데 2006년 1차 핵실험 이후 일본의 대북제재 조치가 취해지면

---

12. 요시다 세이지, 「종군위안부는 모집한것이 아니라 체포하였다」, 『천리마』, 천리마사, 1992. 6, 69쪽. 이 외에도 1993년 10월 『천리마』에 실린 「《종군위안부》련행은 인간사냥이었다」는 1991년 12월 『시사저널』에 실린 채명석·요시다 세이지의 인터뷰를 옮긴 것이다. 요시다 세이지, 「《종군위안부》련행은 인간사냥이었다」, 『천리마』, 천리마사, 1993. 10, 95~96쪽.
13. 장국종, 『조선사회과학학술집』 16 력사학편, 사회과학출판사, 2009, 161-205쪽.
14. 김일성, 『세기와 더불어』 6, 조선로동당출판사, 1992, 292쪽.

서 조·일의 관계는 악화되었기 때문이다. 그럼에도 북한은 쟁점이 있을 때마다 성노예 문제를 조선중앙통신 보도를 통해 부각시키고 있다. 그리고 2017년 북한은 의미 있는 출판물 2권을 출간한다. 『일제의 일본군성노예범죄와 조선인강제련행진상규명문헌자료집』과 전인광의 『네덩이의 얼음』이다. 2017년에 발행된 『일제의 일본군성노예범죄와 조선인강제련행진상규명문헌자료집』은 발간 이유를 다음과 같이 밝히고 있다.

> 일본반동들은 2015년 12월 남조선괴뢰역적패당과 일본군성노예문제와 관련한 《협상》놀음을 벌려놓고 일본군성노예문제의 《최종적이며 불가역적인 해결》을 떠들어 댔다. (…) 더우기 남조선의 많은 시민단체들과 인민들의 노력에 의해 얼마전 부산에 있는 일본총령사관 앞에 일본군성노예범죄를 온 세계상에 낱낱이 고발하는 성노예소녀상이 세워진데 대해 일본반동들은 온갖 멸시적인 폭언을 내뱉으며 성노예상을 당장 없애라고 호통치는가 하면 지어 수상 아베까지 나서서 저들이 이미 《합의》에 따라 돈을 냈으니 남조선도 《합의》를 리행하라고 떠벌인 것은 전체 조선민족을 격분시키고 있으며 세계 진보적언론의 비난을 불러일으키고 있다. (…) 이 도서는 과거 일제가 감행한 강제련행범죄와 일본군성노예범죄의 진상을 낱낱이 까밝혀 세계가 일본의 철면피성과 과거 죄행을 거부함으로써 《대동아공영의권》의 옛꿈을 기어이 이루어 보려는 일본반동들의 재침책동을 폭로하며 앞으로 죄악에 찬 일본의 침략사에 대한 연구를 보다 더욱 심화시키는데 도움을 주고 당원들과 근로자들의 반일의식을 높이는데 이바지할 목적밑에 편집되였다.[15]

위 머리말을 보면 북한은 일본군 성노예 문제를 전체 조선민족의 문제로 인식하고 있다. 2015년 박근혜 정부가 체결한 합의와 소녀상 철거에 대한 일본의 태도에 대해 언급하며 이러한 행위를 재침책동으로 규정한 후 일본의 침략사 연구의 활성화와 인민들의 반일 의식을 고취시키기 위함이라고 기술하고 있다. 그 가운데 출간된 소설이 바로 전인광의 『네덩이의 얼음』이다. 전인광은 이 작품에서 성노예 문제를 여성의 인권유린의 문제로 국한하지 않는다. 침략국과 피침략국들의 인물들을 대면하게 함으로서 '동아시아'[16] 성노예 문제를 전쟁 범죄로 확장시킨다. 이를 위해 배경을 북한이 아닌 타이, 일본, 남한으로 설정하고, 등장인물을 피침략국이었던 남·북한, 타이, 중국, 필리핀인과 침략국인 일본인들로 구성하여 대동아공영권의 재생을 희망하는 일본의 패권주의적 시각과 움직임을 비판하고 있다.

제목인 '네덩이의 얼음'은 일본 열도의 비유적 표현으로 이 작품은 추리소설로 명명되지 않았지만 추리소설의 기법을 통해 이야기를 진행하고 있다. 『네덩이의 얼음』은 북한의 성노예 문제에 대한 인식을 잘 보여주고 있으며, 일본인에 대한 변화된 시각도 보이고, 북한 소설에서 흔히 볼 수 없었던 탐정물이라는 점에서 주목할 만한 작품이다.

북한의 탐정물은 반탐물과 정탐물로 나뉜다. 내부의 간첩, 밀정 등을 적발하는 내용을 소재로 한 문학예술작품을 반탐물이라고 하고, 반면 다른 나라의 비밀정보나 자료를 몰래 알아내는 것과 범죄자들의 기밀을 탐지하는 내용을 다룬 문예작품을 정탐물이라 한다.

북한의 탐정물은 영화[17]나 아동영화[18]에서 많이 보인다. 최척호는 기사

---

15. 황호남·손철수, 위의 책, 7-8쪽.
16. '동아시아 담론'은 한·중·일 3국의 '동북아 담론'에서 시작해 1994년 아세안지역포럼 (ARF: ASEAN Regional Forum) 창설을 계기로 지역 다자간 안보협력과 안보 공동체 또는 평화 공동체의 필요성이 제기되고 있다.

에서 "『조선문학』최근호[2000. 8]는 이례적으로 '이상한 목소리' 라는 단편을 추리소설이라는 이름을 달고 수록했다"[19]고 보도하고 있지만 이미 북한은 추리소설로 1986년 『흑막속의 살인작전』[20]을 출간했으며, 1999년 8호 『청년문학』에 실린 「전쟁이 끝날 무렵」은 추리소설이라는 이름으로 수록된다. 이 외에도 추리소설로는 2000년 제8호 『조선문학』루계 제634호에 실린 최양수의 「이상한 목소리」, 2005년 9호 『아동문학』에 실린 박상용의 추리소설 「참새가떨어졌다」 등이 있다.

『네덩이의 얼음』은 추리소설이지만 북한에서 규정하는 정탐물이나 반탐물이 아니다. 오히려 남한에서 흔히 볼 수 있는 송사계·정탐소설계 추리소설에 가깝다. 이처럼 북한의 문예 창작 규범에서 벗어난 추리소설의 등장은 국내용이 아닌 국외 독자도 염두에 두고 쓰인 소설이거나, 북한 소설의 미적 기준 완화 두 가지 다 고려해볼 수 있다.

이 글에서는 먼저 추리소설에 대해 검토함으로써 『네덩이의 얼음』의 위치를 밝히고자 하였다. 북한 소설의 전체를 읽지 못해 북한 추리소설의 전모를 파악할 수는 없어 대상 범위를 국내에서 확인이 가능한 북한 소설로 한정하였다. 그리고 북한의 성노예에 대한 인식을 검토하고자 한다. 이를 위해 강제연행 관련 문건, 신문, 잡지를 기초자료로 삼았다.

---

17. 북한의 대표적인 반탐영화는 〈매화꽃은 떨어졌다〉(1970), 〈마을의 보안원〉(1984년), 〈여성 안전원〉(1985) 등이 있고 정탐영화로는 〈이름없는 영웅들〉(20부작, 1978), 〈목란꽃〉(3부작, 1978) 등을 꼽을 수 있다.

18. 북한의 아동영화 〈소년장수〉, 〈호동왕자와 락랑공주〉 등에도 정탐이나 반탐의 소재가 나오나 아동영화에서 본격적인 정탐영화는 〈다람이와 고슴도치〉이다.

19. 최척호, 「북한문단에 추리소설 본격 등장」, 『통일뉴스』, 2001. 1. 7, 검색일 2018. 10. 9: http://www.tongilnews.com/news/articleView.html?idxno=3097.

20. 김원택, 『흑막속의 살인작전』, 금성청년출판사, 1986.

2. 북한 추리소설로서의
   『네덩이의 얼음』에 나타나는 탐색의 서사

　서장과 종장 포함 총 9장으로 구성된 이 소설은 2001년 10월 8일 타이의 칸쿤에서 일어난 살인사건의 용의자를 일본 경찰 무라야마 경부와 타이 경찰 웅카라 부장이 공조하여 추적하는 추리소설이다. 이 소설은 북한 소설임에도 주요 배경이 북한이 아닌 타이이다.

　타이는 일본과 1942년 공수동맹을 맺는다. 그러나 영국군의 폭격을 시발로 정부가 영국과 미국에 선전포고를 하자 타이의 관리, 정치인, 국민들은 이에 대한 반대를 하며 반일활동을 전개한다. 이 시기 전개된 타이의 항일게릴라전은 이 작품에서 살인사건 발생의 계기 중의 하나로 작용한다. 타이의 칸쿤이라는 공간은 북한에 있어 중국과 같은 또 다른 항일투쟁의 공간이며, 비슷한 역사적 경험이 있는 장소이다. 성노예 여성의 경험과 삶의 장소가 남·북과 만주지역, 필리핀 군도에 밀집되어 있고, 필리핀도 항일게릴라의 투쟁이 치열하게 벌어졌던 곳이다. 그럼에도 이 지역이 아닌 타이를 주요 배경으로 설정한 것은 북한 사람이 주요 인물로 등장하지 않는 내용에서 라후족[21]인 츄홍따이를 통해 고구려에서 정통성을 찾는 북한과의 연결성을 확보하기 위함이다. 북한인의 대체자로 등장하는 츄홍따이의 출신에 대한 개연성 확보를 위해 도쿄대 사학과 대학원생으로 조선족 출신인 아키코를 옛 고구려의 후손이자 고대

---

21. 라후족의 라후라는 말은 호랑이를 잡는 민족이라는 뜻으로 고구려가 당나라에 의해 멸망하고 약 20여만 명이 당나라로 끌려가 고산지대에 흩어져 살았으며, 1953년 중국 정부가 라후족 자치현을 지정하기 전까지는 수렵생활을 하며 원시인 비슷하게 살아왔다고 한다. 이들의 풍습이나 언어학적으로 한국어와 유사하다고 한다. 김인환, 「[중국 소수민족 취재탐방기] 고구려 후예로 밝혀진 소수민족 라후족」,『중도일보』, 2017. 9. 7. 검색일: 2018. 12. 10, http://www.joongdo.co.kr/main/view.php?key=201709073256, 정선교, 「미얀마에서 온 편지[115] 라후족, 고구려 후예인가」,『일요신문』, 2017. 10. 25. 검색일: 2018. 12. 10, http://ilyo.co.kr/?ac=article_view&entry_id=275762.

고구려 언어를 쓰고 있다는 라후족에 대한 조사자로 설정한다.

소설은 처음부터 판결 집행장이라는 단서하에 노자키 상사의 상무인 아지자와 긴노스케 노인과 그 손녀 렌코의 죽음을 추적하고 있다. 타이 경찰은 일본인 관광객 살해사건으로 국가 수입의 적지 않은 원천인 관광수입에 타격을 입을까 봐 소폰 웅카라 부장을 치앙마이로 파견을 하여 사건을 신속히 수사하려 하지만 일본은 공표할 수 없는 사건을 비밀리에 수사하여 범인만을 색출하기 위해 무라야마 경부를 급파한다. 무라야마와 웅카라는 인터폴에서 인신매매 수사를 함께 했던 친분이 있는 형사이다.

노자키 상사의 상무인 아지자와 긴노스케와 렌코라는 가명을 쓰고 있는 여성의 주검 밑에는 "코리아민족정기사수회, 전쟁과 녀성에 대한 폭력반대일본모임, 중국《위안부》폭력연구중심행동대, 필리핀 릴리 필리 피나인권동맹, 타이 일본의 반인륜범죄조사단"[22]의 명의로 된 판결집행장에는 '일본군 성노예제를 재판하는 2000년 도쿄여성국제전범법정'에서 "국제관습과 성문법에 따라 전쟁 범죄의 원흉인《천황》에게 유죄를 선고한 사실에 류의하면서 일본의 잔학한 만행으로 죽어간 수천만 원혼들의 한을 모아 여기에 참회할줄 모르는《천황》가문을 단호히 응징한다"[23]는 내용의 유인물이 뿌려져 있었다.

2000년 12월 8일~12일까지 열린 '일본군 성노예 전범 여성국제법정'은 여성을 전시 성노예로 강제동원한 일본정부에게 전쟁범죄의 책임을 묻고, 가해자들에 대한 형사책임을 묻기 위해 열린 국제민간법정이었다. 2000년 12월 8일 오전 10시 30분 일본 도쿄 황궁 옆 구단(九段)회관에서 진행된 이 법정에는 '증인으로 출석한 남북한을 비롯한 8개국 군위

---

22. 전인광, 『네덩이의 얼음』, 평양출판사, 20017, 22쪽.
23 전인광, 위의 책, 22쪽.

안부 피해자 70여 명이 참석'[24]하였다. 남북은 총 8명을 기소했는데 일왕 히로히토(裕仁), 수상 도조 히데키(東條英機), 지나 파견군 총사령관, 중지나 방면군 사령관, 제11군 사령관을 역임한 오카무라 야스지(岡村寧次), 조선 7대 총독 미나미 지로(南次郎), 육군 장군 이타가키 세이시로(板垣正四郎), 관동군 사령관 우메즈 요시지로(梅津美治郎), 타이완 총독 및 육군장군 안도 리키치(安藤利吉), 버마 방면 56사단 사령관 마츠야마 유조(松山祐三)[25]가 그들이다.

살인범들은 이 유인물을 통해 살인의 목적과 '아시아 정의 연합'이라는 이름 아래 코리아, 일본, 중국, 필리핀, 타이인들이 포함되어 있음을 명확하게 드러낸다. 사건 현장에 도착한 웅카라는 유인물에, 무라야마는 노자키 상사의 상무인 아지자와 긴노스케가 가명을 쓰고 있으며 신도동맹 부회장으로 우익계 중진인 니시하라 겐타로이고, 함께 살해된 도미코는 손녀로 황태자의 처제라는 사실에 경악한다. 타이와 일본정부는 이 사건이 외교적으로 가져올 파장 때문에 사건을 공표하지 못한 채 비밀 수사를 진행한다.

앞에서 언급했듯이 『네덩이의 얼음』은 추리소설이지만 북한에서 규정하는 정탐물이나 반탐물이 아니다. 남한에서 흔히 볼 수 있는 정탐소설계 추리소설에 가깝다. 일반적인 추리소설은 정탐계 추리소설과 송사계 추리소설이 있다. 『네덩이의 얼음』은 일반적인 정탐계 추리소설의 형식과 구조를 취하고 있다. 정탐소설계 추리소설에서는 경찰, 어사, 군수 등 공적 신분인 인물이 범죄사건을 해결한다. 추리소설의 경우 인과관계의 도치, 즉 도서법(到敍法)을 활용하여 독자들의 호기심을 촉발하는 서사

---

24. 2018년 7월 3일 BBC 보도.
25. 「2000년 녀성국제전범법정에 제출한 북남공동기소장」, 『일제의 일본군성노예범죄와 조선인강제련행진상규명문헌자료집』, 사회과학출판사, 2017, 153쪽.

전략을 취하고 있다. 도서법은 '누구에 의해 왜 그런 일이 일어났는가? 또는 범죄사건이 어떻게 해결될 것인가?'라는 질문에 관련 정보를 최대한 지연하는 효과를 지닌다.[26] 탐색의 서사가 우세한 정탐소설계 추리소설은 탐정이 조각난 정보를 찾아 마치 퍼즐을 맞추어가듯이 가추법(abduction)을 동원하여 범죄사건의 동기와 원인을 밝혀내는 정탐과정을 보여준다. 가추법은 결과를 발생시킨 알려지지 않은 원인이 무엇인가에 대해 나름대로 가정을 세우고, 그 가정을 일반적인 규칙으로 확인시켜줄 만한 사실들을 발견하여 범죄 사건의 원인과 결과를 짜 맞추는 추론 방식이다.[27]

이 작품은 범죄사건 제시 → 자료 수집 → 논리적 추론 → 자백 → 범죄사건의 해결이라는 서사구조를 보인다. 이 작품의 특징은 기존의 북한 소설이 부정적 인물이나 범인을 작품 첫 장에서부터 추측할 수 있도록 작품을 구성하는 것과는 달리 말미까지 범인들의 정체를 추측할 수 없게 하여 독자들로 하여금 호기심을 유발한다는 것이다.

이 작품에서 탐색의 서사는 두 가지로 나뉜다. 먼저 사망자의 정체와 사건의 배경을 찾는 서사이다. 살해자들의 범행 동기는 일왕 아키히토와 관련하여 일본의 2차 세계대전 당시의 인권유린의 성 범죄에 대한 단죄라는 명확한 이유가 있다. 그러나 그것이 살해자와 시체로 발견된 살해 대상 사이의 원한에 대한 인과관계를 말해주지는 않는다. 때문에 무라야마는 먼저 오사카 신문 기자를 정보원으로 두고 자신의 부하인 사다케 형사에게 니시하라와 도미코의 행적에 대한 탐문을 부탁한다.

---

26. Leonard J. Davis, Resisting Novels: Ideology and Fiction, New York: Methuen, 1987, 212-213면. 이정옥, 「송사계출리소설과 정탐소설계추리소설 비교연구」, 『대중서사연구』 21호, 대중서사학회, 2009, 261쪽 재인용.
27. 움베르토 에코 외, 김주환·한은경 역, 『논리와 추리의 기호학』(서울: 인간사랑, 1994), 8-12쪽. 이정옥, 위의 책, 262쪽 재인용.

살해당한 니시하라가 아지자와라는 가명으로 방콕 교외의 아밀톤 호텔에서 장기투숙하면서 타이 정부와 손잡고 방콕 교외의 무앙퉁에 아파트 건설 사업을 통해 그 일대를 미니도쿄로 만들려고 했다는 사실을 알게 된다. 니시하라가 입주민을 황군 출신의 70~80세 은퇴자들로 채우고 있었다는 사실에 웅카라와 무라야마는 단순한 보복이 아닌 더 복잡하고 큰 문제가 얽혀 있음을 직감하고 니시하라의 과거 경력을 살펴볼 필요가 있다고 생각한다. 살해당한 니시하라 겐타로의 결정적인 정체는 의외의 자료에서 나온다. 그가 당시 26세로 메데꾸라 위안소 잠보쬬 33연대 중대장이었던 니시하라 대위였다는 사실과 그가 타이 국경 일대에서 체포한 유격대원 40여 명과 유격대 지휘관이었던 샨프리앙의 남편을 학살하고 샨프리앙을 위안부로 만들었다는 사실이 미얀마 메꾸데라 위안소에서 위안부 생활을 한 정송순 노인[28]의 인터뷰가 녹화된 영상화면을 통해 밝혀진다. 여기서 정송순의 원형은 실제 인물인 정옥순 (1920~1998)이다. 정옥순[29]은 당시의 "수비대 대장은 니시하라, 중대장은 야마모토, 소대장은 가네야마, 위안소 감독은 조선인 박씨"[30]였다고 증언한다. 전인광은 정옥순의 인터뷰에 등장하는 니시하라와 미얀마 랭군에서 위안부 생활을 한 박영심[31]의 증언을 모티프로 하여 이 작품을 창작한 것으로 보인다. 이 작품에는 성노예 가운데 박영심만 실명으로 나

---

28. 전인광, 위의 책, 289쪽.
29. 정옥순은 1910년 12월 28일생으로 함경남도 풍산군 파발리 출신이다. 그는 1933년 6월 우물에서 물을 긷다 일본 순사 세 명에게 끌려가 주재소에서 강간을 당한 후 열흘 뒤 혜산 수비대로 끌려가 위안부 생활을 했으며, 이후 1935년부터는 중국의 광저우에서 위안부 생활을 했다. 이토 다카시, 안해룡·이은 옮김, 『기억하겠습니다-일본군 위안부가 된 남한과 북한의 여성들』, 알마, 2014, 281-283쪽.
30. 이토 다카시, 안해룡·이은 옮김, 위의 책, 283쪽.
31. 박영심은 1921년 12월 15일생으로 1938년 평안남도 남포시에서 일본인 순사에 이끌려 중국 난징의 위안소로 가게 된다. 3년 후 대만을 경유해 싱가포르에서 1년을 지낸 뒤 미얀마 랭군 위안소에 있었으며, 2년 후 다시 중국 운남성 라모의 위안소로 옮겨져 위안부 생활을 했다. 이토 다카시, 안해룡·이은 옮김, 위의 책, 292쪽.

온다. 그녀가 실명으로 나오는 이유는 1944년 9월 연합군이 중국의 운남과 미얀마 지역의 송산전투가 끝난 후 연합군이 송산 위안소에서 살아남은 성노예들을 찍은 사진을 보고 무라야마가 놀라는 장면 때문이다. 이 사진 속 인물 중의 한 사람이 실존 인물인 박영심이다. 허구가 가미된 정송순과는 달리 그녀의 행적이 역사적 실제였기 때문에 2001년 당시 82세였던 박영심은 다른 인물들과는 달리 실명처리를 한 것으로 보인다.

황태자의 처제인 도미코의 정체는 사다케의 보고서를 통해 밝혀진다. 그는 도쿄대 사학과 강사로 강의하면서 '새 역사 교과서를 만드는 모임'의 이사이다. 도미코는 새로운 교과서를 만드는 모임을 후원하여 성노예에 대한 내용을 교과서에서 삭제하는 데 힘을 실어주는 극우적 인물임이 밝혀진다. '새 역사 교과서를 만드는 모임'은 일본회의 안의 한 단체로 이 모임의 결성 목적이 일본회의의 목적과 같다. 여기서 도미코는 일본회의의 일원으로 볼 수 있다. 이러한 사건 배경의 서사는 사다케 형사와 오사카 신문 기자인 미쯔오의 조력을 통해서 이 사건의 조각이 맞춰진다.

둘째, 범행을 저지른 베일에 가려진 진범에 대한 추적이다. 이 작품에서 범죄사건을 해결하는 데 필요한 범인에 대한 정보는 수사관과 독자들에게 동등하게 제공되고 있다. 그러나 일본의 관리들이 수사의 방해자로 등장하면서 사건에 혼선을 준다. 관방부장은 무라야마에게 전화를 걸어 '이번 사건은 북조선의 소행일 수 있으니 사건 배후로 북조선을 단정하고 수사'[32]하라고 지시를 하는데 사건 초기 일본 정부의 이러한 지시는 범인을 찾는 데 방해요소가 되며 오히려 자신들의 정체가 빨리 드러나길 원했던 범인들의 의도와는 달리 사건 해결을 지연시킨다.

---

32. 전인광, 앞의 책, 34쪽.

무라야마는 일본, 타이, 남한을 오가며 수사를 하는데, 남과 북에 성노예가 가장 많았고 2000년 당시 공동으로 기소장을 냈기 때문에 남한이나 북한의 소행일 거라는 편견이 진실로의 접근을 방해한 것이다. 그는 관방부 장관의 말처럼 북한 노동자를 용의자로 보고 생고무 수입문제로 람빵의 고무수출회사를 찾았던 북조선 회사 〈광명〉의 리관형과 황시원을 용의선상에 올려놓는다. 하지만 그들의 행적을 탐문할수록 알리바이가 명확해 그들을 피의자로 전환하는 데 실패한다.

미얀마와 타이북부국경지대를 기본 관광지로 삼아 활동하는 츄훙따이는 마약 밀수단의 정보를 웅카라에게 제공하면서 친분을 쌓은 인물로, 아버지가 학살당한 장면을 목격했던 그는 일본이라는 말만 들어도 치를 떠는 사람이다. 그런 그가 사건 발생 2일 전에 칸쿤을 다녀갔다는 사실과 2000년 여름 일본인 젊은이 둘의 관광 안내를 직접 했다는 사실에 웅카라는 의구심을 갖게 되고, 그 사실을 무라야마에게 말한다. 무라야마는 고대 조선족 방언을 연구하러 왔다는 두 명의 젊은 일본인이 남한이나 북조선 사람일 수도 있다고 의심을 하면서 일본으로 향한다.

그는 도미코와 교류하던 도쿄대 사학과 주임교수인 후지오카를 통해 도미코와 논쟁을 했던 아키코, 하야시 그리고 한국 유학생인 조춘일의 존재에 대해서 알게 된다. 무라야마는 안면도에 있는 조춘일의 정보를 오사카 신문 기자인 미쯔오의 정보원에게 부탁하고, 그의 정보원 엄탁준을 통해 아키코와 그녀의 애인 이마무라에 대해서 듣게 되면서 그도 범인이 아님을 알게 된다. 그리고 그는 아키코가 도미코 세력에게 살해당했고 그가 살해당한 직후 아키코의 애인인 이마무라가 실종됐다는 중요한 단서를 얻는다. 사건이 진척되면서 조각난 정보가 하나하나 맞춰지고, 무라야마는 츄훙따이와 이마무라가 주범일 거라는 확신을 굳힌다. 그러면서도 국외에서 일본인을 단죄하기 위해 벌어진 살해사건에 일본인이 연루됐다는 사실에 충격을 받는다.

한편 츄홍따이가 2000년 12월 도쿄여성국제전범법정에 참석했다는 사실을 알게 된 웅카라는 타이와 미얀마에서 성노예 생활을 한 조선인과 중국인, 인도네시아, 필리핀, 타이 위안부 명단에서 츄홍따이의 생모의 이름을 찾기 위해 정보국에서 자료를 열람[33]하지만 그의 생모의 이름은 찾지 못한다. 웅카라는 츄홍따이를 만나고 거기에서 츄홍따이는 자신이 범인이라고 자수를 한다. 그리고 칸쿤 마을 사람들을 학살한 사람이 니시하라이며, 사람들이 학살당했던 장소에서 자신의 아버지가 살해된 방법으로 그를 똑같이 목매달아 죽였다고 자백한다. 여행사 사장 츄홍따이는 니시하라에게 살해된 유격대 지휘관과 샨프리앙의 아들로 샨프리앙과 함께 성노예 생활을 하다 살아남은 복희의 손에 키워진다. 츄홍따이는 2000년 12월 도쿄여성국제전범법정에 함께 참석한 7명의 자녀인 중국의 소소미 할머니의 조카 왕선홍, 필리핀의 판따시옹, 부두안 가트반야 할머니의 양아들 그리고 아키코의 애인 이마무라와 공모하여 어머니와 양어머니, 애인, 아버지의 복수를 공모한 것이다.

이마무라와 아키코는 정신이상자였던 이마무라의 할아버지가 니시하라 부대원으로 칸쿤 학살에 참여했던 것을 알게 되고, 그가 손녀 도미코와 함께 가명으로 무앙통에서 아파트 건설 사업을 하고 있다는 사실을 츄홍따이에게 알렸던 것이다. 이 사실을 알게 된 니시하라와 도미코는 이 세 사람을 살해할 계획을 세우고 깡패를 풀어 습격을 하지만 이마무라와 츄홍따이는 살아남고 아키코와 츄홍따이의 운전기사가 살해당한다.

츄홍따이는 죽음에서 살아 돌아오면서 부모와 양어머니에 대한 복수

---

33. 전인광은 소설에서 웅카라가 열람한 자료가 기밀문서에서 해제되어 세상에 공개된 것은 그로부터 14년 후인 2015년 8월이라고 첨언하고 있다.

의 욕망이 증폭되고, 여기에 애인을 잃은 이마무라의 분노가 합쳐서 그들의 살해를 모의하게 된다. 그리고 이들은 더 나아가 자신들의 행위가 단순한 개인적 원한에 의한 것이 아닌 개인과 개인의 원한이 모인 역사적 단죄임을 보여주기 위해 중국의 왕선홍과 필리핀의 판따시옹을 공범으로 끌어들인다. 그들은 타이인들과 성노예들을 학살한 장소에서 니시하라와 도미코를 살해하여 전 세계의 언론의 이목을 끌어보려 했지만, 일본의 압력으로 타이 정부가 일반적인 사고사로 사건을 은폐 축소하면서 계획이 수포로 돌아가자 그나마 사건의 진실이 묻힌 채 체포될까 봐 웅카라와 친분이 있는 츄홍따이가 자수를 한 것이다. 원한으로 점철된 국제연합의 정치적 살인사건의 전모를 듣게 된 웅카라는 그를 체포할 의지를 상실한다.

이 소설의 특징은 추리소설임에도 불구하고 탐정인 수사관이 사건의 전모를 모두 파헤쳐 증거로 범인을 압박하여 자백을 받고 체포하는 것이 아니라 그들이 범인일지도 모른다는 심증은 있지만 그들이 범인이라는 확실한 증거를 찾지 못한 채 츄홍따이의 자백에 의해 사건의 전모를 알게 된다는 점에서 추리소설의 규칙에서 벗어나 있다.

그리고 범인들은 빨리 체포되기 위해 여러 가지 흔적을 남기지만 웅카라는 전문테러범의 소행으로, 무라야마는 남한이나 북한인의 소행일 거라는 편견하에서 수사를 진행하고 그들이 남긴 흔적은 츄앙따이와 친분이 있는 사람들에 의해 지워지면서 오히려 수사에 혼선을 주게 된 것이다. 일제의 만행을 고발하기 위해 이들이 선택한 복수 방식이 원한에 의한 테러의 형태를 띤 주관적 폭력이라는 점에서 지젝의 지적처럼 그들의 행동은 가장 높은 수준에서 선(善)에 부합할 수도 있다.[34] 여기서

---

34. 슬라보예 지젝, 이현우·김희진·정일권 옮김, 『폭력이란무엇인가-폭력에 대한 6가지 삐딱한 성찰』, 난장이, 2011, 131쪽.

중요한 것은 이들의 행위가 일본의 만행을 국제사회에 고발하여 일본의 이중적인 가면을 벗기고 성노예 문제를 근본적으로 해결하겠다는 목적에서 시작되었다는 것이다. 그러나 결과적으로 이들의 행위는 원한이라는 이름으로 일본으로 상징되는 장애물의 제거에 그치고 만 것이다.

사건의 전모가 밝혀지기 전까지 소설은 긴장감을 유지하나 자백이라는 기법은 독자의 호기심의 완전한 충족과 카타르시스를 느끼게 하지 못한다. 하지만 전인광은 일본과 타이 경찰의 대치를 통해 긴장감을 되살린다. 일본에서 이마무라가 아키코의 무덤에서 체포되면서 사건이 종결된 듯 보이지만, 타이에서는 극우적 성향이 강한 무라야마의 부하 가니다니가 츄홍따이를 피의자로 특정하여 체포한 뒤 타이 호텔에 감금한 후 본국으로 데려가려 하면서 이 사건은 타이와 일본의 외교문제로 발전한다. 웅카라는 타이 경찰청 이름으로 인터폴에 무라야마 일행을 제소한 후 인터폴과 함께 그들이 투숙하고 있는 호텔을 급습하여 체포하지만 무라야마 일행은 일본의 압력으로 닷새 만에 석방된다.

이 소설은 추리기법을 이용하여 독자의 호기심을 불러일으키는 데는 성공한 작품이다. '일본군 성노예 전범 여성국제법정'이라는 역사적 사건을 배경으로 타이, 일본, 필리핀, 중국인이 국제적으로 살인을 모의하고 실행한다는 발상은 위안부문제를 단순하게 남과 북의 문제로 국한하지 않고, 대동아공영권하에 있었던 국가들의 역사적 경험과 흔적의 공유와 공동대응이 필요하다는 전인광의 인식을 엿볼 수 있다.

하지만 아쉬운 점은 이마무라의 할아버지에 대한 묘사가 매우 작위적이라는 점이다. 그가 니시하라 군대에 있었다는 우연성과 이마무라가 투옥된 후 정신이상자인 그가 길을 헤매다 니시하라와 도미코와 관련이 있는 세력에게 살해당한다는 설정은 일본제국주의를 계승하는 일본회

의의 잔혹함을 묘사하기 위함이었겠지만 이러한 세련되지 못한 설정이
이 소설이 북한문학의 관습적 문법에서 완전히 탈피하지 못했음을 다시
금 확인시키고 있다.

3. 『네덩이의 얼음』에 나타난 미적 용기

북한은 일본을 지칭할 때 '간악한 원쑤'라 표현하며, 인물을 묘사할
때는 악랄하거나 희화된 인물로 묘사해왔다. 그러나 이 작품은 기존의
소설들과는 달리 이성적인 일본인, 평범한 일본인, 정의로운 일본인, 극
우 일본인을 구분하여 묘사함으로서 일본인에 대한 변화된 시각을 보이
고 있다.

먼저 무라야마는 이성적인 일본인이다. 전인광은 사다케의 보고서를
통해 '일본군 성노예 전범 여성국제법정'에서 물증이 없어 기소하지 못
한 만주 특무기관장 도이하라 겐지(土肥原 賢二)가 요시와라(吉原)에서
착안하여 부대 내 위안소를 고안해 설치할 것을 제안한 인물임을 알게
한다. 사다케는 특히 평화헌법 개정 반대자였기 때문에 도이하라 겐지
에 대해 자신의 견해를 덧붙여 무라야마에게 보고서를 작성해 올린 것
이다. 그러나 무라야마는 오히려 증거를 남기지 않은 도이하라 겐지야말
로 기소되어야 할 전범자라고 비판하는 그의 역사의식을 심중한 문제로
느낀다. 무라야마는 우익 집안의 아들로 아버지의 태도에 피로감을 느
끼지만 수사와 역사의식은 별개라고 생각하며 객관성을 유지하려고 한
다. 일본대사관에 들렀다 수요 집회를 보고, 집회가 끝나도 돌아가지 않
고 두 손을 모으고 기도를 드리는 황금주 할머니를 보게 되자, 그는 할
머니가 지금 일본을 향해 저주를 내리고 있을까? 아니면 일장기 밑에서

능욕당하고 죽어간 여인들의 아픈 영혼을 위로하고 있을까가 궁금해진다. 국제법정의 기록과 사다케가 정리해준 자료를 통해 성노예의 참상은 알고 있었지만 그것이 구체적인 산 현실로 다가오자 일본인으로서 당혹감과 가책에 몸서리가 쳐졌기 때문이다.

그렇지만 그는 가니다니가 츄훙따이를 체포해 감금했을 때도 그의 기민성과 결단성, 단호함에 머리를 끄덕이는 인물이다. 전인광은 그를 이성적인 인물로 묘사한다. 그는 일 중독자로 국가 경찰이 사건 때문에 집에 자주 들어갈 수 없는 것을 당연하게 생각한다. 그러나 심약하고 순진한 아내는 그런 그가 냉정하다고 생각한다. 아내는 그 상황을 못 견디고 이혼을 선언한 후 아이까지 버리고 집을 나간다. 그는 아내의 선택에 당황하지만 요코다의 불만이 무엇인지에 대한 관심도 없었으며, 그녀의 행동을 이해하려 하지도, 붙잡지도 않는다. 그가 변화하는 것은 이 사건을 접한 후 자신의 가정과 국가가 겹쳐 보이면서부터이다.

무라야마는 그처럼 순진하고 착한 아내 요코다가 자기를 떠나며 했던 말이 새삼스레 되새겨졌다.《자기밖에 모르는 당신, 함께 사는 사람의 아픔이나 감정 같은 것은 조금도 가슴에 없는 당신, 늘 위압적이고 독선적인 당신과 만나 문제를 해결하자들면 분명 접촉불량이 생기거나 방전이 일어나 소동만 커지겠지요. …》무라야마는 아시아 각국과의 과거사를 둘러싼 일본의 마찰에는 자기와 안해가 갈라지게 됐던 그 근본 원인과 꼭 같은 원인이 있다는 생각을 하고 있었다.[35]

---

35. 전인광, 앞의 책, 341쪽.

그는 위의 인용문처럼 위압적이고 독선적이었던 자신의 태도와 지금의 반성을 모르고 각국과의 마찰을 일으키고 있는 일본의 태도가 다르지 않다는 것을 직위 해제된 후 이마무라가 18년 형을 언도받고 이송되는 것을 보면서 느낀다.

> 그리고 유정한 정회로 안겨오던 일본의 그 섬들이, 그리도 정답고 사랑스럽던 조국의 섬들이 불시에 서리가 돋고 랭기가 풍겨나는 얼음덩이로 안겨왔던 것이다. 그는 오래도록 창가에서 눈길을 떼지못했다. 그랬다. 그것은 얼음덩이들이었다. <u>온세계가 손저어부르는 정의와 평화의 대륙에 가붙지 못하고 여전히 과거의《제국》의 꿈과 환각에 잠겨 태평양 한가운데를 떠다니는 차갑고 랭랭하고 싸늘한 얼음덩이들</u> 아, 언제면 저 얼음들이 녹아내리고 저 일본렬도가 따뜻한 물기를 머금고 대륙에 가붙게 될것인가.[36] (밑줄- 인용자)

위의 인용 가운데 밑줄은 무라야마 개인의 생각으로 묘사되고 있지만 현재 북한이 느끼는 일본의 일면일 것이다. 인용문에서 볼 수 있듯이 그는 사다케의 비난을 떠올리며 일본에 대한 환멸을 느낀다. 늘 조국을 생각하며 지키려 했던 그의 평정심이 일본으로 소환되는 비행기 안에서 일본 열도를 보는 순간 조국의 본질에 다가서면서 무너져 버린 것이다.

언제나 반가웠던 조국이 과거에 대한 뼈를 깎는 참회와 반성은 고사하고 새로운 야욕과 야망을 분출하는 섬들을 보면서 자신의 조국이 참회하는 따뜻하고 아름다운 나라가 되기를 희망한다. 그리고 그는 15년

---

36. 전인광, 앞의 책, 329쪽.

을 꼬박 참회하는 심정으로 이마무라를 면회하러 간다. 그것은 그가 할 수 있는 최선의 행동이었다. 그러나 2016년 그는 1월 6일 새해 첫 수요집회에서 소녀상 철거문제와 위로금 100억 원에 대해 항의하는 할머니들의 기사를 보면서 출옥하면 전쟁 반대와 아시아의 평화에 생을 바치겠다는 이마무라의 법정 최후진술을 떠올리며 "이마무라 미쓰오 같은 사람들이 일으켜가는 정의와 민주, 평화의 거세찬 그 돌풍에 나 역시 한 자락의 바람이되어 합세"[37]할 것이라고 다짐한다. 무라야마의 의식의 흐름 속에 나타나는 반성과 희망은 북한이 일본에게 요구하는 반성과 사죄 그리고 평화 염원인 것이다.

평범한 일본인은 사다케이다. 사다케는 일본의 일반적인 형사로 실무능력이 뛰어남에도 크게 출세를 못했지만 불만 없이 자신의 삶에 안주해 사는 평범한 사람이다. 그가 무라야마와 다르다면 일본의 우경화를 반대하고 있는 점이다. 그는 무라야마를 존경하고 따른다. 그러나 그가 츄홍따이를 체포하여 본국으로 데려가겠다는 가니다니 형사의 말에 동조하자 수사과정에서 참고 참았던 분노가 폭발하고 만다.

《우리 아버지형제 넷중에 대동아전쟁에 끌려나가 다 무참하게 죽었습니다. 첫째는 라바울에서, 둘째는 화북에서, 셋째는 민다나오에서… 그들 모두가 전선에서 그 더러운짓들을 하며 죽어갔을 겁니다.》(…)《가마가제, 위안부, 생체실험, 마루땅의 나라… 세상의 온갖 오명과 치욕을 다 뒤집어쓰고 결국엔 지구상 누구도 맞지 않은 원자탄까지 맞아가며 죽어간 일본의 수백만 민중의 아픔과 처절한 상흔이 아직도 부족합니까?》

---

37. 전인광, 위의 책, 347쪽.

《사다께! 과거의 문제는 시효가 지난 문제네. 타이와 일본 사이
엔 과거의 문제보다 현재에 해결해야 할 문제들이 산적돼 있소.
(…) 정치란 언제나 옳은 일만 해야하는게 아니라 필요한 일을
해야할때도 있는게야.》《그 필요한 일이 정의에 부합되지 않는
다 해도 말입니까?》《그래서 필요악이란 말도 생기지 않았나.》
《바로 과장님 같은 사람들이 있기 때문에 일본이 오늘날까지
전범국의 수치스러운 오명을 벗지 못하고 있단말입니다.》[38]

위의 인용문을 보면 사다케도 대동아전쟁 피해자 집안의 일원으로,
전쟁이 주는 영광보다도 그로 인한 참상과 참혹함을 간접적으로나마 알
고 있기에 전쟁을 반대한다. 자신의 백부들도 전쟁 범죄에 동원되지 않
았으리라는 보장이 없다는 식의 그의 고백에는 반성하지 않는 조국 일
본에 대한 부끄러움과 슬픔, 보통국가를 넘어서려는 일본 정부와 존경했
던 선배에 대한 실망과 분노가 엿보인다. 무언가를 바꾸려고 행동은 하
지 않지만 그렇다고 불의를 두고 보지도 못하는 성격의 그는 이 사건으
로 무라야마는 물론 가니다니와 대치하게 되고 도쿄로 돌아와 징계를
받은 후 직위 해제된다. 직위 해제된 후 사설흥신소를 차린 후 그는 오
히려 경찰 때보다 좋은 수입을 올리며 살아간다는 점에서 세상에 빨리
순응하는 평범한 인간임을 보여준다.
　정의로운 인간은 오사카 신문 기자 미쯔오이다. 그는 협박과 위협에
시달리면서도 군국주의를 부활하려고 헌법9조를 개정하려는 아베에 대
한 비판 기사를 쓰고, 일본군 성노예에 대한 기사를 탐사 취재하여 기
사를 쓰는 인물이다. 하지만 그 일로 신문사를 위해 어쩔 수 없이 기자

---

38. 전인광, 위의 책, 326쪽.

의 길을 포기한다. 그는 자유기고가로 활동하면서 정부와 극우세력의 위협에 당당하게 맞서는 인물이다. 무라야마가 치밀하고 완벽함에 신경을 쓰는 성격이라면, 미쯔오는 대담함과 집요함에 무게를 두는 성격이다. 그는 굴하지 않는 태도로 무라야마에게 많은 영향을 끼치는 인물이기도 하다.

극우적인 인물로는 니시하라, 도미코를 통해 비인간적이며 비양심적인 인간형을, 가니다니 형사를 통해 자신의 일에 충실하나 국수주의적 인물로 그리고 있다. 북한 소설에 등장하는 일본인은 김일성의 비범성과 사상에 매료된 일본인을 제외하고는 모두 나쁜 일본인으로 묘사된다. 북한 소설에서 일본인의 묘사는 대체로 뻔뻔하고 야비하며, 재물과 권력에 맹목적이고, 죄책감이나 고민 없이 사람들을 폭행하고, 살해를 일삼는 고전적인 악인의 모습이다. 그들에 대한 전근대적인 묘사는 그들과의 대결 구도에서 극적 긴장감을 이끌어 내지 못할 뿐만 아니라 북한 소설에서 작품을 단순화시키는 요인이 되어왔다. 니시하라의 성격은 고전적인 악인의 모습이지만 기존의 모습과는 달리 시류를 이용할 줄 알며, 정책 설계가 가능한 좀 더 세련된 인물로 그려진다. 도미코는 외적으로는 활달하고 교양 있어 보이지만 신경질적이고 승부욕도 강한, 목적을 위해서라면 수단과 방법을 가리지 않는 이중인격의 전형적인 악인으로 묘사된다. 반면 가니다니는 출세욕으로 가득 차 있는 국수주의자이지만 무라야마의 평가처럼 기민성과 결단성, 단호함을 겸비한 형사이며, 승진을 위해 계책을 꾸미며 남을 모함하는 인물이 아닌 맡은 바 자신의 임무에 충실한 사람으로 그려진다. 그는 장단점이 있는 인물로 흔히 현실에서 접할 수 있는 보통 사람이지만 국수주의자라는 측면에서 부정적 인물로 분류된다.

전인광의 일본인에 대한 다양한 성격 묘사는 북한의 관습적 작법에서도 벗어나 있는데 이러한 묘사의 변화는 일본에 대한 인간적 자신감, 도덕적 자신감에서 비롯된 것으로 판단된다. 일본에 대한 여유와 자신 감은 북핵의 완성과도 직결되어 있다. 그렇다고 전근대적 전통화 기법을 따르는 주체문예관에서 소설이 완벽하게 탈피해 있다고는 할 수 없다. 북한의 문학이 전근대적 전통화 기법에서 벗어나지 못하는 이유는 여러 가지가 있지만, 주체 문예관에서 인민에 대한 애민과 조선민족제일주의 정신을 높이 발양시키는 데 적극 기여해야 하는 것은 문학의 근본 사명 중 하나로 보고 있기 때문이다.

북한 작가들은 문학작품에서 인민이 위대한 사상과 우수한 전통, 유구한 역사를 가지고 있는 존엄 있는 민족이라는 것을 깊이 있게 그려내야 한다.[39] 이는 민족적 긍지와 자부심과 관련이 있는 부분이다. 이 작품이 나올 당시 북한은 사회주의강성국가건설을 위해 자력자강제일주의를 추구했으며, 자기 것에 대한 믿음과 애착, 자기 것에 대한 긍지와 자부심을 강조하고 있다.[40] 상투적이며 판에 박힌 사회주의 우월성 강조가 소설의 맥락을 끊는 방해요인이 되지만, 그럼에도 불구하고 이 작품의 힘은 위안부 여성들의 증언보다 핍진성이 떨어지는 소설의 한계를 동아시아 여성의 문제를 통해 우회하여 극복하려 한 것에서 찾을 수 있다. 그리고 이러한 시도에서 기존의 우열과 인종주의적 관점 속에서 폄하되어 있던 북한 소설의 미적 용기를 확인할 수 있다. 앞에서도 언급했듯이 지난 시기 북한은 국가의 안보와 사회주의 건설에 사활을 걸었고, 소설을 통해 사회주의 우월감을 보여주는 데 온 신경을 집중하였다. 성노예 문제를 일제의 야수적 만행으로 포괄하였던 북한이 이 문제를 정면으로 대응하면서 공론화한 것은 조선의 일본군성노예 및 강제연행피해자문제

---

39. 김정일, 『주체문학론』, 조선로동당 출판사, 1992, 3-54쪽.
40. 「신년사」, 『로동신문』, 2017-2017. 1. 1.

대책위원회 고소장이 제출된 1992년부터이다. 영향력 있는 지면을 통해 북한 내에 일본군 성노예범죄를 전면적으로 알리기 시작한 것[41]도 20년이 채 안 된다.

일제 강점 시기 만주지역과 백두산 일대에서 일본과 무장력으로 충돌하면서 투쟁했던 북한이 졸지에 피해자의 입장으로 전환하는 것은 쉽지 않은 일이다. 따라서 북한에서 우회적이기는 하지만 성노예 문제를 다루고 있는 것은 미적 용기에서 비롯된 것이라 할 수 있으며 문학이 기능을 하고 있음을 보여준다.

4. 결론

이상에서 살펴본 바와 같이 이 글에서는 성노예를 다룬 소설 『네덩이의 얼음』을 중심으로 북한이 성노예 문제를 어떻게 처리하고 있는지 그에 대한 인식을 검토하고, 북한의 추리소설에 대해 살핌으로써 이 소설의 위치를 밝히고자 했다. 먼저 이 작품은 주제 면에서도, 소설 기법 면에서도 북한문학에서 부족한 작품군이다. 북한의 추리소설인 단편소설은 대부분이 반탐소설이다. 반면 『네덩이의 얼음』은 추리소설이지만 북한에서 규정하는 정탐물이나 반탐물이 아니다. 오히려 남한에서 흔히 볼 수 있는 정탐소설계 추리소설에 가깝다. 북한 소설의 전체를 읽지 못해 북한 추리소설의 전모를 파악할 수는 없지만 현재 국내에서 확인되는 추리장편 소설들은 북한에서 규정된 추리소설이 아닌 일반적으로 흔히 볼 수 있는 정탐소설계 추리소설이다. 그래서인지 북한은 반탐, 정탐

---

41. 「청진에서 감행한 일본군 성노예범죄에 대한 진상보고서」, 『로동신문』, 1999. 8. 24.

소설에는 추리소설이라고 명명을 하는 반면 이 소설은 추리소설임에도 추리소설로 분류하지 않는다. 북한이 이 작품이 추리소설임에도 추리소설로 구분하지 않는 것은 북한이 규정한 추리소설에 이 형식이 부합하지 않기 때문으로 보인다.

『네닝이의 얼음』에는 북조선 인민들이 간접적으로 등장할 뿐 직접 등장하지 않는다. 대화 속에서 거명되고 그들의 행적을 듣는 형식으로 묘사되거나 비디오 영상을 통해 인물들의 증언을 듣는 방식으로 처리되고 있다. 이처럼 북한이 아닌 외국에서 외국인들을 주요 인물로 등장시켜 북한의 성노예에 대한 인식을 밝히고 위안부 문제를 제기하고 있는 점은 북한의 기존 소설과는 다른 점이다.

전인광은 성노예 문제를 통해 일본의 우경화를 경계하면서 이에 대처하기 위해서는 동아시아 전체가 연대해야 한다는 교훈을 니시하라와 도미코를 단죄한 인물들과 그 수사과정에 참여했던 사람들을 통해 주고 있다. 전인광이 남한의 소설들처럼 사적인 이야기의 방식이 아닌 동아시아 여성 문제를 통해 잊혀진 성노예로서의 위안부를 소환한 것은 문학이 성노예의 서사를 뛰어넘기 어렵다는 것을 인지하고 있기 때문으로 여겨진다. 이 작품은 성노예 피해자와 관련이 있는 동아시아 4개국의 인물들을 통해 성노예 문제를 남북의 문제가 아닌 동아시아의 문제로 확장하고 있다. 일본 우익에게 원한을 가진 일본인 이외에도 중국, 타이, 필리핀인을 살해범으로 선택한 것은 세 나라 모두 항일게릴라 투쟁이라는 역사적인 경험을 북한과 공유하기 때문이다. 타이가 배경이 되는 것도 역사적 흔적으로서 성노예뿐만 아니라 고구려의 후예라는 라후족이 북한의 심상지리적 표상으로 자리 잡고 있기 때문으로 보인다.

역사적이지만 사적인 이야기일 수 있는 사실을 살인자가 될 수밖에 없었던 그들과 무라야마 경부, 사다케, 미쯔오를 통해 그린 것은 위안부

문제를 처리하는 일본의 방식과 일본의 우경화가 지난 시기와 다르지 않다는 것을 보여주기 위해서이다. 그리고 이에 대한 대처 방안을 동아시아의 연대로 인식하고 있음을 알게 한다. 이는 북한의 인식이 대결구도에서 벗어나 현대적 세계에 대한 통찰로 변화하고 있다는 것을 보여준다. 이러한 변화에서 그들의 정상국가에 대한 욕망이 감지된다. 이 작품이 일본정부의 비판에 그치지 않고 대안을 제시하는 것은 일본이 꿈꿨던 동아시아 공동체, 즉 신대동아공영권의 부활을 동아시아 차원에서 경계해야 한다는 교훈을 담기 위한 의도로 보인다.

주체적 문예관에는 부합하지만 간헐적으로 보이는 사회주의 우월성에 대한 강조와 상투적인 사건 발생 요인은 작품의 완성도를 훼손하고 있다. 이것은 북한이 문학방법론을 새로 쓰지 않는 한 계속 반복될 수밖에 없는 문제이다. 그럼에도 불구하고 이 작품이 보여주는 북한 소설 기법이나 형식, 인물 형상 부분에서 나타나는 세련미는 김정은 시대에 침체되어 있는 북한 소설의 변화된 모습을 기대하게 한다.

연도	기사명	저자	서지명
1992. 6.	종군위안부는 모집한것이 아니라 체포하였다	요시다 세이지	천리마
1992. 9.	분노의 웨침	조정린	천리마
1993. 10.	종군 위안부련행은 인간사냥이였다		천리마
1995. 8. 12.	일본 정부가 요술을 부려 중군위안부 문제를 해결하려 한다면 국제사회의 규탄을 면치 못할 것이다	조선중앙방송	조선중앙방송
1995. 5.	일제가 감행한 종군위안부 만행	위광남	천리마
1997. 4. 12.	북한대표, 유엔 인권에 관한 위원회 제53차 회의에서 종군 위안부관련 일본정부의 사죄와 보상촉구	로동신문	로동신문
1997. 4. 12.	일본은 응당 국가적책임을 인정하고 사죄, 보상하여야한다-유엔 인권에 관한 위원회 제53차 회의에서 우리나라 대표연설	로동신문	로동신문
1997. 5.	일제의 종군위안부 정책과 그의 국제법적 범죄	정금영	김일성종합대학 학보: 력사, 법학 42권 2호
1998. 5. 12.	일본정부는《종군위안부》문제에 대한 국가적 책임과 의무를 다해야한다- 조선민주주의 인민공화국 외교부 대변인 기자의 질문에 대답[42]	로동신문	로동신문
1998. 5. 14.	종군위안부 범죄는 숨길 수 없다.	로동신문	로동신문
1999. 8. 24.	청진에서 감행한 일본군 성노예범죄에 대한 진상보고서	조선일본군 성노예 및 강제련행피해자 문제대책위원회	로동신문
1998. 10. 17.	종군위안부 보상대책위 대변인, 일본의 6자회담제안「반대」입장 표명 성명 발표	로동신문 성명	로동신문

---

42. 북한 외교부 대변인 인터뷰는 일본 야마구치지방재판소가 종군위안부들에 대한 보상을 일본정부가 해야 한다는 판결을 내린 것과 관련하여 1998년 5월 11일 조선중앙통신사 기자의 질문에 대한 대답이다. 여기서 외교부 대변인은 1998년 4월 24일 일본외무성 당국자가 종군위안부 문제가 조일회담에서 한 번도 제기된 적이 없다고 거짓말을 했다며 후안무치의 일본의 외교 자세를 그대로 드러내놓은 것이라고 비판한다.

2000. 3. 1.	종군위안부 및 태평양전쟁피해자 보상대책위 위원장, 일본 비난 담화 발표	로동신문 담화	로동신문
2000. 4. 3.	'일본의 종군위안부 범죄 국제재판 첫 대상' 주장	로동신문 논평	로동신문
2000. 9. 26.	주미 일본대사관 공사의 '위안부 배상 종료' 발언 비난	중앙방송 논평	조선중앙방송
2001. 1.	일제의 종군위안부범죄가 남긴 력사적 교훈	김정옥	력사과학
2001. 4. 14.	'위안부역사는 화장실역사' 망언은 무엇을 보여주는가	중앙통신 논평	조선중앙통신
2001. 4. 20.	구일본군 조선 주둔 라남제19사단에서 감행한 성노예범죄에 대한 진상보고서	조선일본군 성노예 및 강제련행피해자 문제대책위원회	로동신문
2004. 1. 17.	이전 일본군성노예 생존자 박영심의 피해 실태와 관련한 진상조사보고서	조선일본군 성노예 및 강제련행피해자 문제대책위원회	로동신문
2004. 5. 21.	일본의 과거청산을 요구하는 국제련대협의회 제2차회의에 제기한 조선일본군성노예 및 강제련행피해자문제대책위원회 위원장의 보고[43]	조선일본군 성노예 및 강제련행피해자 문제대책위원회	로동신문
2004. 12. 11.	조선일본군위안부 및 강제련행피해자 보상대책위원회 성명	조선일본군 성노예 및 강제련행피해자 문제대책위원회	로동신문
2005. 2. 1.	구일본륙군의 농경근무대에서 감행된 조선인강제련행 및 강제로동범죄에 대한 진상조사보고서	조선일본군 성노예 및 강제련행피해자 문제대책위원회	로동신문
2007. 3.	일제의 일본군위안부제의 조작과 범죄적 만행	박사, 부교수 리철홍	사회과학원보

---

43. 이 보고에서는 10년 전 북한에서 공개증언에 나섰던 피해자 중 60%가 사과도 받지 못한 채 사망했으며, 조사에 의하면 피해자들의 사망원인 가운데 제일 높은 비율을 차지하는 것이 뇌출혈을 비롯한 뇌질환과 암 등의 불치의 병이었다고 밝히고 있다. 1993년 7월에 사망한 리복녀와 1995년 5월에 사망한 김복순, 1998년 3월에 사망한 윤경애, 2004년 4월에 사망한 리경생의 사망원인은 모두 뇌질환이었으며, 1993년 5월에 사망한 리현숙은 유선암, 1998년 2월에 사망한 리춘화는 자궁암, 2004년 현재 생존해 있는 피해자 박영심은 뇌혈전을 앓고 있으며, 곽금녀는 2003년 자궁암 진단을 받았다고 보고하고 있다. 황호남·손철수, 『일제의 일본군성노예범죄와 조선인강제련행진상규명문헌자료집』, 사회과학출판사, 2017, 63쪽.

2008. 3. 9.	일본의 고베 제강소주식회사에서 감행된 조선인 강제련행 및 강제로동범죄에 대한 진상조사보고서	조선일본군 성노예 및 강제련행피해자 문제대책위원회	로동신문
2009. 8. 21.	일본의 미쯔비시중공업주식회사 고베조선소에서 감행된 조선인 강제 련행 및 강제로동범죄에 대한진상조사보고서	조선일본군 성노예 및 강제련행피해자 문제대책위원회	로동신문
2014. 8.	일본군위안부 (시)	김일규	조선문학
2015. 5. 22.	제13차 일본군 성노예 문제 해결을 위한 아시아 련대회의에서 제기한 조선일본군성노예 및 강제련행피해자문제대책위원회 보고	조선일본군 성노예 및 강제련행피해자 문제대책위원회	로동신문
2018. 9. 14.	일본은 성노예범죄에서 결코 벗어날 수 없다. (1)	일본연구소 상급연구원 조희승	로동신문
2018. 9. 16.	일본은 성노예범죄에서 결코 벗어날 수 없다. (2)	일본연구소 상급연구원 조희승	로동신문
2018. 9. 19.	성노예범죄는 절대로 용납할 수 없는 반인륜죄악	리철혁	로동신문
2018. 9. 20.	일본은 성노예범죄에서 결코 벗어날 수 없다. (3)	일본연구소 상급연구원 조희승	로동신문
2018. 9. 28.	일본은 성노예범죄에서 결코 벗어날 수 없다. (4)	일본연구소 상급연구원 조희승	로동신문

표와 같이 북한은 기사, 인터뷰, 논평, 성명, 보고서와 보고, 그리고 역사 잡지 및 정론지에 기고문[44] 등을 지속적으로 게재하고 있으며, 2018년 『노동신문』 9월에는 1~4부(9월 14일, 9월 16일, 9월 20일, 9월 28일) 시리즈로 일본군 성노예 문제를 집중적으로 다루고 있다.

---

44. 김정옥, 「일제의 종군위안부범죄가 남긴 력사적 교훈」, 『력사과학』, 과학백과사전출판사, 2001. 1, 30쪽; 리철홍, 「일제의 일본군위안부제의 조작과 범죄적만행」, 『사회과학원보』, 사회과학출판사, 2007. 3, 49쪽; 정금영, 「일제의 종군위안부 정책과 그의 국제법적범죄」, 『김일성종합대학 학보』(력사·법학) 42권 2호, 김일성종합대학출판사, 1997. 5, 71쪽; 조정린, 「분노의 웨침」, 『천리마』, 천리마사, 1992. 9, 116-117쪽.

2부

김정은 시대와 문화예술의 지향

시대감각의 토포스, '만리마' 표상과 시적 전형[1]

이지순(통일연구원)

1. 7차 당 대회의 문학적 궤적

북한 시의 좁은 행간에서 새로움을 발견할 때가 있다. 정치를 비롯해 사회, 경제, 군사, 외교, 이데올로기 등에서 변화를 기획하고 있고, 변하는 중이라면, 북한 시는 이런 변화에 감광지처럼 반응한다. 36년 만에 개최되었던 제7차 노동당 대회는 변화의 축이었다. 당 대회는 2016년 신년사에서 '휘황한 설계도'로 예고되자마자 북한 시에서 노래되었다. 당 대회는 먼지로 떠다니다 우연하게 시의 언어로 내려앉은 것이 아니라 북한 시와 적극적으로 상호 텍스트적 관계를 형성했다.

2016년 벽두의 시는 "강성국가건설의 전투장마다/ 우리 당 제7차대회를/ 승리자의 대축전으로 맞이할/ 만만한 투지에 넘쳐있는/ 우리의 발걸음"[2]으로 향해가는 '승리자의 대축전'으로서 당 대회의 기대감을 고조했다. '사회주의문명국'을 목표로 "기적과 혁신의 꽃다발로 엮어가는/ 우리의 날과 달들"[3]은 '70일전투' 독려의 치환이었다. 당 대회에 보고할 '성과'를 만들기 위해 강도 높은 노동을 요구했던 것이다. 각종 노력동원

---

1. 이 글은 「7차 당 대회 이후 '만리마'의 표상 체계: 『조선문학』(2016. 1~2018. 8) 시를 중심으로」(『한국언어문화』, 67집, 2018)를 단행본 취지에 걸맞게 수정 보완한 것이다.
2. 하영수, 「우리의 발걸음」, 『조선문학』, 2016. 1, 74쪽.
3. 류명호, 「조선의 이름을 지도에서만 찾지 말라!」, 『조선문학』, 2016. 4, 45쪽.

형 전투와 속도전이 기적과 혁신, 행복과 보람으로 조명되는 것은 북한 시에서 자주 볼 수 있는 상투적 표현들이다. 예고된 시점부터 당 대회는 텍스트의 '씨앗'으로 파종되었다. 그리고 당 대회의 사업총화보고는 생산되자마자 텍스트와 텍스트 사이를 이어가며 넓게 퍼져나갔다.

2016년 5월 6일부터 9일까지 평양에서 개최된 7차 당 대회는 북한 대내외의 관심을 불러 모았다. 7만 자가 넘는 사업총화보고는 5개의 장으로 구성되어 있다. 1장이 김일성-김정일 시대의 총평이라면 2장부터 5장까지는 당 대회의 실제적인 '설계도'에 해당한다. 특히 2장은 '온 사회의 김일성-김정일주의화'를 당의 최고 강령으로 내세우며 이를 기반으로 21세기 첨단기술을 포함한 과학기술강국, 정치군사강국, 경제강국, 문명강국 등 사회주의강국건설의 내용을 담고 있다. 3장은 조국통일 원칙의 재확인, 4장은 경제건설과 핵무력 병진노선의 관철, 5장은 조선로동당의 유일영도체계의 강조였다.

이 같은 설계도가 공개되자 "새로운 노선과 정책 제시 없이 기존 정책 노선을 유지할 것을 재확인"[4]하고 "핵 포기 의사가 없음을 재확인한 것 외에 자랑할 만한 성과나 새로운 비전을 제시하지 못함으로써 알맹이 없는 대회로 전락"[5]했고, "과거 노선을 답습"[6]하는 것에 그쳐 당혹감을 주었다고 평가되었다. 김정은 제1비서를 당의 최고수위인 조선로동당 위원장으로 추대한 것을 제외한다면 김정은 체제의 기본정책 노선의 확인이었다.[7] '휘황한 설계도'로 예고되었으나 개혁·개방과 같이 기대했던 극적인 무엇도 없었다는 것이 중론이었다.

---

4. 고유환, 「제7차 당 대회로 본 김정은 체제의 북한-정치 분야」, 『2016 제1차 민화협 통일정책포럼』, 민족화해협력범국민협의회, 2016, 5쪽.
5. 김동식, 「7차 당 대회의 분석 및 평가: 정치군사적 측면」, 『북한의 7차 당 대회 평가 및 향후 전망』, 국가안보전략연구원·고려대학교 아세아문제연구소 공동학술회의, 2016, 5쪽.
6. 류길재, 「조선노동당 7차 당 대회를 계기로 본 김정은 정권의 통치전략」, 『KINU통일+』 2016년 여름호, 4쪽.

7차 당 대회의 문학적 반영은 김성수, 오태호의 연구를 통해 살펴볼 수 있다.[8] 김성수는 당 대회의 역사적 전통이라는 맥락에서 제7차 당 대회를 맞이한 김정은 시대 북한문학을 비판적으로 조명하였다. 7차 당 대회와 문학적 대응이 6차 당 대회의 프레임에 갇혀 있고, 창작의 구호는 요란하지만 침체된 창작 수준을 돌파할 해법은 없다고 진단하였다. 7차 당 대회 이후 새로운 내용·형식 없이 당 정책을 기계적으로 반복한다는 김성수의 지적은 만 2년이 지난 지금도 여전하다고 할 수 있다. 이런 점에서 2017년 상반기 시를 대상으로 한 오태호의 논의를 참조해볼 수 있다. 오태호는 만리마시대가 사회주의강국건설에 대한 기대감을 보여주며, 계승과 혁신의 아이콘으로 김정은이 상징화되는 양상을 분석하였다.

당문학은 북한문학의 정체성이다. 당의 정책과 노선은 북한 문학예술의 방향타 역할을 한다. 7차 당 대회 이후 "실질적인 새로움 없이 당문학 원칙이 고답적 기계적으로 반복 적용"[9]되고 있으며, 그 와중에 문학이 담아내고 있는 "'만리마시대'의 사회주의강국건설이라는 이상적 의지의 강조는 역설적이게도 외부세계로부터 제재와 압박을 받고 있는 현실의 고난을 감추고 외면하려는 위선적 현실"[10]이라는 지적은 유효하다. 그러나 새로움과 극적 전환이 없다고 하더라도 당 대회는 문학에 진한 궤적을 남겼다. 특히 시는 선언적이고 명시적인 언어로 현재진행형인 사건

---

7. 고유환은 김정은 체제의 기본정책 노선으로 ① 김일성-김정일주의(주체사상과 선군사상) 고수, ② 당-국가체제 복원과 내각책임제 강화, ③ 경제·핵 병진노선 추진, ④ 속도전식 '단숨에' 따라잡기 발전전략 추진, ⑤ 인민생활향상을 위한 평화로운 환경조성 차원의 대외관계 확장 노력, ⑥ 북·미평화협정 체결 요구 등으로 정리하고 있다. 고유환, 앞의 글, 5쪽.
8. 김성수, 「당문학의 전통과 7차 당 대회 전후의 북한문학 비판」, 『상허학보』 49, 2017; 오태호, 「최근 『조선문학』(2017년 1~6호)을 통해 본 김정은 시대 북한 시의 고찰-'만리마시대'의 사회주의 강국 건설 지향」, 『한민족문화연구』 61, 2018.
9. 김성수, 앞의 글, 401쪽.
10. 오태호, 앞의 글, 179쪽.

과 변화를 기민하게 담아낼 수 있는 장르이기에 더욱 그렇다. 이 글에서는 7차 당 대회의 자장 속에 북한문학이 묶여 있다고 보고, 그 안에서 '만리마'가 어떻게 자기장 반응을 그리는지 시를 중심으로 분석해보고자 한다.

2. 토픽의 영토에서 강박되는 만리마시대의 명작

당 대회가 문학과 상호 텍스트성을 확립하려면 독자의 참여가 적극 요구된다. 무엇과 무엇이 참조되었는지 익숙하게 이해되어야 하는 것이다. 7차 당 대회를 상상하며 현재를 열정으로 채워 미래를 향해 달려가는 모습은 당 대회의 성격을 앞당겨 보여준다. 이는 당 대회 직전까지 시적 표현을 통해 만날 수 있다.

"당 제7차대회장의 높이는/당 건설 당활동 쌓으신/ 우리 수령님들 업적의 높이/ 그래서 오늘도 래일도 영원히/ 조선로동당은 김일성, 김정일동지의 당/ 백두의 혈통을 만대에 이으신/ 위대한 장군 김정은동지의 당"과 같은 시적 표현은 당 대회의 문학적 영향력을 보여준다. 즉 '우리 수령님들'인 김일성과 김정일의 업적을 승계한 '김정은동지의 당'[11] 이라는 표현은 김정은을 브랜드로 전면화한 새로운 시대가 열렸음을 선언하는 것이다. 당 대회 전에 발표된 이 시는 2012년 4월 당대표자회의에서 개정된 당 규약 서문 "조선로동당은 위대한 김일성동지와 김정일동지의 당"을 반영하고 있다. 7차 당 대회 이후 "조선로동당은 김일성-김정일주의당"[12], 김정일은 "조선로동당의 상징이고 영원한 수반"으로 수정

---

11. 권오준, 「당 제7차대회에 드리는 시」, 『조선문학』, 2016. 5, 4쪽.

되었다.[13]

당 대회가 치러진 후 시에서는 '김정은동지의 당'에 이어 "김일성민족, 김정일조선의 존엄/ 세계만방에 떨쳐가시는/ 무적필승 김정은동지"[14]로 표현하며 수정된 당규약을 반영하였다. 김정일 체제가 '김일성조선', '김일성민족', '김일성헌법'처럼 '김일성'에 준거했다면, 김정은 체제는 이를 변용하여, 김일성-김정일-김정은이 국가와 정치, 국가 구성원, 사회와 법 등 행동규범의 원리와 소유자로 명명되었다.

북한 시가 선전선동에 경사되어 있다 할지라도 설득력 있는 형상을 창조하려면 시간적 경과가 필요하다. 당 대회의 반응들은 즉각적일 수 있지만, 현실의 반영은 성과의 달성과 전형의 창조를 목표로 한다. 문학적 상상력을 덧입고 형상에 성공하는 것은 이 시기에 강력하게 요청된 '명작'의 요구와도 부합한다. 이때 당 대회는 소재, 주제, 설득의 기술을 위한 논리, 목표의식, 진리로 생각하는 방향, 집단이 공유하는 생각으로 작동하는 토포스로 작동한다.[15] 주제의 저장소로서[16] 토픽을 공유하는 북한 시는 유사한 주제들의 출현, 강한 상호 텍스트성, 변화가 적은 지속성을 보여준다. 7차 당 대회는 마땅히 관심을 가져야 하고 반복하여 다룰 수 있는 권위를 갖춘 주제들의 목록인 것이다.

---

12. 「조선로동당규약 서문」; 「조선로동당 제4차 대표자회 결정서 주체101(2012)년 4월 11일 《조선로동당규약》 개정에 대하여」, 『로동신문』, 2012. 4. 12.
13. 「조선로동당 제7차대회에서 《조선로동당규약》 개정에 대한 결정서 채택」, 『로동신문』, 2016. 5. 10.
14. 김선화, 「불빛」, 『조선문학』, 2016. 6, 9쪽.
15. 수사학에서 토포스는 단순한 장소 개념이 아니라 인간의 지적·언어적인 유산으로 주제설정 방식, 표현방법의 저장소를 의미한다. 나카무라 유지로, 『토포스-장소의 철학』, 박철은 역, 그린비, 2012, 8쪽.
16. 장소라는 개념에서 출발한 토포스는 의미가 확장되어 통념의 장소, 말들의 장소, 로고스의 장소로서 목록이나 체계의 의미가 덧붙여진다. 또한 전통적인 주제나 모티브들, 관습적 표현이나 유형화된 문구들을 비롯해 한 사회 문화권이 논리적 입증 없이도 진리로 받아들이는 주제의 저장소라고 할 수 있다. 김성택, 「문화지형체계 읽기를 위한 '토포스'의 새로운 정의와 방법론적 가능성」, 『한국프랑스학논집』 81, 2013 참조.

그렇다면 당 대회는 어떤 식으로 문학에 관여했을까? 5월 10일 당 대회 경축 평양시 군중대회와 군중시위에 시인들이 참가하여 당 대회가 제시한 사회주의강국건설의 목표와 투쟁강령을 실현하리라는 기상을 담은 시작품들을 창작했다는 소식이 전해졌다.[17] 군중대회에 참여했다고 이름을 제출한 시인 가운데 황명성은 "비약하는 첨단의 은빛날개우에/ 아름다운 꿈과 리상을 얹고/ 더 빨리 더 높이 날아오를/ 내 조국의 5년"[18]과 같이 '국가경제발전 5개년전략'을 중심으로 당 대회를 노래했으며, 방명혁은 "거세찬 그 폭풍속에서/ 기적의 만리마는 더 억세게 나래쳐라/ 영웅청년신화의 창조자들은/ 백두대지에 사회주의문명도시를 일떠세우리"[19]라고 '만리마'의 주역으로 '영웅청년'을 호명하며 당 대회를 내면화하였다.

　　『조선문학』(2016. 6~2016. 11)에는 "당 제7차대회 결정관철을 위하여"가 구호로 등장했으며, 2016년 8호부터 사업총화보고 발췌문이 작은 박스 크기로 고정 수록되었다. 고정 지면인 「주체문학의 대강」처럼 독자학습과 문학적 환기를 겸하는 것이었다.[20] 발췌문은 이념적으로는 '온 사회의 김일성-김정일주의화'를 근간으로 하며, 형상적으로는 사회주의강국건설에 초점이 맞춰져 있다. 특히 교육체계, 인재양성, 국가지원 등 '과

---

17. 「천만군민의 의지와 기상이 차넘치도록-시문학분과위원회에서」, 『문학신문』, 2016. 5. 28.
18. 황명성, 「우리의 빛나는 5년」, 『조선문학』, 2016. 6, 7쪽.
19. 방명혁, 「폭풍치라 조국이여!」, 『조선문학』, 2016. 8, 3-4쪽.
20. 사업총화보고는 『조선문학』 2016년 8호부터 2018년 8호까지 총 25회 발췌, 수록되었다. 1장 '주체사상, 선군정치의 위대한 승리'는 5회, 2장 '사회주의위업완성을 위하여'는 17회 발췌되었다. 3장 '조국의 자주적통일을 위하여'는 1회, 5장 '당의 강화발전을 위하여'는 1회 발췌되었다. 핵실험과 로케트 발사가 지속적으로 이루어졌고 문학적으로 강력하게 표상되었음에도 4장 '세계의 자주화를 위하여'는 발췌가 전무한 것이 특징이다. 핵무력 완성 선언 때에도 '강력한 총대'가 나오는 1장의 '1) 사회주의위업의 승리적전진을 위한 투쟁'이 인용되었다. 17회 인용된 2장은 사회주의강성국가건설을 위한 이념적 강령인 '1) 온 사회의 김일성-김정일주의화' 인용이 6회, '2) 과학기술강국건설' 내용이 8회를 이루었다. 그 외 '3) 경제강국건설, 인민경제발전전략'이 2회, '4) 문명강국건설'이 1회 인용되었다. '5) 정치군사강국건설' 발췌는 아직 보이지 않는다.

학기술강국'에 주안점이 놓여 있어 이를 반영하는 것이 문학적 과제임을 분명히 한다. 그렇다면 당 대회 이후 문학은 어떻게 자기 존재를 규정해야 하는가가 관건이 된다.

사업총화보고의 2장 '문명강국건설' 부문에서 "모든 부문이 만리마의 속도로 내달리고있지만 문학예술 부문은 아직 온 사회를 혁명열, 투쟁열로 들끓게 하고 천만심장에 불을 다는 훌륭한 문학예술작품들을 많이 내놓지 못하고있"다고 지적되었다. 문학예술의 근본사명은 "주체혁명위업을 추동"하는 것이며, "명작창작으로 수령을 옹위하고 혁명을 보위하며 당의 척후대, 나팔수로 복무해온 전세대 문예전사들의 투쟁전통을 이어받아 오늘도 래일도 영원히 우리 당을 앞장에서 받들어나가는 사상전선의 기수가 되"어야 한다고 강조되었다. "군인들과 인민들에게 사상정신적량식을 주고 그들을 투쟁에로 힘있게 불러일으키는" 작품 창작이 문학예술 전 분야에 공통적으로 요구된 것이다.[21] 2015년 말에 "아직도 침체에서 벗어나지 못하고 제자리걸음"에 머문 문학예술에 "백두의 칼바람으로 침체를 쓸어버리고"[22] 명작폭포를 안아오라는 김정은의 강도 높은 비판은 여전히 진행형이었다.

명작창작[23]은 당 대회 이후에 '만리마시대의 명작'이나 김정은의 위인

---

21. 김정은, 「조선로동당 제7차대회에서 한 당중앙위원회 사업총화보고」, 『로동신문』, 2016. 5. 8.
22. (사설)「백두의 칼바람으로 침체를 불사르고 문학예술의 전성기를 열어나가자」, 『로동신문』, 2015. 5. 18.
23. 2016년 당 대회를 명작창작으로 맞이하자는 정론 계열의 글은 다음과 같다. 「우리 당의 인민중시, 인민존중, 인민사랑의 정치를 구현한 명작대풍으로 조선로동당 제7차대회를 빛나게 장식하자」, 『조선문학』, 2016. 1; 「승리자의 대회, 영광의 대회를 명작폭포로 빛나게 맞이하자」, 『문학신문』, 2016. 1. 16; 「조선로동당 제7차대회가 열리는 올해에 천만군민의 심장을 불태우는 명작창작의 최전성기를 열어나가자」, 『조선문학』, 2016. 3; 「당 제7차대회를 명작창작성과로 빛내일 충정의 열의안고-조선작가동맹 중앙위원회에서」, 『문학신문』, 2016. 3. 19; 「당 제7차대회 결정관철에로 천만군민을 힘있게 불러일으키는 만리마시대의 명작들을 더 많이 창작하자」, 『조선문학』, 2016. 3.

적 풍모와 영도업적을 칭송하는 '기념비적 명작' 창작 요구로 이어졌다.[24] 당 대회의 담론들은 '명작폭포'의 방향타로 작동했다. '200일전투'가 시작되자 작가들은 명작창작의 실마리와 현실체험을 위해 경제선동사업에 나가기도 하였다.[24·25] 그러나 명작창작의 압박은 뚜렷한 창작방법론이 부재한 상태에서 난항을 겪었다. 2017년에 들어와서야 창작방법에 대한 힌트가 나왔다. "모방과 도식, 반복과 류사성을 없애고 끊임없이 새것을 탐구하고 대담하게 혁신하는 창작기풍을 세우는것"[26], "만리마시대는 오직 새것, 진실한것, 혁신적인것, 독창적인것만을 요구하며 인민은 오직 명작만을" 바라며 "탁상문학을 철저히 배격"[27]해야 한다는 것은 이전과 다른 새것의 탐구가 이루어질 가능성을 열어놓았다. 그것은 내용과 형식, 서정과 사상 모두에서 어떤 식으로든 문학적 변화를 요청한 것으로 생각해볼 수 있다.

시적 모험은 아니지만 다양한 형태의 '시묶음'이 출현한 점에서 형식의 새로움을 발견할 수 있다. "위대한 헌신의 자욱을 따라서"가 부제로 붙은 시초, 시묶음, 연시 등이 그 예이다. 김정은의 현지지도 여정을 그린 이 유형은 『조선문학』 2016년 9호에 처음 수록된 이후 거의 매 호마다 등장하고 있다. 이 시리즈의 시는 마치 기자가 취재를 나서듯, 작가가 현지지도를 배행하며 쓴 것처럼 보인다. 비록 현지지도의 장소나 주제가 하나로 통일되지 않으나, 김정은의 행적을 중심으로 한다는 점에서는 통일적이다. 게다가 시편들이 모두 비교적 짧아서 한 페이지 내외에 4, 5편

---

24. (사설)「당 제7차대회 결정 관철에로 천만심장을 힘있게 불러일으키는 만리마시대의 명작을 더 많이 창작하자」, 『조선문학』, 2016. 6, 3-5쪽.
25. 「만리마의 속도는 창작전투에서도-함경북도위원회에서」, 『문학신문』, 2016. 8. 13.
26. (사설)「사회주의의 승리적전진을 추동하는 시대의 명작들을 더 많이 창작하자」, 『문학신문』, 2017. 1. 14.
27. (사설)「격동하는 만리마시대를 선도하는 명작창작열풍을 세차게 일으켜나가자」, 『문학신문』, 2017. 8. 26.

이 묶여 있다. 기존의 수령형상 시는 길고 엄숙한 서정을 바탕으로 위대한 업적을 읊느라 장형이 되곤 했다. 그러나 이 유형은 가볍고 경쾌하며 발랄한 어조가 특징적이다. 그 외에 벽시묶음이나 단시묶음과 같은 형태도 등장하고 있다. 그러나 새것의 지향은 형식이 아니라 새로운 시대로서 만리마시대, 만리마시대의 새로운 속도, 이 시대의 전형을 담아내는 내용의 새로움을 지향한다고 볼 수 있다.

3. 만리마의 감각과 의미화 과정

만리마는 1960년대 천리마의 속도를 강조하거나, 1990년대 속도의 기세를 부각하기 위해 보조적인 수사로 동원된 바 있었다. 그런 만리마는 2016년에 재문맥화되면서 김정은 시대의 속도담론이자 아이콘이 되었다. 2017년이 핵-경제 병진노선을 표방했다면, 2018년은 '혁명적 총공세'로 경제건설에 주력할 것이 신년사에 천명되었다. 총공세, 총돌격전의 기세를 몰아가는 것은 '만리마'였다. "새로운 천리마시대, 만리마시대"[28] 와 같이 7차 당 대회의 청사진을 수식하는 레토릭으로 등장한 만리마는 노력경쟁과 증산이라는 전통적인 속도담론을 전유하며 호명되었다. 만리마는 천리마와 구별되고 변별력을 갖출 때 새 시대의 아이콘이 될 수 있다. 과학기술은 만리마가 천리마와 분별될 수 있는 핵심이었다.

우선 만리마는 7차 당 대회를 준비하며 '70일전투', '200일전투' 속에서 속도와 증산을 향해 달렸다. 만리마의 기세는 다양한 어휘로 파생되었고[29] 관련 기사도 쏟아져 나왔다. 만리마는 시대의 화두로 등장하자

---

28. 「새로운 천리마시대, 만리마시대를 펼치며 광명한 미래향해 비약하는 선군조선의 환희의 불보라」, 『로동신문』, 2016. 1. 2.

마자 시, 소설, 수필, 정론, 가요, 서예, 선전화, 요술, 교예, 연극 등 문학예술 매체를 넘나들었다. 만리마선구자대회를 예고했던 2017년은 만리마의 맥락화가 최고점을 이루었다. 2017년 제5차 '4월의 봄 인민예술축전'에서 철도예술선전대가 공연한 요술 〈함통속의 조화〉, 건국 69주년 경축 국립교예단 종합교예공연에 제출된 체력교예 〈기중기조형〉에서도 '만리마속도'가 등장한다. 국립연극단이 창조한 연극 〈붉은 눈이 내린다〉는 황해제철련합기업소가 만리마시대의 정신을 구현하고 있다고 평가되었다. 그러나 2017년 말에 예정되었던 만리마선구자대회가 무산되면서 이어 맞이한 2018년에는 이전과 같은 열기를 보기 어렵다. 그럼에도 2018년의 신년사를 반영한 선전화 〈사회주의경제건설에 총력을 집중하여 우리 혁명의 전진을 더욱 가속화하자〉에서 건설의 주인공들이 모두 말을 타고 날아오르듯이, 만리마는 여전히 유효하다.

김정은 시대에 만리마가 처음 등장했을 때, 만리마의 속도를 구체적으로 상상하게 된 계기는 '광명성-4호'의 주기 속도였다.

《주기가 94분 24초이니 정말 속도가 빠르구만.》
《그렇습니다. 우리 우주과학자들이 만리마를 탔습니다.》
그들이 터치는 위성이야기, 만리마이야기는 나의 가슴을 파고들었다. 만리마를 탄 기세로 내달려 광활한 우주에 주체위성을 쏘아올린 우리 우주과학자들. 그들의 자랑찬 모습을 그려보느라니 천리마를 탄 기세로 내달려 당 제4차대회를 승리자

29. 2016년에 파생된 만리마 관련 어휘들은 만리마시대, 만리마속도, 만리마속도창조, 만리마기상, 만리마시대정신, 만리마를 탄 기세, 만리마속도창조운동, 만리마선구자, 만리마의 기마수, 만리마속도창조의 기수, 만리마기수, 과학기술의 룡마, 만리마속도창조투쟁, 만리마시대진군, 자력자강의 만리마속도, 자력자강의 만리마기상 등이다. 2017년에는 만리마선구자대회, 만리마속도창조대전, 만리마대진군대오, 만리마신화 등이 추가되었다. 2018년에는 이전의 어휘들이 반복 사용 중이다.

의 대회로 빛내인 천리마시대 인간들의 불굴의 모습이 눈앞에 어려왔다. (중략) 우리의 주체위성《광명성-4》호는 만리마의 기상으로 내달려 당 제7차대회에 자랑찬 선물을 마련한 우주과학자, 기술자들의 위훈의 창조물이며 전체 인민을 기적창조에로 부르는 장엄한 포성, 머지않아 이 땅우에 펼쳐지게 될 승리의 표대이다.[30]

'광명성-4'호를 통해 연상된 만리마는 천리마와 형질이 다른 속도를 시사한다. 지구를 한 바퀴 도는 데 94분 걸린다는 위성의 속도는 천리마와는 다른 차원의 감각이다. 천리마가 '하루에 천리'를 달리는 속도라면, 만리마는 "한걸음에 만리"를 달릴 수 있는 "상상할 수 없는 빠른 속도"[31]이기 때문이다. 천리마를 계승한 만리마의 의미는 다음의 『로동신문』 정론에서 일별해볼 수 있다.

우리 혁명의 상승주로에는 하나의 법칙이 있다. 그것은 평온한 날이 아니라 준엄한 날에 혁명이 더 힘차게 전진하였다는 것이다. 원쑤들이 발악할수록 혁명은 더 세찬 폭풍기상을 안았다. 내외의 원쑤들의 준동을 천리마의 무쇠발굽으로 단호히 쳐갈긴 1956년 12월 천리마대고조의 발단이 그러하였고 나라의 정세가 전쟁접경으로 치닫던 1960년대 당이 제시한 병진로선을 받들어 한손에는 총을, 다른 한손에는 낫과 마치를 들고 조국의 힘을 천백배로 키워온 로정이 또한 그러하였다. 시련의 눈보라속에서 주저앉은것이 아니라 천만이 당의 두리에 천

---

30. 강효심, (수필)「만리마」, 『로동신문』, 2016. 2. 10.
31. 원주철, 『천리마』, 평양: 평양출판사, 2017, 1쪽.

겹만겹으로 더욱 굳게 뭉쳐 선군혁명의 위대한 승리를 안아온 고난의 행군의 승리가 바로 그것을 증명하고있다. 원쑤들의 발악은 극도에 달하여도 우리의 전진은 순간도 멈춰세울수 없다. 우리는 70일전투의 승리로 만리마를 타고 더 기세차게 나래쳐 오를것이며 원쑤들의 간악한 제재와 봉쇄의 포위망에 결정적 파렬구를 내고 최후승리를 위한 기적과 비약의 도약대를 자랑스럽게 마련할것이다.[32]

이 정론에 의하면 '만리마'는 속도가 아니라 외부의 봉쇄·압박과 대결할 수 있는 정신의 힘이다. 만리마는 '평온한 날'이 아니라 '준엄한 날'에 탄생했다. 만리마가 탄생한 현재는 '시련의 눈보라 속'에 있으며, 이 눈보라를 뚫고 나가기 위해 필요한 것은 '전진'이다. '기적과 비약의 도약대'는 북한이 만리마에게 기대하는 명징한 도정인 것이다.

조선로동당 제7차대회가 열린 뜻깊은 2016년의 70일전투와 200일전투, 이는 사회주의조선을 허물어보려는 적대세력들과의 치렬한 대결전이였으며 력사에 그 류례를 찾아볼수 없는 제국주의자들과 그 추종세력들의 끈질긴 제재와 고립압살책동속에서도 세인을 경탄케 하는 경이적인 사변들을 다계단으로, 련발적으로 창출한 거창한 창조대전이였다.
전민이 결사의 각오로 떨쳐나선 이 거창한 창조대전에서 공화국의 군대와 인민은 경애하는 원수님께서 안겨주신 굴함없는 공격정신과 자강력제일주의를 최대한으로 발양하여 최악의

---

32. (정론)「70일전투의 승리자가 되자」,『로동신문』, 2016. 2. 25.

역경속에서 세인을 놀래우는 만리마신화를 창조하였으며 계속
전진, 계속혁신의 불길드높이 만리마의 새시대를 탄생시켰다.[33]

천리마운동이 사회주의 개조 완성을 선포한 4차 당 대회에 앞서 일어
난 총동원이었다면, 만리마의 발명과 표상은 7차 당 대회와 관련되어 있
다. 만리마는 천리마를 모델로 하지만 증산운동에 그치지 않는다. 수많
은 파생 어휘 가운데 대표적인 것을 꼽으면 만리마시대, 만리마속도, 만
리마기수 등이다. 이들은 사회주의 문명강국의 시대, 과학기술을 바탕으
로 하는 증산, 지식경제의 담당자를 내포하는 기표들이다.

따라서 천리마가 생산의 속도라면, 만리마는 정신력으로 창조하는 자
력자강의 힘의 크기가 된다. 대북제재 속에서 자신들의 기술과 물자로
이룬 만리마시대의 산물로는 지하전동차, 과학기술전당, 광명성-4호 등
이 꼽힌다. 이는 또한 "지금 내 마음은/ 우리의 위성과 함께 우주에 날
아올라 지구를 본다/ 나날이 더욱 강해지는 조선의 막강한 힘"[34]의 속도
이며, "우리의《화성-14》형이/ 오, 만리창공으로 솟구쳐오를 때!"[35]의 속
도이다. 그래서 "김철의 평범한 녀인"도 "제재와 압살의 면상을 후려칠/
자강력의 강철주먹"으로 "주체철로 만리마시대를 떠받들/ 나는 나라의
맏며느리"로서 "돌마대 지고" 건설장을 내달린다.[36]

또한 만리마의 속도감각은 로케트가 상징하는 힘의 감각이다. 대륙간
탄도로케트 '북극성'과 '화성'은 동북아시아 변방, 봉쇄와 제재 구역을
벗어나 우주로 치솟는 속도의 환유이다. 이러한 속도 감각은 김정은 시
대의 특징이다. 핵무력 완성 시기의 문학적 상상력은 우주적 시선으로

33. 원주철, 앞의 책, 8-9쪽.
34. 류명호, 「조선의 이름을 지도에서만 찾지 말라!」, 『조선문학』, 2016. 4, 45쪽.
35. 박현철, 「나는 아름다운 행성을 본다」, 『조선문학』, 2017. 9, 52쪽.
36. 권승희, 「김철녀인」, 『조선문학』, 2017. 7, 77쪽.

지구를 조망하면서 북한의 지역적 영역성(territoriality)을 벗어난다. 우주적 시선은 제재와 압박으로 북한을 봉쇄하는 강대국들도 주변화하는 힘이 있다. 우주는 북한과 세계를 지구의 거주자라는 점에서 동등한 관계를 표상하기 때문이다.

> 만리마시대의 새로운 진군속도는 사회주의강국건설의 높은 목표를 점령하기 위한 전인민적인 대진군속도이며 불굴의 정신력과 과학기술력을 정수로 하는 자강력을 원동력으로 하여 창조되는 속도이다. (중략) 백두산대국의 민족적자존심을 가지고 단숨에 세계를 딛고 오르려는 조선의 과감한 결단이며 그 장엄한 힘의 분출인 만리마속도창조의 불길은 사회주의강국건설의 모든 전역에서 세차게 타번지며 최상, 최대의 성과들을 다발적으로, 련발적으로 이루어내고 있다.[37]

만리마는 사회주의강국건설의 높은 목표를 향해 달리는 증산의 속도이지만, 불굴의 정신력과 과학기술력을 정수로 하는 자강력을 원동력으로 한다. 이는 "세계를 딛고 오르려는" 국력에 대한 의지라고 할 수 있다.

만리마는 과학기술을 바탕으로 하는 목표점이 '세계화'라는 점에서 이전의 속도 담론과 다른 욕망을 내포하고 있다. 김정은이 7차 당 대회 사업총화보고에서 빈번하게 사용한 단어 중 하나는 '세계'였다. 세계적인 강국, 세계정치무대에서 권위와 영향력을 당당히 행사하는 국가, 세계 평화와 인류의 안전, 세계적인 모범의 창조, 모든 분야에서 세계를

---

37. 원주철, 앞의 책, 15, 18쪽.

앞서 나가는 것 등등 설계도의 기준은 '세계'였다. 세계 강대국의 평판과 인정을 중시하면서 자국의 명예와 자존을 지키고자 하는 욕구가 곳곳에 드러나 있었다.

이 같은 '세계' 인식은 2016년부터 경제선동, 온갖 경축음악회의 단골 레퍼토리였던 가요 〈우리는 만리마기수〉에도 분명히 나타나 있다. 1절의 핵심은 "자기 힘을 믿고 만난 헤쳐가는 우리들은 만리마기수"라는 자강의 확인이다. 2절은 "혁신으로 증산으로 기적"과 "과학기술나래 활짝 펴고 날아"가는 이상향의 천명이다. 그리고 3절에 오면 만리마로 전진한 "사회주의 승리"가 "온 세계를 앞서가리라"는 것이 최종 목표임을 보여준다.

4. 만리마의 도약 속도, 자강의 중층 이미지

김정일이 체제 보존을 위해 선택했던 것이 '우리식 사회주의'였다면, 김정은은 '우리 것'으로 대표되는 문명과 '우리 힘'이라는 자강에 집중한다. 자강력이라는 말은 2015년 말부터 본격적으로 언급되었으며 자강력제일주의는 2016년 신년사에서 등장하였다. 자강력제일주의는 모든 역량을 총동원하는 전투형식의 속도전을 수단으로 활용하여 기술과 설비의 현대화, 과학화, 국산화를 추진하는 것이다.[38] 과학기술을 통한 생산과정의 현대화와 국산화를 기반으로 하는 자강력제일주의는 이전 시대의 '자력갱생'과 '간고분투'의 김정은 버전이다.

7차 당 대회 사업총화보고에서 자강력제일주의는 "자체의 힘과 기

---

38. 이우정, 「자강력제일주의 관련 북한의 보도동향」, 『KDI 북한경제리뷰』, 2017. 2, 82쪽.

술, 자원에 의거하여 주체적력량을 강화하고 자기의 앞길을 개척해나가는 혁명정신"[39]으로 정의된 바 있다. 사회주의강국건설을 위한 과학기술강국에 필요한 것은 '인재'였다. 인재는 국가 경제를 현대화, 정보화하여 '지식경제시대'를 선도할 역군이기에 특히 중시되었다. 교육자, 과학자들이 려명거리의 '궁궐같은 집'에 입주한 것은 국가의 교육과 인재 중시를 보여주는 전시였다. 즉 사회주의강국건설을 위한 추동력으로 자강력제일주의를 내세웠으며, 이의 목표가 되는 과학기술강국이나 문명강국 등은 인재양성과 교육의 강조로 이어졌다. "자기의것에 대한 믿음과 애착, 자기의것에 대한 긍지와 자부심을 가지고 강성국가건설대업과 인민의 아름다운 꿈과 리상을 반드시 우리의 힘, 우리의 기술, 우리의 자원으로 이룩하여야 합니다"[40]라는 2016년 신년사 기조는 자강력제일주의와 인재양성, 과학기술의 현대화와 국산화 등을 중심으로 7차 당 대회와 현재에 이르기까지 모든 분야에 걸쳐 작동중이다.

"저 하늘엔 우리의 비행기 날고/ 땅밑엔 우리의 전동차가 달리고/ 바다에서도/ 우리가 기른 철갑상어와 연어떼가/ 인민을 찾아오는 번영의 시대"[41]를 꿈꾸고 "우리 자원 우리 기술 우리 힘으로/ 제국주의봉쇄환도 산산이 부셔버릴/ 이 기상"[42]은 김정은이 내세우는 '자력자강'의 구체적인 모습이다. 7차 당 대회를 기념하여 만들어 자강력의 상징이 된 '새형의 뜨락또르'는 "우리 손으로 만든것이여서/ 다른것이 섞이지 않은 조선의것이여서" 중요하게 취급되었다. 자강력제일주의는 "자강력은 곧 생명이고/ 자강력은 그대로 사회주의"[43]로 강조되었다.

---

39. 김정은, 앞의 보고.
40. 김정은, 「신년사」, 『로동신문』, 2016. 1. 1.
41. 장명길, 「사랑하노라 우리의 것!」, 『조선문학』, 2016. 2, 36쪽.
42. 김경석, 「쇠물과 신념」, 『조선문학』, 2016. 3, 31쪽.
43. 엄정호, 「5월이 전하는 이야기」, 『조선문학』, 2016. 8, 11쪽.

예컨대 "백프로 우리의것/ 우리의 지혜로 만든 저 합성탑"은 "자력자강의 옥동자"[44]이다. 최첨단의 돌파구를 여는 과학자들은 '현대판 홍길동'으로 불리며, "기쁨폭포 웃음폭포 어깨춤도 절로 나니/ 옹헤야 어절씨구 옹헤야/ 이 세상에 제힘이 제일이야/ 자강력옹헤야"[45] 노래하는 미래를 꿈꾼다. 만리마시대에는 "우리 손으로 만든 설비에서/ 다른 나라의 사탕무우가 아닌/ 우리의 원료 강냉이에서 뽑은 당"[46] '주체당'도 자강력의 결실로 노래되었다.

자강력을 보여주는 물질문명 가운데 가장 상징적인 성과는 '려명거리'였다. 려명거리는 2016년 4월에 착공하여 김일성 생일 직전인 2017년 4월 13일에 준공식을 했다. 함북도 수해복구 때 잠시 중단되기는 했지만 1년 사이에 완공함으로써 "당의 부름이라면 산도 떠옮기고 바다도 메우는 우리 군대와 인민의 불굴의 정신력과 자력자강의 무궁무진한 힘에 떠받들려 솟아난 만리마시대의 자랑찬 창조물"[47]이자 "극악한 제재소동으로 광분하는 속에서 이전의 거리들보다 비할바없이 거대한 려명거리를 자체의 힘과 기술, 자재로 건설"[48]한 성과로 의미화되었다. 려명거리는 5차 핵실험 이후의 대북제재 결의[49]에도 불구하고 자체의 힘으

44. 김남호, 「탄생」, (시초)「자강력 옹헤야-위대한 헌신의 자욱을 따라서」, 『조선문학』, 2016. 12, 25쪽.
45. 김남호, 「자강력옹헤야」, (시초)「자강력 옹헤야-위대한 헌신의 자욱을 따라서」, 『조선문학』, 2016. 12, 28쪽.
46. 장미, 「우리의 원료」, (시묶음)「이 땅은 사랑으로 뜨겁다-위대한 헌신의 자욱을 따라서」, 『조선문학』, 2016. 11, 4쪽.
47. 「자력자강의 사회주의강국건설대전에서 쟁취한 자랑스러운 대승리, 전인민적인 대경사 경애하는 최고령도자 김정은 동지를 모시고 려명거리 준공식 성대히 진행」, 『로동신문』, 2017. 4. 14.
48. 「려명거리가 훌륭히 완공-불굴의 정신력, 자력자강의 창조물」, 『조선신보』, 2017. 4. 19.
49. 5차 핵실험(2016. 9. 9) 이후 채택된 대북제재 결의안 2321호는 4차 핵실험(2016. 1. 6) 이후 3월에 채택된 2270호를 보완하며, 석탄수출 상한 규정, 광물 수출금지 품목 증가 등 자금원 차단 세부 조치가 강화되었다. 「대북제재결의 2321호 주요내용」, 『연합신문』 2016. 11. 30.

로 번영하는 모습을 상징적으로 보여주는 성과였다. 이때 대북제재 결의는 "우리 강토 남쪽에서/ 핵전쟁의 구름을 몰아오고"있는 것으로 묘사되었다. 시는 "철갑모 대신 안전모 쓰고/ 병사들은 참호 대신 건설장에서" 응전하면서 "우리가 일떠세운 이 초고층살림집들은/ 너희들을 겨냥한/ 《대형중장거리 탄도로케트》들이다"[50]라고 명시하며, 려명거리 건설이 평화옹호의 의지라고 거듭 강조하였다.

김정은의 속도전과 자강력제일주의의 상징인 '려명거리'는 『조선문학』 2017년 5호부터 대대적으로 표상되었다. 화려한 외양과 초고층으로 문명의 높이를 압도하는 려명거리는 "신화적인 건설속도를 창조하는 시대"의 상징이자 "원쑤들의 발악적인 제재와 압살책동"[51]에도 천만군민이 뭉쳐 진군한 성과였다. 대북제재를 결의한 제국주의자들이 "고층건물에 들어간 강재의 톤수며/ 세멘트와 목재의 립방수를/ 편차없이 계산하느라 애쓰겠지"라고 조롱하며, "아이들의 랑랑한 노래소리"를 길이로 잴 수 없듯이 "인민의 지상락원 려명거리의 무게는/ 자본주의의 저울로 달 수 없거니" 자랑한다. "수령이 결심하면 실천이 되고/ 인민이 꿈을 꾸면 현실로 되는" 이 '신비한 힘'이 자강력이라고 선언하는 것이다.[52]

만리마는 자강력제일주의와 함께 노력동원의 기본인 증산, 세계화를 복합적으로 내포한다. '백두산영웅청년3호발전소'가 완공되자, "백두산영웅청년대오"들은 '백두청춘' '영웅청년'으로 호명되었다. 이들의 영웅적 모습은 "갑자기 강추위가 들이닥친 밤/ 방금 친 타입면이 얼가봐/ 입고 있던 솜옷마저 벗어 덮어주던 모습들/ 비록 한장 사진에조차 남기지 않았어도/ 백두언제에 길이 남을 청춘의 군상"[53]으로 노래되지만, 7차 당

---

50. 백리향, 「누가 평화를 원하는가」, 『조선문학』, 2016. 9, 11쪽.
51. 김목란, 「우리에겐 려명거리가 있다」, 『조선문학』, 2017. 5, 5쪽.
52. 차명철, 「려명거리의 선언」, 『조선문학』, 2017. 6, 30쪽.

대회가 제시한 '첨단과학' '지식경제'의 모습과는 거리가 먼 자기희생의 반복이었다. 그럼에도 여전히 아날로그적 투지는 자력자강의 기본 형질로 전유되었다.

또한 첨단과학, 지식경제의 화두에도 불구하고 생산현장은 '속도창조'에 머물러 있었다. "탄전에 지펴올린 증산의 불길"을 "5개년전략의 화살표따라"[54] 가는 탄부들에게 '만리마속도'는 기존의 증산경쟁과 변별되지 않았다. '만리마'가 김정은 시대의 상징이 되려면, 만리마시대를 특징할 수 있는 전형과 속도의 변별성이 필요한 상황이었다. 그러나 2016년 말까지 만리마 속도로 일컬어지는 증산은 1950~60년대처럼 탄전의 증산이었다. 이어 2017년 1월에는 김정은 시대의 새로운 시대정신, 만리마시대를 위한 본보기정신으로 '강원도정신'이 강조되었다. 자력자강으로 난관을 돌파한 강원도정신의 상징으로 대두된 것이 '원산군민발전소'였다. "피줄처럼 뻗어간/ 저 은빛고압선에 실어" 보내는 "생산정상화의 동음"[55]은 자력자강의 신념과 성과로서 노래되었다. 그러나 시대의 전형과 대중적 동원운동이 되기에는 최첨단과학기술과 지식경제 개념이 부재하는 모순이 생기게 되었다.

쇳물은/ 심장으로만 끓이는것이 아니였다/ 과학의 힘으로 끓이는/ 바로 그것이 쇳물이였다// 정녕 과학이란/ 용해공 나와 동떨어진/ 신비한 세계가 아니였다/ 자력자강을 생명으로 하는 오늘날// 만리마시대의 과학기술은/ 어제날보다 더 가까이 내곁에 있었다/ 내 끓여야 할 쇳물에 있었다// 우리 원수님

53. 김설향, 「우리는 서두수를 길들였다」, (시초)「청춘은 백두산과 함께 빛난다」, 『조선문학』, 2016. 8, 61쪽.
54. 리신환, 「불길이 타번진다」, 『조선문학』, 2016. 11, 55쪽.
55. 전성철, 「별무리 흐르는 이밤에」, 『조선문학』, 2017. 3, 7쪽.

천리혜안으로 밝혀주신/ 사회주의강국건설의 창창한 앞날은/
과학기술이자 쇠물, 쇠물이자 나/ 떨어져선 살수 없는 미래의
쇠물로 통하는/ 한피줄 이은 형제처럼 나란히 세워주었다

-리영봉, 「과학과 나」 전문(『조선문학』, 2017. 5)

이 시가 수록된 지면에는 "만리마의 고삐를 혁명적락관에 넘친/ 탄부
들이 든든히 쥐고"[56] "5개년전략의 령마루에/ 더 높은 강철산을 쌓아가
자고/ 용해장이 나를 부르는"[57] 종소리에 새 힘이 용솟음친다는 시들이
함께 실렸다. 어쩌면 리영봉이 말하는 것처럼, 과학은 쇠물을 끓이던 용
해공과는 동떨어진 신비한 세계일 것이다. 시인들은 만리마시대의 과학
기술과 용해장을 어떻게 연결해야 하는지 불명확했던 것으로 보인다. 만
리마의 기표들은 있으나 기의가 부재한 것이다. 더불어 과학과 쇠물을
일치시키고 과학이 미래의 쇠물이라는 결론은 과학을 어떻게든 표상해
야 한다는 압박감을 드러낸다. "비날론-/ 누에고치-/ 그 창조물들이/
자기 이름처럼 불리우게 한/ 그들처럼 오, 그들처럼"[58] 창조물을 발명하
여 만리마시대의 연구성과로 부응하라는 요구는 모호성을 더할 뿐이다.

「과학과 나」에서처럼 '심장'으로 쇠물을 끓이던 과거의 용해공은 노동
에의 열정과 육체적 힘만으로 성취를 이룰 수 있었다. 그러나 과학으로
도약할 것이 요구된 만리마시대에 그들이 창조해야 할 비날론, 누에고치
와 같은 창조물들은 오히려 만리마의 이미지를 구호적으로 나열하게 한
다. 이 같은 강박은 북한 사회가 건설하고자 하는 미래의 청사진을 구현
하기 위해서는 과학기술과 지식경제의 전환이 필수적인 요건임을 역설

56. 양치성, 「탄이 쏟아질 때」, 『조선문학』, 2017. 5, 50쪽.
57. 문선건, 「새벽녘의 출강종소리」, 『조선문학』, 2017. 5, 51쪽.
58. 김명성, 「조국이 부르게 인민이 알게」, 『조선문학』, 2017. 5, 64쪽.

적으로 보여준다.

자강력의 속도이자 과학강국건설로 도약하는 만리마가 문학적으로 성공하기 위해서는 어떻게든 전형을 창출해야 했다. 과학과 자강, 국산화와 세계화를 담당하고, 자력자강의 정신력으로 무장한 그러한 주인공은 우선 '만리마기수'라 부를 수 있다. 다음 장에서는 시대의 주인공으로 만리마기수가 형상화되는 과정을 고찰해보고자 한다.

5. 시대의 주인공, 만리마기수 형상 문제

자력자강의 만리마, 기적의 만리마를 타는 주인공은 우선 증산과 건설의 담당자들로 형상되었다. "청년들을 사랑하라/ 청년중시를/ 국사중의 제일국사로 내세우신/ 수령님들의 높은 뜻을 더 활짝 꽃피우"[59]는 시대의 주인공은 "기적의 만리마"를 타는 "영웅청년신화의 창조자들"이자 "천길땅속 지하의 전초병들"이다.[60] "자주의 핵강국/ 양양한 청년강국"에서 "자력자강의 만리마를 타고"[61] 사회주의 강국의 건설과 승리를 노래할 때, 그 시대의 중심에 '청년'들이 있었다. 7차 당 대회는 '전민과학기술인재화'를 통해 "사회의 모든 성원들을 대학졸업정도의 지식을 소유한 지식형근로자"[62] 육성을 계획했다.

만리마시대의 인재는 "빠다"로 환유되는 외국의 지식이 아니라 김일성종합대학에서 성장한 "사회주의자가 낳은 수재들/ 당이 자래운 인재들// 우리 손으로 하늘에 띄운 위성처럼/ 우리의 피며 숨결이며 넋이 모

---

59. 오정로, 「내 나라는 청년강국」, 『조선문학』, 2016. 1, 10쪽.
60. 방명혁, 「폭풍치라 조국이여!」, 『조선문학』, 2016. 8, 3-4쪽.
61. 박정철, 「조선의 영광」, 『조선문학』, 2016. 8, 3쪽.
62. 김정은, 앞의 보고.

두 순수한 조선의것"으로 "우주의 높이에 올라선 사람들"[63]이다. 김일성 종합대학은 만리마시대가 요구하는 인재양성의 요람이었다. 인재들은 시대의 영웅이자 최첨단 지식과 기술의 보유자이다. 그러나 이들이 천리마기수처럼 만리마기수 전형으로 성공했는지는 의문이다. 만리마가 대중동원으로 성공하려면 삶 전체의 주제로 만리마의 내러티브를 확장해야 한다. 전형은 대중적으로 확산할 수 있는 설득력 있는 형상, 통속적으로 따라할 수 있는 구체적인 인물 형상이 되어야 대중운동의 모델이 될 수 있다. 과학자를 비롯하여 농업, 수산업, 공업, 광업, 관광산업에 이르는 모든 분야는 만리마를 타야 했다. 인재나 과학자는 영웅이 될 수 있지만, 문학적으로 만리마기수의 전형이 되는 것은 별개의 문제였다. 이 지점에서 북한 시의 고충이 있었을 것이다.

심재훈의 「딸의 고백」『조선문학』, 2017. 5은 "70일전투 200일전투에 이어/ 만리마선구자대회로 들끓는/ 시대의 보폭에 발걸음을 맞추며/ 한생 수리공으로 성실하게""한생 일밖에 모르던 아버지"가 자신의 생일도 잊고 밤낮으로 일하는 이야기이다. "일밖에 모르는 고지식한 아버지"를 "만리마시대의 혁신자"라고 "세상에서 제일 훌륭한 아버지"라고 호명하지만 '만리마시대'가 무엇을 요구하는지, 증산 외에 어떻게 호응해야 하는지 길을 잃은 모습이다. 어제의 천리마선구자가 공산주의적 도덕과 수령에의 충실성으로 목표량을 달성하는 노동영웅이라면, 만리마시대의 혁신자는 무엇에 대한 혁신인지 구체화되지 않았다.

"과학농사토론으로 불이 달려/ 초롱초롱 빛나던 눈동자들/ 과학기술보급실 창가엔/ 밤늦도록 불빛"을 밝히면서, "땅이 꺼지게 쌀산을 높이 쌓고/ 만리마선구자대회장에 떳떳이 들어서자"[64]고 다짐하는 시 또한

---

63. 백현숙, 「더 눈부신 래일로」, (련시)「한 위성과학자의 추억」, 『조선문학』, 2016. 10, 54쪽.
64. 리명호, 「농장벌의 봄」, 『조선문학』, 2017. 6, 51쪽.

마찬가지이다. '과학농사토론'이 첨단과학과 지식경제를 대변하고 높은 쌀산이 속도를 이야기하지만, 이는 오히려 만리마기수에 대한 형상적 부재를 역설한다.

만리마기수는 노력형 근로자로서 양적 성과를 초과하고, 지식형 근로자로서 '세계적 수준'에 오를 능력을 요구받았다. 당 대회 1년이 지난 시점에 대중운동의 모델이 될 수 있는 유형으로 금골광부가 등장했고, 그제서야 만리마기수는 선명한 이미지를 갖게 되었다. '자강력제일주의투사'인 만리마기수는 "자력자강의 사상과 신념을 뼈와 살로 삼고 삶과 투쟁의 무기로 틀어쥔 만리마선구자"[65]의 이름을 얻게 된 것이다.

> 그들의 피줄속에 흐른것은 위대한 당의 믿음/ 그들이 가슴속에 안고산것은 위대한 당의 사랑/ 그들이 명줄처럼 부여잡고 놓지 못한 것은/ 위대한 수령님들과 맺어진 정// 그들처럼 나아가면/ 시련과 난관의 암벽이 무엇이랴/ 만리마시대의 돌격투사들이여/ 금골의 착암기를 함께 틀어쥐자// 열다섯대의 착암기/ 열다섯발의 육탄이 되여/영웅신화를 창조한 금골소대원들의 모습/ 혁신과 비약의 거울로 세우자// 국산화와 자강력의 포성드높이/ 문명의 은하계 더 높이 치솟구고/ 금골착암기의 동음에 맞춘 전민대합창으로/ 제국주의 발악을 물거품으로 만들자// 오, 만리마선구자대회장으로 향한/ 전민총돌격전의 앞장에 선 금골이 부른다/ 고경찬영웅소대를 따라서/ 전민이 만리마기수되여 앞으로!
>
> ─최원찬, 「금골의 영웅소대따라 앞으로」 부분(『조선문학』, 2017. 8)

---

65. 「격동하는 만리마시대를 선도하는 명작창작열풍을 세차게 일으켜나가자」, 『문학신문』, 2017. 8. 26.

자력자강, 기술혁신, 증산을 모두 성취한 금골의 광부들은 '첫 만리마선구자'였다. 혈연처럼 이어진 당과 수령과의 관계를 토대로 만리마시대의 돌격투사들이 '육탄'이 되어 영웅신화를 창조하였다. "국산화와 자강력"을 보여주는 '금골착암기'를 발명함으로써 '고경찬소대'는 만리마기수로 호명될 수 있었다. '고경찬소대'는 이전 시기에 김일성·김정일의 상찬을 받았던 채광소대로서 김정은으로부터 '만리마시대의 새로운 신화'를 창조했다는 축하문을 받았다.[66] 청년의 열정을 지닌 숙련된 기술자이자 노동자였기에 가능한 성과였다. 경제강국건설을 위한 인민경제발전전략의 하나는 원료와 연료·설비의 국산화 실현에 있었다. 중공업과 경공업 전반에서 국산화를 실현하고, 거기에 생산력 증대까지 이루는 모범적인 사례는 7차 당 대회 이후 1년 여만의 성과였다. 금골의 광부들, 고경찬영웅소대는 "년간광물생산계획을 앞당겨끝내고" "첫 만리마선구자가 된 광부들"로서 "김일성-김정일로동계급의 기상"을 "석수 쏟아지는 지하에서도" "자력자강의 강자들 이야기"를 만들어냄으로써[67] 천리마선구자들을 계승한 것으로 선전되었다. 또한 "영웅중의 영웅!/ 애국자중의 애국자!/ 만리마기수선구자"에 "로케트"를 만드는 과학자[68]도 포함되었다.

> 진정 부러웠다/ 새로운 프로그람개발로/ 콤퓨터화면앞에서
> 한밤을 새우던 때조차/ 개척자 건설자의 자랑찬 부름이/ 조국
> 의 력사에 새겨지는 그들의 발자욱이// 내 그렇듯 지니고싶었
> 던/ 개척자의 긍지높은 부름도/ 건설자의 자랑높은 칭호도/ 최
> 첨단돌파전의 거세찬 열풍과 함께/ 이 가슴에 한가득 안겨졌

66. 「온 나라가 다 아는 고경찬영웅소대」, 『조선중앙통신』, 2017. 4. 27; 「만리마시대 첫 선구자작업반의 투쟁기풍과 일본새」, 『로동신문』, 2017. 5. 17.
67. 위명철, 「선구자들 이름으로 빛나는 년대」, 『조선문학』, 2017. 8, 51쪽.
68. 김옥남, 「나는 과학자의 딸이다」, 『조선문학』, 2017. 11, 60-61쪽.

나니// 오늘도 나는 자랑높이 서있다/ 두뇌전 기술전으로 세계
를 앞서나가는/ 조국의 거세찬 대진군길 앞장에/ 정보산업시
대의 1번수 되여

-김향일, 「부러워하라」 부분(『조선문학』, 2018. 1)

정보화, 기술전, 두뇌전 등은 모두 7차 당 대회 사업총화보고에서 김
정은이 세계를 앞서나가고 지식경제시대를 선도하기 위해 과학자와 기
술자들에게 요구했던 것이다. 이런 요구 사항들은 '산소열법용광로'의 성
공을 소재로 하는 시들처럼[69] 자강력의 신념과 환희로 노래되었지만 형
상의 구체성을 얻지는 못했다. 또한 기공구전시회에 전시된 "레이자검사
기"는 "전문공장 기성품은 아니여도/ 조합반동무들이 창안제작"한 것
으로 "정밀도나 편리성에서/ 이름난 외국제도 울고가겠소"라고 할 정도
로 우수한 성능을 보인다. 이런 창안품은 "소학교 딸애가 꼬마가위로 색
종이 오리듯/이 손에 잡히면 가로세로 척척 잘려/ 발전기 타빈날개가
된다/ 강철을 자르는 손!/ 이것이 우리 손이다"[70]와 같이 국산기술의 혁
신도 노래되었다. 일련의 시는 천리마시대 공작기계새끼치기운동의 만리
마시대 버전처럼 보인다.

그동안 형상되었던 노력집약형 노동자는 전시대의 돌격대와 유사하기
에 새로운 시대전형을 담기에는 부족하고, 지식집약형 과학자는 대중들
이 높은 상아탑을 넘기 어렵다. 금골광부 고경찬영웅소대는 노동자이면
서 기술혁신을 이루었기에 즉각 만리마기수로 호명될 수 있었다. 그러나
금골광부들과 같은 유형이 거듭 나오기는 힘들었다. 게다가 색종이 오
리듯이 기계를 깎아 혁신을 한다는 발상은 자구책은 될 수 있지만 7차

---

69. 권승희, 「붉은 화광」; 김무림, 「새벽노을이 불탈 때」; 김연, 「환희」, 『조선문학』, 2018. 2.
70. 김남호, 「대안의 손」, (시초)「대안시초」, 『조선문학』, 2018. 5, 75쪽.

당 대회가 도달하고자 하는 첨단과학기술과는 거리가 멀었다.

> 인물곱고 맘씨고운 우리 공장 옥별이/ 위성을 쏴올린 총각
> 신랑으로 맞는다고/ 온 동네 소문이 짜하더니/ 뻐스에서 내리
> 는 신랑감/ 낯익은 비료공장 총각 아닌가// ─아니 위성을 쏴
> 올린 총각이라더니?/ 녀인들 눈이 휘둥그래지는데/ 처녀의 어
> 머니 자랑스레 하는 말/ ─위성을 쏴올렸구말구요/ 흥남비료
> 수소정제탑을 자체로 만들어낸/ 소문난 청년이라오/ 자력갱생
> 기수로/ 만리마를 탄/ 끌끌한 내 사위감이라오
>
> ─송미숙, 「내 고향의 녀인들」 전문(『조선문학』, 2018. 5)

이 시는 인민적·통속적 측면에서 만리마기수를 구체화하고 있다. 시
적 표현이 자연스럽고 이입된 서사가 억지스럽지도 않다. 게다가 기계이
름이나 기술명이 난삽하게 섞여 있지도 않은 편이다. 비료공장에서 미사
일 연료를 생산하는 총각의 이야기는 국산화, 현대화, 첨단기술의 자력
자강이면서 핵-경제 병진의 사례이다. 위성 과학기술과 비료공장의 생
산공정을 결합하여 만리마가 함의하는 자강력을 자연스럽게 형상하고
있다.

북한 사회는 따라앞서기, 따라배우기운동, 경험교환운동을 통해 고경
찬영웅소대 투쟁기풍을 본받자는 목소리를 높이며 만리마기수 배출에
역점을 두어왔다. 그럼에도 시대의 전형 창조는 답보 상태였다. 위성과학
자는 시대의 영웅이 될 수는 있으나 누구나 따라배울 수 있는 대중운동
의 모델이 되기는 어렵다. 금골광부는 전통적인 노동영웅과 기술혁신을
결합한 성공적인 유형이었으나 이 또한 다수의 유형으로 양산되지 못했
다. 영웅청년들은 돌격대로서 양적 노동은 가능하나 기술적 혁신을 성

취하기에는 미숙한 형편이었다. 반면에 기술적 숙련도가 높은 금골광부처럼 증산, 기술 창안에 과학을 접목하는 것이 가능하지만 이 같은 경지에 오르는 것은 쉽지 않았다. 이 같은 난항은 만리마선구자대회가 무산되는 데 영향을 끼쳤을 것이다.

이때 문제적인 것은 만리마기수 전형 만들기가 예상 외로 부진한 상태에서 만리마시대의 이름으로 성취된 성과들이 생산물이나 장소로 호명된 점이었다. 전형이 될 수 있는 기수가 부재하는 가운데 '만리마의 나래치는 곳'이 만리마시대의 특징을 담게 되었다. "우량품종재배, 종자개량, 새 농약…/ 보다 풍성한 래일을 불러/ 너는 과학기술의 나래 한껏 펼"쳐 "원쑤들의 미친 압살망상도/ 쓰레기로 내던지며/ 창조의 열정으로 내닫는/ 너는 청춘과원에 펼친 만리마의 나래!"[71]는 "우리의 학습장을 넣은 우리의 가방을 메고/ 학교길 걷는 우리 아이들 얼굴엔/ 구김살 없는 밝은 웃음이 피여나고/ 현대화의 공장 멋진 자동흐름선들에 실려/ 우리의 상표를 단 훌륭한 제품들은/ 폭포처럼 장쾌히도 쏟아"[72]지는 그런 나라를 만든다. '천리마-804호', '새형의 화물자동차 승리'는 천리마를 계승한 '만리마의 나래'로 노래되었다.

천리마기수 전형은 특별한 성과를 낸 개인을 노동영웅으로 호명하고, 그들에 대한 스토리텔링이 대중운동으로 순환되는 시스템이었다. 그러나 만리마기수는 개인보다는 집단 유형에 가까웠다. 고경찬영웅소대, 위성과학자는 만리마기수로서 개인의 위훈이 부각된 경우였지만 천리마시대의 길확실, 리명원처럼 개별자는 아니었다. 고경찬영웅소대는 고경찬 개인이 아니라 '소대원들'을 포함한 집단이며, 위성과학자는 익명의 과학자집단이다. 또한 단천발전소, 함흥모방직공장, 개천지구탄광련합기업소,

71. 김남호, 「과학의 나래펼친 집」, 『조선문학』, 2018. 1, 71쪽.
72. 백은철, 「내 조국의 발걸음소리」, 『조선문학』, 2018. 1, 77쪽.

남흥청년화학련합기업소와 같이 생산과 건설 현장을 '만리마가 나래치는 곳'으로 호명함으로써 집단을 유형화하였다. 자력자강의 기념비 려명거리를 비롯해 현대화된 공장들, 삼천메기공장, 평양체육기자재공장, 대동강주사기공장, 평양가방공장, 김정숙평양제사공장로동자합숙, 류경김치공장, 치과위생용품공장 등은 "만리마를 타고 세계를 향해 나래치는 공화국의 기상"[73]으로 외화되었다. 만리마기수는 개별 전형으로 형상되는 데 실패했다고 해도 과언이 아니다. 시대를 대표할 전형 대신에 집단, 일터, 생산현장, 생산물이 '만리마'의 표상 범주로 전환됨으로써 만리마 시대의 대표 형질을 담게 되었다. 만리마는 개별적인 노동영웅이 아니라 집단적인 운동의 기세로 흘러갔다. 이는 기존의 전형 논의에서 일탈하는 현상이다.

　동시에 만리마의 여정은 사회주의 문명국 건설로 형상되었다. '봄향기' 화장품, '민들레' 학습장, '소나무' 책가방이 만리마의 내러티브로 형상될 때는 현재의 성과에 대한 자긍과 기쁨을 보여준다. 발전의 기대지평은 세계 수준에 두었으며, 일상의 편의와 윤택을 보여주는 산물들은 사회주의 문명국 건설의 원동력이자 고양된 성취감으로 나타났다. "최첨단의 세계"에 있는 과학자는 "평범한 사람들과 다를바 없"는 손을 가지고 있지만 "무한대의 정신력"으로 "사회주의경제건설의 맨 앞장에"서 "아름다운 평화와 부강한 미래를 위해"[74] 창조하는 손을 가지고 있는 존재이다. 익명의 과학자는 2018년의 일상으로 스며들고 있다. 이들이 과학을 통해 얻고자 하는 것은 평화와 부강이다.

---

73. 원주철, 앞의 책, 40쪽.
74. 렴형미, 「과학자의 손」, 『조선문학』, 2018. 8, 40쪽.

6. 만리마 표상의 미래

7차 당 대회는 토픽의 토양이자 주제의 저장소로 작동하면서 북한 시에도 영향력을 투사하였다. 이 글에서는 만리마를 키워드로 하여 당 대회 이후 급격히 부상한 만리마시대, 만리마의 속도, 만리마의 주인공 등이 북한 시에서 어떻게 표상되는지 살펴보았다.

첨단과학기술과 지식경제의 세계적 수준을 열망하는 북한이 당 대회를 통해 시대담론으로 상징한 것은 만리마였다. 만리마와 만리마기수는 자강을 바탕으로 새것과 혁신으로 가는 길이었다. 침체를 쓸어버리고 명작을 쏟아내라는 만리마시대의 요구에 북한 시가 어느 정도 부응했는지 정확히 계산할 수는 없다. 새것과 혁신의 요구는 북한 시의 형식에서 약간의 변화를 가져왔다. 그러나 시에서의 쇄신은 느리고 소극적이어서 양적으로 뚜렷한 성과는 아직 보기 어려운 정도이다. 내용의 측면에서 시대의 전형적 이미지를 성과적으로 그려내는 것이 관건이었다.

자강력의 주인공으로 만리마기수가 전형화에 성공하려면 기존과 다른 새로움이 필요했다. 만리마는 천리마를 계승했다고 하지만 천리마처럼 명쾌한 속도담론은 아니었다. 봉쇄와 제재에 맞서는 자강력이란 단지 증산경쟁과 같이 양적으로 판단되지 않았다. 게다가 만리마의 내러티브가 세계성의 기획에 호응할 수 있느냐의 문제가 대두될 수 있다. 만리마의 개념은 정신력이나 자강력과 같이 '힘'에 경사된 추상의 속도였다. 이와 더불어 만리마기수의 전형화도 난항이었다. 과학기술의 국산화와 현대화를 대중운동으로 확산하기에는 진입장벽이 높았기 때문이다. 위성과학자와 금골광부는 만리마시대의 영웅이 되었지만 대중운동의 모델이자 전형이 되기는 어려웠다.

2017년 11월 30일 핵무력완성 선언 이후 국력은 핵무력이 아니라 인민생활경제의 수준으로 측정되었다. 북한의 경제, 사회 구조 변화는 개별적인 노동영웅을 탄생시키고 이를 따라배우게 추동하던 사이클에도 변화를 가져왔다. 만리마기수가 개별 노동영웅이 아니라 노동공간과 생산물로 복합되는 장소성이 되는 양상은 현실에서 개인이 우세하게 된 시대변화를 반증한다. 개인 노동영웅을 전형으로 내세우지 않는(혹은 실패한) 만리마는 북한이 지향하는 미래 사회 내지 현재의 북한을 반영한다.

만리마는 경제건설에 총력을 기울이겠다는 2018년에도 여전히 경제선동의 앞장에서 날고 있지만, 시적 형상화의 정도는 급격히 떨어졌다. 그럼에도 만리마는 현재를 대표하는 속도담론임은 자명하다. 만리마기수가 시대의 주인공인 것도 선언적이고 명시적인 시에서 분명히 언급되고 있다. 그러나 전형으로서의 형상화는 조금 더 관찰이 필요하다. 자강력과 과학기술, 새것의 혁신으로 대표되는 만리마기수의 전형적 형질은 여전히 모호하기 때문이다. 전형 표상의 모호성은 만리마가 지닌 '인간이 지각할 수 없는 속도'에 기인한다. 아리스토텔레스는 『시학』 제7장에서 "미는 크기와 질서의 문제이다(Beauty is a matter of size and order)"[75]라고 규정하면서, 터무니없이 작거나 큰 것은 미적이지 않다고 한 바 있다. 1,000마일 길이의 생물은 너무 커서 미적으로 인식할 수 없듯이, 94분 동안 지구 한 바퀴를 돌 수 있는 만리마의 속도는 지각의 범주를 벗어나 있다.

개별 영웅을 만리마기수 전형으로 만들지 못한 대신에 집단, 일터, 생산현장, 생산물이 '만리마'의 표상 범주로 전환되었다. 대안으로 등장한 공간 지표들은 '기적과 비약의 도약대'를 보여준다. 만리마의 여정이 사회주의 문명강국 건설로 형상되고, 이 과정에서 성취한 산물들, 성취를

---

75. Aristotle, 1988, *On Poetry and Style*, trans. G.M.A. Grube, Hackett Pub. Co., 16쪽.

고양하는 공간이 만리마시대의 대표 형질을 담게 되었다. 만리마는 개별적인 노동영웅이 아니라 집단적인 운동의 기세로 흘러간 것이다. 북한문학이 지금까지 창조해온 전형과는 다른 양태가 된 것이다. 따라서 북한 문학예술의 창작 실천들과 방법론 논의들이 앞으로 어떻게 흐를지 지켜볼 필요가 있다. 지금까지 살펴본 만리마의 표상이 향후 어떻게 변화할 것인지, 이 변화의 도정에서 북한문학이 시대를 대표할 전형을 어떻게 창조해낼 것인지가 주목되는 것이다.

'체제의 목소리'의 대변인적 재현[1]

오태호(경희대학교)

1. 사회주의 강국 건설에 대한 기대

본고는 2017년 상반기 『조선문학』(1~6호)을 중심으로 김정일 사후[2011] 애도 정국 속에 '김정일 애국주의'를 강조하던 북한문학의 표상이 점차 김정은의 지도력 예찬과 인민 사랑으로 방점이 옮겨가고 있음을 분석하고자 한다. 2017년 상반기는 2016년 7차 당 대회 이후 '핵-경제 병진노선'의 강조 속에 2017년 11월 29일 신형 ICBM급 화성-15형을 시험 발사하면서 '핵무력 완성'을 선언하기 이전까지 북한문학의 최근 동향을 확인할 수 있는 시공간에 해당한다. 따라서 이 시기를 살펴보는 것은 2018년 4월 말 남북 정상회담과 5월 말 북미 정상회담을 앞둔 시점에서 북한 체제의 현재를 문학적으로 검토함으로써 한반도 분단 체제의 질곡을 극복할 계기를 마련해 줄 것으로 기대된다.

주지하다시피 북한문학은 '수령형상문학'을 전면에 내세운다. 사회주의 사실주의 작품이 모토로 내건 '당성, 계급성, 인민성'을 밑바탕에 깔고는 있지만, '주체사상'의 강조는 '주체사실주의'로 이어져, '항일혁명문

---

[1] 이 글은 「최근 『조선문학』(2017년 1~6호)을 통해 본 김정은 시대 북한 시의 고찰-'만리마 시대'의 사회주의 강국 건설 지향」(『한민족문화연구』 제61집, 한민족문화학회, 2018. 3)을 단행본 취지에 걸맞게 수정 보완한 것이다.

학'을 강조한 이래로 '김일성 가계'에 대한 찬양이 주류를 이루는 문학 풍토는 여전히 2017년도에도 '북한문학'을 장악하고 있다. 북한은 '김일성＝김정일⇒김정은'으로 이어지는 3대 세습이 정착되고 있는 나라로서 '수령-당-인민'의 위계와 삼위일체적 결속이 강조되는 사회인 것이다.

김정일 사후[2011] 김정은 시대[2]의 출발을 알리는 2012년 이래로 현재에 이르기까지 북한문학은 '강성대국 건설'과 함께 '인민생활 향상'을 주제로 한 작품들이 등장하면서 '김정일 애국주의'와 '김정은의 인민 사랑'이 문학적 주제로 강조된다. 김정은 시대 초기에는 '핵-경제' 병진노선의 유지 속에 김정일의 사망에 대한 애도와 안정적 세습 구도가 우선시되면서 '최첨단시대의 돌파'가 시대적 과제로 대두되고 있었던 셈이다.[3] 특히 2016년 5월에 열린 7차 당 대회를 전후하면서부터는 더욱더 사회주의 체제 유지를 선전하는 당문학적 전통이 노골적으로 강제되고 있다.[4]

김정은 시대의 북한 시에 관한 연구를 일별해보면, 먼저 이지순은 김정일의 사망에 대한 추모와 애도 작업에 이은 '구원의 코드'가 김정은 시대의 출발에 해당한다[5]면서, 김정은의 '발걸음 이미지'가 '김일성＝김

---

2. 북한 사회 연구자들은 김정일 사망(2011. 12. 17) 이후 김정은이 권력을 승계하면서 2012년부터 현재에 이르기까지를 '김정은 시대' 혹은 '김정은 체제'로 표현하고 있다. 대표적으로 북한연구학회에서 주관한 2012 동계학술회의 자료집 「전환기 한반도 정치경제의 동학: 구상·정책·실천」에서는 기획패널 2(북한의 국가성격과 김정은 체제)와 기획패널 3(김정은 체제의 문학예술 변화 전망)에서 발표자 6명의 논문들이 '김정은 체제'와 '김정은 시대'라는 표현을 혼용하고 있다(북한연구학회, 「전환기 한반도 정치경제의 동학: 구상·정책·실천」, 2012 동계학술회의, 2012. 12. 7). 본고는 김정은 유일 집권 체제가 안정화되고 있다는 판단 속에 '김정은 시대'로 명명하여 논의를 진행하고자 한다.

3. 김성수, 「김정은 시대 초의 북한문학 동향: 2010~2012년 『조선문학』, 『문학신문』 분석을 중심으로」, 『민족문학사연구』 50집, 민족문학사학회, 2012. 12, 481~513쪽; 오태호, 「김정은 시대 북한단편소설의 향방: 김정일 애국주의의 추구와 최첨단시대의 돌파」, 『국제한인문학연구』 12집, 국제한인문학회, 2013. 8, 160~196쪽; 박태상, 「김정은 집권 3년, 북한 소설문학의 특성-2012년 1월부터 2014년 12월까지 『조선문학』 발표작품을 대상으로」, 『국제한인문학연구』 16집, 국제한인문학회, 2015. 8, 52~91쪽 등 참조.

4. 김성수, 「당문학의 전통과 7차 당 대회 전후의 북한문학 비판」, 『상허학보』 47집, 상허학회, 2017. 2, 383~415쪽.

정일과 연관된 이미지'로서 '군민일체와 일심단결의 상징적 슬로건'으로 정착[6]하였다고 분석한다. 이상숙 역시 '지도자 김정은'을 위한 문학적 형상화 전략을 주목하여 '발걸음' 이미지를 포착하면서 '청년과 아이, 광명성과 핵실험과 자연개조' 등이 주된 형상 키워드로 구체화[7]되고 있음을 분석한다. 강민정의 경우는 김정은이 '낙원의 현실태로서의 강성국가'를 지향하면서 북한 시에서는 '미래의 주인인 아이, 김정일 애국주의를 내면화한 사랑, 사회주의 문명국과 인민' 등이 주로 형상화되고 있다[8]고 분석한다. 이러한 김정은 시대 초기의 북한 시의 주제는 2017년 현재에도 여전히 지속되고 있다.

김정일이 공식적 후계자로 천명된 1980년 제6차 당 대회부터 36년 만인 2016년 5월 개최된 제7차 당 대회 이후 '주체사상'이 변형된 '김일성-김정일주의'가 당의 지도이념으로 채택되고, '핵-경제 발전 병진노선'이 정책 노선으로 공식화된다. 특히 김정은이 조선노동당 위원장으로 취임하면서, 제7차 당 대회에서는 '자위적 국방력의 강화, 경제강국, 문명강국 건설의 사회주의 조선'을 지향하는 것이 강조되는 것이다.

2018년 2월 현재 평창동계올림픽을 앞두고 여자 아이스하키 남북 단일팀을 비롯하여 남북 체육교류가 활성화되면서 해빙 분위기가 전개되는 남북관계를 검토해볼 때 북한문학을 경유하여 북한 체제의 현재적 양상을 주목하는 것은 남북 관계의 지속적 복원력을 가늠하는 계기가

---

5. 이지순, 「김정은 시대의 애도와 구원의 코드」, 『어문논집』 69호, 민족어문학회, 2013. 12, 327~354쪽.
6. 이지순, 「김정은 시대 북한 시의 이미지 양상」, 『현대북한연구』 16권 1호, 북한대학원대학교, 2013. 2, 255~291쪽.
7. 이상숙, 「김정은 시대의 출발과 북한 시의 추이」, 『한국시학연구』 제38호, 한국시학회, 2013. 12, 181~212쪽.
8. 강민정, 「김정은 체제 북한 시 분석과 전망-『조선문학』(2012. 1~2014. 2)을 중심으로」, 『통일인문학』 제58집, 건국대학교 인문학연구원, 2014. 6, 127~162쪽.

될 수 있다고 판단된다. 따라서 본고는 조선작가동맹 중앙위원회 기관지인 『조선문학』 2017년 1~6호를 통해 북한문학이 현재 '만리마시대'[9]를 지향하면서 사회주의 강국 건설에 대한 기대감을 표명하고 있으며, 특히 김정은이 헌신적 지도자로서 인민 사랑의 화신으로 형상화되고 있음을 구체적으로 분석해보고자 한다.

2. '김정은의 지침'을 통한 당문학적 지향의 구호화

조선작가동맹의 기관지인 『조선문학』 2017년 1호 속표지를 열면 북한문학이 수령과 당을 위해 존재하는 당문학임이 드러난다. 즉 "위대한 김일성동지와 김정일동지의 혁명사상으로 철저히 무장하자"라는 구호가 등장하고, 목차 위에는 "수십성상에 걸쳐 승리의 한길을 걸어온 조선로동당은 수령복이 있는 존엄높고 영광스러운 당이며 수령의 사상과 령도를 빛나게 계승해나가는 조선로동당은 영원히 필승불패입니다"라는 김정은의 말이 글상자에 담겨 있어 북한문학이 김정은 위원장을 필두로 당문학을 지향하고 있음이 드러난다. 그리고 이 구호와 문장이 2017년 북한문학의 현재적 표정을 상징적으로 보여준다. 즉 '김일성과 김정일'이라는 수령의 혁명사상으로 무장하면서 조선노동당의 입장을 철저히 계

---

9. '만리마(萬里馬) 속도' 열풍은 김정은 노동당 위원장이 직접 기치를 든 일종의 속도전식 생산성 향상 캠페인으로, 2017년 말에는 만리마선구자대회를 열어 총결산을 하겠다고 공언한 바 있다. '만리마 속도'는 '평양시간'을 강조하던 김일성 시대의 '천리마운동(1956)'을 잇는 개념으로, 2016년 5월 열린 7차 당 대회에서 "10년을 1년으로 주름잡아 달리는 만리마시대를 열었다"고 주장한다(이영종, 「"10년을 1년으로" 만리마 운동 모델 된 평양 뉴타운 건설」, 『중앙일보』, 2017. 3. 28). 김정은 집권 초기 '마식령속도', '조선속도' 등의 연장선상에서 강조되는 구호인 '만리마'는 '천리마 운동'뿐만 아니라 김정일 시대의 '속도전(1980)'과 직결된다는 점에서 속도지상주의적 과제를 구현하려는 김정은 시대의 현재적 욕망을 보여주는 작명이다.

승하는 김정은의 지도력 관철이 북한문학의 '핵심 종자'에 해당하는 것이다.

2017년 2호 표지에는 '특간호'라고 명명되어 있으며, 속표지에는 "위대한 령도자 김정일동지는 영원히 우리와 함께 계신다"라는 구호가 적혀 있다. 2월 16일 김정일의 생일인 광명성절을 반영한 김정일 특집호에 해당한다. 이어서 김정은의 말이 "인민이 바란다면 하늘의 별도 따오고 들우에도 꽃을 피워야 한다는 것이 장군님께서 지니고계신 인민 사랑의 숭고한 뜻이고 의지였습니다"(2쪽)라는 글상자로 제시되어 있다는 점에서 확인할 수 있듯 '김정일 특집'은 '인민 사랑의 실천'을 지속한 '김정일 애국주의'를 계승하겠다는 의지 표명으로 이어진다. 더불어 김정은의 구호는 "〈자력자강의 위대한 동력으로 사회주의의 승리적 전진을 다그치자!〉, 이것이 새해의 행군길에서 우리가 들고나가야 할 전투적 구호입니다"(3쪽)라는 글상자로 드러나면서 '자력자강'이 2017년의 핵심적 구호가 될 것임을 강조하고 있다. 핵 무력과 미사일 발사 등에 대한 유엔 제재에 맞서 스스로 '자력자강'할 사회주의 국가임을 천명하고 있는 것이다.

2017년 3호에서도 김정은의 글상자가 "승리에서 더 큰 승리를 이룩하고 혁명의 전성기를 대번영기로 이어나가는 것은 위대한 수령님과 위대한 장군님의 손길아래 자라난 우리 군대와 인민의 사상정신적특질이며 투쟁기풍입니다"(2쪽)라고 강조된다. 즉 김일성과 김정일의 전성기를 이어 사회주의 혁명의 '대번영기'로 발전시키겠다는 다짐과 함께 수령과 당을 뒷받침할 '군대와 인민'이라는 두 키워드가 김일성과 김정일의 계승적 관점에서 김정은 시대의 핵심적 화두임을 강조한다.

2017년 4호는 '특간호' 속표지에 "위대한 김일성조국, 김정일장군님의 나라를 김정은동지 따라 만방에 빛내이자!"라고 구호가 적혀 있다. 명실

상부하게 김일성 조국과 김정일 나라의 지도자가 김정은임을 표명하고 있는 것이다. 이어서 김정은의 말이 "온 민족과 전세계가 우러러받드는 위대한 김일성동지를 영원한 수령으로 높이 모신 것은 우리 인민의 최대의 영광이고 자랑이며 후손만대의 행복이다"(2쪽)라는 글상자로 제시되어 있다는 점에서 알 수 있듯 영생하는 '김일성 수령'에 대한 강조와 함께 인민의 영광과 자랑, 행복 등을 내세우면서 북한이 '김일성=김정일의 나라'임을 강조하고 있다.

2017년 5호에서도 김정은의 지침을 담은 글상자에서 "우리는 기적의 2016년 한해를 통하여 비상히 앙양된 혁명적기세를 더욱 고조시켜 뜻 깊은 올해에 당 제7차대회 결정관철에서 획기적인 전진을 이룩함으로써 인민의 리상과 꿈을 이 땅우에 찬란한 현실로 꽃피워야 합니다"(2쪽)라는 내용이 강조된다. 2016년의 기적, 당 대회 결정 관철, 인민의 이상을 현실화하는 국가 건설이 중요하게 제시된다. 즉 '두만강 대홍수의 극복'과 '여명거리의 완공' 등에서 보이듯 인민의 이상과 꿈을 사회주의적 문명국의 현실로 실현할 것을 주문하고 있는 것이다.

『조선문학』 1~6호 중 김정은의 글상자 중에서 "문학예술 부문 일군들과 창작가, 예술인들은 명작창작으로 수령을 옹위하고 혁명을 보위하며 당의 척후대, 나팔수로 복무해온 전세대 문예전사들의 투쟁 전통을 이어받아 오늘도 래일도 영원히 우리 당을 앞장에서 받들어나가는 사상전선의 기수가 되어야 합니다"(39쪽)라는 내용은 1호와 함께 2호(18쪽)와 4호(26쪽)에도 동일하게 세 차례나 반복되어 등장한다. 그것은 작가들에게 '명작창작'에 대한 강박이 두드러지는 대목으로서 그만큼 '김일성-김정일 시대'의 '인간정신의 기수'였던 문예활동가들에 대한 기대를 2017년에도 여전히 표명하고 있음을 보여준다. 즉 문인들에게 '사상전선의 기수'로서 당의 입장을 홍보하고 전달하는 '척후대와 나팔수의 역할'을 전일적으로 강조하고 있는 것이다. 이러한 김정은의 지침은 북한의 조선작가동맹 기관지인 『조선문학』 전체를 관통하는 핵심적 테제에 해당한다.

2017년의 북한 시는 이러한 김정은의 지침을 구체적인 문학작품으로 외화하여 드러낸다. 그리하여 김정은 위원장의 말씀과 노동당의 올바른 지도, 인민의 헌신이 삼위일체가 되어 '만리마시대'의 사회주의 강국 건설을 지향하는 '문학적 종자'들이 생산된다. 특히 '만리마'라는 수식어를 통해 비상히 발전하는 사회주의 문명국을 강조할 뿐만 아니라 그 기저에는 김일성과 김정일을 계승한 김정은의 헌신적인 사랑이 자리하고 있으며, 유엔의 압박이나 미국과의 대결 속에서도 두만강 대홍수라는 재난 극복과 함께 '여명거리 완공'을 통해 새로운 사회주의 강국을 건설하고 있음이 예찬된다.

3. '만리마시대'의 사회주의 강국 건설

2017년 11월 29일 '핵무력 완성'을 천명한 북한 사회에서 문학은 사상과 체제의 안정을 선전하는 효과적 도구로 기능한다. 특히 2017년 『조선문학』 1호에서는 북한문학의 현재적 지침을 확인할 수 있는 김정은의 당위적 지시와 당부가 글상자에 담겨 제시된다. 즉 "우리는 온 사회의 김일성-김정일주의화의 기치를 높이 들고 계속혁명의 한길로 힘차게 나아감으로써 사회주의위업을 빛나게 완성하여야 합니다"(3쪽)와 "사회주의문학예술은 사람들이 올바른 혁명관과 인생관, 고상하고 아름다운 정신도덕적풍모를 지니고 혁명과 건설에 적극 떨쳐나서도록 하며 사회의 문명을 선도해나가는 중요한 역할을 합니다"(6쪽)라는 글 내용이 그것이다. 2012년 이래로 2017년 역시 '김일성-김정일주의'의 기치 아래 사회주의의 계속 혁명을 위해 노력하면서 '사회주의 위업'을 완성할 것에 방점을 찍고 있는 것이다. 유엔의 제재와 북미 간의 대결 구도 속에서도 체제를 수호하겠다는 의지가 표명될 뿐만 아니라 문예인들에게는 북한의 문학예술이 올바르고 고상한 관점과 방향으로 사회주의 문명을 선도하는 역할을 강조함으로써, 사회주의 문명국을 지향하는 이데올로기적 선구자 역할을 요청하고 있는 셈이다.

실제 구체적인 텍스트에서는 김정은의 주문이 반영된다. 즉 2017년을 여는 시에 해당하는 박정철의 「축복하노라 2017년이여!」(1호)에서는 '미래과학자거리, 주체철용광로, 사회주의 내 조국, 조선사람의 자존심' 등의 키워드를 중심으로 2017년에 대한 기대감이 드러난다. 즉 "당 제7차 대회가 가리킨 사회주의 강국의 영마루를 향하여" "자주의 핵 강국"의 힘으로 "만리마의 억센 기상"을 주목하며 "김정은동지 높이 모시여/ 강성번영하는 땅/ 인민의 모든 꿈 꽃펴나는/ 주체조선의 무궁세월을 축복하노라/ 승리와 영광의 2017년이여!"라고 강조한다. 김정은과 함께 자주적 핵 강국의 힘으로 만리마의 기상 속에 사회주의 강국을 건설해가겠다는 의지가 천명되고 있는 것이다. 이렇듯 북한 시는 개인의 내면이 표명되는 서정의 풍경보다는 당문학적 지침을 실현하는 당위적 구호를 전면에 내세우는 선전시로 수렴되는 것이 일반적이다. 그리하여 '승리와 영광'에 대한 강박적 신념으로 패배와 절망에 대한 두려움을 배제하는 긍정의 언어만이 문학적 수사에 드러날 뿐이다.

특히 '만리마'라는 표현은 '기상, 시대, 고삐, 정신' 등의 레토릭과 함께 『조선문학』 1~6호 전부분에 걸쳐 있다. 이를테면 리영봉의 「과학과 나」(5호)에서도 용해공이 자력자강을 강조하며 "만리마시대의 과학기술"이 가까이에 와 있으며, 김정은의 천리혜안으로 밝힌 "사회주의 강국

건설의 창창한 앞날"에 대한 기대감을 강조한다. 뿐만 아니라 양치성의 「탄이 쏟아질 때」(5호)는 "만리마의 고삐"를 탄부들이 쥐고 있음을, 문선건의 「새벽녘의 출강종소리」(5호)는 용해공이 출강 종소리를 들으며 '만리마' 정신을 실천하려는 의지를, 김명성의 「조국이 부르게 인민이 알게」(5호)는 '비날론과 누에고치'가 '만리마시대의 연구성과'로 이어지게 하자는 다짐을 그리고 있다.

'만리마시대'의 표상을 대표적으로 보여주는 시는 심재훈의 「딸의 고백」(5호)이다. 이 시는 일밖에 모르는 성실한 '용해공 아버지'의 딸이 아버지의 고된 노동을 걱정하지만, 결과적으로 당 위원장과 지배인으로부터 '보배 아바이'이자 "만리마시대의 혁신자"로 떠받들어주는 칭찬을 듣자 행복감을 드러내는 작품이다.

안타까웠어요/ 한생 일밖에 모르던 아버지/ 오늘 생일날도 현장에서 보내려나/ 속태우며 모두 기다리는데// 어인 일인가 뜻밖에도/ 창밖에서 울리는 승용차의 경적소리/ 어느 층에 귀한 손님 왔을가/ 우리 아버지도 철이 할아버지처럼/ 영웅이나 일군이라면…// 70일전투 200일전투에 이어/ 만리마선구자대회로 들끓는/ 시대의 보폭에 발걸음을 맞추며/ 한생 수리공으로 성실하게 일한 아버지/ 용해장의 어느 기계이든/ 아버지의 손이 가지 않은 곳 있으랴// (중략)// 아, 뜻밖이여라/ 현장에서 일하는 우리 아버지를/ 승용차에 태워 데려온분들/ 생일맞는 아버지를 기쁘게 해주려고/ 손풍금수 딸까지 함께 온 당위원장과/ 어제날의 천리마선구자인 영웅지배인이/ 아버지를 앞세우고 들어섰어라// 우리 공장 보배아바이 축하한다고/ 지배인 당위원장 두손으로 축배잔 받쳐들고/ 축하의 노래소리 웃음소리 더욱 높아지는데/ 아버지의 두볼로는 뜨거움이 흐르고/ 어머니도 이 딸도 고마움에 흐느끼는/ 행복한 밤이여// 아, 일밖에 모르는 고지식한 아버지/ 오늘처럼 돋보인적 또 있었던가/ 만리마시대의 혁신자라고/ 저저마다 떠받들어주니/ 우리 아버지는 제일 높은 사람이야/ 세상에서 제일 훌륭한 아버지야

-「딸의 고백」 부분[10]

하지만 이 시의 매력은 시인의 의도와는 다르게 부친을 향한 화자의 양면적 감각이 도드라진다는 점에 있다. 즉 화자인 딸의 내면이 양가적으로 그려진다는 점에서 주목을 요한다. 표면적으로는 70일전투, 200일전투뿐만 아니라 연말에 개최될 '만리마 선구자 대회'에 이르기까지 시대의 변화에 발맞춰 헌신적인 노동을 지속해야 할 '용해공 아버지'가 자랑스럽게 여겨진다. 하지만 이면적으로는 아버지가 내심 걱정이 된다. 한평생 일밖에 모르고 생일날임에도 불구하고 현장을 지켜야 하는 것은 아닌지 우려가 되기 때문이다. 이러한 대목은 역설적이게도 근로기준시간 이상의 과잉노동이 북한 사회에서 일상적 다반사였음을 우회적으로 보여준다는 점에서 북한문학에서의 이면적 독해의 필요성을 보여준다.

그러나 어쨌든 화자의 걱정은 쉬이 사라지는데, "뜻밖에도" 승용차의 경적소리가 울리면서 생일인 아버지를 위해 '손풍금수 딸을 데리고 온 당 위원장'과 "천리마선구자인 영웅지배인"이 함께 집으로 들어서면서 축하를 해주고 있기 때문이다. "일밖에 모르는 고지식한 아버지"가 "만리마시대의 혁신자"라는 칭찬을 받게 되자, 화자 역시 "제일 높은 사람"이자 "제일 훌륭한 아버지"를 자랑스러워하게 된다는 이야기를 담은 작

---

10. 심재훈, 「딸의 고백」, 『조선문학』, 2017년 5호, 69쪽.

품인 것이다. 하지만 그 이면을 들여다보면 결국 '천리마 선구자'의 뒤를 이어 '만리마시대'의 '만리마 속도'를 감당하기 위해 북한의 노동자들이 과도한 노동을 수행할 수밖에 없는 억압적 현실이 북한에서의 일상적 현실임이 드러난다. 북한이 '노동계급의 천국'인 사회가 아니라 '과잉 노동이 강제된 사회'일 수 있는 것이다. 시의 표면에 드러나듯 고지식한 아버지가 돋보이고 가족들이 함께 "행복한 밤"이 아니라, 행간을 읽어보면 일터에 나간 가장이 "70일전투 200일전투"라는 당의 지침을 실현하기 위해 혹독한 중노동에 시달리는 '강제 노동 사회'일 수 있는 것이다.

물론 '만리마시대'는 '사회주의 강국'에 대한 기대감을 저변에 깔고 있다. 그리고 그것은 지도자의 헌신적 사랑, 당의 올바른 선택과 방향 제시, 인민의 성실한 노력 등을 통해 새로운 사회주의 문명의 신화를 창조하게 된다는 것이 김정은 시대의 핵심 모토가 된다. 결국 사회주의 강국은 인민들이 저마다 자신의 처지와 조건 속에서 목표를 빠르게 달성하기 위해 온갖 최선의 노력을 기울이는 태도를 강조하게 된다. 대표적으로 '벽시묶음'인 「5개년 전략고지를 향하여」(3호)에서 리영일의 「불타는 우리 마음」은 김정은을 따르며 거름이 되고 싶은 마음, 김경석의 「출발」은 알곡증산으로 강국을 만들려는 마음, 한순희의 「새싹이 터요」는 과학농사열풍의 토대가 되는 새싹, 송혜경의 「착암기」는 "사회주의 수호전의 무기"로서의 착암기, 김성현의 「아름다운 꿈」은 탄부의 꿈으로서의 입갱 등을 강조하면서 사회주의 강국 건설이 인민들의 헌신적 노력에 의해 가능한 것임이 드러난다. 그러나 이러한 '만리마시대'의 사회주의 강국 건설이라는 이상적 의지의 강조는 역설적이게도 외부세계로부터 제재와 압박을 받고 있는 현실의 고난을 감추고 외면하려는 위선적 현실일 수도 있는 것이다.

4. 인민 사랑의 화신-김정은의 지도력 예찬

북한 시에서 김정은은 '인민 사랑의 화신'으로 그려진다. '어버이 수령' 인 할아버지 김일성이나 헌신적 애민 장군의 표상이었던 김정일에 뒤이 어 인민의 간난신고를 자상하게 항시적으로 들여다보며 인민들의 의식 주 문제를 향상시키기 위해 불철주야 노력하는 '헌신적인 지도자'의 표 상이 김정은인 것이다. 그러나 이것은 할아버지와 아버지의 오랜 지도자 생활과는 다르게 단시일 내에 후계자로 발탁되고, 김정일 사후 후계 체 제의 안정과 안착을 위한 전략에 해당한다고 파악된다. 특히 '핵 개발'로 인한 인민들의 피로감과 전쟁 공포를 제어하기 위한 전략적 키워드가 '인민 사랑'과 인민생활 향상의 지향으로 피력되고 있는 셈이다.

백리향의 '시묶음' 「사랑은 이렇게 달려온다-위대한 헌신의 자욱을 따 라서」(1호)에서는 4편의 시가 모두 인민생활 향상을 위한 김정은의 헌신 적 노력을 구체적으로 노래한다. 「땅을 날으는 해연의 노래」에서는 '바 다제비'를 화자로 설정하여 '대동강 과수바다를 나는 바다제비'의 시선 으로 땅 위에 자리한 '과수의 바다'에서 "사회주의과일향기 집집마다 뿌 려주는" 존재임을 자부하고, 이어서 「꼭 가셔야 할 곳」에서는 김정은이 '만경대혁명사적지 기념품공장'을 넘어 "인민생활 향상의 지름길로 가시 는 곳"을 노래하며, 「인민들앞으로!」에서는 김정은이 열심히 따오고 피워 낸 "문명의 별"과 "문명의 꽃"으로 인민들 앞을 사열하는 이야기를 그리 고, 「샘물이 바다되여 흐르네」에서는 "용악산샘물공장을 개건확장해"준 김정은이 만족을 모르는 '인민 사랑의 화신'임을 강조한다. 과일과 기념 품, 샘물 공장 등 식료품과 생필품에 대한 지속적 관심 표명으로 민생 경제활동의 개선과 확대를 기획하는 '사회주의 문명국의 헌신적 지도자' 임이 드러나는 것이다.

이러한 인민생활 향상을 위해 노심초사, 불철주야 헌신적으로 노력하는 사랑의 지도자로서의 김정은 이야기는 『조선문학』에 게재된 거의 대부분의 시에서 드러난다. 이를테면 한순희의 「뜨거운 1월」(1호)에서도 '내 고향 사리원의 1월'이 뜨겁다면서 식료종합공장의 이야기를 그린다. 그런데 김정은은 김정은 홀로 존재하지 않는다. 즉 "우리 수령님 지어주신 그 이름도 뜻깊은 정방채"(김일성)와 "우리 장군님 온 나라에 소문내주신 정방채"(김정일)에 이어, "오늘은 현대화의 드세찬 동음속에/ 쏟아져 넘치는 갖가지 기초식품"일 뿐만 아니라 "자애로운 모습"과 "사랑의 자욱자욱"으로 "어버이의 뜨거운 체온으로 더웁혀진/ 내 고향 사리원의 1월"이라면서 김정은의 사랑과 인민의 충정이 '김일성의 명명'과 '김정일의 외연 확장'이라는 누적된 서사를 계승하며 '어버이의 동일성'으로 함께 기록되는 것이다. 결국 김정은은 김정은 개인의 모습이 아니라 '김일성=김정일⇒김정은' 식의 삼위일체적인 복합적 상징이 되어 시대와 육신의 한계를 넘어 대타자적인 한몸의 계승적 존재임이 드러난다. '계승과 혁신과 사랑'의 아이콘으로서 '김정은'의 기표가 상징화되고 있는 것이다.

특히 김정은의 인민 사랑은 할아버지인 '어버이 수령 김일성'처럼 '아이들의 어버이'로서의 특징이 강조된다. 그리하여 류정실의 서사시 「아버지」(1호)는 "우리 원수님 사랑속에 솟아오른" 원아들의 요람이라면서 '육아원 애육원'에 대한 이야기를 그린다. 미제와의 "전쟁전야의 시각"에도 "인간사랑의 대화원인 내 나라"에서 김정은의 집무실 창가의 불빛은 꺼질 줄을 모르는데, 미국의 전쟁연습에 대한 걱정 때문이 아니라 원아들의 건강실태보고서를 보고 있기 때문이라고 설명된다.

수령님, 장군님!/ 대원수님들께서/ 한생을 바쳐 사랑해오신

인민들을/ 나라의 왕으로 내세워주신 아이들을/ 저에게 맡기고 가신 뜻을/ 다시금 새겨봅니다./ 내 나라 조선에만은/ 단 한명의 고아가 없게/ 제가 그 애들의 아버지가 되겠습니다[11]

특이한 부분은 인용문처럼 김정은의 독백이 시에 직접적으로 드러난 다는 점이다. '대원수'인 '김일성과 김정일'이 펼쳐온 인민 사랑의 정신을 김정은 자신이 이어받아 '고아들의 어버이'가 되겠다는 다짐이 그것이 다. 이후 '대성산종합병원'에서 치료하라면서 '사랑의 서사시'를 새긴 김 정은에 대해 "인간사랑의 력사" 위에 "미래사랑의 전설"을 새기는 존재 임이 그려진다. 김정은을 "정의 화신! 사랑의 화신!"이라고 경애하면서, 2014년 5월 18일이 "원아들의 한생에 영원히 지울수 없는/ 기쁨과 만족 의 경사의 날!"이라고 강조하는 것이다. 나아가 아이들을 안으며 뜨거운 정으로 어버이의 눈물을 흘리는 김정은의 모습을 그리면서, "아이들을 위하여/ 하늘에 위성이 날고/ 사랑을 위하여 평화를 위하여/ 창조와 기 적의 불꽃을 날리며/ 잠 못 드는 나라"의 "위대한 사랑의 어버이"로 김정 은을 찬양한다. 즉 '위성과 미사일 발사' 역시 '정과 사랑, 평화의 화신'으 로서의 김정은을 대표하는 기제가 되며, 김정은 자신은 어버이 같은 사 랑의 표상으로 존재하는 것이다. 하지만 이면적으로 보자면 이러한 '어 버이의 사랑'에 대한 강박은 정전협정 체제 아래에서 일어날지도 모르 는 미국과의 전쟁에 대한 인민들의 불안과 공포를 의도적으로 잠재우기 위한 위장된 허세일 가능성이 높다. 무한 긍정과 헌신적 사랑의 아이콘 으로 김정은이 '수령 형상화'되는 것은 역설적이게도 사회주의적 현실이 아니라 재현된 표상의 '왜곡된 이미지'로 읽힐 수 있는 대목인 것이다.

---

11. 류정실, 「아버지」, 『조선문학』, 2017년 1호, 30쪽.

아이에 대한 사랑은 외연을 확장하면서 인민생활 향상과 더불어 인민 사랑의 정신으로 이어진다. 즉 박웅전의 「하늘집의 김치」(2호)에서는 "양념에 고추가 너무 많으니/ 맛을 돋굴만큼 적당히 넣고/ 새 살림집들에 공급을 정상화하라"고 지시한 김정은의 인민 사랑의 정신에 감격하고, 백성혁의 「나는 파도를 딛고 걷는다」(3호)에서는 김정은의 사랑이 황금해가 되어 만선으로 도래하고 있음을 예찬한다. 뿐만 아니라 백리향의 '시묶음' 〈우리의 것-위대한 헌신의 자욱을 따라서〉(4호)에서 「작은 책가방」은 아이들의 책가방 생산 공장을 방문한 김정은의 사랑, 「비단이불샘줄기」는 영변에서 비단이불을 만드는 제사공장 처녀들의 아름다움, 「원수님의 기쁨」은 현대적 김치공장을 찾은 기쁨과 함께, 김정은이 웃을 때 '김일성과 김정일도 함께 웃는다'는 사실을 강조한다. 그리고 채동규의 「향긋한 깨사탕맛」(4호)에서도 어릴적 깨사탕맛을 기억하며 '김일성-김정일의 하늘 같은 사랑'을 알고 김정은 원수의 혁명의 길에 나서는 내용이 그려지며, 리영민의 「여기는 하늘이다」(2호)에서도 금수산태양궁전에 와서 '김일성과 김정일의 미소'를 만나는 김정은의 숭고한 도덕과 의리를 강조하며 사회주의 강국의 미래를 긍정적으로 전망한다.

　이렇듯 김정은은 책가방 생산, 만선의 도래, 비단이불 공장, 깨사탕맛을 비롯하여 김치 양념의 공급량에도 세심한 신경을 쓸 정도로 식품 공급의 정상화를 기획하고 지도하는 배려의 표상으로 그려지는 등 김일성과 김정일의 계보를 잇는 후계자이자 인민을 위해 헌신 복무하는 지도자로서 '사랑의 화신'으로 추앙된다. 일상의 작고 사소한 의식주에서부터 바다와 하늘, 육지를 종횡하며 김일성과 김정일의 미소를 계승하는 탁월한 지도자로서의 품성을 '인민 사랑'의 키워드로 수렴하고 있는 셈이다. 하지만 이면적으로 독해하면 북한이 아직도 여전히 생필품이 부족한 사회임이 드러나며, 무결점으로 재현되는 과잉된 김정은의 표상은 북한을 향한 유엔 등의 제재와 압박이 그만큼 치명적으로 북한 사회를 옥죄면서 고립과 불안을 야기하고 있음을 보여준다. '사랑과 배려의 표상'인 김정은이 이면적으로 보면 제재와 압박에 대한 부담과 공포를 그림자로 거느린 '위장된 사랑의 화신'일 수도 있는 것이다.

5. 사회주의 현실 주제
　　-두만강 대홍수 극복과 '려명거리' 완공

2017년 북한에서의 사회주의 현실주제를 다룬 시편들은 2016년 8월 말에 발생한 '두만강 대홍수 극복'에 대한 자부심과 2017년 4월에 완공된 '려명거리'에 대한 기대감이 두드러진다. 이 두 키워드는 북한이 핵개발로 인해 전 세계로부터 받고 있는 온갖 제재와 압박에도 불구하고 재난 극복의 내공을 지닌 사회주의 문명국임을 선전하기 위한 강조점에 해당한다. 먼저 2016년 8월 29일부터 9월 2일 동안 피해를 입은 '두만강의 대홍수'[12]에 대한 전화위복의 이야기가 드러난다.

권선철의 론설 「명작폭포로 문명강국건설을 추동하는 시대의 나팔수가 되자」(3호)에서는 '김일성-김정일주의'를 강조하면서 2016년 '백두산대국'에서 "일심단결의 영웅신화, 전화위복의 대승리"를 이룩했음이 강조된다. 시에서도 '북변땅의 전화위복'은 주목되는데, 김무림의 「북변땅

---

12. 2016년 8월 29일부터 9월 2일 사이, 태풍 라이언록이 동반한 폭우로 인해 함경북도 두만강 유역의 회령시, 무산군, 연사군, 온성군, 경원군, 경흥군 등의 지역에서 이재민이 14만 명 이상 발생하고, 138명이 숨지고, 400여 명이 실종되어 500명 이상이 사망하거나 실종된 대참사를 말한다. UN 인도주의업무조정국(OCHA)에서도 함경북도 지역을 기준으로 최근 50~60년 사이의 최악의 재앙으로 지적했다(나무위키, https://namu.wiki/w/2016년 두만강 유역 대홍수 참조).

의 전화위복은」(2호)은 "북부전역으로 천만군민이 달려오던 그 시각에", 두만강 기슭의 아이들을 실은 송도원행 야영렬차만이 야영소로 달리고 있음을 통해 "장군님은 전선으로, 아이들은 야영소로" 향하는 풍경을 보여준다. 김정은이 미제와의 대결 전선을 앞둔 상태에도 불구하고 남한 식으로 따지면 '어린이 캠프'에 해당하는 야영소로 아이들을 보내는 대범하고 헌신적인 사랑을 보여주는 존재임이 드러난다. 그리하여 인민에 대한 지도자의 사랑이 '헌신적 재난 극복 노력과 배려심 깊은 아이 사랑'이라는 두 가지 형태로 지속되고 있음이 그려진다. 하지만 이것 역시 이면적으로 보자면 김정은의 지도가 핵심이 아니라 피해 지역인 북부전역으로 달려오던 천만 인민의 헌신적인 노력이 자연재해를 극복할 수 있는 동력임이 드러난다. 그러므로 북한 시에서는 '천만의 불굴의 노력'을 '김정은의 현명한 지도'로 전치하고 있는 셈인 것이다.

최향일의 「전하여다오 두만강 푸른 물결이여」(2호)에서도 두만강변 북부지역 피해복구 전선의 승리를 강조하며 전화위복의 쾌승을 안아온 '김정은 빨찌산'의 빛나는 위훈이 드러나고, 다른 시「북변땅 승리의 메아리」(2호)에서도 "백년래에 처음 보는 대홍수가 휩쓸었던/ 대재난의 흔적을 말끔히 가신" 땅에 선경마을을 펼쳐준 '어버이의 사랑'을 찬양한다. 피해 복구 전선에서 200일전투의 기적적인 승리를 설계한 '건설주, 시공주'로서 김정은이 "불패의 일심단결과/ 자강력제일주의위력의 일대과시"를 보여주면서 사회주의의 위대한 승리를 견인했기 때문이다. 권오준의 「우리 어버이」(3호)에서도 '주체의 핵뢰성'과 함께 '북부 피해 복구전 지휘'를 통해 "만복의 화원"을 가꾼 "인민의 참된 충복"인 김정은의 태도를 찬양하며, 북한이 "인민의 요람, 사회주의요람"임을 강조한다. 이렇듯 김정은은 북한에서 재난을 극복하고 승리를 견인하는 탁월한 지도자임이 드러난다. 그러나 이면적으로 독해해보자면 대재난이 가져온

피해의 구체적 참상은 사라진 채 추상적 지도와 해결만이 찬양될 뿐이다. 참담한 재난의 피해와 복구 과정이 구체적 묘사나 세밀한 양상으로 가시화되지 않음으로써 부정적 폐해는 배제한 채 승리와 해결이라는 성과 중심의 긍정성만 부각하는 편향이 드러나는 것이다.

2017년 『조선문학』 5~6호는 〈려명거리〉 특집이라고 불릴 만하다. '려명거리'는 북한이 '2017년 김일성 생일 105주년을 맞아 2016년 4월부터 추진하여 2017년 4월 완공된 대규모 건설 프로젝트'로 김정은 정권이 평양에 조성한 일종의 신도시다. 착공 당시 '려명거리 건설'을 "미제와 그 추종 세력들과의 치열한 대결전"이라고 선전한 바 있을 정도로 사회주의 문명국으로서의 건실함을 과시하려는 의도를 가진 도시정책의 결정판에 해당한다.[13] 하지만 이것 역시 이면적으로 보자면 일어날지도 모를 미제와의 전쟁을 염두에 두고 '핵무력 강화'를 위해 평양을 제외한 지역은 허리를 졸라맬 수밖에 없는 북한 경제의 힘겨운 현실을 보여준다.

김목란의 「우리에겐 려명거리가 있다」(5호)는 '천하제일 려명거리가 지상락원'이라면서, 70층 살림집이 행복의 거리에 우뚝 솟아 있어, 사회주의 문명을 과시하는 만복의 거리임을 자랑한다. 그것은 결국 인민의 사랑을 층층으로 쌓아올린 김정은이 "위대한 로동당시대"에 "신화적인 건설속도를 창조"하는 지도자임을 자랑하는 것으로 이어진다. 김경준의

---

13. "룡흥 네거리에서 금수산에 이르는 구간에 건설된 려명거리는 부지 면적이 90만㎡이고, 연건축 면적이 172만 8,000여㎡에 달한다. 여기에는 70층짜리를 비롯해 44동, 4,804세대에 달하는 초고층 아파트들이 즐비하게 들어서 있다. 북한은 2017년 4월 13일 김정은 노동당 위원장이 참석한 가운데 여명거리 준공식을 성대하게 열었으며, 이 같은 사실을 외신 기자들에게 '빅 이벤트'(big event)라고 공지하기도 했다. 그리고 준공식 다음 날인 4월 14일에는 김일성대학 교수·연구원과 철거민들에게 '살림집 이용 허가증'을 가장 먼저 배부했다"는 기사에서 확인할 수 있듯 '여명거리'는 사회주의 문명국을 강조하기 위한 '만리마 속도의 표상'으로 홍보된다(네이버지식백과, 여명거리(려명거리), 『시사상식사전』, 박문각 참조). '여명거리'는 결국 유엔의 제재 정국 속에서도 북한이 사회주의 체제의 안정과 번영을 꾀하고 있음을 전 세계에 과시하려고 기획한, 높이와 속도에 대한 자부심의 표상이다. 결국 온갖 제재에도 불구하고 자력자강으로 재난 극복의 영웅서사와 속도전을 통한 문명 생활의 향유를 막을 수 없음을 대내외에 선전하려는 기획임이 드러난다.

「큰절을 올립니다」(5호) 역시 려명거리의 새 집을 받았다는 축하 인사를 전하는 내용으로 시작하여, 김정은의 '하늘 같은 사랑'에 감동하면서 "최상의 문명을 안겨준" 김정은에게 고마움의 큰절을 함께 올리자고 말하고 있으며, 류명호의 「우리 집은 려명거리에 있다!」(5호)에서도 "강성조선의 려명이 밝아오는/ 려명거리에" 사는 화자의 기쁨을 노래하면서, 김일성종합대학 교육자 살림집을 최상급으로 지어준 김정은에게 최상의 문명을 누리며 사는 고마움을 전하고, 강문혁의 「더 오르지 못하고…」(5호) 역시 새벽 안개가 70층 려명거리 집에는 오르지 못한다면서 높은 곳에 사는 행복감을 토로한다. 렴정실의 「우리 집 열쇠」(5호)에서도 려명거리 건설이 사회주의와 제국주의와의 대결전이었다면서 조선의 힘을 보여준 '열쇠'라고 강조하고, "만리마의 열풍으로 불벼락을 안긴" 거리임을 강조하면서 70층 감격에 젖어 김정은을 찬양하며, 영원한 승리자의 자격으로 행복의 주인이 되어 70층 집에 들어서는 이야기를 그리고 있다. 신도시에 해당하는 '여명거리'는 김정은 시대에 이르러 '더 높이 더 빨리'라는 높이와 속도에 대한 강박적 지향이 '만리마시대'의 핵심적 속성임을 보여주는 '뉴타운 사업'에 해당하는 것이다. 이면적으로 보자면 미국의 제재에 대한 대결 의식이 신도시 정책에 깔려 있으며, 중심과 주변을 분리하면서 평양 중심주의를 강조함으로써 체제를 유지하는 사회가 북한의 현실임을 보여준다.

결과적으로 '두만강 재난 극복'과 '여명거리 완공'은 김정은 시대의 양면적 지향을 보여준다. 즉 어떠한 천재나 인재로 인한 환란이라도 지도자의 헌신과 인민의 노력으로 극복 가능하다는 자신감을 드러냄과 동시에 '만리마 속도'로 고층건물이 즐비한 신도시 프로젝트가 사회주의 문명국의 가시적 외화를 보여주는 것임을 강조하고 있는 것이다. 하지만 속도와 높이에 대한 집착은 인민 경제와 생활 향상이라는 사회주의적 내실의 강화보다는 '랜드마크' 중심의 대내외적 전시 행정에 불과하다는 비판에 직면할 수도 있는 양면성을 내포한다.

이러한 '두만강 대홍수 극복과 여명거리 완공' 이외에 흥미로운 서정시로는 사회주의 현실 주제를 다룬 로윤미의 「푸른 숲은 내 사랑입니다」(3호)를 들 수 있다. 이 시는 잣나무를 딸과 아들로 비유하며 화자가 자신을 '숲의 어머니'로 강조하며 숲을 가꾸는 행복감을 표명한 작품이다.

줄줄이 쏟아지는 해살을 부여잡고/ 이슬맺힌 새순 아지 반짝입니다/ 구슬구슬 이슬밭을 또르르 구으는/ 뽀얗게 진돋은 잣송이는/ 엄마- 엄마-/ 나를 찾고 부르는/ 갓 말 뗀 딸애같아/ 귀엽기만 합니다 대견만 합니다/ 마음은 마냥 즐거워집니다// 하루밤 자고나니/ 한뼘은 더 큰 듯 싶습니다/ 함함한 머리채 풀어놓은 듯/ 수붓이 드리운 나무아지는/ 절 보세요 하는 듯/ 머리며 어깨우에 어리광치는데// 아-하 저쪽 산언덕에선/ 이젠 제법 사내답게 위엄차리는/ 프르싱싱 이깔이/ 시틋하게 웃으며 건너다봅니다/ 멀리서 보아도/ 마음이 든든한 아들처럼/ 가슴속에 뿌리내립니다// 단젓같은 나의 땀방울이/ 불타는 이내 사랑이/ 날마다 다르게 자래우는/ 〈딸〉 숲입니다/ 〈아들〉 숲입니다/ 날아가던 온갖 새들 깃을 펴주며/ 노루며 사슴이도 어서 오라 불러들여/ 보금자리 안겨주며/ 끌끌히도 자란/ 미더운 나의 〈자식〉들입니다// (중략)/ 내 조국의 무게 보태주는/ 내 조국의 푸르름 더해주는…// 기쁨입니다/ 행복입니다/ 파도치며 달려오는/ 푸른 내 〈자식〉들/ 한품에 안아볼가/ 두팔을 펼쳐드니// 오히려 담쏙/ 내가 안겨드는 〈딸〉들의 숲속/ 〈아들〉들의 숲속// 아, 이것이/ 선군조국에 바치는 내 사

랑입니다/ 강정의 내 조국을 푸른 숲으로 안아보고싶은/ 나는
숲의 〈어머니〉입니다/ 갓난아기인양 나무모 정히 안고/ 산에
오르니/ 다 자란 〈아들〉들이 〈딸〉들이/ 솨-솨 설레며/ 이 〈어
머니〉를 소리쳐부릅니다

- 「푸른 숲은 내 사랑입니다」 부분[14]

인용시는 모성이 곧 '어머니 당'으로 연결되는 북한 시의 전형적인 상
투적 도식을 넘어서 있다는 점에서 주목된다. 즉 숲의 표상을 '딸숲'과
'아들숲'으로 의인화하여 구분하면서 자식처럼 잣나무숲을 가꾸는 어
머니의 신명을 노래한 뒤 그 기쁨과 행복을 전한다. '조국의 무게와 푸르
름'이 두터워지면서 숲을 가꾸는 화자가 '선군조국에 대한 사랑'을 실천
하고 있는 것이다. 모든 결론이 '수령과 당의 은혜'로 귀결되는 도식으로
부터 자유롭다는 점에서 북한 시의 활력을 보여주기도 하지만, '선군조
국'이라는 북한 사회의 지배담론적 국가관을 반복하고 있다는 점에서는
한계가 드러나는 작품이다. 물론 "뽀얗게 진돋은 잣송이"나 "함함한 머
리채 풀어놓은 듯", "프르싱싱 이깔이/ 시틋하게 웃으며", "단젖같은 나
의 땀방울" 등의 세부 묘사는 이 시의 매력을 보여주는 버팀목에 해당
한다. 주제에 대한 천착으로서의 '종자'를 강조하는 북한 시에 섬세한 묘
사의 힘을 보여주는 시와 시인이 현존하고 있음을 발견하는 것은 시의
본질이 서정의 환기에 닿아 있음을 확인하게 한다.

그러나 북한 시에서는 여전히 개인의 사적 욕망이나 내면 풍경이 아
니라 지도자의 말씀이나 당의 지도가 문학의 핵심적 종자에 해당한다.
따라서 사회주의 현실에서 만나는 인민들의 내면 풍경이나 일상적 현실

---

14. 로윤미, 「푸른 숲은 내 사랑입니다」, 『조선문학』, 2017년 3호, 40~41쪽.

역시 담론적 지시에 가려지기 십상이다. 홍수의 극복과 함께 홍수의 참상 역시 제기되어야 함에도 불구하고 전혀 이야기되지 않는다. 또한 '여명거리'의 화사함과 더불어 평양 이외의 지역에서 낙후되거나 소외된 계층의 서사도 중요하지만 결코 다루어지지 않는다. '수령형상문학'과 '당문학적 지도'가 개인의 목소리와 내면의 동요를 의도적으로 배제하고 있기 때문이다. 따라서 북한 시를 읽어낼 때는 겉으로 드러나는 시적 화자의 표면적인 목소리보다 시적 행간 속에 잠재되어 있는 이면적인 서사를 읽어내는 독해의 지혜가 필요하다. 구호와 의지를 강조하는 재현된 표상이 아니라 반어와 역설의 메타포를 통해 의도적으로 감추거나 드러내고 싶지 않았던 사회주의 현실의 이면을 추론함으로써 구체적이고 현실적인 의미망을 새로이 재구축할 수 있기 때문이다.

6. 체제의 목소리

북한 시는 2017년 현재 여전히 '주체사실주의의 경직성'을 내포하고 있다. 그것은 '항일혁명문학'과 '수령형상문학'을 제일 앞자리에 우선적으로 배치하는 북한문학의 태생적 한계일 수도 있다. 올바르고 고상한 당문학의 지향은 경계와 금기를 넘어서는 개성적 시인의 자의식을 보여주지 못한다. 시문학이 시대성과 공동체 의식을 담아내는 그릇이 될 수도 있지만, 동시에 지극히 치열한 개인적 자의식의 표정을 보여주는 장르라는 점을 전제로 한다면, 북한 시는 아직 혹은 여전히 근대 미달의 장르 형식에 머무르고 있는지도 모른다. 다만 그럼에도 불구하고 북한 시의 현장을 읽어내는 것은 북한 시가 지닌 이질적 표정과 어색한 양상의 확인 속에 한반도의 평화와 남북한 통합의 길을 모색하는 전제 작업에 해당하기 때문이다. 그들의 생생한 목소리에서만이 남북 화해와 평화의 단초를 마련할 수가 있는 것이다. 따라서 우리는 북한문학의 '경직된 생동감'을 지속적으로 들여다볼 필요가 있다.

본고에서는 첫째로『조선문학』2017년 1호에서 "위대한 김일성동지와 김정일동지의 혁명사상으로 철저히 무장하자"라는 구호와 함께, "수령의 사상과 령도를 빛나게 계승해나가는 조선로동당은 영원히 필승불패"라는 김정은의 말이 글상자를 통해 북한문학의 현재적 표정을 살펴보았다. 즉 '김일성과 김정일'이라는 수령의 혁명사상으로 무장하면서 노동당의 입장을 철저히 계승하는 김정은의 지도력이 북한문학의 '핵심 종자'에 해당하는 것임을 확인하였다.

둘째로 김정은이 주창하는 '만리마시대'는 '사회주의 강국'에 대한 기대감을 저변에 깔고 있다. 그리고 그것은 지도자의 헌신적 사랑, 당의 올바른 선택과 방향 제시, 인민의 성실한 노력 등을 통해 새로운 사회주의 문명의 신화를 창조하게 된다는 것이 김정은 시대의 핵심 모토가 된다. 결국 사회주의 강국은 인민들이 지도자의 헌신적 사랑, 당의 올바른 지도 속에 저마다 최선의 노력을 통해 이룩될 수 있는 것이다.

셋째로 김정은의 사랑과 인민의 충정은 김일성과 김정일의 누적된 서사를 계승하며 함께 기록된다. 즉 김정은은 김정은 개인의 모습이 아니라 '김일성＝김정일⇒김정은' 식의 삼위일체적인 복합적 상징이 되어 시대와 육신의 한계를 넘어 대타자적인 한몸의 계승적 존재임이 드러난다. 계승과 혁신의 아이콘으로서 '김정은'의 기표가 상징화되고 있는 것이다.

넷째로 '두만강 재난 극복'과 '여명거리 완공'은 김정은 시대의 양면적 지향을 보여준다. 즉 어떠한 천재나 인재로 인한 환란이라도 지도자의 헌신과 인민의 노력으로 극복 가능하다는 자신감을 드러냄과 동시에 '만리마 속도'로 고층건물이 즐비한 신도시 프로젝트가 사회주의 문명국의 가시적 외화를 보여주는 것임을 강조한다.

2017년에도 북한에서는 여전히 '수령과 당의 목소리'를 재현하는 시대적 대변인의 역할을 문인에게 요구하고 있다. 따라서 북한 시에서 배제된 '자아의 목소리'의 부활이 필요하다. 서정시가 '자아와 세계의 불온한 조화와 불화' 사이에서 피어나는 자유와 고독과 개성의 창조적 개진을 보여주는 장르이기 때문이다. 앞으로 북한 시에서도 '체제의 목소리'를 이반하며 타자와 세계를 삐딱하게 응시하는 개인의 목소리가 드러나야 한다. 그것이 현실주의적 세계관과 창작방법으로서의 사실주의의 진정한 복원일 수 있기 때문이다.

화장하는 여성과 시대 풍자[1]

马圣恩(浙江师范大学)

1. 2018년의 중요성

2017년 한반도(조선반도)에서는 군사적 긴장이 높아졌다. 전쟁 재개 가능성이 거듭 거론될 정도로 일촉즉발의 위기 상태가 이어졌다. 하지만 2018년이 시작되면서 정세는 빠르게 바뀌었다. 제3·4·5차 남북 정상회담이 열렸으며, 최초로 북미 정상회담까지 이루어졌다.

'9월평양공동선언' 제4항은 "남과 북은 화해와 단합의 분위기를 고조시키고 우리 민족의 기개를 내외에 과시하기 위해 다양한 분야의 협력과 교류를 적극 추진하기로 하였다"고 선언하며, "남과 북은 문화 및 예술분야의 교류를 더욱 증진시켜나가기로 하였"다고 밝혔다. 이를 위해서는 최근 북측[2] 문학의 양상과 특징을 서둘러 파악해야 한다. 이 글의 목적은 최근 북측 아동문학의 양상과 특징을 연구하는 것이다. 특히 최근 북측의 변화가 반영된 동요·동시를 검토할 것이다.

본 연구자는 앞서 2012~2013년 『아동문학』에 실린 작품들을 통해 김정은 시대 아동문학의 양상과 특징을 연구한 바 있다.[3] 이 글은 그로부

---

1. 이 글은 「북측의 변화가 반영된 동요·동시-2018년 『아동문학』을 중심으로」(『우리어문연구』 64집, 우리어문학회, 2019. 5)를 단행본 취지에 걸맞게 수정 보완한 것이다.
2. 이 글에서는 남북이 공식석상에서 서로를 일컫는 용어인 '남측'과 '북측'으로 각각을 일컬을 것이다.

터 이어지는 후속 연구이다. 김정은 시대 아동문학에 관한 연구 성과를 지속적으로 축적하는 것은 북측과의 협력과 교류에 이바지할 수 있을 뿐 아니라, 통일시대 아동문학에도 크게 보탬이 될 것이다.

  김정은 시대 문학을 연구한 성과는 적지 않게 축적되어 있다.[4] 하지만 김정은 시대 아동문학에 관한 연구는 매우 드물다.[5] 또한 이 글의 연구

3. 마성은, 「김정은 시대 초기 북한아동문학의 동향」, 『우리어문연구』 48집, 우리어문학회, 2014. 이 논문은 남북문학예술연구회 편, 『3대 세습과 청년지도자의 발걸음』, 도서출판 경진, 2014에도 수록되었다.

4. 주목을 요하는 연구 성과는 다음과 같다. 김민선, 「테크놀로지가 지배하는 어느 멋진 신세계의 풍경」, 『동악어문학』 제77집, 동악어문학회, 2019; 김성수, 「김정은 시대 초의 북한문학 동향-2010~2012년 『조선문학』, 『문학신문』 분석을 중심으로」, 『민족문학사연구』 50호, 민족문학사학회, 2012; 김성수, 「'단숨에' '마식령속도'로 건설한 '사회주의 문명국'」, 『상허학보』 41집, 상허학회, 2014; 김성수, 「당(黨)문학의 전통과 7차 당 대회 전후의 북한문학 비판」, 『상허학보』 49집, 상허학회, 2017; 김성수, 「'선군(先軍)'과 '민생' 사이-김정은 시대 초(2012~2013) 북한의 '사회주의 현실' 문학 비판」, 『민족문학사연구』 53호, 민족문학사학회, 2013; 김성수, '청년 지도자의 신화 만들기-김정은 '수령 형상 소설' 비판」, 『대동문화연구』 제86집, 성균관대학교 대동문화연구원, 2014; 김은정, 「김정은 시대 북한의 출판체계와 작가양성」, 『외국문학연구』 제73호, 한국외국어대학교 외국문학연구소, 2019; 남북문학예술연구회 편, 위의 책; 오창은, 「김정일 사후 북한 소설에 나타난 '통치와 안전'의 작동」, 『통일인문』 제57집, 건국대학교 인문학연구원, 2014; 오창은, 「'고난의 행군' 이후, 북한 소설에 나타난 생태 환경 담론의 특성 연구」, 『한국언어문화』 제67집, 한국언어문화학회, 2018; 오창은, 「북한 '실화문학'의 민중성 연구」, 『한국근대문학연구』 32호, 한국근대문학회, 2015; 오태호, 「김정은 시대 북한 단편소설의 향방-'김정일 애국주의'의 추구와 '최첨단 시대'의 돌파」, 『국제한인문학연구』 제12호, 국제한인문학회, 2013; 오태호, 「김정은 시대의 북한 단편소설에 나타난 서사적 특성 고찰-사회주의적 이상과 현실의 균열적 독해」, 『인문학연구』 제38호, 경희대학교 인문학연구원, 2018; 오태호, 「최근 『조선문학』(2017년 1~6호)을 통해 본 김정은 시대 북한 시의 고찰-'만리마시대'의 사회주의 강국 건설 지향」, 『한민족문화연구』 61집, 한민족문화학회, 2018; 유임하, 「'전승 60주년'과 북한문학의 표정」, 『돈암어문학』 제26집, 돈암어문학회, 2013; 유임하·미야모토 타카노부, 「정기종의 장편 『운명』과 김정은 시대의 국가서사」, 『동악어문학』 제77집, 동악어문학회, 2019; 이상숙, 「김정은 시대의 출발과 북한 시의 추이-『조선문학』(2012. 1~2013. 9)을 중심으로」, 『한국시학연구』 제38호, 한국시학회, 2013; 이지순, 「김정은 시대 북한 시의 이미지 양상」, 『현대북한연구』 제16권 1호, 북한대학원대학교 북한미시연구소, 2013; 이지순, 「김정은 시대의 감성정치와 미디어의 문화정치학-『로동신문』의 가요텍스트를 중심으로」, 『비평문학』 제59호, 한국비평문학회, 2016; 이지순, 「김정은 시대의 애도와 구원의 코드」, 『어문논집』 69호, 민족어문학회, 2013; 이지순, 「북한 서사시의 김정은 후계 선전 양상」, 『북한연구학회보』 제16권 제1호, 북한연구학회, 2012; 이지순, 「7차 당 대회 이후 '만리마'의 표상 체계: 『조선문학』(2016. 1~2018. 8) 시를 중심으로」, 『한국언어문화』 67집, 한국언어문화학회, 2018; 임옥규, 「북한문학을 통해 본 김정은 체제에서의 국가와 여성-『조선문학』(2012~2013)을 중심으로」, 『국제한인문학연구』 제13호, 국제한인문학회, 2014; 전영선, 「북한문학의 현재와 미래」, 『한국문학과 예술』 제14집, 숭실대학교 한국문학과예술연구소, 2014.

대상인 2018년 이후에 발표된 아동문학에 관한 연구는 아직 존재하지 않는다.[6] 본고에서 2018년에 주목하는 까닭은 그저 세 차례의 남북 정상회담과 최초의 북미 정상회담이 있었기 때문이 아니다. 사상에서 주체, 정치에서 자주, 경제에서 자립, 국방에서 자위[7]를 일관된 원칙으로 견지하고 있는 북측에서 외부적 동인은 부차적일 뿐이다. 오히려 북측 내부적 변화가 세 차례의 남북 정상회담과 최초의 북미 정상회담이라는 결과로 이어졌다고 파악하는 것이 타당하다. 2018년은 북측이 당과 국가의 노선을 획기적으로 전환한 해이다. 이 점에 주목하지 않는다면, 북측의 변화 및 이를 반영한 문학의 양상과 특징을 제대로 파악할 수 없다.

2018년 4월 20일 조선로동당 중앙위원회 제7기 제3차전원회의에서는 경제 건설과 핵무력 건설의 병진노선으로부터 사회주의 경제 건설 총력 집중 노선으로 전환할 것을 결정하였다.[8] 당과 국가의 노선이 경제 건설에 총력을 집중하는 노선으로 전환된 만큼, 이러한 변화는 북측 아동문학에도 반영되었다. 남측에서도 반공·민주화·생태·소수자 등 담론의 변화가 꾸준히 문학에 반영되는 만큼, 문학이 사회를 반영하는 것을 사

5. 마성은, 위의 글; 박종순, 「최근 북한 아동문학에 나타난 후대사랑 담론 연구, 2014~2016년 『아동문학』 분석을 중심으로」, 『동화와번역』 제32집, 건국대학교 동화와번역연구소, 2016; 이정현·김유미, 「북한 과학환상동화 '동굴섬의 새전설'에 나타난 북한의 정치사회화 맥락과 아동관」, 『어린이문학교육연구』 18권 3호, 한국어린이문학교육학회, 2017.

6. 이 글이 발표된 이후 마성은, 「북측 동시와 2018년 4월 전원회의」, 『스토리앤이미지텔링』 제17집, 건국대학교 스토리앤이미지텔링연구소, 2019. 6에서도 2018년 이후에 발표된 아동문학을 연구하였다. 비평까지 검토하면 이정석의 「북한 김정은 시대의 동시문학 흐름 짚어보기」(『아동문학평론』 제43권 4호, 2018. 12)가 2017~2018년 『아동문학』에 실린 동시들을 대상으로 했는데, 이 글에서 분석하고자 하는 2018년 이후의 변화에는 주목하지 않았다.

7. 김정일, 「주체사상에 대하여-위대한 수령 김일성동지 탄생 70돐기념 전국주체사상토론회에 보낸 론문」(1982년 3월 31일), 『주체철학에 대하여』, 조선로동당출판사, 2000, 47~63쪽.

8. 「조선로동당 중앙위원회 제7기 제3차전원회의 진행-조선로동당 위원장 김정은동지께서 병진로선의 위대한 승리를 긍지높이 선언하시고 당의 새로운 전략적로선을 제시하시였다」, 『로동신문』, 2018. 4. 21.

회주의 체제만의 현상으로 간주할 수는 없다.

사회주의 경제 건설 총력 집중 노선으로의 전환을 발표한 것은 2018년 4월 20일이지만, 변화는 2018년 1월 1일 김정은의 「신년사」에서부터 시작되었다. "한피줄을 나눈 겨레로서 동족의 경사를 같이 기뻐하고 서로 도와주는것은 응당한 일"[9]이라는 뜻을 밝히고 8일이 지난 2018년 1월 9일, 판문점 남측지역 〈평화의 집〉에서 남북 고위급회담이 열렸다. 회담을 마치고 북측 대표단의 평창 동계올림픽대회 파견 합의 내용을 담은 공동보도문이 발표된 뒤로, 정세는 급반전을 이루었다.

8년 가까이 끊어져 있던 남북교류가 재개되자 언론을 통해 북측 평양직할시의 창전거리·미래과학자거리·려명거리, 라선특별시, 남포특별시, 신의주특별행정구, 마식령스키장 등을 보며 놀라는 남측 주민들이 많다. 많은 남측 주민들이 생각하는 북측의 모습은 '고난의 행군' 시기에 멈추어 있었기 때문이다. 2000년 10월 10일 조선로동당창건 55돌에 '고난의 행군' 종료를 선언한 지도 어느덧 20여 년이 지났다. 사회 발전 단계에서 의식주 문제가 해결되면 문화적 요구가 높아지기 마련이다. 이를 상징하는 것이 바로《봄향기》와《은하수》등의 화장품이다. 의식주 문제 해결에 여념이 없을 시기에는 여성들이 미처 화장에 관심을 기울일 여유가 없다. 화장품들이 아동문학 작품의 소재로까지 부각된 것은 북측의 변화를 상징적으로 드러낸다.

미국과의 관계 개선 역시 주목하지 않을 수 없는 변화이다. 미국은 김일성·김정일 시대 문학에서 악의 화신이자 억압적 침략자의 표상으로, 김정은 시대 문학에서도 격멸과 멸망의 대상으로 그려졌다고 평가되어 왔다.[10] 아동문학에서도 2018년 이전까지는 줄곧 미국에 대한 풍자가

---

9. 김정은, 「신년사」, 『로동신문』, 2018. 1. 1.

이어졌다.[11] 그러나 2108년에 최초의 북미 정상회담이 성사되고 미국과의 관계가 개선되자, 풍자의 초점이 미국에서 일본으로 옮겨졌다. 물론 2018년 이전에도 일본에 대한 풍자를 찾아볼 수는 있었다. 하지만 2018년 2월 이후 『아동문학』에서 미국에 대한 풍자가 사라지고, 일본에 대한 풍자가 두드러지는 양상에 주목할 필요가 있다.

이 글은 2018년 『아동문학』에 실린 작품들 가운데 동요·동시를 대상으로 한다. 동요·동시는 북측 아동문학에서 정치적·시대적 양상을 동시적(同時的)으로 묘사하는 데 있어 가장 민첩함을 보이는 갈래이다. 동요·동시는 현실의 특정한 사건이라든지 상황을 즉각적으로 언급하는 것만으로도 감정을 고조시킬 수 있기 때문이다.[12]

이 글은 2018년 『아동문학』에 실린 동요·동시를 연구하기 위하여 내재적 방법론을 적용할 것이다. 주지하다시피 내재적 방법론은 "이분법적 전체주의이론적 접근태도나 기능주의적 산업사회이론적 접근방법과는 달리, 사회주의 스스로가 설정한 이념에 근거하여 사회주의 현실을 평가하고 비교하는 데 중점을 두고 있다."[13] 상술한 바 있듯이 북측에서 2018년이 어떤 의미를 갖는 해인지 주목하지 않는다면 최근 북측 아동문학을 제대로 연구할 수 없기 때문에, 내재적 방법론을 적용하여 연구하는 것이 마땅하다.

---

10. 오태호, 「북한문학에 나타난 '미국' 표상의 시대별 고찰」, 『한국근대문학연구』 29호, 한국근대문학회, 2014.
11. 마성은, 앞의 글.
12. 마성은, 「선군시대 북한아동문학 연구」, 인하대 박사논문, 2018, 3쪽.
13. 송두율, 「북한 사회를 어떻게 볼 것인가」, 『역사는 끝났는가』, 당대, 1995, 208쪽.

2. 새로워진 여성상:《봄향기》화장품과《은하수》화장품

신의주화장품공장은 1949년 9월 23일에 북측의 첫 화장품공장으로 창립되었다.[14] 신의주화장품공장에서는 〈너와 나〉, 〈금강산〉이라는 상표의 수출용 화장품들을 생산하고 있었는데, 1999년 6월 공장을 찾은 김정일이 내수용 화장품 생산 방침을 제시하였다. 이후 신의주화장품공장은 남신의주에 새로운 공장을 짓고 내수용 화장품 생산을 시작하였다. 2001년 1월 외국 방문을 마치고 돌아온 김정일은 새로 건설된 공장을 찾았고, 같은 해 12월 다시 공장을 현지지도하였다.《봄향기》화장품을 1년간 사용해왔다는 여성의 이야기를 2002년 9월 기사에서 확인할 수 있으므로, 김정일이 직접《봄향기》라는 상표 이름을 제안한 시기는 2001년 1월 현지지도 때로 짐작할 수 있다.[15] 평양화장품공장은 1957년에 화학생산협동조합으로 발족되어, 1962년에 평양화장품공장으로 명명되었다. 신의주화장품공장에서 생산되는《봄향기》와 평양화장품공장에서 생산되는《은하수》는 북측을 대표하는 화장품들이다.

김정은은 2015년 2월 4일~2017년 10월 28일 평양화장품공장, 2018년 6월 30일 신의주화장품공장을 현지지도하며 화장품 산업에 큰 관심을 기울이고 있다. 또한 2018년 5월 16~18일에는 전국화장품부문 학술토론회가 평양화장품공장에서 진행되었다. 조선과학기술총련맹 중앙위원회 주최로 열린 학술토론회에는 일용품공업성·평양화장품공장·신의

---

14. 「경애하는 최고령도자 김정은동지께서 신의주화장품공장을 현지지도하시였다」, 『로동신문』, 2018. 7. 1.

15. 「'봄향기' 생산하는 신의주화장품공장, 물좋은 교외로 이전－"조선여성 피부에 맞는 최고기능성 화장품 개발할 것"」, 『민족21』 2002. 9; 「제품의 질은 기술자, 기능공들의 수준에 크게 달려있다－신의주화장품공장 일군들의 사업에서」, 『로동신문』, 2018. 3. 20; 「강산에 넘치는《봄향기》여, 그 은정 길이 전하라」, 『로동신문』, 2018. 7. 18; 방성화, 「《봄향기》」, 『로동신문』, 2018. 7. 31.

화장하는 여성과 시대 풍자 247

주화장품공장·국가과학원과 김일성종합대학·한덕수평양경공업종합대학을 비롯한 여러 단위의 과학자·기술자·교원·일군들이 참가하였다.[16]

2018년 『아동문학』에는 1월호부터 화장품을 소재로 한 작품이 실려 있다. 류경철의 동시 「맵시쟁이 우리 누나」는 4연 16행으로 이루어진 작품으로, 《은하수》화장품을 소재로 하고 있다.

《은하수》화장품이 참 좋은가 봐요
아까부터 우리 누난 거울앞에서
크림이랑 연지곤지 곱게 바르고
반달모양 눈섭까지 곱게 그려요

나도 교복입고서 맵시보고싶은데
거울앞에 그냥 서서 향수까지 착착
정말이지 우리 누난 맵시쟁이야
옷맵시에 얼굴맵시 배우보다 더 고와

굽실굽실 윤기도는 멋진 파도머리에
고착제도 바르며 우리 누난 호호호
꽃같은 모습으로 거리에 척 나서면
온 거리가 환해지고 봄향기가 넘친다나

나도 좋아 해해해 할머니도 호호호
만리마 탄 혁신자로 소문난 우리 누나

---

16. 「전국화장품부문 학술토론회 진행」, 『로동신문』, 2018. 5. 19.

《은하수》향수와《은하수》화장품 세트

원수님사랑넘친 고급화장품덕분에
꽃보다 어 예쁜 맵시쟁이선녀됐대

-류경철, 「맵시쟁이 우리 누나」[17] 전문

"나도 교복입고서"와 "우리 누나"라는 시어를 통해 화자가 소학교 남학생임을 알 수 있다. 작품은 교복 입고 통학을 준비하는 화자가 출근을 준비하는 누나의 화장 모습을 흐뭇하게 바라보는 내용을 담고 있다. 1연에는 크림과 연지곤지(립스틱과 블러셔 등 색조화장품)를 바르고 마스카라로 눈썹을 그리는 모습, 2연에는 향수를 뿌리는 모습, 3연에는 파도머리(파도처럼 모양을 낸 머리 형태)에 고착제(헤어스프레이)를 바르는 모습이 묘사되어 있다. 여성이 화장을 하는 모습은 남북이 크게 다를 바 없지만,《은하수》화장품의 종류[18]와 북측 여성에게 인기 있는 머리 형태까지 알 수 있다는 점이 흥미롭다. 3연의 "봄향기"라는 시어는 화장을 마치고 거리에 나선 누나의 "꽃같은 모습"을 비유함과 동시에, 작품의

---

17. 류경철, 「맵시쟁이 우리 누나」, 『아동문학』, 2018. 1, 33쪽.

직접적인 소재가 아닌《봄향기》화장품까지 떠올리게 하는 이중적 의미
를 갖는다.

이 아침도 거울앞에
마주앉아서
화장하는 우리 엄마
얼굴을 좀 봐

샘물같은《은하수》
살결물우에
분크림 발라가니
우유빛이야

빨간 연지 살짝살짝
다독여가니
아이참 어쩌면
꽃송이같애

그 얼굴 참말 예뻐
다시 엿보니
가슴뭉클 젖어드는
원수님사랑

18.《은하수》화장품은 작품에 언급된 종류 이외에도 아이라인(아이라이너)·세척크림(클렌징
폼) 등 다양하다.

엄마들 모두모두
고와지라고
《은하수》화장품도
보아주셨지

봄날처럼 환해지는
온 나라 모습
질좋은 화장품에
담아주셨지

(후략)

- 김성희, 「고와지는 엄마얼굴」[19] 부분

2월호에 실린 김성희의 동시 「고와지는 엄마얼굴」의 소재도 《은하수》 화장품이다. 7연 28행으로 이루어진 작품인데, 화자는 아침마다 화장하는 엄마를 바라보고 있다. 엄마가 2연에서 "샘물같은" 살결물(스킨)을 바른 다음 분크림(파운데이션)을 바르니 얼굴이 "우유빛"이 되고, 3연에서 빨간 색조화장품을 바르자 "꽃송이" 같아진다. 5연은 김정은의 평양 화장품공장 현지지도를 뜻하며, 여성들이 《은하수》 등 "질좋은 화장품"을 사용할 수 있게 되어 온 나라가 봄날처럼 환해지고 있다는 6연에는 작품의 주제의식이 압축되어 있다. 4~7연에는 당과 국가적 차원에서 화장품 산업을 장려하고 있는 북측의 변화가 잘 반영되어 있다.

8월호에 실린 강은경의 동시 「봄향기」와 동요 「봉봉 꿀벌아」는 《봄향

---

19. 김성희, 「고와지는 엄마얼굴」, 『아동문학』, 2018. 2, 37쪽.

기》화장품을 소재로 한 작품들이다.

옛말에 나오는 고와지는 샘
그 샘물로 우리 엄마 얼굴 씻었나
《봄향기》화장품 바르고 나서니
세상에서 제일 고운 꽃이 됐어요

날마다 고와지는 울엄마 얼굴
옛말의 수정샘 요술부렸나
아니아니 원수님사랑 끝없어
정말 고운 울엄마 얼굴이지요

무더운 여름날도 겨울날에도
찾고 또 찾으신 원수님사랑
엄마들 누나들 얼굴에 비껴
집집마다 봄향기 불러왔지요

—강은경, 「봄향기」[20] 전문

우리 엄마 김매러
벌로 가는데
봉봉 꿀벌 자꾸만
따라오겠지

20. 강은경, 「봄향기」, 『아동문학』, 2018. 8, 22쪽.

향기향기 꽃향기

꿀 좀 주세요

아니아니 손저어도

자꾸 따라와

아이참 《봄향기》

살결물 크림

우리 엄마 바른줄

너는 모르지

초롱초롱 꿀초롱에

꿀 채우려면

이제 그만 따라오고

꽃밭에 가렴

- 강은경, 「봉봉 꿀벌아」[21] 전문

　「봄향기」는 3연 12행으로 이루어진 작품으로, "누나들"이라는 시어를 통해 화자가 남아임을 확인 가능하다. 화자는 엄마가 《봄향기》 화장품 바르고 나서니 세상에서 제일 고운 꽃이 되었으며, 《봄향기》 등 질 좋은 화장품을 사용할 수 있게 된 엄마들 누나들이 집집마다 봄향기를 불러왔다고 말한다. "옛말에 나오는 고와지는 샘"과 "옛말의 수정샘" 등의 시어는 민담에서 가져온 것인데, 민담을 좋아하는 아동 독자들의 흥미를 자아낼 수 있는 요소로 평가할 수 있다.

---

21. 강은경, 「봉봉 꿀벌아」, 『아동문학』, 2018. 8, 22쪽.

「봉봉 꿀벌아」는 4연 16행으로 이루어진 작품으로, 1연을 통해 화자의 엄마가 농민임을 추측할 수 있다. 3연 2행의 "살결물 크림"이라는 시어는 《봄향기》의 살결물(스킨)과 물크림(로션)을 뜻한다.[22] 엄마는 김매러 벌로 가는 중이기 때문에 기초화장만 한 것이다. 작품은 《봄향기》 등 질 좋은 화장품이 도시 여성만의 전유물이 아니라 여성 농민에게도 널리 애용

《봄향기》 개성고려인삼 살결물

되고 있음을 확인시켜준다. 꿀벌이 화장품 향기를 꽃향기로 알고 따라온다는 착상은 동요에 잘 어울린다고 할 수 있으며, 기초화장만 했는데도 꿀벌이 따라올 만큼 꽃향기가 퍼진다는 점은 《봄향기》 화장품의 우수성을 효과적으로 형상화한 것이기도 하다.

김정일 시대의 여성은 "남성상을 능가하는 역군 이미지"로 묘사되는 경우가 많았는데, 이는 "훌륭한 여성상 혹은 인간상으로서의 모범성을 부각시키기 위한" 표상으로 평가되었다.[23] 이러한 특징은 김정일 시대 아동문학에도 반영되었다.[24] 반면에 김정은 시대의 여성이 "꽃같은 모습으로 거리에 척 나서면/ 온 거리가 환해지고 봄향기가 넘"친다. 김정은 시대의 여성은 "집집마다 봄향기 불러"오는 "세상에서 제일 고운 꽃"으로

---

22. 《봄향기》 화장품은 작품에 언급된 종류 이외에도 BB크림·CC크림 등 다양하며, 특히 3·4·5·7·9계렬화장품 등으로 구성된 개성고려인삼화장품이 유명하다.
23. 진순애, 「2000년도 북한 시에 나타난 여성상」, 『북한학연구』 제7권 제2호, 동국대학교 북한학연구소, 2011, 223~224쪽.

그려진다.

김정일 시대의 여성은 큰물피해(홍수)와 극심한 가뭄이 잇따라 "한 국가, 한 민족이 완전히 괴멸해버릴수 있는"[25] 시기를 견뎌내야만 하였다. '고난의 행군, 강행군'으로 비유되는 최악의 시기를 극복해낸 뒤에도, 각 산업의 정상화를 위해 투쟁하는 과정에서 "남성상을 능가하는 역군 이미지"를 피할 수 없었다. 김정일 시대를 살아낸 인민의 분투에 따른 결과로, 김정은 시대의 여성상은 김정일 시대의 여성상에서 크게 변화할 수 있게 되었다. 《봄향기》와 《은하수》는 북측의 변화, 새로워진 여성상을 상징하는 소재인 것이다.

3. 옮겨진 풍자의 초점: 미국에서 일본으로

남측의 독자들은 북측에서 활발하게 창작되고 있는 풍자동요·동시를 낯선 갈래로 느낄 것이다. 풍자동요·동시의 미학적 특성은 다음과 같이 규정되고 있다.

> 동요에는 (중략) 외래침략자들과 계급적원쑤들의 본성을 풍자적수법으로 예리하게 폭로규탄하는 내용을 담게 되는 풍자동요라는것도 있다.
>
> (중략)
>
> 풍자동요는 희극적대상의 본질이 드러날수 있는 특징적인

---

24. 마성은, 위의 글, 61~64쪽.
25. 동태관, 「우리는 영원히 잊지 않으리라 - 백두의 령장 김정일장군의 《고난의 행군》혁명실록을 펼치며」, 『로동신문』, 2000. 10. 3.

계기를 포착하고 그 대상을 희극적으로 그려냄으로써 독자들이 그에 대한 멸시와 야유의 감정을 가지도록 하는 시형식이다.

(중략)

풍자동요에서는 반드시 어린이들이 폭로규탄대상을 조소와 야유의 감정으로 대하면서 그 대상의 어리석음으로 하여 희극적인 비웃음을 터뜨릴수 있게 대상을 보여주어야 한다는 미학적특성을 가지고있다.[26]

풍자시는 풍자동요와 마찬가지로 외래침략자들과 계급적원쑤들의 반동적본성을 풍자적수법으로 예리하게 폭로하고 때리는 시형식으로서 내용상 측면에서는 풍자동요와 같은 특성을 가진다.

다만 시형식이 자유시의 양상을 띠고있는것만큼 그 내용을 전개함에 있어서 풍자동요보다 자유롭고 풍부한 표현의 가능성을 가지며 내용적으로도 복잡하고 깊은 의미를 건드릴수 있다는 특성을 가지게 된다.[27]

북측에서 일컫는 "외래침략자들"은 미·일 제국주의로, 풍자동요·동시는 물론 일반 동요·동시의 주요 풍자 대상 역시 미국과 일본이다. 일제의 식민 지배가 과거인 데 반해 아직 종전 선언과 평화협정 체결에 이르지 못한 만큼, 풍자의 초점은 미국에 맞춰져 있었다. 다음의 작품들

26. 장영·리연호, 「주체적문예리론연구 (19) 동심과 아동문학창작」, 문학예술종합출판사, 1995, 52~53쪽.
27. 장영·리연호, 위의 책, 57쪽.

은 2월호까지만 해도 풍자의 초점이 미국에 맞춰져 있었음을 확인하게
해 준다.

새 로케트 쏘아올린
과학자형님에게 둥둥 매달리며
꼬마들 저마다
제가 그린 그림 보아달래요

로케트에 얻어맞은
트럼프놈대가리
두눈에선 눈물 뚝뚝
이마에선 피가 콸콸

코는 뎅겅 꺾어지고
팔다리도 없어지고
몸뚱아린 세동강…

-늙다리 트럼프놈
정신나갔다지요?
-와뜰 놀라 아이쿠
코깨졌다지요?

《제재》 나발 불어대는
트럼프놈 나쁜 놈
나이는야 어려도

하루빨리 복수할 맘들…
과학자형님 고개를
끄덕이며 하는 말
-허허허, 트럼프는 벌써 죽었군!
그래그래, 미국이야 이미 죽었지!

-김준, 「벌써 죽었군!」²⁸ 전문

선경마을 내 고향
드넓은 농장벌에
또 하나의 새 모습
펼쳐졌어요

논밭갈이 기세좋게
무쇠철마 씽씽
황금벌을 가꿔가며
뜨락또르 통통통

미국놈들 제재봉쇄
물거품 만들며
제 힘으로 만들어낸
새형의 뜨락또르
원수님 미남자라
불러주신 뜨락또르

---

28. 김준, 「벌써 죽었군!」, 『아동문학』, 2018. 2, 26쪽.

풍자만화《치유불능의 정신병자》

《천리마-804》호
《충성-122》호

파란 옷 차려입고
내 고향을 달릴 때
우리들의 래일은
더 풍요해질거야

─마희봉, 「더 풍요해질거야」[29] 전문

　김준의 동시 「벌써 죽었군!」은 갈래가 풍자동시로 표기되어 있지 않으나, 내용상으로는 풍자동시라 할 수 있다. 6연 23행으로 이루어져 있으며, "형님"이라는 시어로 화자가 남아임을 알 수 있다. 화자는 관찰자 시

---

29. 마희봉, 「더 풍요해질거야」, 『아동문학』, 2018. 2, 39쪽.

점에서 과학자 형님에게 동동 매달리며 저마다 제가 그린 그림 보아달라고 하는 꼬마들을 묘사한다. 1연 1행의 "새 로케트"는 2017년 11월 29일 시험발사에 성공한 '대륙간탄도로케트 〈화성-15〉형'을 뜻한다. 꼬마들은 과학자 형님이 쏘아 올린 "로케트에 얻어맞은" 트럼프가 죽은 모습을 그렸다.

작품에서 트럼프는 "늙다리 트럼프놈", "트럼프놈 나쁜놈" 등으로 불리는데, 특히 "늙다리"는 트럼프를 풍자하는 단어로 널리 알려졌다. 김정은이 2017년 9월 21일 직접 발표한 성명에서 두 번이나 트럼프를 "늙다리"로 풍자한 후, 이를 영어로 번역한 'dotard'라는 단어가 미국에서 인기 검색어에 오르기도 하였다.

마희봉의 동시 「더 풍요해질거야」의 중심 소재는 2017년에 생산된 "새형의 뜨락또르" 〈천리마-804〉호와 〈충성-122〉호이다. 그런데 2연에는 주체 역량으로 "새형의 뜨락또르"를 만들어내 "미국놈들 제재봉쇄/물거품 만들"었다는 풍자가 포함되어 있다. 미제 풍자에 초점을 맞춘 작품이 아님에도 미국에 대한 비판을 담고 있다는 점에서, 개선 이전의 북미관계를 잘 반영한 것으로 볼 수 있다.

2018년 3월 8일, 북미 정상회담 개최를 합의한 뒤로 풍자의 초점은 미국에서 일본으로 옮겨졌다. 2월호 이후로는 미국에 대한 풍자가 사라지고, 일본에 대한 풍자가 활기를 띤다. 7월호에는 일본에 대한 풍자동시 3편이 실려 있는데, 모두 김희선의 작품이다.

우리 나라 바다건너 조금 더 가면
외토리 섬나라 난쟁이들 욱실대지
잰내비상통에 보기 흉한 난쟁이
거인흉내내려는 꼴 참 우습지

북남형제 서로 만나 평화의 봄 안아오니
너무너무 배가 아파 애고고 애고고

몰랐지 닭쫓던 개신세
온 세상 버림을 받게 되는줄

간특한 왜놈들 쪽발이들아
그래서 네놈들 난쟁이라 하는걸

- 김희선, 「섬나라 난쟁이들」³⁰ 전문

삐걱 삐거덕
쪽발이들 몰아가는
미친놈 마차
바다건너 삐걱 삐거덕

삐걱 삐거덕
《대동아공영권》 옛꿈싣고
내 나라 꽃동산
훔쳐보며 삐걱 삐거덕

삐걱 삐거덕
고삐 풀린 전쟁마차
덜컹덜컹 저승길로

---

30. 김희선, 「섬나라 난쟁이들」, 『아동문학』, 2018. 7, 37쪽.

풍자만화《사무라이 특공대》

미친듯이 삐걱 삐거덕

> ─김히선, 「삐걱 삐거덕」[31] 전문

《해상봉쇄》《단독제재》

개나발 불며

쪽발이들 어리석게

쩩쩩대는 꼴

날마다 커가는

우리 힘앞에

겁에 질려 말대포

불어대는 꼴

컹컹대는 개소리

31. 김히선, 「삐걱 삐거덕」, 『아동문학』, 2018. 7, 37쪽.

누가 들을가

다 꿰진 북통소리

누가 들을가

대갈통에 새겨둬라

잘못 놀린 혀

네 목을 동강내는

칼이 되는걸

- 김히선, 「대갈통에 새겨둬라」[32] 전문

　5연 10행으로 이루어진 「섬나라 난쟁이들」은 남북·북미관계 개선에 따라 일본이 "닭쫓던 개신세"로 "온 세상 버림을 받게 되"었다고 풍자하는 작품이다. 특히 3연 1행의 "북남형제 서로 만나 평화의 봄 안아오니"라는 구절은 제3·4차 남북 정상회담과 남북 문학예술·체육계 교류를 반영하고 있다.

　3연 12행으로 이루어진 「삐걱 삐거덕」은 각 연의 1행과 4행 마지막 음보에서 "삐걱 삐거덕"을 반복하여 운율을 자아낸다. 작품의 제목이기도 한 "삐걱 삐거덕"은 일본의 "고삐 풀린 전쟁마차"를 상징하는 의성어로, 명목상이나마 전쟁을 포기하며 전투력을 보유하지 않는다고 규정한 헌법 9조를 전쟁헌법으로 개악하려는 책동을 비판하고 있다.

　4연 16행으로 이루어진 「대갈통에 새겨둬라」는 "일본이 대조선단독제재의 《실효성》을 운운하며 자국에 들어오는 모든 외국선박들은 《북조선 기항리력여부에 대한 보고》를 의무화하여야 한다고 결정"[33]한 것을 풍

32. 김히선, 「대갈통에 새겨둬라」, 『아동문학』, 2018. 7, 37쪽.
33. 리학남, 「정치난쟁이의 부질없는 망동」, 『로동신문』, 2018. 4. 5.

자하는 작품이다. 3연은 두터운 북중·북러관계에 이어 남북·북미관계 개선에 따라 고립 위기에 처한 일본을 야유하는 것이다.

40여년간이나
우리 나라 짓밟고
금은보화 모두모두
뺏어가던 왜놈들

(중략)

《대동아공영권》
개꿈 아직 못 버리고
속에는 칼을 품고
이를 박박 갈고있대

야스구니진쟈에
무리지어 몰려가
까마귀처럼 까욱까욱
옛 망령을 불러댄대

앞에서는 두손 싹싹
뒤에서는 피눈 데굴
핵무기까지 끌어들여
전쟁연습 벌려댄대

쪽발이 꼬인 심보

뒈져서도 못 고칠걸

온 세상욕 뒤집어쓰고

풍랑속에 콱 빠져라

-최성희, 「쪽발이 꼬인 심보」[34] 부분

8월호에 실린 최성희의 동시 「쪽발이 꼬인 심보」는 7연 28행으로 이루어져 있다. 1연에서는 조선을 식민 지배했던 일제를, 4~5연에서는 일본파시즘을 반성하기는커녕 전범 파시스트들을 신으로 섬기고 있는 작태를 풍자하고 있다. 6연의 "핵무기까지 끌어들여" 벌려대는 "전쟁연습"은 2018년 6월 27일부터 8월 2일까지 벌어진 '환태평양군사연습(Rim of the Pacific Exercise)'을 뜻한다. 여기에는 핵추진항공모함인 미국의 칼빈슨 항공모함(USS Carl Vinson, CVN70)이 동원되었다. 주목할 점은 미국과 남측도 이 군사연습에 참여했는데, 일본만 풍자의 대상이 되었다는 것이다. 이는 남북·북미관계 개선이 반영된 것이다.

11월호에는 김희선의 풍자동요동시초 「꽝포투성이-력사교과서」[35]가 실렸다. 풍자동요동시초는 일정한 주제의 풍자동요·동시 몇 편을 하나로 묶은 갈래이다. 5연 20행의 「꽝포교과서」, 4연 16행의 「도리도리할거야」, 5연 20행의 「시라소니들」, 4연 16행의 「하늘 봐라 땅을 봐라」, 4연 16행의 「흥!」 등 총 5작품을 묶어놓았다. 「꽝포교과서」는 "우리 함께 피의 력사/ 파헤쳐보자/ 외곡된 교과서/ 꽝포교과서"라고 비웃으며, 이어지는 작품들을 통해 일본의 역사교과서 왜곡을 풍자할 것임을 밝히고 있다. 「도리도리할거야」는 침략전쟁 미화를, 「시라소니들」은 성노예범죄 은폐

---

34. 최성희, 「쪽발이 꼬인 심보」, 『아동문학』, 2018. 8, 50쪽.
35. 김희선, 「꽝포투성이-력사교과서」, 『아동문학』, 2018. 11, 47~48쪽.

풍자만화《생떼질》

를, 「하늘 봐라 땅을 봐라」는 강제징용 노동자 은폐를, 「흥!」은 독도 강
탈 책동을 비판하고 있다.

4. 2019년을 내다보며

김정은은 2019년 1월 1일 「신년사」[36]에서 "2018년은 우리 당의 자주
로선과 전략적결단에 의하여 대내외정세에서 커다란 변화가 일어나고
사회주의건설이 새로운 단계에 들어선 력사적인 해"였다고 평가하였다.
또한 "경공업부문에서는 현대화, 국산화, 질제고의 기치를 계속 높이 들
고 인민들이 좋아하는 여러가지 소비품들을 생산보장"할 것을 강조하였
다. 이를 통해 볼 때 화장품 산업은 계속 활기를 띨 것이며, 새로워진 여

---

36. 김정은, 「신년사」, 『로동신문』, 2019. 1. 1.

성상을 노래하는 동요·동시 창작도 활발할 것으로 예상할 수 있다. 그리고 "우리는 조미 두 나라사이의 불미스러운 과거사를 계속 고집하며 떠안고갈 의사가 없으며 하루빨리 과거를 매듭짓고 두 나라 인민들의 지향과 시대발전의 요구에 맞게 새로운 관계수립을 향해 나아갈 용의가 있"다는 뜻도 밝혔다. 북미관계 개선이 지속될수록, 미국에서 일본으로 옮겨진 풍자의 초점도 유지될 것이다.

본고에서는《봄향기》와《은하수》등의 화장품을 소재로 한 동요·동시가 북측의 변화를 반영하고 있음을 분석하였다. 『로동신문』 2019년 3월 28일 자에 실린 「꽃펴나는 삶, 짓밟힌 인생」[37]은 사회주의 체제 여성들의 "꽃펴나는 삶"과 자본주의 체제 여성들의 "짓밟힌 인생"을 대조한 글이다. 흥미로운 점은 "고마운 어머니당의 품속에서 복된 삶을 누려가는 우리 녀성들의 행복넘친 웃음소리"의 사례로 흥성거리는 화장품 매대들을 언급하고 있다는 것이다. 3월 30일 자에도 「《봄향기》화장품에 깃든 다심한 은정」[38]이라는 글이 실렸다는 사실은 화장품이 북측의 변화, 새로워진 여성상을 상징하는 소재임을 입증한다.

본고에서는 북측의 변화가 반영된 동요·동시의 특징 가운데 풍자의 초점이 미국에서 일본으로 옮겨졌다는 사실에도 주목하였다. 다음의 관점은 무척 유의미하다.

　　최근 서방의 패션쇼나 패션소품에 일제의 욱일기旭日旗를 활용하여 논란을 빚는 일이 빈번하다. 사극이 아닌데 내용과 무관하게 욱일기가 등장하는 드라마·영화·게임 등에 대한 항의도 꾸준히 이어진다. 서방에서 독일나치즘과 이탈리아파시즘

---

37. 정영철, 「꽃펴나는 삶, 짓밟힌 인생」, 『로동신문』, 2019. 3. 28.
38. 김성훈, 「《봄향기》화장품에 깃든 다심한 은정」, 『로동신문』, 2019. 3. 30.

의 상징물을 공공연히 사용하는 일은 상상하기 어렵다. 그런데 유독 일본파시즘의 상징물에 대해서만 관대한 태도를 취하는 원인은 일본파시즘의 희생자들이 주로 한국인·중국인 등 아시아인들이기 때문에 관련 사실을 잘 모르거나, 자신들과 무관한 일로 여기며 관심을 두지 않기 때문이다. 세계반파시즘전쟁에 대한 기억에 있어서도 여지없이 오리엔탈리즘이 깔려 있는 것이다.

식민지 근대성의 미시적 폭력에 관심을 기울이는 것도 필요하지만, 제국주의·파시즘의 거시적 수탈과 반인륜적 학대·학살에 대한 연구도 반드시 계속되어야 한다. 특히 일본군 성노예 문제·침화731방역급수부대·난징대학살·충칭대폭격 등 일제의 반인륜적 학대·학살의 범위나 규모가 독일파시즘의 그것보다 못하지 않거나 그 이상이었다는 사실을 세계반파시즘전쟁이라는 세계사적 맥락에서 전 인류가 정확히 알 수 있게 해야 한다.[39]

2019년 3월 26일, 일본 문부과학성은 교과서 검정심의회 총회에서 독도를 일본 고유의 영토로 왜곡하는 초등 4~6학년 사회과 교과서 9종에 대한 검정을 승인하였다. 김희선의 풍자동요동시초「꽝포투성이 – 력사교과서」가운데 한 편인「시라소니들」의 마지막 5연은 "거짓력사 따라외운/ 애들 뭘 될가/ 눈 뜬 소경 뻐꾸기들/ 시라소니들 되지"라며 끝을 맺는다. 그는 2018년 7월호에 3편의 풍자동시·11월호에 5편의 작품을 묶은 풍자동요동시초를 발표했는데, 2019년 2월호에도 3편의 풍자동시「고

39. 두전하,「한·중 동화의 일제(日帝)에 대한 알레고리 연구 –『토끼와 원숭이』와『금오리제국』을 중심으로」,『아동청소년문학연구』제23호, 한국아동청소년문학학회, 2018, 237쪽.

《봄향기》화장품 전시장과 흥성거리는 화장품 매대

래잡이 제잡이야」[40], 「뭐라고 재잘될가」[41], 「먼저 삼켜라」[42]를 실으며 일본 비판을 이어가고 있다. 미국에서 일본으로 옮겨진 풍자의 초점이 2019년에도 유지될 것인지는 후속 연구를 통해 밝히도록 하겠다.

40. 김희선, 「고래잡이 제잡이야」, 『아동문학』, 2019. 2, 45쪽.
41. 김희선, 「뭐라고 재잘될가」, 『아동문학』, 2019. 2, 45쪽.
42. 김희선, 「먼저 삼켜라」, 『아동문학』, 2019. 2, 45쪽.

모란봉악단과 음악정치[1]

천현식(국립국악원)

1. 머리말

김일성 주석(이후 직위 생략) 사망 이후 1996년 2월 김정일 당시 국방위원장(이후 직위 생략)은 북측의 변화를 예상하는 안팎에 "나에게서 그 어떤 변화를 바라지 말라"는 말을 전했다. 이후 현재까지도 북측의 변화를 예측하는 상황에서 이 말이 인용되곤 하면서 북측의 주체성을 강조하기도 하고, 북측의 닫힌 고립성을 강조하기도 한다. 어쨌든 이 글귀는 북측의 불변성을 강조한다. 그렇다면 북측은 불변하는가? 굳이 특별한 이론을 들지 않아도 변하지 않는 것이 없다는 것은 알 수 있으며, 어쨌든 마르크스 레닌주의의 변증법적 유물론의 전통을 잇고 있는 북측이 이 말을 곧이곧대로 불변성을 주장하기 위해 쓰지는 않았을 것이다. 그렇다면 이 말은 실제로 무슨 뜻일까? 필자는 이것을 다른 말로 하면 "나는 너희들 뜻에 따라 변하지 않을 것이다"라는 뜻이라고 생각한다. 외부의 뜻에 따른 북측의 변화를 바라지 말라는 것, 그러니까 "나는 너희들 뜻이 아니라 나의 뜻에 따라 변화를 선택하고 조절할 것이다"를 말하고자 한 것으로 생각한다. 실제로 북측은 이후 2002년 7.1 경제

---

1. 이 글은 「모란봉악단의 음악정치」(김태구 외, 『2015 북한 및 통일 관련 신진연구논문집』, 통일부 북한자료센터, 2015)를 단행본 취지에 걸맞게 수정 보완한 것이다.

감각의 갱신, 화장하는 인민

관리 개선조치를 포함한 여러 변화의 움직임을 보인 것이 사실이다. 하지만 남측 사람들은 대부분 북측이 변하고 있다는 것을 실감하지 못한다. 왜 그럴까? 그것은 실제로 남측 사람들로서는 북측이 변하지 않는 것 같다고 느끼기 때문이다. 그것은 변화의 속도와 방식이 다르기 때문이다. 방식이 다른 문제는 보통은 대상에 대해서 알지 못함에 따른 것이 클 것이다. 그리고 속도의 문제는 남측과 북측의 삶의 속도가 다르기 때문이다.

세계에서도 가장 빠른 인터넷과 '빨리빨리'의 생활문화를 가진 남측 사람들의 관점에서 북측의 변화를 느끼기는 힘들다. 100km로 달리는 차 안에서 50km를 달리는 옆 차선의 차는 앞으로 달리는 것이 아니라 오히려 뒤로 달리는 것으로 보일 수 있다. 그렇기 때문에 100km의 차 안에서 내려 옆 차선에서 50km로 달리는 차를 바라보아야 한다. 그랬을 때 그 차의 속도와 방향, 운전방식을 실감할 뿐만 아니라 자세히 볼 수 있다. 이렇게 했을 때 내가 탔던 차도 함께 살펴볼 수 있다. 그리고 보이지 않았지만, 나의 또 다른 옆 차선에서 나보다 앞서 달려가는 차도 확실히 볼 수 있다. 달리 얘기하면 북측은 다른 차선에서 다른 승객들이 타 있는 운전사가 다른 차량이다. 우리는 그것을 가끔, 아니 아주 자주 까먹는다. 이것은 자연스러운 현상이다. 우리는 실제로 차 안에서, 그러니까 삶의 공간에서, 내릴 방법이 없으며 단지 생각의 순간마다 그 사실을 각성(覺醒)해야 할 뿐이다. 하지만 매 순간 그런 깨달음을 유지하기는 힘들다. 나 살기도 바쁘기 때문이다. 따라서 나 아닌 다른 사람과 대화하기는 무척 힘들다. 또한, 그렇기 때문에 다른 사람과 대화에 성공하고 새로운 합의를 끌어내게 되면 커다란 기쁨과 평화가 찾아오게 된다. 모란봉악단이 바로 우리와는 다른 북측식의 변화와 속도를 보여주고 있다. 음악을 공부하고 있는 필자도 2012년 모란봉악단의 출현을 보고서 그 변화를 제대로 느끼지 못했다. 물론 큰 변화를 보여준다는 막연함은 느꼈지만, 그것이 구체적으로 무엇인지, 음악의 변화가 북측 사회의 변화와 어떻게 연결되는지 몰랐다. 필자는 이번 기회에 차에서 내려 옆 차를 바라보는 각성의 기회를 다시 가지고자 한다.

김정은 시대를 표상하는 여러 사건 중에 문화예술, 특히 음악 분야에서 주목받은 것이 바로 모란봉악단의 출현이다. 모란봉악단은 김정은 국무위원장(이후 직위 생략)이 김정일이 죽은 후 전면에 나선 2012년에 등장하면서 김정은 시대를 대내외에서 대표했다고 평가된다. 그리고 그 등장이 김정은이라고 하는 젊은 지도자에 걸맞게 상대적으로 세련된 전자음악과 무대연출을 보여주었기 때문에 더욱 주목받았다. 필자는 파격적인 의상과 무대에 대한 주목을 넘어서 모란봉악단이 갖는 김정은 시대의 특징이 무엇인지에 대해서 그들의 음악과 함께 설명하고자 한다. 그럼으로써 북측에서 계속 주장해왔던 '모란봉악단의 창조기풍'의 실체가 단순히 김일성 시대부터 계속되어오던 따라배우기 식 대중운동의 문화예술 방식이 아니라, 그 실체가 무엇인지 이전 시기와 어떻게 다른지를 파악할 수 있을 것이다. 김정은 시대에 전면으로 내세우고 있는 '모란봉악단'을 이해한다는 것은 달리 말하면 김정은 시대의 방향성을 제대로 이해한다는 것이다.

필자는 모란봉악단의 음악정치가 김정은 시대와 어떤 관계에 있으며, 주민통합을 위한 북측의 선전선동체계의 하나로서 어떻게 기능을 하는지에 대해 주목하고자 한다. 이를 위해 모란봉악단의 음악 자체를 분석하고자 한다. 동영상과 함께 음악분석을 진행하려고 하는데, 이는 김정일 시대와의 연속점과 분절점을 음악 그 자체로 파악하고자 하는 것이다. 더 나아가 이러한 음악분석과 김정은 시대의 지향을 음악정치라는 북측식 문화예술 통치와 연결시키는 음악사회학적 분석을 하려고 한다.

이것은 단지 모란봉악단의 음악적 특징에 머물지 않고 북측 음악의 변화 방향을 보여주는 것이 될 것이다. 대상으로 하는 시기는 모란봉악단의 초기로서 시범공연이 열린 2012년 7월 6일 공연부터 '조선로동당창건 70돐'을 맞은 공훈국가합창단과의 합동공연이 열린 2015년 10월까지이다. 이 시기는 모란봉악단이 파격적 등장과 조정, 재등장을 거쳐 김정은 시대의 '본보기 예술단체'로 공인되는 때이다. 그렇기 때문에 이 시기의 모란봉악단을 본다면 최근 북측 음악과 함께 김정은 시대가 지향하는 바를 확인할 수 있을 것이다.

2. 모란봉악단의 위치와 조직

1) 악단의 출현과 그 위치

모란봉악단은 김정은 집권이 시작된 2012년 상반기에 준비를 시작해서 2012년 7월 6일 만수대예술극장에서 시범공연을 하게 되었다. 북측 매체에서도 선전하고 있듯이 불과 몇 개월 만에 악단이 출발한 셈이다. 이것이 가능한 것은 이러한 현대적인 모란봉악단의 출현 이전 김정일 시기 후반부에 이미 만수대예술단의 삼지연악단이나 은하수관현악단과 같은 현대적인 인민대중의 감성을 만족시키고자 한 악단들이 있었기 때문이다. 이러한 악단의 구성원을 바탕으로 모란봉악단이 준비된 것이다. 시범공연을 열고 그것을 실황녹화 형태로 7월 11~12일 이틀에 걸쳐 두 차례나 대중에게 방송했다는 것은 모란봉악단을 성공적이라고 평가하였다는 것을 말한다. 시범공연 마지막에 김정은이 무대를 향해서 엄지를 치켜든 것을 보면 분명해진다.

이 공연을 북측에서는 "모란봉악단이 내용에서 혁명적이고 전투적이며 형식에서 새롭고 독특하며 현대적이면서도 인민적인 것으로 일관된 개성 있는 공연을 무대에서 펼치였다. 째인 안삼불과 화려한 무대조명의 효과로 하여 청각과 시각적으로 변화무쌍한 공연은 음악형상창조의 모든 요소들을 예술적으로 완전히 조화시켰다. 공연의 주제와 구성으로부터 편곡, 악기편성, 연주기법과 형상에 이르는 모든 음악요소들을 기성 관례에서 벗어나 대담하게 혁신하였다"[2]고 극찬의 평가를 하였다. 북측의 이러한 선전 문구의 평가를 학술적 차원에서 평가할 일은 아니겠고, 어쨌든 이전 시기와는 질적으로 다른 사건임은 분명해 보인다. 그동안 북측 음악이 시대에 따라 일정하게 변화해왔기 때문에, 어느 정도 변화의 정도를 짐작할 수 있는데, 모란봉악단의 공연은 그 수준을 벗어난 변화라고 할 수 있다. 1985년 보천보경음악단(후에 보천보전자악단)이 처음 등장했을 때와 비견될 정도라고 할 수 있다. 물론 앞으로의 진행 상황을 보면 그보다 더한 평가도 가능할 수 있을 것이다. 대중화란 측면에서 북이 그동안 북쪽만의 정체성, 독자성을 고수하는 데 주목해왔다면 모란봉악단은 상대적으로 세계적 추세에 더 많은 비중을 두었다고 할 수 있다. 남쪽의 입장에서는 여전히 촌스러운 면이 있지만, 예전과 비교하자면 수준이 상당히 높아졌고, 머리 모양, 무대설치, 조명, 무대매너 등 상당히 많은 것이 바뀌었다는 것을 알 수 있다. 자세한 음악적 분석은 다음 항목에서 이루어질 예정이다. 은하수관현악단과 삼지연악단이 어쨌든 김정일 국방위원장의 큰 영향력, 틀 안에서 만들어진 것으로 본다면, 모란봉악단은 분명 김정일 시대와는 다른 김정은 시대의 음악을 보여주고 있다. 이러한 모란봉악단에 대한 북측 인민들의 반응도 매우 호의적이어서 모란봉악단의 출현은 성공적이라고 할 수 있다.

---

2. 본사정치보도반,「경애하는 김정은동지께서 새로 조직된 모란봉악단의 시범공연을 관람하시였다」,『로동신문』2012. 7. 9, 2쪽.

이러한 모란봉악단의 출현은 다음의 표에서 제시하고 있는 북측 음악 단체의 계보에서 보천보전자악단을 잇고 있다.[3]

1980년대 이후 대표적 북측의 음악단체

위와 같이 북측 음악단체를 기악과 성악(극음악 포함)단체로 나눌 수 있으며, 이는 다시 현대음악과 민족음악으로 나눌 수 있다. 우리 방식대로 거칠게 설명하면 현대음악은 서양, 대중음악 중심의 음악이고 민족음악은 전통음악 위주의 음악이다. 극음악이 중심이 되는 성악분야는 현대음악을 혁명가극 〈피바다〉를 창작한 피바다가극단이 담당하고 있으며, 민족음악은 민족가극 〈춘향전〉을 창조한 평양예술단의 후신 국립민족예술단이 담당하고 있다. 반면 기악분야의 현대음악은 보천보전자악단이 담당하고 있으며 민족음악은 왕재산경음악단이 담당하고 있다. 이러한 구분은 특징별 구분일 뿐이며, 북측 음악단체는 모두 극장식체계를 갖추고 있어서 보천보전자악단이나 왕재산경음악단도 성악가들을 갖고 있으며, 피바다가극단이나 국립민족예술단도 관현악단 규모의 기악단을 가지고 있다.[4] 이러한 북측 음악단체의 계보에서 모란봉악단은

---

3. 김정일, 「민족음악을 현대적미감에 맞게 발전시킬데 대하여: 조선로동당 중앙위원회 책임일군들과 한 담화, 1993년 11월 13일」, 『김정일선집 13: 1992. 2~1994. 12』(평양: 조선로동당출판사, 1998), 373-383쪽.

기악을 위주로 현대음악을 담당했던 보천보전자악단을 잇고 있다. 경음악단체이면서 상대적으로 현대음악을 위주로 했던 보천보전자악단을 음악적으로 잇고 있다.이는 북측 매체에서도 설명하고 있는 대목이다.[5] 보천보전자악단은 1985년 김정일이 남성들로 된 전자악단조직사업을 지시하고 나서 조직되었다. 성악가들은 여성들도 포함된다. 이름도 김정일 국방위원장이 지었다고 한다.[6] 이러한 현대음악을 담당했던 남성 위주의 경음악단을 이은 것이 바로 모란봉악단이다. 모란봉악단은 현대음악을 담당하는 여성 위주의 경음악단인 셈이다. 연주가와 성악가 모두가 여성으로 구성된 완전한 여성음악단체이다. 이 모란봉악단은 1960년대 만수대예술단의 여성기악중주조와 1980~90년대 남성 위주의 보천보전자악단을 결합한 것이라고 할 수 있다.

만수대예술단과 보천보전자악단은 북측에서 말하는 '본보기예술단체'인데, 그 계보를 모란봉악단이 잇고 있기[7] 때문에 북측 음악예술 단체의 계보에서도 모란봉악단은 아주 중요한 위치를 차지하고 있다. 이들의 공로와 가치가 인정받고 있다는 것은 모란봉악단 배우들의 공훈배우 칭호(류진아, 라유미, 김유경)[8], 작곡가들의 노력영웅칭호(황진영, 우정희, 안

---

4. 보천보전자악단은 현재 해산되고 왕재산경음악단은 개편되어 왕재산예술단으로 활동하고 있는 것으로 알려져 있다.

5. 전은별, 「우리식의 독특한 새로운 경음악단」, 『조선예술』, 2014. 7, 루계 691호(2014), 19-20쪽.

6. 전은별, 「악단의 명칭에도」, 『조선예술』, 2014. 6, 루계 690호(2014), 5쪽.

7. 우정혁, 「사랑하는 고향과 조국을 피로써 지킨 승리자들의 노래 영원하리: 전승절경축 모란봉악단공연에 대하여」, 『로동신문』, 2012. 8. 12, 2쪽.

8. 조선민주주의인민공화국 최고인민회의 상임위원회, 「조선민주주의인민공화국 최고인민회의 상임위원회 정령 '류진아동지에게 조선민주주의인민공화국 공훈배우칭호를 수여함에 대하여'」, 『로동신문』, 2013. 7. 22, 1쪽; 조선민주주의인민공화국 최고인민회의 상임위원회, 「조선민주주의인민공화국 최고인민회의 상임위원회 정령 '라유미동지에게 조선민주주의인민공화국 공훈배우칭호를 수여함에 대하여'」, 『로동신문』, 2014. 5. 18, 1쪽; 조선민주주의인민공화국 최고인민회의 상임위원회, 「조선민주주의인민공화국 최고인민회의 상임위원회 정령 '공훈국가합창단과 모란봉악단 지휘성원, 창작가, 예술인, 성원들에게 조선민주주의인민공화국 명예칭호와 훈장을 수여함에 대하여'」, 『로동신문』, 2015. 10. 25, 1쪽.

정호)[9], 국가표창, 군사칭호[10] 등으로 알 수 있다. 또한, 북측 예술계에서 모란봉악단이 차지하는 위치를 바로 보여주는 사건이 2014년 5월 19일부터 21일까지 진행된 제9차 전국예술인대회이다. 이 대회의 주인공이자 모범으로 모란봉악단이 내세워졌다.

다음은 단상 전체 배경화면과 배경화면 중 모란봉악단의 상징물을 확대한 사진이다.[11]

제9차 전국예술인대회 단상 배경과 모란봉악단 상징물

제9차 전국예술인대회의 기조는 '모란봉악단의 창조기풍'을 따라배우자였다. 위 배경 그림은 대회의 기조를 보여줄 뿐만 아니라 모란봉악단의 위상을 상징적으로 보여주고 있다.

9. 조선민주주의인민공화국 최고인민회의 상임위원회, 「조선민주주의인민공화국 최고인민회의 상임위원회 정령 '황진영, 우정희, 안정호동지들에게 조선민주주의 인민공화국 로력영웅칭호를 수여함에 대하여'」, 『로동신문』, 2014. 4. 13, 2쪽.
10. 조선중앙통신, 「공훈국가합창단과 모란봉악단의 지휘성원들과 창작가, 예술인들에 대한 당 및 국가표창과 군사칭호수여모임 진행」, 『로동신문』, 2015. 10. 26, 1쪽.
11. 「제9차 전국예술인대회 개막: 경애하는 김정은동지께서 대회참가자들에게 보내신 력사적인 서한을 전달」, 『로동신문』, 2014. 5. 17, 2쪽.

2) 모란봉악단의 조직

북측의 음악단체는 남측의 음악단체들처럼 음악가 개인이나 음악가 몇 명이 모인 형태가 아니다. 모두가 극장식체계를 가지고 있다. 이것은 북측 초기 때부터 일관된 모습인데, 사회주의 예술체계에 따라 집단주의적 공연형태를 지향하고 있기 때문이다. 모란봉악단도 마찬가지이다. 우리는 모란봉악단이라고 하면 주로 연주가들과 성악가들 몇 명을 떠올리게 되는데, 이 단체는 극장식체계에 따라 행정과 공연분야를 담당하는 부서로 나뉘고, 공연분야도 작곡과 작사 등을 담당하는 창작실, 그리고 녹음, 무대, 의상 등의 공연 전반을 아우르는 부서들이 있다.

이러한 모란봉악단의 전모를 구성해보고자 한다. 먼저 제1회 공연이었던 모란봉악단 시범공연(2012. 7. 9)의 출연자를 보면 다음과 같다.[12]

모란봉악단 시범공연 출연자(2012. 7. 6)

구성	역할	이름	참고
악기조(11명)	제1전기바이올린	선우향희	악장
	제2전기바이올린	홍수경	-
	제3전기바이올린	차영미	-
	전기첼로	유은정	-
	신세사이자	김향순 · 리희경	-
	쌕스폰	최정임	-
	피아노	김영미	-
	전자드람	리윤희	-
	전기기타	강령희	-
	(전기)바스기타	리설란	-

---

12. 모란봉악단, 〈실황록화 경애하는 김정은동지를 모시고 진행한 모란봉악단 시범공연, 2012. 7. 6.〉, http://youtu.be/-d8jJGgoT4A, 2012.07.11.

중창조(6명)	배우(노래)	김유경	조장
		김설미	–
		류진아	–
		박미경	–
		박선향	–
		정수향	–

   첫 공연에서는 악단의 전모가 드러나지 않았기 때문에 무대에 섰던 연주가와 성악가들만이 확인된다. 연주단인 악기조 11명과 성악단인 중창조 6명 모두 17명의 음악인으로 구성되었다. 그중에서 주로 조명을 받았던 악기조는 9종의 악기들을 사용했는데, 쌕스폰(색소폰)과 피아노를 제외하고는 모두 전자악기를 쓴 점이 특이했다. 그러니까 신세사이자(신시사이저, synthesizer)나 전기기타, (전기)바스기타(베이스기타) 등은 이전의 경음악단에서도 사용되었지만, 현악4중주 형태의 바이올린과 첼로, 그리고 드럼의 경우까지 모두 전자악기로 바꿔서 전자음악을 전면에 내세운 것이다. 가능한 모든 악기를 전자악기로 바꿨다는 데에 의미가 있다. 그리고 북측에서는 배우라고 부르는 중창조 가수가 6명 등장했다. 이 중 악기조의 악장은 제1바이올린을 맡은 선우향희였고 중창조의 조장은 김유경이었다. 이런 모란봉악단의 구성을 보면 서양식 현악4중주(바이올린2, 비올라1, 첼로) 중심의 연주단과 북측의 가사 중심인 내용미학을 담당하는 중창단이 결합한 형태라고 할 수 있다. 서양 클래식의 양식화된 악단 형태를 받아들이면서도 북측의 사회주의 예술의 특징을 담아낼 수 있는 중창조를 결합한 것이다. 물론 서양 클래식의 고전 형태가 아닌 전자악기를 받아들인 것도 특징이라고 할 수 있다.

   그러면 관심을 끌었던 시범공연을 포함해서 이 글에서 살펴볼 시기인 2012년 7월 6일부터 2015년 10월까지 모란봉악단에 참여한 음악가 전체를 정리하면 다음과 같다.

모란봉악단 출연자 전원

구성	악기	이름	참고
악기조(13명)	제1전기바이올린	선우향희	–
	제2전기바이올린	홍수경	–
	제3전기바이올린	차영미	–
	전기첼로	유은정	–
	신세사이자	김향순, 리희경, 김영미	–
	쌕스폰	최정임	–
	피아노	김영미, 김정미	–
	전자드람	리윤희	–
	전기기타	강령희	–
	(전기)바스기타	리설란, 전혜련	–
중창조(11명)	배우(노래)	김유경	공훈배우
		김설미	–
		류진아	공훈배우
		박미경	–
		박선향	–
		정수향	–
		리명희	–
		라유미	공훈배우
		리수경	–
		리옥화	공훈배우
		조국향	–

위와 같이 현재까지 모란봉악단에 참여한 연주자는 악기조 13명과 중창조 11명으로, 모두 24명이 확인된다. 이들 중 위의 표에서 볼 수 있듯이 김유경, 류진아, 라유미 3명이 모란봉악단 활동으로 공훈배우의 칭호

를 받은 것이 확인된다. 리옥화는 모란봉악단으로 등장한 첫 무대에서 '공훈배우'로 소개되어 모란봉악단 활동 이전에 공훈배우 칭호를 받은 것으로 보인다.

다음 사진은 모란봉악단 2014년 량강도 순회공연 당시의 공연 안내지의 단원 소개 부분이다.[13]

단원 소개 안내지

위 사진으로 주요 단원을 파악할 수 있다. 현악4중주 4명(악장 선우향희, 차영미, 홍수경, 유은정)과 중창조 7명(조장 김유경, 정수향, 류진아, 김설미, 리명희, 박선향, 박미경)이 소개되고 있다.

이렇게 무대에 등장하는 기악조나 중창조와 달리 확인된 모란봉악단의 창작조나 행정 담당자들을 보면 다음과 같다.

모란봉악단의 단장이 처음 확인된 것은 2014년 5월에 열린 제9차 전국예술인대회였다. 이때 현송월(1977. 9. 17~)이 모란봉악단의 단장으로

---

13. 조정훈, 「모란봉악단과 '김정은 시대의 열린 음악정치'」, 『통일뉴스』, http://www.tongil news.com/news/articleView.html?idxno=107427, 2014.05.25.

모란봉악단의 행정·창작 조직

번호	구분		이름	참고
1	단장		현송월	-
2	부단장	창작	황진영(작곡가)	인민예술가
3		행정	김운룡	-
4		성악지도	장정애	-
5	창작실	실장	우정희(작곡가)	공훈예술가
6		부실장	안정호(작곡가)	인민예술가
7		실원	차호근(작가)	-
8	록음사		길원금	-

소개되면서 토론을 하였다.[14] 이 당시 부단장 김운룡과 황진영, 장정애, 배우 류진아, 차영미가 토론함으로써 단장과 부단장들이 함께 확인되었다.[15] 나머지는 여러 수상 소식에 의해서 확인된 사실이다. 이처럼 아직 모란봉악단 조직의 전모가 밝혀지지는 않았다. 현재 밝혀진 상황을 보면 단장과 부단장, 그리고 창작실이 중요하게 운영되고 있음이 확인되고 있다. 창작실에는 작곡가와 작가가 배치되어 있어서 편곡과 작곡, 작사를 담당하고 있다. 그리고 이 밖에도 록음사가 확인되는 것처럼 음향과 녹음뿐만 아니라 무대장치 등을 담당하고 있는 부서와 인원이 구성되어 있음을 알 수 있다.

---

14. 현송월 단장은 평양시 동대원구역에서 출생했으며 김원균명칭 음악종합대학 기악학부를 졸업하고 왕재산경음악단과 보천보전자악단 등에서 성악가로 활동하였다. 2012년부터 2017년까지는 모란봉악단의 초대 단장으로 활동하다가 2017년부터는 삼지연관현악단(2017년 12월 창단 추정) 단장으로 활동하고 있다. 남측에는 2018년 2월 '평창 동계올림픽·패럴림픽 성공 기원 삼지연관현악단 특별공연'에 단장으로 오게 되면서 크게 알려졌다.

15. 「제9차 전국예술인대회 개막: 경애하는 김정은동지께서 대회참가자들에게 보내신 력사적인 서한을 전달」, 『로동신문』, 2014. 5. 17, 2쪽; 「제9차 전국예술인대회 폐막」, 『로동신문』, 2014. 5. 18, 1쪽.

3. 모란봉악단 음악의 특징

모란봉악단의 음악이 갖는 특징 중 가장 중요한 지향은 '**동시대성**(同時代性, contemporaneity)'이다. 이는 모란봉악단의 음악만이 아니라 김정은 시대의 지향이라고 생각한다. 일단 여기서는 모란봉악단 음악의 '동시대성'을 집중적으로 다루고자 한다. 북측의 모란봉악단이 추구하는 '동시대성'의 음악, 즉 현재 세계음악과 소통 가능한 음악으로는 서구 대중음악인 '팝음악'을 염두에 둔 것으로 판단한다. 서구식 대중음악인 팝음악을 받아들여 동시대성을 획득하고자 하는 기획이 바로 모란봉악단과 그 음악이다. 이러한 동시대성은 최첨단의 '전자음악'을 전면에 내세운 현대화 작업의 하나로 드러난다. 북측에서도 보천보전자악단을 대표로 1980년대 중후반부터 전자음악을 받아들이기 시작했다. 하지만 모란봉악단은 경음악 악기편성 정도의 전자음악을 받아들였던 보천보전자악단과 달리 거의 모든 악기를 전자악기로 편성하고 있다. 당연히 음악도 전자음악의 음색이 짙게 깔려 있다. 이는 북측이 최근 강조하는 현대화 담론인 '**최첨단**'과 상통하며, 모란봉악단의 창조기풍에서도 거듭 강조하는 '**세계적 추세**', '**세계적 수준**'을 말한다고 할 수 있다. 최첨단 산업의 발달로 국가의 현대화를 달성하려고 하는 북측이 동시대성 획득을 위해서 음악에서는 최첨단의 전자악기로 현대화를 진행하고 있다. 이는 악단편성만으로 그치지 않고 전자음악을 기반으로 하는 서구의 팝음악과 연결된다. 전자음악을 전면에 내세우면서 그에 맞는 서구식 팝음악을 구현하려는 것이다. 최첨단 전자악기를 다루는 모란봉악단의 음악은 북측의 최첨단화를 상징하고 대중들의 감성을 담아내고자 하는 것이라고 할 수 있다. 이것이 또 모란봉악단이 구현하고 있는 '대중성'이다. 이는 김정일에 이어 김정은으로 이어지는 '음악정치'의 새로운 모습이라고 할 수 있다. 이러한 모란봉악단의 음악적 특징을 미학원칙과 음악양식의 측면에서 구체적으로 살펴보려고 한다.

1) 미학원칙

(1) 수령과 국가에 대한 충실성

모란봉악단의 미학적 원칙 중 음악양식에서 내용을 담보하는 가장 첫째는 '수령·당에 대한 충실성'이다. 이는 전혀 새로운 것이 아니라 종래 북측 사회 일반, 특히 문학예술에서 가장 중요시되는 원칙이다. 이는 단절의 지점이 아니라 연속성의 지점이다. 하지만 이러한 원칙이 바뀌기를 기대하기는 힘들 것 같다. 북측 사회가 존재하는 한 말이다. 북측의 존립원칙이며 문학예술의 대원칙이기 때문이다. 사회주의 미학 일반은 내용미학으로서 형식보다는 내용이 관건이 된다.[16] 이는 사회주의 종주국인 소련이나 중국도 마찬가지로 교훈적인 정치선전의 내용이 중심으로 이룬다는 점에서 마찬가지이다.[17] 북측 음악도 기본적으로 그와 같은 방식이다.[18] 이 항목은 음악예술을 '내용과 형식'으로 나눴을 때 내용에 해당하는 원칙으로, 불변성을 보여주는 부분이다. 이러한 미학적 제1원칙에 따라서 모란봉악단의 음악적 특징이 드러나기 때문에 가사로 담기는 그 내용은 변함이 없다. '수령과 당에 대한 충실성'이라는 본질은 차이가 없고 가사의 내용이 '김일성·김정일'에서 '김정은'으로 이동되고 추

---

16. 북측 음악의 사회주의적 보편성에 관한 내용은 다음 글을 참고하기 바란다. 천현식, 「북한 음악에 나타난 사회주의 음악의 보편성: 형식미학과 내용미학을 중심으로」, 현대북한연구회 엮음, 『예술과 정치: 북한 문화예술에 대한 이해』(서울: 선인, 2013), 57-96쪽 참고.
17. 피터 매뉴얼 지음, 박홍규·최유준 옮김, 「제9장 중국」, 『비서구 세계의 대중음악: 입문적 고찰』(서울: 아카넷, 2013), 535-566쪽.
18. 자세한 내용은 다음 글을 참고하기 바란다. 천현식, 『북한의 가극 연구』(서울: 선인, 2013), 413-418쪽.

가된 점이 다를 뿐이다. 그 가운데에서 '김정은'이 나이가 젊으며 인민대중의 실질 생활을 향상시킬 수 있는 '젊은 지도자'로 표상되고 있는 것이 차이라고 할 수 있다.

(2) 동시대성(현대성)

모란봉악단의 특징을 가장 잘 드러내 주는 미학원칙은 바로 '동시대성'이다. 전통적으로 북한에서 쓰인 개념으로는 '현대성'에 가깝다고 할 수 있다. '동시대성'은 주로 예술 작품을 평가할 때, 당대의 일정한 시기의 사회가 나타내는 특유한 성격이나 성질을 공유하는 것을 말한다. 따라서 '동시대성'은 주류인 서양 중심의 폭력적 '보편성'으로 사용되기도 하고, 이해되기도 한다. 여기서는 '동시대성'을 폭력적 방식이 아닌 다양성 속에서 발생하는 당대에 공유하는 특징으로 규정하고자 한다. 이는 '대화 가능성'이라고 할 수 있으며, 번역이 가능한 문화적 성질이라고 할 수도 있겠다. 특히 북측은 자의적, 타의적으로 고립된 사회로 오랜 기간을 지내왔다. 그렇기 때문에 세계와의 대화 가능성을 위해서 동시대성을 획득하려는 과정이 '현대화'라는 이름으로 몇 차례 있었다. 필자는 이러한 모란봉악단의 활동이 음악분야에서 진행되는 '현대화' 과정 중의 하나라고 본다. 일종의 누적되어 지체된 상태를 업데이트하는 과정이라고 할 수 있다. 이는 음악적으로는 고전·낭만음악에서 서구 대중 '팝음악'으로 '현대음악'화하는 과정이다. 이러한 접근이 남측이나 서양의 입장에서는 그리 눈에 띄지 않을 수 있으며 너무나 느린 과정으로 생각될 수 있다. 하지만 북측으로서는 꽤 과감하고 혁신적인 과정일 수 있다는 점을 염두에 둬야 할 것이다.

다음은 2013년 7월 9일 『로동신문』에 모란봉악단의 1년을 기념하면서 실린 기사의 한 부분이다.

당의 <u>최첨단돌파사상</u>을 구현하여 주제와 구성, 편곡 그리고 악기편성과 연주기법, 안삼불과 무대조명 등 형상의 모든 요소들을 <u>세계적 수준</u>에서 우리식으로 특색있게 조화시킨 악단은 개화발전하는 주체예술의 위력을 남김없이 시위하며 나날이 명성떨쳤다. (강조는 필자)[19]

위 인용글과 같이 북측에서 모란봉악단에게 바라는 것이 바로 '세계적 수준'의 음악예술임을 보여주고 있으며, 그 성과를 인정하고 있다. 이는 2012년 7월 6일 첫 번째 공연이었던 시범공연이 진행된 후에 김정은이 강조한 말에 따른 결과이다. 2012년 7월 9일 자 『로동신문』에 실린 다음 글을 보자.

우리 인민의 구미에 맞는 민족고유의 훌륭한것을 창조하는 것과 함께 <u>다른 나라의것도 좋은 것은 대담하게 받아들여 우리의것으로 만들어야 한다</u>고 하시면서 주체적립장에 확고히 서서 우리의 음악예술을 <u>세계적 수준</u>에서 발전시켜야 한다고 말씀하시였다. (강조는 필자)[20]

위 인용글에서 말하는 '다른 나라의 좋은 것'을 적극 받아들이라는 것은 서구 선진국의 음악양식을 적극 받아들이라는 주문이다. 그리고 앞서 1주년 기사의 인용글에서 성과로 인정된 '세계적 수준'을 달성할

---

19. 조선중앙통신, 「강성국가건설의 대진군을 선도해나가는 제일나팔수: 모란봉악단 지난 1년간 혁신적인 창작공연활동으로 천만군민을 최후승리에로 고무추동」, 『로동신문』, 2013. 7. 9, 4쪽.
20. 본사정치보도반, 「경애하는 김정은동지께서 새로 조직된 모란봉악단의 시범공연을 관람하시였다」, 『로동신문』, 2012. 7. 9, 2쪽.

것을 강조하고 있다. 이는 뒤에서 더 살펴볼 김정은의 '열린 음악정치' 모습을 보여주고 있다. 기존 김정일의 음악정치가 국내용의 북측 인민을 향한 것이었다면, 김정은의 '열린 음악정치'는 국외용의 세계화 의지를 나타낸 것이라고 할 수 있다. 주체를 강조하고, 내부로 화살표가 강했던 북측 음악의 모습이 모란봉악단에 와서는 상대적으로 세계적 동시대성을 강조하고 있으며 외부로 화살표를 돌리고 있는 모습이다.

(3) 대중성

대중성의 강조는 동시대성을 달성하고자 하는 도구로 서구 대중음악인 팝음악을 적극 받아들이는 점으로 알 수 있다.[21] 북측 주민들은 20세기와는 전혀 다른 매체를 경험하고 있으며 주변 국가와 맞닥뜨리는 상황이 증가하고 있다. 특히 자본주의화되고 있는 중국을 통해서 현재 주류를 차지하고 있는 서구 대중문화, 대중음악을 경험하고 있다. 이러할 때 북측에서는 기존의 '인민성'과 '통속성'을 결합해서 그것을 '대중성'으로 담론화하고 있으며, 그 도구로 서구 팝음악에 주목하였다고 본다. 반면 음악양식에서, 위에서 언급한 '동시대성'과 '대중성'의 원칙에 따라 모란봉악단은 서구 팝음악의 양식을 받아들인 북측식 대중음악, 즉 '우리식 경음악'을 지향하고 있다. 이를 또 다른 케이팝(K-pop)이라고 할 수도 있을 것이다. 북측의 모란봉악단 음악 기사들을 보면 '경음악'보다는 '대중음악', '대중가요' 담론을 더욱 많이, 중요하게 사용하고 있다.[22]

---

21. '대중성'은 북측의 또 다른 개념인 '통속성'과 비슷하게 쓰인다. 북측의 통속성은 남측에서 수준이 낮다는 의미로도 쓰이는 것과 달리 보통 사람들의 감성을 제대로 담아내는 것이라는 의미로 쓰인다.

22. 모란봉악단 부단장 장정애, 「제9차 전국예술인대회에서 한 토론들: 시대를 노래하고 조국을 빛내이는 세계적인 명가수들을 더 많이 키워내겠다」, 『로동신문』, 2014. 5. 17, 5쪽; 윤천진, 「천만군민에게 신심과 용기를 안겨주는 우리식의 대중가요를 창작하자」, 『예술교육』, 2013. 4, 루계 56호(2013), 34쪽.

2) 음악양식

(1) 음색

모란봉악단의 음악적 특징 중에서 가장 중요한 점은 '음색(음빛깔)'이라고 본다. '음색'이라고 하면 음의 보편적 특징으로서 '음높이'와 '음길이', '음세기'와 함께 어느 음악에도 존재하는 것이다. 하지만 '음색'이 특징적이라고 할 때는 다양한 음색을 구사하는 것과 함께 음색을 중요하게 다룬다는 것을 말한다. 기존의 음색에서 벗어나 다양화하며 그것을 위주로 음악을 구성하는 것이다. 이러한 음색에 대한 주목은 현대음악의 특징이라고 할 수 있다.

> 20세기 이전 서구의 예술적 음악에서 작곡가들은 악음을 중요한 음악적 재료로 사용하였다. 그 악음의 여러 차원들 중에서도 주로 음고만을 중요히 여겨 작곡을 하였다. … (중략) … 악음이 중요하게 생각된 이유와 소음이 배제된 이유, 그리고 음고가 특화된 이유와 음색이 무시된 이유는 궁극적으로 같다. 풍요로운 음색의 소음은 악음만큼 강한 음고 느낌을 주지 않기 때문이다. 20세기를 전후로 음색과 소음은 음악의 중요한 재료로 서서히 부각되었다. 즉 서양음악사는 한편으로는 소음을 악음으로 받아들이는 과정 혹은 악음의 영역을 넓히는 과정이고, 다른 한편으로는 악음이 가진 음색의 측면과 소음의 풍부한 음색을 점점 더 중요하게 여겨온 과정이다. … (중략) … 이러한 가정은 작곡가들의 음악적 생각에만 관련된 것이 아니다. 음악 감상자들도, 고전음악과 관련해서는 음고의 구조화된 연관에 더 주의하며 음악을 듣다가, 대중음악과 현

대음악의 지평에서는 점차 음색에 주의해 왔다는 것이다. (강
조는 필자)[23]

위 인용글에서 알 수 있듯이 20세기 음색에 대한 주목은 대중음악과
현대음악계의 주요 논의 주제가 되었다. 그 이전에는 주로 화성을 가능
케 하는 음고(음높이) 위주의 논의가 지배했다. 서양음악도 적극적으로
받아들였던 북측 음악에서는 음고 위주의 화성이 지배한 것은 아니었
지만 선율 위주의 음악이 중심을 차지하며 음색을 도외시했던 것은 서
양과 비슷했다. 하지만 서양의 대중음악인 팝음악은 전자음악의 수용
과 함께 다양한 음색을 개발해냈으며 음색을 중요하게 사용하는 음악
들을 만들어냈다. 그리고 인기를 얻었다. 그러한 흐름은 현재에도 유효
하다. 이렇게 전자음악을 바탕으로 하는 대중음악의 음색을 모란봉악
단은 적극 받아들이고 있다. 그것을 기악과 성악의 측면에서 나누어 설
명하겠다.

① 기악
북측 음악은 최대한 현실 속의 사실주의 음악을 추구하기 때문에 가
사가 중심이 되지 않고 전자 음색을 쓰는 현대의 전자음악을 터부시했
는데, 모란봉악단은 거의 모든 악기를 전자악기로 바꿔서 전자음악을
전면에 내세웠다. 물론 전자음악 자체는 이미 1980년대 보천보전자악단
을 만들면서 인정한 것이다. 그리고 이는 김정일의 「음악예술론」에서도
'조선식 전자음악'으로 선율의 본성을 지키는 형태로 전자음악을 부가
적으로 사용하라고 지시하고 있다.[24] 그런데 이러한 전자음악을 전면에

---

23. 김진호, 『매혹의 음색』(서울: 갈무리, 2014), 15쪽.

내세운 것이다. 이는 음색의 측면에서 북측 인민의 감성을 동시대의 것으로 만들려는 의도를 보여주는 것이다. 전자음악은 어찌 보면 '비인간'적인 음악형태라고 할 수 있다. '성악'이 가장 인간적인 형태이며 그다음으로 '기악'이다. 거기서 더 나아간 것이 바로 '전자음악'이다. 이는 비현실이기 때문에 사실주의 음악인 북측 음악에는 어울리지 않는다. 그러므로 성악으로 보완과 지지를 해주는 악단 형태를 추구한다. 그것은 사회주의 미학의 내용성을 담보해주는 길이기도 하다.

　이러한 특징을 극명하게 보여주는 것이 바로 경음악 〈단숨에〉와 〈백두의 말발굽소리〉이다. 이 노래들은 다양한 음색을 표현하기 위해서 본래 성악곡의 주제선율과 유사한, 다른 또는 전혀 새로운 선율을 사용해서 편곡작업을 진행했다. 각종 전자악기를 바탕으로 신시사이저의 전자음이 난무한다. 보천보전자악단의 초보적인 형태의 전자음악과는 차원이 다른 모습을 보여준다. 물론 남측의 대중들에게는 여전히 꽤 촌스러운 형태일 수 있다. 경음악 〈단숨에〉는 2013년 신년경축공연《당을 따라 끝까지》에서 그 완성형태를 보여주고 있다. 그리고 경음악 〈백두의 말발굽소리〉는 2014년 5월 19일의 '제9차 전국예술인대회 참가자들을 위한 모란봉악단 축하공연'에서 볼 수 있다. 그리고 이 음악들의 음색에 대한 강조는 연주형태로도 달리 표현된다. 말하자면 보통의 서구 대중음악의 록 밴드에서 보여주는 식으로 간주 부분에서 악기별로 솔로 애드리브를 보여주고 있다. 예를 들어 〈백두의 말발굽소리〉에서는 간주 부분에서 '바이올린-첼로-색소폰-피아노-신시사이저-전자기타-베이스기타'로 이어지는 솔로 애드리브를 들을 수 있다. 이는 개별 악기들의 전자

24. 김정일, 『음악예술론』(평양: 조선로동당출판사, 1992), 90쪽; 김정일, 「음악 창작과 보급 사업을 개선 강화할데 대하여: 음악예술 부문 창작가, 예술인들과 한 담화, 1990년 12월 8일」, 『김정일선집10: 1990』(평양: 조선로동당출판사, 1997), 462-466쪽.

음색을 집중적으로 들을 수 있는 기회로서 종래의 북측 음악 공연에서는 흔히 볼 수 없는 모습이다. 특히 전자기타의 솔로 연주는 이 곡들 외에서도 흔하게 볼 수 있는 연주형태가 되었다. 이는 음색의 강조와 연주형태의 다양화라는 음악적 측면에서뿐만 아니라 북측이 말하는, 음악에서 가장 중요한 요소인 노래를 부르는 가수가 아닌 연주자 개인의 자유를 공식화한 것이라는 점에서도 의미가 있다. 이러한 연주가 내용미학의 관점에서는 무의미한 것인데도 불구하고 말이다. 대중성을 포용하는 과정에서 벌어지는 변화의 지점이라고 본다.

② 성악

성악에서도 새로운 음색의 창법이 보인다. 물론 성악에서는 전자음악이 연결될 수는 없다. 모란봉악단의 노래에서 가장 특징적인 것은 서구 팝음악의 창법인 알앤비(R&B, rhythm and blues) 창법이 보인다는 점이다. 가사의 내용을 중시하는 북측 음악에서는 가사를 분명히 전달시키기 위해서 노래의 선율성을 중시한다. 따라서 노래의 잦은 굴곡이나 큰 굴곡은 터부시한다. 그렇기 때문에 민족성악의 굴림소리도 약화하고 얇게 떠는 것으로 정리되었다. 그런데 모란봉악단에서는 서구 팝음악을 적극 받아들이면서 꺾고 떠는 음을 적극 사용하는 알앤비 창법과 서구식 바이브레이션을 보여주고 있다.

이러한 특징을 가장 잘 보여주고 있는 노래는 〈애국가〉와 〈가리라 백두산으로〉이다. 2014년 5월 19일의 '제9차 전국예술인대회 참가자들을 위한 모란봉악단 축하공연'의 첫 곡 〈애국가〉를 들으면 그러한 형태를 알 수 있다. 의식음악에 머물던 〈애국가〉를 서구 팝음악식의 알앤비 창법으로 부르고 있다. 중창곡인데 노래의 전반부를 독창과 이중창(류진아, 라유미)으로 부르면서 알앤비 창법을 구사하고 있다. 이러한 변화를 보인 것이 〈애국가〉였기 때문에 그 의미가 크다고 할 수 있다. 다음으로는 2015년의 4월 27일 '조선인민군 제5차 훈련일군대회 참가자들을 위한 모란봉악단공연'의 여성중창(7명) 〈가리라 백두산으로〉이다. 종래의 중창 형태는 제창이나 성부를 나눠서 부르는 합창방식의 고전 서양음악식이 정식이었다. 그런데 이 곡의 후반부에서 공훈배우 류진아가 서구의 팝음악의 방식과 같이 알앤비 창법으로 나머지 합창을 배경으로 하면서 고음의 솔로 애드리브를 보여준다. 이는 발성과 창법의 측면에서 변화를 보여주는 것임과 함께 기악에서 나타났던 솔로 애드리브가 성악곡에서도 나타나고 있음을 보여주는 대목이다. 이러한 창법과 음색은 모란봉악단에서 계속해서 시도될 것으로 보인다.

(2) 리듬

위에서 20세기 이전의 음악이 음고 중심에서 음색으로 무게 중심을 이동했다고 설명했다. 그런데 음고 중심이 음색으로 이동한 것과 함께 다른 흐름으로서 리듬으로 이동한 특징이 또한 있다. 이는 음의 4요소 중 하나인 '음고'가 독주를 하면서 도외시되었던 음색과 리듬이 동시에 조명받은 것이라고 할 수 있다. 특히 서구 고전음악은 유독 박자의 빈곤을 면치 못했다. 마찬가지로 화성에 대한 강박관념이 너무 심했기 때문이다. 수직적 화성을 위해서 음길이의 음악적 형태인 박자와 리듬이 중시되지 못했다. 그런 상황에서 20세기로 들어서면서 반작용으로 박자와 리듬이 중시되고 다양하게 활용되었다. 이는 서구의 팝음악이 다양한 드럼과 거대한 베이스 스피커를 동원하면서 가속화되었다.[25] 이러한 배경 아래에서 자라난 서구 팝음악을 동시대성으로 받아들이고자 한 모란봉

---

25. 로베르 주르뎅 지음, 채현경·최재천 옮김, 「리듬 전쟁」, 『음악은 왜 우리를 사로잡는가』(서울: 궁리출판, 2009), 246-251쪽 참고.

악단은 리듬에도 주목하고 있다. 기존 북측 음악 양식의 대원칙이었던 선율 중심의 음악에서 일정하게 리듬과 역동적인 굴곡(도약 선율의 적극 사용)을 강조하는 음악으로 무게추가 상대적으로 옮긴 변화의 모습을 보여주고 있다. 이전 북측 음악에서는 음악 자체가 선율 본위여야 하며 리듬 본위여서는 안 된다는 것을 중요한 원칙으로 강조한다.[26] 그런데 리듬을 강조하는 이런 모습은 특히 기악곡에서 두드러지고 상대적으로 성악곡에서는 직접 보이지는 않는다. 어쨌든 리듬을 강조함으로써 과거와 달리 상대적으로 자극적이고 강렬한, 다이내믹한 음악이 만들어지고 있다. 이렇게 리듬을 강조하며 적극 활용하라는 지침이 김정은에게서 직접 나온 것이라는 사실이 확인된다.[27] 이는 모란봉악단의 음악적 방향이 최고 지도자 김정은의 감성과 연결되어 있음을 보여주는 대목이다.

리듬의 중시와 다양한 사용을 볼 수 있는 대표곡으로는 음색 항목에서 거론했던 경음악 〈단숨에〉와 〈백두의 말발굽소리〉를 들 수 있다. 이는 음색과 리듬의 강조가 분리되는 것이 아님을 보여주고 있다. 음색과 리듬의 강조가 서구식 팝음악의 특징이기 때문이다. 이 음악들의 경우는 기본적으로 아주 빠른 속도를 바탕으로 전주와 간주, 후주, 주제선율 등에서 다양한 리듬 형태를 구사하면서 다이내믹한 연주를 보여주고 있다. 특히나 가사를 전달해야 하는 성악곡에서는 리듬의 변화가 가사전달을 방해하기 때문에 터부시된다. 그러므로 성악곡을 기악화한 기악곡에서도 본래 가사의 선율인 주제선율을 최대한 살리면서 편곡, 연주하는 것이 북측 음악의 기본이다. 하지만 특히 기악곡에서는 이러한 원칙에서 한 걸음 물러나서 주제선율과 달리 변형된 선율, 혹은 완전히 새로

---

26. 김정일, 『음악예술론』, 127-128쪽.
27. 윤천진, 「천만군민에게 신심과 용기를 안겨주는 우리식의 대중가요를 창작하자」, 『예술교육』, 2013년 4호, 루계 56호(2013), 34쪽.

운 선율을 만들어내면서 리듬의 변화를 더하고 있다. 그리고 이러한 경향은 민요풍의 노래에서도 나타나고 있다. 민요풍의 노래에서도 기존의 전통장단이 갖는 리듬 형태를 벗어나는 다양한 모습을 보여주고 있다. 대표적으로 〈바다 만풍가〉와 〈철령아래 사과바다〉, 〈세월이야 가보라지〉를 들 수 있다. 이 곡에 대한 북측의 해설을 보면 이 곡들이 박자를 변화시키고, 약기박자 등을 사용하면서 리듬서술의 다양화를 꾀하고 있다고 지적한다. 그리고 이에 대한 평가는 도식적인 이전의 관습을 깬 긍정의 사례로 취급된다.[28] 기존의 북측 음악은 앞서 살펴본 선율의 중요성 때문에 박자의 잦은 변화는 선호되지 않는 음악 구성이었으며, 특히 약기박자(弱起拍子)는 민족음악에서 잘 쓰지 않는 것으로 남용하지 말라고 하는 형태였다.[29] 그런데 민요풍 노래에 박자를 변화시키고 약기박자를 사용한 것은 민요풍의 노래에도 변화를 꾀하고 동시대성을 추구하고자 하는 의도로 풀이된다.

(3) 구성원칙

모란봉악단 음악의 구성원칙 중 가장 특징적인 것은 기악이 강조되면서 다양한 연주양식이 시도되고 무대에 올랐다는 점이다. 북측의 음악 자체가 성악 위주이기 때문에 경음악단도 노래를 중심으로 하는 성악이 중심이었다. 하지만 모란봉악단은 현악4중주를 필두로 하는 기악연주단을 전면에 내세웠다. 기존의 중창단에 전자악기를 다루는 현악4중주 중심의 경음악단을 구성한 것이다.

---

28. 한연아, 「최근시기 창작된 민요풍의 노래들의 선률형상적특징」, 『조선예술』, 2015년 6호, 루계 702호(2015), 62-64쪽.
29. 김정일, 「음악 창작과 보급 사업을 개선 강화할데 대하여: 음악예술 부문 창작가, 예술인들과 한 담화, 1990년 12월 8일」, 『김정일선집 10: 1990』(평양: 조선로동당출판사, 1997), 456-457쪽.

그리고 매회 공연 때마다 기악 연주곡인 경음악이 중요하게 배치되어 연주되고 있다. 그리고 성악곡의 연주 때도 기존에는 노래를 반주해주는 역할을 위주로 했던 데에 반해 기악이 독자적인 역할을, 간주를 중심으로 해서 전개하고 있다. 간주를 노래를 기다리는 부분이 아니라 새로운 기악곡을 들려주는 부분으로 만들고자 하고 있다. 이는 기악의 역할을 높임으로써 기교 위주의 예술성을 강화하는 효과를 낳고 있다. 외부 문화의 유입으로 인해 높아진 대중의 눈높이를 만족시키고자 하는 것이다. '경음악과 노래련곡'도 성악과 기악을 결합한 성공적인 새로운 구성으로 평가되는데, 이에 관한 내용은 다음 항목에서 더 서술하겠다. 이러한 음악 구성원칙의 다양화는 작·편곡의 강화로 가능한 것이다. 새로운 곡을 작곡할 때부터 동시대성을 추구하는 모란봉악단의 특징에 맞게 만들도록 강조된다. 그리고 기존 곡의 편곡도 강조되는데, 편곡작업을 얼마큼 세련되게 할 수 있는가에 따라 완전히 새로운 곡이 탄생하기 때문이다. 기존의 내용미학 중심의 도식적 음악을 새로운 음색과 리듬을 바탕으로 속도와 강세, 정서 변화를 주면서 다이내믹한 음악으로 만들게 된다.

이러한 결과로 주민들에게서 '성악작품들도 그러했지만, 경음악들에 완전히 넋을 잃었었다'[30]는 평가가 나오고 있으며, 모란봉악단의 성공 요인으로 '종목편성을 언제나 새롭고 특색있게'[31]하고 있다는 분석이 등장한 것이다.

---

30. 「모란봉악단의 시범공연, TV시청자들의 인기를 독점: 《예술의 새로운 맛을 느꼈다》」, 『조선신보』, 2012. 7. 15.
31. 유정, 「연단-모란봉악단의 공연이 관중들로부터 절찬을 받게 되는 비결」, 「예술교육」, 2015. 4, 루계 68호(2015), 77쪽.

(4) 음악극화

다음 모란봉악단 음악의 특징은 음악과 극의 결합을 추구한다는 점이다. 달리 말하면 음악극을 지향하는 형태를 추구한다는 것이다. 물론 완전한 기승전결의 서사구조를 갖는 음악극은 아니다. 하지만 개별적인 작품들로 구성된 음악회가 아니라 하나의 극적 줄거리를 갖는 극음악을 떠올리게끔 공연을 구성한다. 이는 음악회에서 부족할 수 있는 내용성을 확보하기 위한, 사회주의 음악예술의 내용미학을 지향하는 북측식 음악예술의 특징이다. '음악회의 가극화'라고 할 수 있다. 이 특징은 앞서 말했던 서구 대중음악의 팝음악 양식을 따르면서 추구하고자 했던 동시대성의 원심력을 구심력으로 잡아두고자 하는 흐름이다. 대중적이고 자유스러운 음악의 경향을 내용성을 중심으로 해서 내적으로 끌어당기는 효과를 노리고 있다.

① 성악과 기악의 결합

물론 이전의 공연에서도 기념공연이나 행사공연 때 주제를 정하고 그에 맞는 노래와 음악들로 곡목들을 짜왔다. 하지만 모란봉악단의 공연형태를 그러한 병렬적이고 평면적인 구성을 넘어서 입체화하고 유기적으로 만들고 있다. 여러 방법을 사용하는데, 예를 들면 공연의 서곡과 종곡을 주제에 맞는 한 곡으로 반복하는 것을 들 수 있다(2013년 신년 경축공연 〈설눈아 내려라〉). 이는 수미쌍관의 형태로서 공연 전체의 주제가 잘 이해될 수 있다. 그리고 '기악과 노래', '경음악과 노래', '경음악과 노래련곡'이라는 형태의 음악이다. 이것은 어쨌든 기악과 성악이 얽히는 것으로 기악성을 살리면서도 가사가 있는 노래들로 서사구조를 짜보겠다는 의도가 있는 양식이다. 단순한 노래나 노래연곡이 아니라 노래의 연결을 기악적으로 훌륭히 뒷받침하겠다는 뜻을 보여준다. 이러한 형태는 모란봉악단의 주요 종목으로 굳어진 것으로서, 그 하위 형태도 여럿이다. 같은 주제의 노래들을 병렬적으로 대등하게 나열하는 방법, 전체 제목을 새로 정하고 그에 맞는 노래들을 선정해서 구성하는 방법, 같은 노래를 연곡들 앞뒤로 배치하고 해당 곡의 제목을 전체 제목으로 삼아서 주제를 분명히 제시하는 방법 등이 있다. 이 중 마지막 방법이 가장 많이 사용되고 있으며, 이것으로 극적 효과를 가장 잘 볼 수 있다.

② 음악과 영상의 결합

이러한 음악 양식의 구성방법 외에 음악과 극의 결합을 추구하는 또다른 방법이 있다. 그것은 바로 무대배경의 영상화면과 결합하는 것이다. 앞의 방식은 기악과 성악의 결합으로 음악극화를 도모했다면, 이 방법은 음악과 영상의 결합으로 음악극화를 도모하는 방법이다. 모란봉악단의 공연은 어쩔 수 없는 공연장 상황을 제외하고는 모두 무대 배경으로 대형 스크린을 사용한다. 여기에는 음악회의 시작부터 끝까지 계속해서 노래의 주제와 가사에 맞는 영상들을 시간에 맞춰 보여준다. 이러한 영상이 영화장면과 함께 사용되는 경우는 영화와 음악의 결합으로 볼 수도 있다. 그리고 음악회가 아닌 무대 영상에 초점을 맞춰 보면 배경화면의 역사적 사건들로 구성된 영상이 기록영화가 되고, 그것이 음악과 결합함으로써 예술 영화화하는 효과로 해석할 수 있다. 이렇기 때문에 모란봉악단의 공연은 귀로 듣는 것과 함께 눈으로 보는 공연이다.

이러한 방법은 모든 공연에서 보이는데, 그중 가장 전형적인 형태를 보이는 공연을 소개하려고 한다. 그것은 2013년 7월 27일에 열린 '모란봉악단 전승절 축하공연《위대한 승리》'인데, 그 곡목 구성을 보면 다음과 같다.[32]

모란봉악단 전승절 축하공연《위대한 승리》(2013. 7. 27. 실황녹화)

순서	갈래	제목	참고
1	경음악	애국가	-
2	기악과 노래	모든 힘을 전쟁의 승리를 위하여	*김일성 영상·목소리: 개전선언
3	녀성2중창과 방창	축복의 노래	정수향·류진아
4	경음악	문경고개	-
5	기악과 노래	전쟁영화노래련곡 ① 우리의 최고사령관 ② 고지에서의 노래 ③ 나는 알았네 ④ 추억의 노래 ⑤ 나는 영원히 그대의 아들 ⑥ 소년 빨찌산의 노래 ⑦ 축포가 오른다	-
6	녀성독창과 방창	전승의 축포여 말하라	류진아
7	녀성5중창	샘물터에서	정수향 외 4명 (박미경·김설미·정수향· 김유경·박선향)
8	기악과 노래	김일성대원수 만만세 ① 우리는 승리했네 ② 김일성대원수 만만세	*김일성 영상·목소리: 휴전선언
9	녀성중창(8명)	위대한 전승의 명절	-
10	녀성중창(8명)	위대한 년대의 승리자들에게 경의를 드립니다	-
11	녀성중창(8명)	7. 27 행진곡	*김정은 영상

　표에서 음악의 제목들을 보면 일정한 서사구조가 있음을 알 수 있다. 이 공연은 6·25전쟁을 소재로 한 것으로 공연의 순서가 전쟁의 시간 순서로 채워져 있다. 이 공연을 보면서 6·25전쟁을 체험하는 것이다. 정확히 말하면 6·25전쟁의 다큐멘터리를 음악회와 함께 보게 되는 효과를 낳는다. 물론 해당 노래에 맞춰서 시간 순서로 6·25전쟁의 영상이 펼쳐

---

32. 모란봉악단, 〈실황록화 경애하는 김정은원수님을 모시고 진행한 모란봉악단 전승절 축하공연《위대한 승리》, 2013. 7. 27〉, http://youtu.be/zoa-Pz74PLw, 2013. 7. 31.

진다. 그리고 주목할 부분은 2번과 8번의 '기악과 노래'이다. 이 음악들이 나오는 배경에는 위 표의 참고란을 보면 알 수 있듯이 김일성의 개전 선언과 휴전 선언의 장면이 영상으로 등장한다. 다음은 해당 노래의 무대 화면이다.[33]

〈기악과 노래-모든 힘을 전쟁의 승리를 위하여〉, 모란봉악단 전승절 축하공연 《위대한 승리》(2013. 7. 27)

〈기악과 노래-김일성대원수 만만세〉, 모란봉악단 전승절 축하공연 《위대한 승리》(2013. 7. 27)

이 노래들 〈기악과 노래-모든 힘을 전쟁의 승리를 위하여〉와 〈기악과 노래-김일성대원수 만만세〉는 전체 공연의 서사구조의 앞뒤에서 개전과 휴전을 의미하고 있으며, 가사의 내용에서도 그것을 표현하고 있다. 위 사진들은 이들 노래의 중간에 실제 김일성의 개전 선언과 휴전 선언의 영상이 육성과 함께 나오고 있는 장면이다. 이로써 당시 현실을 체험하게 하여 극적 요소를 최대한 강화하고 있다. 이러한 방식은 이 밖에도 변형되어 사용되고 있다.

---

33. 모란봉악단, 〈실황록화 경애하는 김정은원수님을 모시고 진행한 모란봉악단 전승절 축하공연《위대한 승리》, 2013. 7. 27〉, http://youtu.be/zoa-Pz74PLw, 2013. 7. 31.

(5) 기타

기타사항으로는 음악 외적인 것으로 공연장을 비롯한 무대장치, 조명, 음향 등에 관한 부분이다. 이러한 사항들은 현대 과학기술의 일정한 성과를 담보하고 있어야 한다. 이렇게 볼 때 모란봉악단의 공연은 현재 북측이 확보한 공연예술의 최대 기술력과 물적 토대를 투여하고 있는 것으로 보인다. 이전과는 눈에 띄게 달라진 모습들을 직접 볼 수 있다.[34] 이러한 음악 외적인 모습 역시도 동시대성을 추구하고 대중성을 획득하려는 모란봉악단의 음악적 특징과 연결된다고 할 수 있겠다.

4. 선전선동, 주민통합

여기서는 앞서 살펴본 음악적 특징을 가진 모란봉악단이 그들의 음악적 지향, 그러니까 김정은 시대의 지향을 어떻게 선전선동하고 있는지를 살펴보고자 한다. '모란봉식 창조기풍'이 무엇이며 그것이 음악 분야, 문학예술 분야의 움직임이 아니라 북측 전체 주민통합의 방향성으로 작용하고 있음을 제시하고자 한다. 그러니까 김정은 시대의 음악정치를 보여주고 있는 모란봉악단이 어떻게 대중 운동화하고 있는지를 분석하고자 하는 것이다.

1) 모란봉악단의 창조기풍

이 항목에서는 모란봉악단의 창조기풍이 무엇이며, 해당 담론이 어떻

---

34. 모란봉악단의 음악 외적인 세부사항에 대해서는 해당 분야의 전문가가 펴낸 다음 책을 참고하기 바란다. 오기현, 『평양 걸그룹 모란봉 악단: 남북 문화 교류의 창』(고양: 지식공감, 2014).

게 변화 발전되어왔는지를 살펴보려고 한다. 다음은 종합예술잡지인『조선예술』2015년 4호에 실린 '모란봉악단의 창조기풍을 따라배우자'는 구호이다.[35]

모란봉악단의 혁명적이며 전투적인 창조기풍을 적극 따라배워 창작창조활동에서 혁신을 일으키라!　　　　－공동구호에서－

『조선예술』(2015년 4호)의 '모란봉악단의 창조기풍' 구호

　2012년 말부터 제기된 모란봉악단의 창조기풍에 대해서 살펴보려고 한다. 가장 처음의 모란봉악단 창조기풍에 대한 논의는 두 번째 공연이었던 전승절 공연이 끝난 후 2012년 8월 12일 자『로동신문』에 실린 글 "사랑하는 고향과 조국을 피로써 지킨 승리자들의 노래 영원하리: 전승절경축 모란봉악단공연에 대하여"에 보인다. 이 글에서 '모란봉악단 창작가, 예술인들의 창작적안목과 실력, 그들의 창조기풍은 본보기로 되고 있다'고 하면서 '창조기풍'이 처음 등장한다.[36] 하지만 아직 '모란봉악단의 창조기풍'으로 정식화되지 않았으며 그에 따라 따라배우기 운동도 벌어지지 않았다. '모란봉악단의 창조기풍'이 사용되면서 본격화한 것은 2012년 11월 10일 자『로동신문』의 "주체예술발전의 새로운 전성기를 열어갈 불같은 열의: 1970년대의 투쟁정신과 기풍으로-문화성에서"의 기사였다.[37] 이날 해당 지면에서는 "모란봉악단의 창조본때를 따라배워"라

---

35. 「모란봉악단의 혁명적이며 전투적인 창조기풍을 적극 따라배워 창작창조활동에서 혁신을 일으키라! -공동구호에서」,『조선예술』, 2015. 4. 루계 700호(2015), 28쪽.
36. 우정혁, 「사랑하는 고향과 조국을 피로써 지킨 승리자들의 노래 영원하리: 전승절경축 모란봉악단공연에 대하여」,『로동신문』, 2012. 8. 12, 2쪽.
37. 본사기자 정영화, 「주체예술발전의 새로운 전성기를 열어갈 불같은 열의: 1970년대의 투쟁정신과 기풍으로-문화성에서」,『로동신문』, 2012. 11. 10, 4쪽.

는 기사[38]와 함께 전성기를 맞았던 1970년대의 주체문학예술을 발전시키자는 여러 개의 기사가 보인다. 그런데 이 기사에서 '모란봉악단의 창조기풍'이라는 용어가 사용되었지만, 그 창조기풍에 대한 정식화는 보이지 않는다.

'모란봉악단의 창조기풍'의 정식화는 2012년 12월 31일 모란봉악단에 수여된 "감사문: 당의 문예정책관철에서 선봉적역할을 훌륭히 수행한 모란봉악단의 창작가, 예술인들에게"에서 확인된다. 다음은 그 감사문 전문이다.[39]

「감사문: 당의 문예정책관철에서 선봉적역할을 훌륭히 수행한 모란봉악단의 창작가, 예술인들에게」(2012. 12. 31)

감사문 끝에 '모든 부문, 모든 단위에서는 모란봉악단의 결사관철의 정신과 혁신적인 안목, 진취적인 창조기풍을 따라배워 침체와 부진, 도식과 경직을 배격하고 모든것을 새롭게 착상하고 대담하게 혁신하며 진

---

38. 본사기자, 「모란봉악단의 창조본때를 따라배워」, 『로동신문』, 2012. 11. 10, 4쪽.
39. 조선로동당 중앙위원회·조선로동당 중앙군사위원회·조선민주주의인민공화국 국방위원회, 「감사문: 당의 문예정책관철에서 선봉적역할을 훌륭히 수행한 모란봉악단의 창작가, 예술인들에게」, 『로동신문』, 2013. 1. 1, 5쪽.

군, 진군 또 진군해나가야 한다'고 언급하고 있다. 다음은 그것을 정리한
표이다.

"감사문: 당의 문예정책관철에서 선봉적역할을 훌륭히 수행한
모란봉악단의 창작가, 예술인들에게"(2012. 12. 31)의 창조기풍

순서	구분	설명
1	결사관철의 정신	–
2	혁신적인 안목	모든것을 새롭게 착상하고 대담하게 혁신
3	진취적인 창조기풍	도식과 경직을 배격

위와 같이 감사문에는 창조기풍으로 '1. 결사관철의 정신, 2. 혁신적
인 안목, 3. 진취적인 창조기풍'이 언급된다. 결사관철의 정신과 혁신성,
진취성이 그것이다. 이것은 약간씩의 변화와 조정을 거치다가 2014년에
들어서서 확립된다.

다음 표는 2014년 8월 『조선예술』 "예술인들은 명작폭포로 당의 선
군령도를 충직하게 받들어나가자"라는 글에 제시된 모란봉악단의 창조
기풍이다.[40] 이 표를 보면 이전에는 나뉘어 있던 '혁신적인 안목'과 '진취
적인 창조기풍'이 '참신하고 진취적인 창조열풍'으로 통합되었다. 그리고
'집단주의적경쟁열풍'이 추가된 것을 확인할 수 있다. '참신하고 진취적
인 창조열풍' 즉 '기성의 형식과 틀에서 벗어나 혁신적안목에서 끊임없
이 새것을 만들어내는 것'은 모란봉악단의 창조기풍 중 가장 강조되는
점이다. 바로 이 점이 외부의 문화를 받아들여 동시대성(현대성)을 획득
하자고 하는 중요 구호라고 할 수 있다. 이렇게 가장 중요한 구호가 모란

---

40. 리현순, 「창작가, 예술인들은 명작폭포로 당의 선군령도를 충직하게 받들어나가자」, 『조선
예술』, 2014. 8, 루계 692호(2014), 49-51쪽. 이러한 창조기풍은 다음 달의 『로동신문』에도
실려 있다. 본사정치보도반, 「경애하는 김정은동지께서 모란봉악단의 신작음악회를 관람하
시였다」, 『로동신문』, 2014. 9. 4, 1쪽.

"예술인들은 명작폭포로 당의 선군령도를 충직하게 받들어나가자"
(2014년 4월)의 창조기풍

순서	구분	설명	비고
1	결사관철의 정신	당이 준 과업을 열백밤을 패서라도 최상의 수준에서 완전무결하게 실천해내는 것	당성
2	참신하고 진취적인 창조열풍	기성의 형식과 틀에서 벗어나 혁신적안목에서 끊임없이 새것을 만들어내는 것	동시대성 (현대성)
3	집단주의적경쟁열풍	서로 돕고 이끌면서 실력전을 벌여 나가는 것	우월성

봉악단의 음악이 현재 추구하는 방향 가운데 가장 본보기가 되고 있다.

그리고 새롭게 모란봉악단의 창조기풍으로 집단주의적 경쟁열풍이 추가되었다는 것은 모란봉악단이 그런 방식으로 운영되고 있다는 것을 말하기도 하며, 모란봉악단뿐만 아니라 예술인, 나아가 인민대중이 집단주의적 경쟁에 나서야 한다고 강조하는 것이기도 하다. 이러한 집단주의적 경쟁은 '우월성'을 확보하기 위한 방법론이다. 우월성은 음악인에게는 음악 실력일 것이고 노동자들에게는 생산력일 것이다. 이러한 생산력 증가의 독려는 항상 있어왔던 것이다. 하지만 그 방법론을 '경쟁'에서 찾는 것은 사회주의 사회의 방법론과 맞지 않다. 그렇기 때문에 '집단주의적'이라는 수식어를 붙인 것일 게다. 이러한 모순점 때문인지 '집단주의적 경쟁'에 대해 자세히 풀어주고 있다.

> 모란봉악단의 집단주의적경쟁열풍은 고상한 창조륜리에 기초한 경쟁열풍이다. 고상한 창조도덕륜리는 집단을 하나의 동지적집단으로 만들기 위한 확고한 담보이다. 모란봉악단의 창조집단이 발휘한 집단주의적경쟁열풍은 자기의 형상기능과 재능수준을 절대화하는것이 아니라 서로가 도와주고 방조를 받으면서 높은 실력을 갖추기 위한 집단투쟁이다. (강조는 필자)[41]

위와 같이 집단주의적 경쟁은 다름 아닌 실력을 갖추기 위한 것이다. 그런데 '경쟁'이라 하면 자본주의 체제의 담론임을 북측도 알고 있기 때문에 '동지적 집단 내에서 자기의 기능과 수준을 뽐내는 것이 아니라 서로 도와줌으로써 실력을 갖추기 위한 투쟁'이라고 설명하고 있다. 하지만 서로 도와줌으로써 실력을 갖추는 것을 '경쟁'이라고 부르지는 않을 것이다. 이러한 설득력이 부족한 설명과는 별개로 이 구호는 북측 사회에서 '경쟁'의 개념이 공론화, 공식화되고 있음을 보여준다는 점에서 중요하다. 기존 모란봉악단 단원의 공훈과 교체과정을 보면 경쟁의 방식이 도입되고 있음을 알 수 있다. 가수 중에 1년에 한 명 정도씩 공훈배우 칭호를 주면서 경쟁을 시키고 있다. 그리고 일단 악단의 단원이 되었다고 하더라도 항상 무대에 서는 것이 아니라 경우에 따라서 무대에 오르는 모습을 볼 수 있다. 그리고 이것이 '교체'까지 이어지고 있다. 게다가 새로운 단원의 충원이 경쟁열풍을 불러일으키고 있는 것으로 보인다. 또한 특정 배우에 대한 칭찬글이 매체에 공공연히 제시된다는 점에서도 경쟁을 추동하는 흔적을 볼 수 있다. 이러한 경향은 집단주의를 지향하는 사회인 북측에서 '개인'에 대해 주목하는 것이어서 의미가 있다. 물론 기존에도 '개인'에 대한 주목이 영웅칭호나 수상 등의 방식으로 있어왔다. 하지만 기존의 '개인'에 대한 장려는 경쟁과 결합되어 누구보다 잘하는 것인가가 중요하지 않았다. 그저 보편적으로 잘하고 우수한 개인에게 칭호나 상이 주어졌던 것이다. 그런데 지금의 '개인'에 대한 주목은 '개인'과 '경쟁'이 결합하면서 다른 사람보다 잘하는 것이 경쟁에서 이기는 것이라는 '우월성'의 메시지를 주고 있다는 점에서 다르다. 이와 함께 모란봉악단 내부 단원의 경쟁이 아닌 악단 자체의 경쟁도 나타나고 있

---

41. 리설향, 「모란봉악단이 창조한 혁신적인 창조기풍은 창작가, 예술인들이 따라배워야 할 좋은 모범」, 『조선예술』, 2015. 1, 루계 697호(2015), 63-64쪽.

다. 청봉악단이 바로 모란봉악단의 경쟁상대라고 할 수 있다. 이러한 의도에서 청봉악단을 발족시켰는지는 분명치 않지만, 청봉악단의 출현은 그 구성의 유사성으로 보아 모란봉악단의 경쟁상대가 되고 있다.

어쨌든 모란봉악단의 운영 방식이 경쟁에 토대를 둔 것이라는 점을 알 수 있고, 이러한 영향에 따라 북측 사회에도 실제 그러한 분위기를 계속해서 만들어내고 있다. 이 시기 『로동신문』을 보면 개별 당위원회의 사업에서 '경쟁'과 '평가'가 중요한 쟁점이 되고 있는 것을 알 수 있다. 예를 들어 무산군당위원회에서는 각 부서들에 대한 새로운 평가기준을 만들고 있다는 것,[42] 그리고 대관군 대안리당위원회에서는 경쟁심을 높이기 위해서 본보기 작업반이 보여주기 사업을 벌여 뒤떨어진 작업반의 정신을 차리게 하고 있다는 식의 소식을 전하고 있다.[43] 이것이 바로 실제 노동현장에서 '경쟁열풍'을 불러일으키고 있는 모습이다. 이러한 자본주의식이 아닌 사회주의식 경쟁이라고 하는 집단주의적 경쟁이 어떠한 형태로 확대되며 어떤 효과를 낳고 있는지가 주목된다.

2) 모란봉악단으로 본 음악정치의 양상

(1) 북측의 음악정치

① 음악과 노동의 일체화

북측 음악정치의 본질은 1960~70년대부터 진행된, 음악을 매개로 한 '정치와 생활(노동)의 일체화'라고 할 수 있다. 음악정치는 단순히 음악

---

42. 본사기자 김순영, 「평가기준을 어떻게 세웠는가: 무산군당위원회 사업에서」, 『로동신문』, 2015. 10. 21, 5쪽.
43. 본사기자 리종석, 「경쟁심을 높여준 본보기창조: 대관군 대안리당위원회 사업에서」, 『로동신문』, 2015. 10. 23, 3쪽.

에 정치적 내용을 담는 것이 아니라, 음악 부문의 방식과 가치를 수단으로, 본보기를 정해서 그것을 정치, 경제, 사회로 퍼져 나가게 하는 정치 방식을 가리키는 것이다.

음악과 노동의 일체화를 가장 성공적으로 진행한 형태는 1970년대에 보인다. 그것은 노동자가 가극의 배우 따라배우기를 통해서 생산력을 증가시키는 대표적 운동이었던 '《피바다》 근위대'와 '《꽃파는 처녀》 근위대' 운동인데, 그 조직과 운영을 보면 다음과 같다.

'《피바다》 근위대'와 '《꽃파는 처녀》 근위대'의 조직과 운영

당적 지도

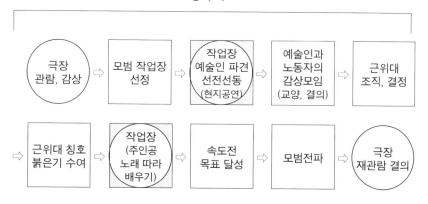

그림을 보면 동그라미는 음악을 매개로 하는 극장의 상황을 나타내고 네모는 노동을 매개로 하는 작업장을 상징해서 근위대가 조직되고 운영되는 과정을 나타내었다. 그중 동그라미와 네모가 겹쳐 있는 과정은 작업장에서 진행되는 공연을 상징하는 것이다. 즉 극장과 작업장의 경계가 상실되는 과정이다. 극장에서 가극을 체험하는 것이 단지 일상을 벗어난 유흥이 아님을 보여준다. 극장에서 본 가극의 내용을 마음에 새기며 일상으로 돌아오게 된다. 그 이후 작업장으로 예술인들이 찾아와서 해당 공연에 관한 내용을 선동하면서 주인공 따라배우기를 선전선동한

다. 혁명가극 〈피바다〉를 예로 들면 가극의 어머니와 같이 수령과 당에 충실한 주인공이 될 것을 결의하는 것이다. 이러한 결의는 개인적 차원에 머물지 않고 당적 지도에 의해서 1970년대 초에는 근위대 칭호와 기가 수여되는 근위대 조직으로 이어진다. 그러면서 이러한 근위대는 앞장서서 주인공과 해당 가극의 노래를 따라배우면서 작업에 임하게 되고 생산력 목표를 달성한다. 이렇듯 극장과 현실의 노동현장이 분리되지 않는 일체화가 바로 근위대 운동의 목표였다. 그것은 달리 말하면 북측 음악인 가극 〈피바다〉가 추구했던 음악정치의 한 모습이라고 할 수 있다. 이렇듯 혁명가극 〈피바다〉는 혁명가극 〈꽃파는 처녀〉와 함께 문학예술 작품만이 아니라 작품을 보고 느꼈던 공감과 감동을 극장을 벗어난 현실, 즉 노동현장으로 연결시키는 대중운동의 도구였다.[44] 이러한 음악정치 방식은 북측의 대중운동 방식의 하나로 굳어졌으며 최근까지도 이어진다. 2010년 경희극 〈산울림〉(국립연극단)의 재창조와 전국적 관람, 그리고 이어지는 '청년동맹일군들의 실효모임'이 그 모습의 일단을 보여준다.[45] 이 운동의 전모를 살필 수는 없으나 문학예술을 매개로 해서 현실에 그 방식과 가치를 투영하고자 하는 것은 분명하다.

이러한 방식 말고 가장 보편적이면서 기본적인 방식이 노동현장의 노래배우기 운동이다. 이는 그저 예술가들의 보여주기식 공연으로 이루어지지 않는다. 국가적인 차원에서 당조직과 연계해서 계획을 세우고 진행하며 평가를 거치는 노래배우기 조직사업이다. 이것은 노래보급사업인데, 이 사업으로 '노래보급체계'라는 시스템에 따라 각 노동현장 단위들에 보급단위를 나누고 노래보급책임자를 선정하여 노래배우기, 공연

44. 천현식, 「북한의 대중음악과 음악정치」, 김경일·홍석률·황병주·이상록·강진아·임종수·천현식·박영자·허은, 「한국현대 생활문화사: 1970년대-새마을운동과 미니스커트」(파주: 창비, 2016) 참고.
45. 천현식, 「북한의 가극 연구」(서울: 선인, 2013), 240-241쪽.

〈우리는 당신밖에 모른다〉(2013) 악보

등의 활동을 전개한다. 이는 당과 기업소의 협조로 진행되며 생산력 증가라는 실질적 목표 아래 진행되는 사업이다.[46]

이러한 노래보급체계의 실제 운영을 2013년 말기에 있었던 장성택 숙청사건으로 알 수 있다. 자세한 사정은 알기 어려우나 이는 대외적으로는 제2인자였던 장성택의 '종파행위'가 적발되었던 사건이다. 이 당시 『로동신문』 12월 9일 자에는 김정은에게 충성을 다짐하는 신곡이 발표되어 악보와 함께 실렸다. 위가 그 악보이다.[47] 이 악보가 12월 9일에 실린 이후 11일 자 『로동신문』을 보면 9일 자에 실렸던 노래 〈우리는 당신밖에 모른다〉의 보급사업에 대한 소개 기사가 실려 있다.[48] 이 기사를 보면 당조직을 중심으로 노래보급체계가 가동되어 각 직장에 맞는 여러 형태로 해당 노래의 보급사업이 진행되었음을 알 수 있다. 노래보급책임자를 정하고, 해당 예술소조원들이 먼저 배우게 하고, 아침독보시간을 이용해서 노래보급과 해설사업을 진행하는 등의 활동모습을 볼 수 있다. 그리고 결론은 김정은에 대한 절대 충성과 생산력 증가를 결의하고 있다. 이렇듯 북측의 음악정치, 즉 음악과 노동의 일체

---

46. '노래보급체계'에 대한 자세한 내용은 다음 글을 참고하기 바란다. 천현식, 「북한음악연구」(석사학위논문, 중앙대학교 대학원, 20014), 243-245쪽.

47. 「우리는 당신밖에 모른다(악보)」, 『로동신문』, 2013. 12. 9, 2쪽.

48. 본사기자 김향란, 「신념의 노래를 영원한 주제가로: 노래《우리는 당신밖에 모른다》에 대한 보급사업 활발」, 『로동신문』, 2013. 12. 11, 3쪽.

화는 오래된 형태로서 사회주의 북측의 음악 특징을 잘 드러내고 있다.

② '열린 음악정치'

위에서 살펴본 북측 고유의 음악정치는 여전히 유효하며 현재에도 작동하고 있는 시스템이다. 그렇다면 김정은의 음악정치는 김정일 시기와 어떻게 다른 것인가? 그것을 대표하는 말은 일본의 총련계 기관지인 『조선신보』에서 첫 시범공연이 진행된 직후 제시한 '열린 음악정치'라고 본다. 2012년 7월 12일 자 "모란봉악단이 펼쳐 보인《세계속의 조선》:《열린 음악정치》의 전면개화"의 기사에 시범공연을 설명하면서 모란봉악단의 공연을 김정은의 '열린 음악정치'로 명명했다. 이러한 명명은 김정은 시기의 음악정치, 특히 모란봉악단의 음악정치를 잘 드러내는 명명이라고 판단한다. 이 '열린 음악정치'는 김정일 시기 후반부에 김정일에 의해서 제시된 구호를 떠올리게 한다. 바로 '자기 땅에 발을 붙이고 눈은 세계를 보라!'이다.

다음 그림은 이 구호가 처음 등장한 2009년 12월 19일 김정일 친필이 새겨진 김일성종합대학 전자도서관의 벽화[49]와 그 구호로 만든 선전화이다.[50]

왼쪽의 벽화 전문은 김일성종합대학의 학생들에게 남긴 글로서 젊은 후속 세대에게 남기는 글귀이다. 전문의 앞 글귀인 이 구호는 김정일 시기 후반부에 공식적 구호로 승격되어 선전화 등에도 사용되었다. 이 구호는 김정은 시기에 이어져서도 유효하다고 할 수 있다. 이 구호는 '자기 땅에 발을 붙이고 눈은 세계를 보라!'이다. 주체를 강조해온 북측이

---

49. 김차관, 「김일성종합대학 전자도서관」, 『통일뉴스』, http://www.tongilnews.com/news/articleView.html?idxno=100842, 2012. 12. 7.
50. 「北선전화 "자기 땅에 발을 붙이고 눈은 세계를 보라」, 「중앙일보」, http://news.joins.com/article/3969863, 2010. 1. 15.

자기 땅에 발을 붙이고 눈은 세계를 보라!

김일성종합대학 전자도서관의 김정일 친
필 벽화

〈자기 땅에 발을 붙이고 눈은 세계를 보
라!〉 선전화

지만 북측 밖 세계에 주목해야 하고 그것을 지향해야 함을 강조하는
의미이다. 이 구호의 의미는 북측이 바깥세상과 소통해야 함을 인식하
고 그 중요성을 강조한 것이라고 할 수 있다. 이런 의미에서 '열린 음악
정치'와 상통한다고 할 수 있다. 앞서 모란봉악단의 미학원칙으로 제시
한 '동시대성'의 설명에서도 간단히 설명했듯이 '열린 음악정치'는 국외
의 세계를 향하고자 하는 의지를 드러내며 북측 음악이 동시대성을 확
보하고자 함을 보여주는 것이다. 김정일의 음악정치가 국내용의 '음악정
치'였다면 김정은의 음악정치는 동시대성을 지향하는 '열린 음악정치'라
고 할 수 있다. 이것은 단지 공연에서 서양의 음악들을 연주함으로써 세
계에 손을 내밀었다는 식의 형식적 제스처가 아니었다. 그것은 모란봉
음악의 음악적 특징으로 증명되고 있으며, 이러한 모란봉음악의 전면화
는 북측 인민들의 감성과 문화적 요구를 동시대의 것으로 만들겠다는
의지를 보여주는 것이다. 이는 일방적인 변화가 아니라 대화가능성, 소통
가능성의 신호라는 점에서 눈여겨볼 만하다. 이러한 모란봉악단 음악의
동시대성은 북측 내부에서는 세계, 첨단이라는 명칭으로 그 성과를 인
정하고 있다.

다음은 2012년 말 음악계를 총결산하는 『조선예술』 주장글의 한 부분이다.

> 예술 부문에서 이룩된 성과는 다음으로 경애하는 김정은동지께서 주체조선의 새로운 100년대가 시작되는 올해에 문학예술 부문에서 혁명을 일으키기 위한 구상을 안으시고 새 세기의 요구에 맞는 <u>모란봉악단을 친히 조직해주심으로써</u> 음악예술발전의 새로운 도약대를 마련하시고 <u>우리의 음악을 세계의 첨단에 올려세워주신 것이다.</u> (강조는 필자)[51]

위 인용글의 밑줄을 보면 모란봉악단의 음악으로 인해 북측 음악이 세계의 첨단에 올라섰음을 강조하고 있다. 세계의 첨단(尖端), 즉 세계적인 수준에 올라섰다는 자신감을 보여주고 있으며, 세계적 음악 수준의 동시대성을 획득했다는 것을 말하고 있다.

물론 이러한 '열린' 음악정치의 음악은 양식에 한정된 것이다. 김정은 시기, 즉 모란봉악단이 지향하는 음악에서 내용성, 즉 주제와 소재는 여전히 닫혀 있는 상태이다. 김일성에서 김정일로 이어진 '수령-당-대중'의 '우리식 사회주의'의 내용이 중요 골간이자 대부분을 차지하는 형태로 그대로 이어지고 있다. 북측 사회 자체의 근본적 변화가 있기 전에 이러한 변화는 기대하기 힘들 것이다. 하지만 '이념의 해방은 이뤄지지 않았지만 정책의 해방은 가능해졌다'[52]고 할 수 있다. 모란봉악단이 그 정책의 해방을 보여주는 실례이다. 그저 단순한 일회적인 사건이 아니라 내

---

51. 원일진, 「새로운 주체100년대의 첫 년륜을 빛나게 장식한 선군음악예술」, 『조선예술』, 2012. 12, 루계 672호(2012), 49-53쪽.
52. 정창현, 「키워드로 본 김정은 시대의 북한」(서울: 선인, 2014), 10-19쪽.

적인 변화를 동반한 동시대성 확보의 방향과 움직임을 음악 자체에서부
터 보여주고 있으며 그것이 세계를 향한 화살표임을 보여준다.

(2) 선전선동과 주민통합

① 선전선동의 경로

이 항목에서는 모란봉악단의 사례로 본 북측 음악정치의 선전선동,
전체 경로를 살펴보려고 한다. 이 전체 경로는 당연하게도 당의 관할하
에 이뤄지고 있으며, 계획부터 전개, 평가까지 당적활동으로서 당의 기
구에 의해서 진행된다.

북측 음악정치의 전체 경로를 보면 다음 그림과 같다. 그림을 보면서
일반적 선전선동 경로를 설명하도록 하겠다. 이것이 바로 '모란봉악단의

음악정치의 선전선동 경로

창조기풍'의 전파 경로이다. 그다음에 세부 경로의 과정을 모란봉악단을 예로 들어 자세히 살펴보려고 한다.

먼저 '공연'에서 출발해보자. 물론 공연 이전에 공연의 기획과 연습 등의 과정을 거칠 것이다. 하지만 여기서는 모란봉악단과 북측 인민의 소통 과정에 초점을 맞출 것이다. 공연이 시작된다. 이 공연은 여러 시연회와 시범공연 등의 과정을 거쳐 당적 승인이 이루어져서 대중에게 공연된다. 이 중 많은 경우는 기념일이나 행사의 축하공연에 해당한다. 그런 일회성의 축하공연보다는 대중을 상대로 하는 공연이 더욱 중요하다. 북측 인민들과의 접촉점이 많아져야 선전선동의 효과가 분명해질 것이기 때문이다. 어쨌든 이런 공연이 개최되면 2~3일에서 10일 정도 진행되고, 경우에 따라서는 지방 순회공연도 진행된다. 그렇게 되면 실제 북측 주민들이 공연을 보게 될 것이다. 그렇게 직접 극장에서 공연을 보는 것만이 아니라 공연이 끝나면 매체들, 예를 들어 신문이나 텔레비전, 잡지를 통해서 공연의 성과나 효과를 위주로 공연의 주제를 다시 전달한다. 이 경우에는 해당 공연에서 불렀던 노래의 악보를 신문에 싣기도 하고 가사만을 싣기도 한다. 또 해당 노래에 대한 일화를 소개하기도 한다. 텔레비전으로는 실황녹화 영상을 방영하며, 잡지 등에서는 주로 조금 더 깊은 음악적 소개나 해설이 진행된다. 이런 매체의 전달과정이 이뤄지면서 공연에 관한 소식들은 목적지인 노동현장에 도달한다. 공연을 관람했던 관객이 노동자, 농민이 되어 작업장에 출근을 하게 되면 직장의 당 기구에 의해서 정책적으로 음악회의 노래배우기가 진행된다. 이 노래배우기는 예술소조나 직장의 예술선전대에 의해서 진행되기도 하며, 경우에 따라서는 중앙의 전문예술단체가 투입되기도 한다. 그 이후 노래부르기가 직장 안에서 행해진다. 휴식 시간이나 오락 시간 등에 불리면서 노래의 정책적 효과가 자연스레 작업 현장에 전달된다. 그리고 그것은 생산력 증강 결의대회로 이어진다. 이것이 바로 노래보급체계이다. 당연히 이러한 노래보급체계가 진행되면서 경제해설과 증산에 관한 교육도 함께 진행된다. 그리고 이러한 활동들은 작업반의 모범적인 사례를 중심으로 다시 매체의 반향기사 등을 통해서 인민들에게 전달된다. 그것이 또다시 여러 계층, 여러 단위들로 전파된다. 이러한 활동은 '공식화'의 단계를 거치면서 공훈칭호나 표창이 수여되어 공인된다. 그리고 다시 극장으로 가서 공연을 본다. 극장 안에서는 이제 노동현장에서 배운 노래들을 음악인들의 연주와 노래에 맞춰 따라 부르게 된다. 이런 사이클이 효과적으로 반복된다면 선전선동의 효과는 커지게 된다. 그러면서 극장과 작업장의 경계가 흐려지게 되며 이는 문화활동과 노동활동이 결합되는 효과를 낳는다. 이것이 바로 북측 음악정치의 효과이다.

② 모란봉악단으로 본 선전선동

극장에서 공연 보기

북측의 공연운영은 공공 단체인 '국가예술공연운영국'에서 그 실무를 담당한다. 이 기관은 1972년 11월 7일 창립된 중앙예술보급사의 현재 명칭이다.[53] 물론 심의 등은 당 조직인 국가심의위원회에서 진행된다. 하지만 심의를 통과해서 무대에 오르게 되는 공연의 진행 실무는 이 기관이 맡아 진행한다. 이 국가예술공연운영국은 공연을 선전하고 관람표 등을 지역이나 계층에 따라 계획하여 분배한다. 그러면 산하 지구보급소 등에서 주민들은 표를 구입한다.[54]

---

53. 『조선문학예술년감 2013』(평양: 문학예술출판사, 2014), 299쪽.
54. 본사기자 박옥경, 「모란봉악단공연 관람열풍으로 수도 평양이 흥성인다」, 『로동신문』, 2014. 3. 25, 4쪽.

국가예술공연운영국의 노동자들　　　보통강지구보급소 앞의 주민들

사진은 국가예술공연공연국의 모습[55]과 지구보급소의 전경이다.[56]

　왼쪽은 2014년 3월 말 모란봉악단 공연의 운영을 논의하고 있는 국가예술공연운영국 노동자들의 모습이다. 그리고 오른쪽은 평양의 보통강지구보급소에서 모란봉악단 공연의 관람표를 사서 나오는 사람들의 모습이다. 뒤에 줄 서 있는 사람들을 보면 모란봉악단 공연의 인기를 실감할 수 있다.

　다음 사진은 보급소에서 표를 산 주민들이 공연장인 4·25문화회관으로 들어서는 장면이다.[57]

　사진을 보면 앞쪽뿐만 아니라 뒤쪽에도 많은 주민들이 모란봉악단의 공연을 보기 위해 몰려들고 있음을 알 수 있다. 이 당시는 10일 동안 공연이 계속 이루어지던 시기로서 가장 많은 주민들이 모란봉악단의 공연을 본 것인데, 사진으로도 그 인기를 실감할 수 있다.

---

55. 본사기자 장성복, 「한장한장의 관람표에 비낀 마음」, 『로동신문』, 2014. 3. 25, 4쪽.
56. 본사기자 김진명, 「한시바삐 모란봉악단의 공연을 보고 싶어하는 사람들로 흥성이고 있다」, 『로동신문』, 2014. 3. 26, 4쪽.
57. 본사기자 백성근, 「인민의 기쁨에서 찾는 보람: 국가예술공연운영국과 그아래 지구보급소들에서」, 『로동신문』, 2014. 3. 27, 3쪽.

모란봉악단의 공연을 보기 위해 극장으로 들어서는 사람들

이러한 인기는 4월 초에 이뤄진 량강도 순회공연으로 이어졌다. 다음 사진은 2014년 4월 4일에 있었던 것으로 보이는 삼지연군 공연이 열린 삼지연군문화회관 앞의 주민들이다.[58]

사진을 보면 그 인기를 알 수 있으며 시골인 량강도에서 보기 힘든 공연을 보기 위해 한복과 정장 등을 차려입은 모습을 볼 수 있다. 이러한 공연은 당에 의해서 조직적으로 진행되었다.

공연 후 매체의 선전활동

이러한 공연은 유흥이나 기분전환의 공연이 아니다. 당의 조직과 계획하에 진행된 공연이었기 때문에 앞에서 살펴본 모란봉악단 공연의 모습처럼 곡목의 선정부터 무대장치 등에 이르기까지 국가, 당의 지향과 당대 북측 인민들에게 요구하는 정책을 알리고 내면화시키는 교육 프

---

x

58. 본사기자 전성남, 「백두산기슭을 혁명열, 투쟁열로 끓게 한 모란봉악단의 음악포성: 항일유격대의 연예공연을 본것 같다」, 『로동신문』, 2014. 4. 5, 4쪽.

량강도 순회공연 '삼지연군' 공연이 열린 삼지연군문화회관 앞(2014. 4. 4)

로그램이다. 그것은 공연 이후 북측 매체에서 공연을 본 관람객의 반응이나 인터뷰 내용을 선정하고 정리해서 내보낸 다음 기사들로도 알 수 있다.

> 공연을 보는 과정에 예술을 전문으로 교육하는 또 하나의 대학을 나온것만 같았다. 매 종목들에 우리 당정책의 정당성과 생활력이 반영되여있고[59]
> 공연을 보고나니 하나의 학교를 나온것 같다고 토로하는 어느 한 공장의 선동원이 있는가 하면[60]
>
> 《몇 천 권의 책을 보는 것과 같은 공연》,《당의 사상과 정책, 시대의 숨결을 집안일처럼 환히 알수 있게 하는 공연》이라는

---

59. 본사기자 백성근, 「모란봉악단공연열풍으로 평양의 봄은 더욱 활력있게 약동한다: 달려가자 미래로, 희망찬 래일이 우리를 부른다」, 『로동신문』, 2014. 3. 29, 4쪽.
60. 본사기자 박옥경, 「모란봉악단공연열풍으로 평양의 봄은 더욱 활력있게 약동한다: 수필-류다른 봄바람」, 『로동신문』, 2014. 3. 29, 4쪽.

사람들의 아낌없는 찬사가 계속 울려 나오고 있다.[61]

현시기 당에서 바라는 문제들을 이렇게 가시화하고 선률화한 명곡들을 무대에 올리고 만사람의 심금을 울릴수 있도록 감동깊은 예술적화폭으로 형상한것으로 하여 공연은 <u>사상교양</u>의 생동한 교과서, 노래폭탄으로서의 위력을 남김없이 발휘하고 있다. (강조는 필자)[62]

위 기사들은 2014년 3월 말 4·25문화회관에서 열린 모란봉악단의 공연을 보고 난 후의 인터뷰와 반향들을 소개한 것이다. 공통된 반응과 기사의 초점은 공연 자체를 교육과정에 빗대고 있다. '하나의 대학', '하나의 학교', '몇 천 권의 책', '사상교양의 생동한 교과서'라는 말들이 그것이다. 그러니까 공연장은 유흥과 오락의 장이 아니라 공연이 끝나고 돌아갈 삶의 현장, 작업장으로 가기 전에 들른 학교이다. 공연은 수업이며 노래를 듣고 따라 부르는 것은 책을 읽고 쓰는 것이라고 할 수 있다. 이러한 효과가 실제 얼마나 있었는지는 가늠하기 어려우나 이러한 목표 하에 이러한 방식으로 공연을 준비하고 실행하고 있음을 보여주고 있다.

그리고 이러한 흐름은 공연에만 머물지 않고 공연 이후 각종 매체의 활용으로 이어진다. 영상은 실황녹화로 방영되고 공연 때의 중요한 악보들은 신문과 당보에 실려서 공연을 되새기게 한다.[63]

다음은 2014년 9월 3~4일에 열린 모란봉악단 공연에서 소개된 노래들을 악보와 함께 해설하고 있는 기사이다.[64]

61. 본사기자 리건, 「모란봉악단의 새 노래《날아가다오 그리운 내 마음아》」, 『로동신문』, 2014. 3. 29, 4쪽.
62. 박옥경, 「정책적대가 뚜렷하고 시대정신이 나래치는 공연」, 『로동신문』, 2014. 3. 30, 4쪽.
63. 「모란봉악단의 진군나팔소리」, 『로동신문』, 2015. 5. 14, 1쪽.
64. 본사기자, 「흥하는 시대가 낳은 멋쟁이노래들」, 『로동신문』, 2014. 9. 5, 4쪽.

2014년 신작음악회에서 불린 〈고백〉과 〈세월이야 가보라지〉

왼쪽은 김정덕 작사, 황진영 작곡의 〈고백〉, 오른쪽은 김형찬 작사, 안정호 작곡의 〈세월이야 가보라지〉의 악보이다. 이렇게 중요노래로 선정되어 신문에 실리게 되면 이 신문이 노동현장에 보급되고 이 악보를 보고 노래배우기 활동이 전개된다.

그리고 이 노래들은 악보의 형태뿐만 아니라 노래의 정책적 의미를 알려주는 소개글 형태로도 전파된다. 다음은 2014년 3월 말 공연 직후에 소개된, 공연 당시 불렀던 노래들이다.

공연이 진행되던 3월 28일부터 31일까지 날마다 한 개씩 노래 소개글이 실렸다. 28일에는 〈인민의 환희〉[65], 다음으로 29일에 〈날아가다오 그리운 내 마음아〉[66], 30일에 〈바다 만풍가〉[67], 31일에 〈조국과 인민을 위

65. 본사기자 리수정, 「모란봉악단의 새 노래 〈인민의 환희〉」, 『로동신문』, 2014. 3. 28, 4쪽.

노래 〈인민의 환희〉와 〈바다 만풍가〉 소개글

하여 복무함〉[66]이 실렸다. 이는 이 노래들을 어떻게 들을 것인가에 대한 안내 작업이라고 할 수 있다. 공연장에서 이뤄졌던 교육과정이 다시 한 번 이런 방식으로 진행되는 것이다. 개인이나 집단별로 다른 해석의 여지를 주지 않는다. 집단주의적 방식에 따라 한 노래에 대한 한 가지 해석만이 존재하는 것이다.

노동현장의 음악정치

공연을 보고 난 후 노동현장에서 공연의 영향이 어떠한 형태로 나타

---

66. 본사기자 리수정, 「모란봉악단의 새 노래 〈바다 만풍가〉」, 『로동신문』, 2014. 3. 30, 4쪽.
67. 본사기자 리건, 「모란봉악단의 새 노래 〈조국과 인민을 위하여 복무함〉」, 『로동신문』, 2014. 3. 31, 4쪽.
68. 본사기자 리건, 「모란봉악단의 새 노래 〈날아가다오 그리운 내 마음아〉」, 『로동신문』, 2014. 3. 29, 4쪽.

나는지를 살펴보자. 먼저 2013년 6월 23일 모란봉악단의 공연과 김정은의 증산독려 연설이 있었던 자강도의 모습을 보겠다. 다음은 공연과 연설 이틀 후의 『로동신문』 기사이다.[69]

모란봉악단공연과 김정은 연설 이후 자강도 노동자들의 반향 소개 기사

위 기사의 중요 부분을 인용하면 다음과 같다.

모란봉악단의 공연은 조선로동당 중앙위원회 2013년 3월전
원회의정신을 심장으로 접수하고 결사관철하기 위해 떨쳐나선
자강도의 로동계급에게 커다란 고무를 주었다.
시대정신이 맥박치는 노래들을 가지고 로동계급속에 들어
가 그들의 심장에 애국의 불을 맡아준 모란봉악단의 예술인
들처럼 우리들도 제2, 제3의《마식령속도》창조의 불길을 세차

---

69. 「자강도로동계급에 대한 크나큰 믿음, 혼연일체의 감동깊은 화폭: 경애하는 원수님께서
자강도의 로동계급과 함께 모란봉악단의 공연을 관람하시고 력사적인 연설을 하신 소식에
접한 각계의 반향」, 『로동신문』, 2013. 6. 25, 1쪽.

게 지펴올리고있는 전국각지의 사회주의대건설전투현장들에서 혁명의 북소리, 투쟁의 노래를 더 힘차게 울려가겠다. (강조는 필자)[70]

위 인용글의 기사와 같이 모란봉악단의 공연은 '모란봉악단의 창조기풍'으로 전달되어 '사회주의대건설전투현장'의 경제건설 촉매제로 사용되었다. 그러한 효과를 위해서 김정은의 연설 전에 모범단위로 칭해지는 모란봉악단이 공연을 한 것이다. 이러한 방식은 이 당시의 일회성 사건이 아니라 북측 음악정치의 일반적 방식이며, 모란봉악단도 그러한 방식의 선두에 선 본보기 단체이다.

다음은 2014년 4월의 량강도 순회공연 이후 농장원들이 출근하고 있는 사진이다.[71] 사진을 보면 왼쪽 선전대에 '모란봉악단의 창조기풍, 투쟁기풍으로 당면한 영농전투에서 혁신!'이라는 글귀가 보인다. 그 옆으로 대홍단군 흥암농장원들이[72] 출근하고 있는 모습이 보인다. 이 지역의 사람들은 모란봉악단의 세련되고 현대화한 공연들을 관람함으로써 북측이 동시대성을 추구하고 있는 모습에 자신감을 얻었을 수 있다. 그리고 그것이 모범의 전파로 이어지고 바로 자신들의 혁신을 결의하는 것으로 이어질 수 있을 것이다. 종착역은 경제건설 결의이다. 이것은 경우에 따라서 결의대회와 같은 형식으로 나타난다. 어쨌든 모란봉악단의 창조기풍은 그러한 효과를 목표로 한 음악정치이다.

---

70. 「자강도로동계급에 대한 크나큰 믿음, 혼연일체의 감동깊은 화폭: 경애하는 원수님께서 자강도의 로동계급과 함께 모란봉악단의 공연을 관람하시고 력사적인 연설을 하신 소식에 접한 각계의 반향」, 『로동신문』, 2013. 6. 25, 1쪽.

71. 본사기자 리건, 「충정과 보답의 열기로 끓어번지는 력사의 땅: 모란봉악단공연을 본 대홍단군과 백암군 인민들의 반향-백두대지에 로동당만세소리 울려퍼지게 하리」, 『로동신문』, 2014. 4. 9, 5쪽.

72. 본사기자 강진형·김명훈·리건, 「기행-하늘아래 첫 동네 백두산기슭을 딸 수백리: 모란봉악단의 량강도순회공연길을 함께 달리며」, 『로동신문』, 2014. 4. 23, 4쪽.

'모란봉악단 창조기풍' 속보판 옆을 지나 출근하는 대홍단군 농장원들

공식화의 단계

위에서 살펴본 이러한 공연을 본 후 노동현장으로 전파된 음악정치의 한 주기는 노동현장에서 멈추지 않는다. 공식화의 과정과 함께 다시 공연을 보는 과정으로 이어져서 음악정치의 효과를 강화하며 다시 한 주기를 시작한다. 그런 과정에서 정령을 통한 공훈이나 표창 등이 진행되며 그것을 공식화하고 권위를 부여한다. 그러한 권위 부여는 실기 예술인들에게는 공훈배우 등의 칭호가 수여되는 방식으로 진행된다. 앞서 살펴본 모란봉악단의 류진아, 라유미, 김유경 등이 공훈배우 칭호를 받았다. 김설미는 시계표창을 받았다. 하지만 실기 예술인들뿐만 아니라 창작가들에게도 공훈칭호가 수여된다. 모란봉악단에서는 작곡가 황진영(인민예술가), 우정희(공훈예술가), 안정호(인민예술가)의 공훈칭호가 확인된다. 그리고 이들에 대해서는 공훈칭호 수여소식만 전하는 것에 머물지 않고 공훈칭호와 관련한 특집으로 '인민이 사랑하는 새시대의 영웅작곡가들'이라는 제목의 작곡가 소개 기사를 『로동신문』에 싣고 있다.[73]

그리고 이는 인물들에게만 적용되는 것이 아니다. 다음은 노래에 대한 정령이다.[74]

노래 〈7. 27행진곡〉, 〈위대한 전승의 명절〉, 〈전승의 축포여 말하라〉, 〈위대한 년대의 승리자들에게 경의를 드린다〉 기념훈장 정령(2013.07.21)

위 기사와 같이 인물들에 대한 공훈칭호뿐만 아니라 노래 자체에 대한 훈장을 수여하는 것을 볼 수 있다. 위 정령은 2013년 7월 21일의 것으로 노래 〈7. 27행진곡〉과 〈위대한 전승의 명절〉, 〈전승의 축포여 말하라〉, 〈위대한 년대의 승리자들에게 경의를 드린다〉에 기념훈장을 수여한다는 내용이다. 노래 자체에 훈장을 주어 공식화된 새로운 권위를 갖게 하고, 이 노래는 여러 공연장과 작업장에서 불리게 된다. 이러한 공식화의 단계를 거쳐 예술가와 노래에 새로운 권위가 부여되고 다시 새로운 공연이 꾸려진다.

---

73. 차수, 「인민이 사랑하는 새시대의 영웅작곡가들(1): 로력영웅, 인민예술가 황진영의 창작 활동을 더듬어」, 『로동신문』 2014. 4. 24, 4쪽; 본사기자 리수정, 「인민이 사랑하는 새시대의 영웅작곡가들(2): 녀성작곡가 우정희의 창작활동을 더듬어」, 『로동신문』 2014. 5. 10, 5쪽; 본사기자 리건, 「인민이 사랑하는 새시대의 영웅작곡가들(3): 로력영웅, 인민예술가 안정호의 창작활동을 더듬어」, 『로동신문』, 2014. 5. 14, 4쪽.

74. 조선민주주의인민공화국 최고인민회의 상임위원회, 「조선민주주의인민공화국 최고인민회의 상임위원회 정령 '노래 〈7. 27행진곡〉, 〈위대한 전승의 명절〉, 〈전승의 축포여 말하라〉, 〈위대한 년대의 승리자들에게 경의를 드린다〉에 조국해방전쟁승리 60돐 기념훈장을 수여함에 대하여」, 『로동신문』, 2013. 7. 22, 1쪽.

5. 맺음말

모란봉악단의 음악적 특징에 주목하면서 그것이 가지는 현재 북측 사회, 김정은 시대의 선전선동의 역할과 의미, 나아가 그것이 어떻게 주민 통합의 역할을 하는지를 고찰해보았다. 모란봉악단은 김정은 시대를 대표하는 유력한 문화현상 중의 하나이다.

먼저 모란봉악단이 갖는 위치와 조직의 구성을 살펴보았다. 이어 모란봉악단의 전반적 음악의 특징을 분석하였다. 그 특징을 미학원칙과 음악양식으로 나누었다. 미학원칙으로는 먼저 '수령과 국가에 대한 충실성', 다음으로 '동시대성(현대성)'과 '대중성'을 들었다. 첫 번째 '수령과 국가에 대한 충실성'의 문제는 '조선민주주의인민공화국'이라는 국가의 근간이 바뀌지 않는 한 변하기 힘든 부분으로, 모란봉악단에서도 변화의 지점을 찾기는 힘들었다. 상대적으로 김정은 시대로 넘어오면서 젊은 지도자를 이미지화하고 있는 점 정도가 변화한 모습이었다고 할 수 있다.

반면 미학원칙으로 두 번째로 들었던 '동시대성'이 있다. 이는 모란봉악단의 의미를 가장 잘 표현하는 개념이다. 동시대성의 기반은 인민들의 요구에 따른 '대중성'에 있기도 하다. 여기서 마지막 미학원칙인 대중성이 중요하게 제기된다. 이러한 변화의 모습은 북측 음악의 지난 역사에 보였던 몇 차례의 것과 같은 분절점이라고 할 수 있다. 이번 모란봉악단의 음악은 세계와의 대화가능성, 소통가능성을 높여 서구 대중음악인 팝음악을 받아들이고 있다. 이는 김정은 시대를 맞은 음악적 업데이트 과정이라고 할 수 있다. 이러한 모란봉악단과 같은 변화는 김정일 후기에는 눈에 띄지 않았던 양상이다. 세부적으로 보면 전자음악을 전면에 내세우면서 서구 팝음악의 음색에 주목하고 리듬을 상대적으로 중시하며 다양하게 사용하고 있다. 또한 서구 팝음악의 알앤비 창법을 사용하고 있기도 하다. 이러한 변화는 다양한 악곡의 구성형식과 편곡형태로 인해 두드러지게 나타난다. 이러한 양상들은 김정일 시기의 소위 외부, 특히 서양의 대중음악과 맺었던 균형감각과는 확연히 다른 점이다.

하지만 여전히 사회주의적 내용미학의 줄기를 놓치지는 않고 있다. 그것은 음색과 리듬을 위주로 다이내믹한 음악을 추구하지만 여러 방법들을 동원해서 내용성을 확보하고자 노력하는 모습으로 알 수 있다. 예를 들어 시범공연을 포함해 초기인 2013년까지는 현악4중주를 중심으로 하는 기악이 큰 역할을 하다가 2014년부터는 중창조인 성악으로 무게중심이 넘어간 점, '경음악과 노래련곡'과 같이 극성을 높이는 양식들을 개발하고 무대장치에서 배경화면의 역할을 높여서 음악극화를 꾀하고 있는 점 등이 그것이다. 하지만 어쨌든 북측 음악이 외부를 향해 동시대성 획득을 위한 발걸음을 내딛은 것만은 확실하다.

그리고 모란봉악단의 선전선동과 주민통합에 대해서 살펴보았다. 먼저 '모란봉악단의 창조기풍'이라는 담론에 대해서 살펴보았다. 모란봉악단의 창조기풍은 초기에 '1. 결사관철의 정신, 2. 진취적인 자세, 3. 혁신적인 안목'으로 제시되었다. 그러다가 '1. 결사관철의 정신, 2. 참신하고 진취적인 창조열풍, 3. 집단주의적 경쟁열풍'으로 정리되어 확립된다. 그 내용을 보면 첫째 '결사관철의 정신'은 기존의 당성 강조의 하나라고 할 수 있다. 하지만 '참신하고 진취적인 창조열풍'이라고 하는 것은 앞서 음악적 특징에서 말했던 '동시대성(현대성)' 획득을 위한 세계적 식견을 가리키는 것이다. 이것을 모란봉악단의 창조기풍으로 말하고 있으며 문학예술계뿐만 아니라 북측 사회 전체에 이 기풍을 요구하고 있다. 마지막으로 '집단주의적 경쟁열풍'도 주목할 만하다. 비록 '사회주의적 경쟁'임을 거듭 강조하고 있지만 이미 '경쟁'이라는 담론을 적용하였다는 것, 그리고 그 '경쟁'이 '개인'에 대한 주목과 연결되어 다른 사람이나 집단과 비교하는 '우월성'의 개념으로 연결된다는 점이 중요하다. 그것을 모란봉악단을 통해서 전 사회에 요구하고 있다는 점은 김정은 시대가 이전 시기와 구별되는 또 다른 점이다.

이러한 창조기풍으로 모란봉악단이 추구하는 음악정치는 '열린 음악정치'와 연결해서 설명할 수 있을 것이다. 동시대성을 획득하고자 하는 김정은의 '열린' 음악정치는 김정일 말기의 구호 '자기 땅에 발을 붙이고 눈은 세계를 보라!'의 정신을 음악에 적용, 실천하고 있는 것으로 볼 수 있다. 이전 시기의 음악정치가 국내, 내부용의 것이었다면 모란봉악단의 음악정치는 김정일 시대와 비교해서 상대적으로 세계를 향해 동시대성을 획득하고자 하는 점에서 다르다. 다음으로는 북측 음악의 선전선동 경로를 추적, 정리하였으며 모란봉악단의 실례로 선전선동의 경로를 따라가며 주민통합의 실제 과정과 효과를 살펴보았다. 북측 음악의 선전선동 전체경로는 김정은 이전 방식과 비슷하였다. 그리고 음악과 생활(노동)을 일치시키고자 하는 음악정치의 원리도 이전 시기와 크게 다르지 않았다.

하지만 모란봉악단의 음악은 북측 인민들의 감성을 동시대성 획득으로 세계화하고자 하는 의도를 갖는다는 점에서 중요하다. 그 일체화를 어떤 감성의 문화생활로 이뤄낼 것이냐에 있어서 모란봉악단은 서구 대중음악인 팝음악에 주목하고 있다. 이것은 일반 음악담론에서 대중가요, 대중음악 등의 '대중성' 담론으로도 확인된다. 이러한 모란봉악단의 음악에 나타난 특징은 특정 단체의 음악 특징이 아니라 현재 북측을 대표하는 본보기단체의 음악 특징이라는 점에서 북측 음악 전반을 선도하는 경향으로 볼 수 있을 것이다.

위에서 살펴본 모란봉악단에 나타난 서구 대중음악 팝음악에 대한 주목과 그것으로 동시대성을 획득하고자 하는, 세계의 일원이 되고자 하는 움직임은 우리들의 눈높이, 외부의 눈높이에서 보자면 못 미치는 부분이 있다. 그들의 이념과 기본적 선전선동체계는 그대로이기 때문에 더욱 그렇다. 하지만 이념의 해방은 어렵겠지만 정책의 해방은 가능할 수 있겠다는 모습을 모란봉악단이 보여주었다는 점이 중요하다. 그리고 그러한 이념이 '조선민주주의인민공화국'이라는 국가의 근간이 흔들리지 않는다면 변화를 바라기 힘들다는 점에서 오히려 불변성에 집착하면서 목을 맬 것이 아니라 작더라도 변화의 지점에 주목해서 변화의 지점을 확대하고 그것으로 대화가능성을 높여나가는 것이 필요하다고 본다.

번호	날짜	구분	이름	장소
1	2012.07.06.	공연 1	모란봉악단 시범공연	만수대예술극장
2	2012.07.28. (~30.)	공연 2	전승절경축 모란봉악단공연	류경정주영체육관
3	2012.08.25.	공연 3	8.25경축 모란봉악단의 화선공연	군부대 극장 (동부전선)
4	2012.08.26. (~30. 추정)	공연 4	청년절 경축공연	-
5	2012.10.10. (~14.)	공연 5	조선로동당창건 67돐경축 모란봉악단공연 《향도의 당을 우러러 부르는 노래》	류경정주영체육관
6	2012.10.29.	공연 6	김일성군사종합대학 창립60돐기념 모란봉악단공연	류경정주영체육관
7	2012.12.21.	공연 7	〈광명성-3〉호 2호기의 성과적인 발사를 축하하는 모란봉악단공연	목란관 연회장
8	2012.12.31.	수상 1	조선로동당 중앙위위원회, 조선로동당 중앙군사위원회, 조선민주주의인민공화국 국방위원회 모란봉악단에 감사문	-
9	2013.01.01. (~03.)	공연 8	모란봉악단 신년경축공연 《당을 따라 끝까지》	류경정주영체육관
10	2013.01.03.	수상 2	조선로동당 중앙위원회, 조선로동당 중앙군사위원회, 조선민주주의인민공화국 국방위원회 감사문을 모란봉악단 창작가, 예술인들에게 전달하는 모임	-
11	2013.02.01.	공연 9	조선로동당 제4차 세포비서대회 참가자들을 위한 모란봉악단, 조선인민군공훈국가합창단 합동공연《어머니의 목소리》	류경정주영체육관
12	2013.04.11.	공연 10	모란봉악단 조선인민군 제630대련합부대 축하방문 화선공연	630부대 군인회관 (지방)
13	2013.04.25.	공연 11	조선인민군창건 81돐경축 모란봉악단공연	목란관 연회장
14	2013.06.23.	공연 12	자강도 로동계급들과 함께 한 모란봉악단공연	강계뜨락또르종합공장 체육관(강계)
15	2013.07.21.	수상 3	모란봉악단 배우 류진아에게 조선민주주의인민공화국 공훈배우칭호 수여: 조선민주주의인민공화국 최고인민회의 상임위원회 정령	-
16	2013.07.27.	공연 13	모란봉악단 전승절 축하공연《위대한 승리》	목란관 연회장
17	2013.08.02.	공연 14	위대한 조국해방전쟁승리 60돐경축 열병식 참가자들을 위한 모란봉악단의 축하공연	류경정주영체육관
18	2013.10.10. (~15.)	공연 15	조선로동당창건 68돐경축 모란봉악단과 공훈국가합창단 합동공연《조선로동당 만세》	류경정주영체육관
19	2013.10.24.	공연 16	조선인민군 제4차 중대장, 중대정치지도원대회 참가자들을 위한 모란봉악단, 공훈국가합창단 합동공연	류경정주영체육관

20	2014.03.17.	공연 17-1	경애하는 김정은원수님을 모시고 진행한 모란봉악단 공연	4·25문화회관
21	2014.03.22.	공연 17-2	모란봉악단 공연	4·25문화회관
22	2014.03.23. (~04.01.)	공연 17-3	모란봉악단 공연	4·25문화회관
23	2014.04.02.	공연 18	량강도에 대한 순회공연을 앞둔 모란봉악단 공연	-
24	2014.04.04. (~05.)	공연 19	모란봉악단 량강도순회공연 '삼지연군'	삼지연군문화회관
25	2014.04.06. (~08.)	공연 20	모란봉악단 량강도순회공연 '대홍단군'	대홍단군문화회관
26	2014.04.09. (~11.)	공연 21	모란봉악단 량강도순회공연 '혜산시'	량강도예술극장
27	2014.04.12.	수상 4	조선민주주의인민공화국 최고인민회의 상임위원회 정령 '황진영, 우정희, 안정호동지들에게 조선민주주의인민공화국 로력영웅칭호를 수여함에 대하여'	-
28	2014.04.16.	공연 22	조선인민군 제1차 비행사대회 참가자들을 위한 모란봉악단 축하공연	-
29	2014.05.02.	공연 23	송도원국제소년단야영소 준공 모란봉악단 축하공연 《세상에 부럼없어라!》	송도원국제소년단 야영소 국제친선소년회관
30	2014.05.16. (~17.)	기타 1	제9차 전국예술인대회 참가. 모란봉악단 단장 현송월 토론	-
31	2014.05.17.	수상 5	모란봉악단 배우 라유미 공훈배우칭호 수여. 최고인민회의 상임위원회 정령	-
32	2014.05.19. (~21.)	공연 24	제9차 전국예술인대회 참가자들을 위한 모란봉악단 축하공연	4·25문화회관
33	2014.08.27.	수상 6	김정일총비서 존함시계표창 모란봉악단 창작가, 예술인들에게 수여 모임. 노래 〈철령아래 사과바다〉: 모란봉악단 창작실 작가 차호근, 작곡가 안정호, 가수 김설미, 록음사 길원금	평양대극장
34	2014.09.03. (~04.)	공연 25	모란봉악단 신작음악회	만수대예술극장
35	2015.04.27. (~28.)	공연 26	조선인민군 제5차 훈련일군대회 참가자들을 위한 모란봉악단공연	인민문화궁전
36	2015.09.07.	공연 27	꾸바공화국 국가대표단을 환영하는 모란봉악단과 공훈국가합창단의 축하공연	-
37	2015.10.11. (~16.)	공연 28	조선로동당창건 70돐경축 공훈국가합창단과 모란봉악단의 합동공연	류경정주영체육관
38	2015.10.18.	기타 2	조선로동당창건 70돐경축 청봉악단 공연관람	인민극장
39	2015.10.25.	수상7	공훈국가합창단과 모란봉악단의 지휘성원들과 창작가, 예술인들에 대한 당 및 국가표창과 군사칭호수여모임	-

구분	순서	갈래	제목	참고
1부	1	경음악	〈아리랑〉	악장 선우향희
	2	녀성4중창	〈그대는 어머니〉(박미경, 김설미, 류진아, 박선향)	2012년 추정
	3	경음악	〈차르다쉬〉(외국곡)	Vittorio Monti, 〈Csardas〉
	4	경음악	〈싸바의 녀왕〉(외국곡)	Michel Laurent, 〈La Reine De Saba〉
	5	녀성2중창	〈내마음 별에 담아〉(정수향, 김유경)	한창우 작사, 박진국 작곡, 2001.
	6	녀성5중창	〈배우자〉(박미경, 김설미, 정수향, 김유경, 박선향)	리광선 작사, 황준영 작곡, 1992.
	7	경음악	〈별의 세레나데〉(외국곡)	Paul de Senneville, 〈Coup De Coeur〉
	8	녀성2중창	〈이 강산 높은 령 험한 길우에〉(정수향, 류진아)	강창영 작사, 우정희 작곡, 2002.
	9	경음악	〈뻬넬로뻬〉(외국곡)	Paul Mauriat, 〈Penelope〉
	10	경음악	〈예쁜이〉	박영순 작사, 안정호 작곡, 1998.
	11	녀성6중창	〈붉은기 펄펄〉(중국노래-박미경, 김설미, 정수향, 김유경, 박선향, 류진아)	〈紅旗飄飄〉
	12	경음악과 노래	〈승리자들〉(6중창-김설미, 박미경, 김유경, 정수향, 박선향, 류진아)	2012년 추정
2부	1	경음악	〈이제 곧 날아오르리〉(외국곡)	영화 〈Rocky〉, 주제가 〈Gonna Fly Now〉
	2	경음악	〈장밋빛을 띤 미뉴에트〉(외국곡)	Paul Mauriat, 〈Minuetto〉
	3	녀성3중창	〈녕변의 비단처녀〉(김설미, 박미경, 김유경)	김정철 작사, 안정호 작곡, 2006.
	4	녀성6중창	〈이 땅의 주인들은 말하네〉(김설미, 박미경, 김유경, 정수향, 박선향, 류진아)	최준경 작사, 안정호 작곡, 2001.
	5	경음악	〈나의 길〉(외국곡)	Claude Francois · J. Revaux 작곡, Paul Anka 작사, 〈My Way〉
	6	녀성3중창	〈들꽃 세송이〉(정수향, 김유경, 박선향)	리연희 작사, 리종오 작곡, 2001.
	7	현악4중주	〈그 품 떠나 못살아〉(선우향희·홍수경·차영미·유은정)	신운호 작사, 리종오 작곡, 1989.

---

75. 모란봉악단, 〈실황록화 경애하는 김정은동지를 모시고 진행한 모란봉악단 시범공연, 2012. 7. 6.〉, http://youtu.be/-d8jJGgoT4A, 2012. 7. 11; 『조선문학예술년감 2013』(평양: 문학예술출판사, 2014), 33-34쪽 참고. 그리고 음악연구자 김지은 님의 도움을 받았다.

2부	8	경음악과 노래	〈세계동화명곡묶음〉 ① 〈세상은 좁아〉 ② 〈톰과 제리〉 ③ 〈언젠가 꿈속에서〉 ④ 〈곰아저씨 뿌〉 ⑤ 〈비비디바비디부〉 ⑥ 〈미키 마우스 행진곡〉 ⑦ 〈꿈은 마음속으로 바라는 것〉 ⑧ 〈미인과 야수〉 ⑨ 〈언젠가는 나의 왕자님이 찾아오리〉 ⑩ 〈백설공주와 일곱난쟁이〉 ⑪ 〈백조의 호수〉 ⑫ 〈세상은 좁아〉	① Richard M. Sheman and Robert B. Sheman, 〈It's a small world〉 (작은 세상) ② 영화 〈Tom And Jerry〉 주제가 ③ 영화 〈Sleeping Beauty〉, 〈Once Upon a Dream〉 ④ 영화 〈Winnie the Pooh〉 주제가 ⑤ 영화 〈Cinderella〉, 〈Bibbidi Bobbidi Boo〉 ⑥ 티비쇼 〈The Mickey Mouse Club〉 주제가 ⑦ 영화 〈Cinderella〉, 〈A Dream is a Wish Your Heart Makes〉 ⑧ 영화 〈Beauty And The Beast〉 주제가 ⑨ 영화 〈Snow White And The Seven Dwarfs〉, 〈When you wish upon a star〉 ⑩ 영화 〈Snow White And The Seven Dwarfs〉, 주제가 ⑪ 발레〈Swan Lake〉 주제가
	9	경음악	〈집씨의 노래〉(외국곡)	Pablo de Sarasate, 〈Zigeunerweisen〉
	10	녀성6중창	〈당을 노래하노라〉(김설미, 박미경, 김유경, 정수향, 박선향, 류진아)	차영도 작사, 황진영 작곡, 2010.
	11	녀성6중창	〈인민이 사랑하는 우리 령도자〉(김설미, 박미경, 김유경, 정수향, 박선향, 류진아)	류동호 작사, 전홍국 작곡, 2012.
녹화영상제외	1	경음악	〈결투〉(외국곡)	팝송 〈The Duel〉
	2	경음악	〈승리〉(외국곡)	랩송 〈Victory〉
	3	경음악	〈달라스〉(외국곡)	컨츄리송 〈Dallas〉

감각의 갱신과 화단의 세대교체[1]

홍지석(단국대학교)

1. 발걸음 따라 앞으로 척척척!

2011년 12월 17일 김정일이 사망했다. 하지만 북한 사회의 분위기는 1994년 김일성 사망 때와 사뭇 달랐다. '피눈물의 해'[2]로 규정됐던 1994 년과는 달리 비통과 절통의 분위기는 오래가지 않았다. 조선문학예술총 동맹 중앙위원회 기관지 『조선예술』은 2012년 제1호를 김정일 서거 특 집호로 구성했으나 그다음 달에 발행한 2호부터는 평상의 리듬을 회복 했다. 2012년은 오히려 "강성부흥의 전성기가 펼쳐지는 자랑찬 승리의 해"[3]로 수식됐다. 사망한 김정일은 아주 빠른 속도로 '과거'가 됐고 그와 똑같은 속도로 김정은은 '현재'가 됐다.[4]

---

1. 이 글은 「김정은 시대의 북한미술: 감각의 갱신과 세대교체」(『문화정책 블래틴』 제7호, 경 기문화재단, 2018)를 단행본의 취지에 맞게 수정 보완한 것이다.

2. '피눈물의 해 1994년'는 1996년 북한미술가들이 제작한 대형조선화의 제목이기도 했다. 지 원봉, 「대형조선화 〈피눈물의 해 1994년〉 중에서」, 『조선예술』, 1996. 10. 8-10쪽.

3. 한철민, 「유훈을 높이 받들어갈 충정의 맹세로 고동치는 신념의 화폭들」, 『조선예술』, 2012. 3, 51쪽.

4. 2012년 미술분야를 회고한 『조선문학예술년감 2013』에서 조복남은 이해를 "수령영생미술 창작의 빛나는 전성기"로 묘사했다. 그의 서술에 따르면 2012년 김정은의 지도 아래 평양 을 비롯한 나라 곳곳에 태양상동상과 모자이크태양상, 태양상초상화, 태양상석고상을 배 치했다. 이 연감에서 수령영생미술의 성과를 태양상의 양적크기와 분포확장으로 묘사하는 데서 보듯 '양(量)'에 대한 과도한 집착은 지금 북한 사회의 두드러진 특성이다. 『조선문학 예술년감 2013』(문학예술출판사, 2014)의 미술부문 소식은 8쪽(329~336쪽)에 달하는 분 량 전부를 이른바 태양상동상과 모자이크의 제작, 배치 소식으로 채우고 있다.

334 감각의 갱신, 확장하는 인민

그림 〈경애하는 김정은동지의 발걸음 따라 앞으로 척척척!〉, 선전화, 2012

선전화 〈경애하는 김정은 동지의 발걸음 따라 앞으로 척척척!〉은 2012년 초 국제문화회관에서 열린 선전화전람회에 출품됐다. 그것은 한철민의 표현을 빌리면 "그이의 사랑과 령도를 한마음 한뜻으로 받들어나갈" 군대와 인민의 의지와 신념을 "강한 색채대조와 째인 구성, 선전화의 기법적 특성을 재치있게 활용한 원숙한 형상적 기교"[5]를 보여주는 선전화다. 여기서 '척척척'이라는 의성어가 전달하는 기계적 리듬과 박자는 그 후 줄곧 김정은을 따라다녔다. 김정은에게 바쳐진 노래 〈발걸음〉의 가사는 다음과 같다. "척척척척척 발걸음 우리 김대장 발걸음/ 2월의 위업 받들어 앞으로 척척척/ 발걸음 발걸음 더 높이 울려퍼져라/ 찬란한 미래를 앞당겨 척척척"[6] 미래를 앞당기는 "척척척"은 '천리마'에서 '만리마'[7]로의 전환, 곧 '규모와 속도의 문화'로의 전환을 나타내는 기표다. 김정은의 시대는 그 이전 김일성, 김정일의 시대에 비해 '현대화'가 훨씬 강도 높게 부각됐다. '희천속도'에서 시작한 현대화, 기계화의 속도는 '마식령속도'로 그리고 '조선속도'[8]로 다시 '만리마속도'로 주기적, 단계적으로 진화해나갔다. 단계적으로 고조되는 속도에 맞춰 북한 문학예술인들

5. 한철민, 앞의 글, 52쪽.
6. 전현희, 「불같은 충정의 세계」, 『조선예술』, 2017. 1, 11쪽.
7. 리형주, 「나리꽃」, 『조선예술』, 2017년 제6호, 49쪽.
8. 한진아, 「전투적인 문학예술창작의 지도적 지침」, 『조선예술』, 2015. 2, 15쪽.

은 "명작폭포를 쏟아내는"[9] 과제를 감당해야 했다. 주목을 요하는 것은 이것이 단순히 양적변화에서 끝나지 않는다는 사실이다. 이하에서 보겠지만 양적 변화에 상응하는 질적변화가 발생했다. 또는 '만리마', '명작폭포' 등 새로운 개념에 부응하는 새로운 예술, 새로운 감각에의 요구가 점증하게 됐다. 권선철의 다음과 같은 발언을 참조할 수 있다.

> 새로운 시대어가 인민의 입에 오르내리고 인민의 기쁨으로 더해진다. 가방폭포, 이불폭포, 닭알폭포, 고기폭포, 물고기폭포, 웃음폭포 … 우리 작가들이 자기의 작품으로 그 폭포에 하나의 구슬, 하나의 줄기를 보탤 수 있다면 얼마나 좋으랴.[10]
>
> -권선철, 2017. 7.

만경대학생소년궁전 안내도 도안(2016)

콩우유차 장식도안(2016)

---

9. 박태수, 「명작폭포를 쏟아내겠다」, 『조선문학』, 2015. 1호, 19쪽. 김정은은 2014년 5월에 열린 제9차 전국예술인대회 참가자들에게 "명작폭포로 당의 선군령도를 받들자"라는 전투적 구호를 부여했다.
10. 권선철, 「명작폭포로 문명강국건설을 추동하는 시대의 나팔수가 되자」, 『조선문학』, 2017. 3, 7쪽.

2. 산업미술의 시대

김정은은 집권 초기인 2012년 2월 3일에 만수대창작사 현지지도에 나섰고[11] 그해 4월에는 '국가산업미술중심'에서 열린 국가산업미술전시회를 찾았다. 흥미로운 것은 『조선예술』 등 북한 문예매체가 만수대창작사 현지지도보다 국가산업미술중심에서의 현지지도를 훨씬 더 비중 있게 다루고 있다는 점이다. 실제로 2월의 만수대창작사 현지지도를 의례적인 행사로 넘겼던 김정은은 4월의 산업미술전시회장에서는 오랜 시간 곳곳을 누비고 다니며 온갖 말들을 쏟아냈다.[12] 그는 여기서 "경제 발전은 산업미술의 발전을 전제로 한다"는 인식하에 공작기계 제작에서 형태도안의 중요성을 역설했는가 하면 여성들의 머리 빈침을 나이대별로 다양화할 것, 간판들을 예술적으로 형상화할 것, 산업미술에서 글씨체를 다양화할 것들을 요구했다. 대동강과일종합가공장의 마크를 두고서는 사과 이미지와 대동강이라는 글씨를 분리하지 말고 글자를 사과 안에 넣을 것을 주문하면서 마크를 자기 단위특성에 맞게 잘 형상화해야 한다고 주문하기까지 했다. 여기서 더 나아가 상표도안은 예술의 종합이라고까지 주장했다.[13] 이를 계기로 국가산업미술중심으로서 '중앙산업미술지도국'과 '조선산업미술창작사'의 위상은 크게 올라갔고[14] 매년 열리는 국가산업미술전시회는 김정은 집권기의 국가미술전람회에 버금가는 가장 중요한 전시회로 격상됐다.

---

11. 김용혁, 「내 조국의 자랑찬 현실을 담은 감명깊은 화폭들」, 『조선문학예술년감 2014』, 문학예술출판사, 2015, 309쪽.
12. 남위, 「주체적산업미술발전의 도약대가 마련된 뜻깊은 전시회」, 『조선예술』, 2012. 7호, 54~55쪽.
13. 조광명, 「국가산업미술전시회장에 남기신 거룩한 자욱」, 『조선예술』, 2017. 1호, 12~13쪽.
14. 진도천, 「인민생활향상에 크게 이바지하는 국가산업미술중심」, 『조선예술』, 2012. 9호, 12~13쪽.

    2012년 4월 김정은의 국가산업미술전시회장 현지지도에서 주목을 끄는 것은 김정은이 형태도안 등 제품의 미적 측면을 특히 강조하고 있다는 점이다. 제품생산이나 기계제작이 설계로부터 시작되고 형태도안은 그 후에 뒤따르는 것이 아니라 오히려 제품, 기계 생산의 초기 단계에서 형태도안이 개입한다는 것이다.[15] 이런 산업미술에 대한 김정은의 관심은 비단 전시회의 현지지도에 그친 것이 아니라 직접 작품 제작에 관여하는 데까지 나아갔다.[16] 실제로 2012년 이후 발행된『조선예술』에는 국가산업미술전시회 작품들이 여러 차례 비중 있게 소개됐는데 그 상당수에 "김정은동지께서 지도하여주신 갈마비행장 마크"나 "김정은동지께서 지도하여주신 80hp뜨락또르 형태도안", "김정은원수님께서 지도하여주신 세포지국축산경리위원회 종합생산지령실마크와 현판도안" 따위의 설명이 덧붙었다. 이것은 그가 산업디자인을 통해 일종의 '일상생활의 미학화'를 추구하고 있음을 시사한다. 그가 "미남자처럼 잘생겼다고 못내 만족하며" 높이 평가한 '지하전동차 1호'는 "고속륜전기재로서의 기능적 특성이 최대로 발휘되도록 하면서도 현대적 미감에 맞게 세련되고 독특한 형태미"를 갖춰 "선 편리성, 선 미학성의 요구를 구현하는 것"[17]으로 선전됐다.

    마이크 페더스톤(Mike Featherstone)에 따르면 일상생활의 미학화는 "생활이 예술작품으로 변화하는 투사"로 이해할 수 있다. 이런 이해를 염두에 둔다면 산업미술에 대한 김정은의 관심은 그간 예술작품에 내

---

15. 조광명, 앞의 글, 13쪽.
16. 물론 북한지도부의 산업미술에 대한 관심은 이전에도 꽤 높았다. 1955년 4월 산업미술연구소(경공업미술창작사의 전신)가 설립됐고 이후 기계공업창작사를 비롯 각 도에 산업미술창작사가 세워졌다. 김정일 역시 산업미술의 발전이 기계수단과 생활필수품생산을 촉진시키고 실용적 가치를 높이며 "물질적 재부에 인간의 미적요구를 더욱 섬세하게 구현시킨다"고 주장한 바 있다(김정일; 1992, 152). 그러나 이전 세대에 비해 산업미술에 대한 김정은의 관심은 확실히 좀 더 구체적이고 강렬해 보인다.
17. 김호준, 「우리 지하전동차 1호의 조형예술적 특성」,『조선예술』, 201. 9, 66쪽.

포되어 있던 환상을 일상생활에 투사하는 일과 무관하지 않아 보인다. 특히 예술과 삶의 일치는 예술 자체보다는 예술과 일상생활이 겹쳐 있는 산업미술(디자인)의 과제에 해당한다. 차순영의 표현을 빌리면 "생활환경이 사람들의 미적감정에 맞게 아름답게 정서적으로 꾸려지고 생활에 리용되는 생활용품들의 가지수가 많아지고 그것들이 실용정서적으로 이루어지면 생활이 유족하고 풍족해지며 이것은 물질생활의 향상으로 된다"[18]는 식이다. 물론 이것은 물질생활의 실재적 향상이라기보다는 아직 환상적 향상에 가까운 것이다. 다시 페더스톤을 인용하면 그것은 "현실과 이미지 간의 구분이 없어지고 일상생활이 미학화되는 기호-시뮬레이션 세계"에 상응하는 것이다. 이런 관점을 취하면 김정은이 자신의 집권기 내내 "인민의 꿈이 현실로 꽃펴나는 곳"[19], 이를테면 마식령스키장이나 릉라인민유원지, 문수물놀이장(엘도라도식 물놀이장) 같은 미적 공간의 실현에 주력했던 이유를 헤아릴 수 있다. 이른바 '원수님'은 그 유원지가 완공된 그날 "유희기구를 몸소 타보시며 인민들에게 안겨줄 또 하나의 훌륭한 기념비적 창조물이 일떠선 것이 그리도 기쁘시여 만면에 환한 미소를"[20] 지었다.

'일상생활의 미학화'를 추구하는 젊은 지도자는 선대 지도자들보다 미술작품 자체에 대한 흥미가 떨어질 수밖에 없다. 그에게 미술작품이 흥미 있는 경우란 그것이 일상의 미학화에 기여할 수 있을 때일 것이다. 김정은이 한동안 열중했던 옥류아동병원은 마치 미술박물관과도 같은 곳이다. "건물 주변에는 푸른 잔디가 주단처럼 펼쳐있고 동심에 맞는 각이한 주제의 조각상들과 분수도 있으며 아동영화들과 세계명작동화집

---

18. 차순영, 「산업미술은 경제건설과 인민생활향상의 척후대」, 『조선예술』, 2015. 5, 28쪽.
19. 황봉송, 「인민의 꿈이 현실로 꽃펴나는 곳에서」, 『조선예술』, 2014. 1, 52쪽.
20. 본사기자, 「인민사랑의 결정체-릉라인민유원지가 전하는 이야기」, 『조선예술』, 2013. 5, 36쪽.

들에서 나오는 미술작품들이 병원내부의 벽면을 꽉 채우고 있는 것"[21]
이다. 그 '원수님'의 "사랑과 믿음을 받아안고 평양미술대학의 교직원,
학생들과 시안의 창작가들은 아동병원으로 달려와 짧은 기간에 병원
내부의 벽면들을 1700여 점의 그림들로 훌륭히 장식"[22]했다.

　그런데 "생활이 예술작품으로 변화하는 투사"(페더스톤)에서 예술작
품=생활은 현실 자체가 아니라 상상의 구성체, 곧 환상인 까닭에 아무
리 그럴듯해도 그것은 어디까지나 가상에 불과하다. 그것이 기대에 부
합하는 식으로 기능하려면 가상은 사람들에게 최대한 실재적으로 느껴
져야 한다. 실감 나야 한다고 말할 수도 있다. 따라서 인민이 체감할 수
있는 물질생활의 향상은 김정은 시대 최우선의 정책 목표가 됐다. 하지
만 김성수가 적절히 지적했듯 그 유토피아의 시간은 "현재가 아닌 미
래"에 해당한다. "방금 개척한 개간지에서 농산물이 제대로 생산되려면
짧게는 몇 년에서 길게 몇십 년까지"[23] 걸리는 법이다. 따라서 지금 당
장 인민들에게 실감을 제공해주는 것은 주로 예술의 몫이 된다. 이렇게
실감을 추구하는 태도는 미술 자체의 극적인 변화를 추동했다. 이하에
서 보겠지만 2012년 이후의 북한미술은 그 실감을 극대화하는 길로 나
아갔다.

---

21. 본사기자, 「병원내부벽면의 미술작품에도」, 『조선예술』, 2014. 1, 32쪽.
22. 위의 글. 32쪽.
23. 김성수, 「김정은 시대 초(2012~2013) 북한의 '사회주의 현실'문학 비판: 선군과 민생 사
　이」, 『김정은 시대의 북한 문학예술: 3대 세습과 청년지도자의 발걸음』, 도서출판 경진,
　2014, 156쪽.

3. '실감 나는' 예술

한동안 조선화에 억눌려 있던 유화가 가치 있는 회화 장르로 재평가된 것은 2007년의 일로 거슬러 올라간다. 그해 8월 21일 김정일은 만수대창작사와 평양미술대학에서 창작한 미술작품들을 평하면서 유화 〈사생결단〉이 색층을 덧쌓는 방법으로 그렸음을 지적하며 "아 좋다"고 했다. 이후 김정일은 "음악에서 민성과 양성이 구별되듯이 그림에서도 조선화와 유화가 구별되여야 하며 유화는 색층을 두텁게 발라야 자기의 특성을 살릴수 있다는 유화의 화법적특성을 명백히 하고 그 관철에로 창작가들을 불러일으키자"는 입장을 취했다.[24] 이렇게 김정일 집권 말기에 재평가된 유화는 김정은 시대에 회화의 중심 장르로 부상했다. 특히 색층을 두텁게 발라 창출된 유화의 두께가 중요했다. 그 두께, 질감이 선사하는 물질적 실감이 중요했기 때문이다. 예컨대 김명운에 따르면 유화는 물을 기본으로 하는 안료들에 비해 일정한 두께를 갖는다. 물을 기본으로 하는 안료의 경우, 물이 증발하면서 안료들이 마르기 때문에 유화만큼은 두께를 갖지 않는다는 것이다. 반면 묘사하면 할수록 두터워지는 유화는 다른 회화 종류보다 "색과 명암을 보다 풍부하게 대상의 형태와 질감, 공간감을 보다 진실하고 깊이 있게 형상할 수 있다"[25]는 것이 그의 주장이다. 유화의 두께가 야기하는 심리적 효과에 대해서는 최일철의 다음과 같은 발언을 참조할 수도 있다.

> 같은 바위를 그려도 색층을 두텁게 쌓은 바위는 더 무게가 있고 립체적 덩어리가 느껴지게 되며 갈라터진 나무대의 껍질

---

24. 리종효, 「위인의 손길과 우리식 유화」, 『조선예술』, 2008. 4, 19쪽.
25. 김명운, 「야경형상에서 유화의 맛」, 『조선예술』, 2012. 8, 61쪽.

을 그리면서 쪽지가 인 부분에 특별히 색층을 두텁게 놓으면서 나무껍질의 형태를 맞추어 그려낸다면 실로 나무껍질이 나무대에서 벗기여서 떨어진듯한 느낌을 받게 된다. 이것은 실로 오랜 실천과정을 통하여 체험되고 인식된 사람들의 시각적 및 정서적 느낌을 반영한 유화의 고유한 색채표현성의 발로이다.[26]

이렇게 김정은 집권 이후 유화는 "묘사 대상을 2차원 평면상에 3차원 공간으로 조형화하여 립체감을 느끼게 하는" 회화로 각광받았다. 김소영에 따르면 "유화만큼 립체감을 뚜렷하게 나타낼 수 있는 회화형식은 없다"[27] 김소영은 여기서 한 걸음 더 나아가 묘사대상의 생동성과 진실성을 살리는 데 필요하다면 색채를 과장하는 것도 가능하다고 주장했다.[28] 문철진에 따르면 유화 〈백두산의 눈보라〉는 "유화의 찬색과 더운색의 대조에 의한 풍부한 색채현상과 갈필로 재치있게 처리한 눈갈기의 형상으로 백두의 칼바람의 맵짠 맛을 생동하게 보여"주었고 유화 〈백두산천지의 얼음파도〉는 "백두의 설한풍속에 격랑을 일으키는 천지의 파도가 그대로 얼어붙은 형상을 창조하여 칼바람의 맵짠 맛을 그대로 직감할 수 있게"[29] 해준다.

유화의 부상과 맞물려 흔들리지 않을 것 같던 조선화의 위상은 김정은 시대에 위기 상태이다. 『조선예술』에서 '조선화'를 다룬 텍스트들이 현저히 줄어든 것은 그 위기 상태를 나타내는 하나의 징후일 것이다. 무엇보다 조선화에 관한 새로운 담론이 거의 제기되지 않는 상태다. 최철

---

26. 최일철, 「유화형상에서 색채의 표현성」, 『조선예술』, 2017. 5, 68쪽.
27. 김소영, 「새 세기 유화발전에 관한 위대한 장군님의 주체적 창작리론」, 『조선예술』, 2013. 9, 24쪽.
28. 위의 글, 24쪽.
29. 문철진, 「백두산형상미술의 새 경지를 개척한 풍경화형상」, 『조선예술』, 2016. 12, 60쪽.

정선일, 김창환, 〈행복의 눈송이〉 유화, 1000×740, 2012

호의 '현대조선화' 담론이 예외일 것인데 그는 여기서 이를테면 지난날 조선화에서 쓰이지 않던 색채형상을 조선화의 화법에 맞게 새롭게 적용하면서 광선의 효과를 결합하는 방안을 고민하고 있다.[30] 그가 현대조선화에 요청하는 것은 예술적 흥미이다. 이 흥미란 "새로운 것을 전제"로 하며 심리적 충격과 더불어 "사람들이 스스로 예술로 끌려들게 되는 것"이다. 그가 보기에 예술적 흥미는 단순히 예술성에 관한 문제가 아니고 작품의 사상성과 직접 관련되며 작품의 사회적 사명, 인식교양적 기능과 관련되기에 조선화 창작가들은 "예술적 흥미 문제에 대하여 결코 소홀히 대할 수 없다."[31] 조선화를 흥미의 문제와 연결하여 다루는 최철호의 글은 김정은의 시대 북한 예술가들이 감각을 자극하는 충격과 흥미의 문제에 집중하고 있음을 암시한다. 이러한 경향을 가장 극명하게 보여주는 것이 김정은 시대에 등장한 '색조각'이다.

---

30. 최철호, 「현대조선화의 새로운 묘사방법에 대하여」, 『조선예술』, 2017. 4, 64쪽.
31. 최철호, 「조선화작품감상과 예술적흥미문제」, 『조선예술』, 2017. 5, 68쪽.

홍성일에 따르면 색조각은 "석고 또는 쥬라늄을 기본재료로 하여 창작한 환각이나 부각으로 된 조각에 색으로 선명하고 생동하게 묘사한 기념비조각"이다. 이렇게 조각이 갖게 된 색채와 명암은 "시각적 립체성과 생동감을 보장한다"[32]는 것이 그의 주장이다. 이 색조각의 아이디어는 김정은이 냈다. 2013년 6월과 7월 연달아 만수대창작사를 방문한 김정은은 '조국해방전쟁승리기념관' 중앙홀에 세울 김일성의 대리석 입상을 색조각으로 만들기로 결정했다. 이른바 색조각상형상사업은 그렇게 시작됐다. "형상의 진실성은 원화사진에 있는 그대로 하여야 보장된다"는 것이 그의 주장이었다. 그는 색조각상에서는 인물의 본래색을 그대로 살려야 한다면서 직접 사진들을 골라 조각가들에게 보냈다.[33] 그렇게 김일성 색조각상이 제작됐고 연이어 문수물놀이장 실내 중앙홀에 김정일의 천연색조각상이 세워졌다. 김학성에 따르면 조각에서 색은 "작품형상의 생동성을 보장하는" 효과가 있을 뿐만 아니라 "주변환경과의 아름다운 예술적 조화를 보장"한다. 따라서 색조각은 조각에서 색의 표현적 지위를 비약적으로 높여준다는 것이 그의 주장이다.[34] 이런 문맥에서 우리는 김정은이 만수대 언덕에 세운 김일성, 김정일의 동상을 "밝게 웃는 모습으로 형상할 것"을 주문한 이유를 납득할 수 있다. 김정은에 따르면 웃는 모습은 수령들의 "체취가 생생히 느껴질 수 있게"[35] 그리는 방법이다.

유화의 두께, 조각의 천연색, 동상의 웃는 모습은 지각에 효과를 미치며 "감각적인 생동성"[36]을 높인다. 비현실적인 것을 현실적인 것으로 느

---

32. 홍성일, 「선군시대에 새롭게 태여난 색조각에 대하여」, 『조선예술』, 2014. 7, 26쪽.
33. 오원국, 「색조각상에 깃든 불멸의 령도」, 『조선예술』, 2015. 5, 26쪽.
34. 김학성, 「조각에서 색의 지위와 기능」, 『조선예술』, 2015. 2, 75쪽.
35. 유경훈, 「위대한 장군님의 동상을 잘 모시자 하시며」, 『조선예술』, 2017. 2, 17쪽.
36. 정현호, 「자연박물관 우주관의 조형예술적 특성」, 『조선예술』, 2017. 2, 79쪽.

끼게끔 만드는 것이 바로 색(色)의 예술이다. 지금 북한문예에서 '색'은 최고의 화두다. 이를테면 영화합성음의 색채형상, 곧 "각이한 각도와 시점에서 보여지는 이글거리며 끓는 쇠물효과음과 쏟아져내리는 쇠물폭포효과음, 세찬 불꽃을 일으키며 튀여나는 쇠물불꽃효과음"을 질감이 나게 부각시켜 "생활환경의 분위기를 생동하게 펼쳐보일 수 있다"[37]는 식의 논의가 예술 각 분야에서 폭넓게 나타난다. 지금 북한의 예술인들은 "같은 음악을 통해서도 이미 전에 들어오던 음악과는 전혀 다른 폭발적 정서를 조성"할 방안, 또는 "색변화를 강하게 조성함으로써 한껏 축적시켰던 감정을 시원하게 폭발시켜" 절정을 이루게 하는 방법에 골몰한다.[38] 그런데 이런 변화를 실천으로 옮기는 이들은 누구인가? 즉 김정은의 발걸음을 따라 앞으로 척척척 나가며 "한껏 축적시켰던 감정을 시원하게 폭발"시킬 미술가들은 누구인가?

김순영, 〈6.1절〉, 유화, 300×600, 2012

---

37. 박재성, 「영화합성음의 색채형상」, 『조선예술』, 2013. 10, 31쪽.
38. 리정민, 「혁명강군의 불패의 기상-〈단숨에〉」, 『조선예술』, 2017. 12, 67쪽.

4. 청년강국, 세대교체의 징후들

김정은 시대로 접어든 2012년 즈음에는 이미 과거 김정일 시대 북한 미술을 이끌었던 주요 미술가들 대부분이 사망한 상태였다. 〈강선의 저녁노을〉을 그린 정영만은 1999년에 사망했고 2009년에는 화가 선우영, 2010년에는 화가 정창모와 조각가 오대형이 사망했다. 그런 까닭에 2012년 당시 원로에 해당하는 미술인들은 리맥림(1927~), 오락삼(1935~), 하경호(1941~), 리창(1942~), 최성룡(1942~), 김성민(1949~), 강정호(1950~) 등 소수에 불과했다. 김선태, 리성일, 우응호 등이 중견으로 활동하고 있었으나 미술가로서 이들의 역량은 전 세대의 화가들에 미치지 못하는 것으로 보인다. 게다가 "평양미술대학 학생들이 그림을 그리면 오랜 화가들보다 생신하고 기발한 착상이 나올 수 있다"[39]고 말하는 김정은의 시대에 원로와 중견 미술가들이 설 수 있는 자리는 그리 넓지 않아 보이는 것이 사실이다. 소위 만리마시대가 "선군시대 백두청춘들이 창조한 청년돌격의 정신을 핵으로 한다"[40]는 발언을 주목할 수 있다. 예컨대 2016년에는 "당창건 70돐전까지 150일 강행군전투를 벌려 발전소언제를 완공하려는 비상한 결의를 안고 산악같이 떨쳐 일어선" 청년들을 주제로 경희극 〈백두의 청년들〉이 발표됐다. 이것은 리일범의 표현에 따르면 "혁명의 바통이 오늘 김정은 시대의 청년전위들에 의하여 어떻게 굳건히 계승되고 있는가"[41]를 보여주는 작품이다. 김광민에 따르면 경희극 〈백두의 청년들〉은 "사회주의강국건설에서 만리마속도를 끊임없이 창조할데 대한 문제를 제기하고 문학적으로 잘 형상한"[42] 작품이다. 그런

---

39. 본사기자, 「병원내부벽면의 미술작품에도」, 『조선예술』, 2014. 1, 32쪽.
40. 로철영, 「백두대지에서 창조된 시대정신의 뿌리에 대한 해명」, 『조선예술』, 2016. 9, 70쪽.
41. 리일범, 「조선청년운동의 승리의 전통을 감명깊게 보여준 의의있는 형상」, 『조선예술』, 2017. 3, 53쪽.

가 하면 2016년 1월에 당의 청년중시사상이 집대성된 '청년운동사적관'이 문을 열었다. 청년 사상교양의 거점으로서 '청년운동사적관'은 청년강국을 세우고 당의 청년운동업적을 빛내려는 "최고령도자동지의 청년중시사상을 실현하는"[43] 공간이다. '청년강국'은 김정은이 2015년 4월 백두산선군청년발전소 건설장 현지지도에서 새로운 시대어로 내세운 이후 북한매체에 빈번히 등장하는 단어다. 김종수에 따르면 '청년강국'은 과거 김정일 시대에 사용한 '강성대국'이라는 개념을 달리 표현한 것으로 김정은 시대의 '청년중시'를 단적으로 나타내는 개념이다.[44] 이런 상황들을 염두에 두면 지금 북한미술계에서는 빠른 속도로 세대교체가 진행되고 있을 것이라고 추측해볼 수도 있다.

2013년 최성룡이 쓴 글을 상황판단을 위한 단서로 삼을 수 있다. 최성룡에 따르면 김정일의 미술인재육성을 위한 수재교육사업들로 키워진 미술인재들이 있다. 다섯 살 때 제12차 세계청년학생축전에 출품했던 오은별은 당시 30대 초반에 접어들고 있었고 꼬마 서예가로 유명했던 김하경, 여덟 살 때 국제아동미술전람회에서 1등상을 받았던 김규권도 기성 미술가로 성장해 있었다. 여기에 "1980년대와 1990년대 뛰어난 그림솜씨로 세상사람들을 놀래운 한성일, 황금철, 김기명, 김모란 등과 새 세기의 한명진, 구대홍, 김혁일 등 수많은 미술가들"[45]은 어려서부터 김정일의 수재교육사업을 통해 성장한 미술가라는 설명이 덧붙었다. 미술의 세대교체와 관련하여 특히 주목을 요하는 것은 북한미술교육의 중심에 해당하는 평양미술대학이 김정은 시대 산업미술의 중추로 부상하

---

42. 김광민, 「의의있는 사회적문제를 민감하게 반영한 문학적 형상-경희극 〈백두의 청춘들〉을 놓고」, 『조선예술』 2017. 3, 58쪽.

43. 오원국, 「색조각상에 깃든 불멸의 령도」, 『조선예술』, 2015. 5, 13쪽.

44. 김종수, 「북한 청년동맹 제9차 대회에 관한 연구」, 『북한학보』 제42집 1호, 2017, 111-118쪽.

45. 최성룡, 「뛰어난 어린이 미술인재들을 안아키우신 위대한 사랑」, 『조선예술』, 2013. 4, 23쪽.

고 있는 점이다. 2016년에 열린 평양미술대학 미술전람회에서 가장 주목 받은 것은 조선화도, 유화도 아닌 산업미술이었다. 이 전시회에는 2012 년부터 김정은의 "지도와 평가를 받고 현실에 도입된 산업미술도안들이 전시"되어 주목받았다. "중앙동물원과 평양국제비행장, 평양애육원을 비롯한 기념비적건축물들의 내부장식그림과 조각들, 각종 마크와 간판도안들"이 그것이다. 남일옥은 이 전시가 "평양미술대학 학생들이 당의 사상관철전, 당정책옹위전의 전위투사들로 자라나 고요한 습작실에서가 아니라 들끓는 현실속에서 시대를 알고 예술을 아는 선군시대 참된 대학생들로, 주체미술의 믿음직한 후비대로 준비해나가고있는 자랑찬 모습을 뚜렷이 보여주었다"[46]고 평했다.

새 세대의 젊은 미술가들은 형상창조에서 기발한 새것 내지 "창발적이고 개성적인 것에 대한 요구"[47]가 팽배해 있는 북한미술계에서 명작폭포를 쏟아내면서 살아남을 수 있을까? 확실한 것은 젊은 지도자 김정은이 국가미술전람회를 참관하여 원로나 중진들에게 힘을 실어주는 것보다는 '전국고급중학교 미술반, 미술소조 그림그리기 경연'[48] 등을 조직하는 일에 더 관심이 많다는 점이다. 김정은 집권 이후 과거 "원로미술가 중심의 미술창작단이자 미술연구보급단체"로서 각광받았던 송화미술원의 위상이 예전 같지 않다는 점에 주목할 수 있다.[49] 1996년 기관 발족이후 매해 4월 정기적으로 열리던 송화미술원 전시는 김정은 시대에 완전히 관심 밖으로 밀려났다.[50] 이런 상황에서 원로와 중견 미술가들 역

---

46. 남일옥, 「주체미술교육의 발전면모를 뚜렷이 과시한 인상깊은 전람회」, 『조선문학예술년감 주체105(2016)』, 문학예술출판사, 2017, 433쪽.
47. 최철호, 「미술가의 창작적 개성은 작품의 정서적 감화력을 높이는 결정적요인」, 『조선예술』, 2017. 3, 29쪽.
48. '전국고급중학교 미술반, 미술소조 그림그리기 경연'은 2016년에 시작됐고 2017년 7월 2차 경연이 진행됐다. 본사기자, 「당의 품속에서 날로 꽃펴나는 미술재능」, 『조선예술』, 2017. 12, 60쪽.

시 이른바 '청년강국'의 일원이 되기 위해 갱신을 요구받는 모양새다. 이런 상황을 잘 나타내 보여주는 소설이 있다.

단편소설 「60청춘」[51]의 주인공 춘화는 노인이지만 청춘을 열망한다. 그녀는 "내 마음 아직 청춘이지? 그래 난 청춘에 살고파. 마음은 우리 함께 백두산에 올라 아!… 오!… 하며 격정을 터치던 처녀때 그대로란 말이야"라고 말한다. 춘화가 철이할머니의 손을 꼭 붙잡고 건넨 말은 그 '청춘'이 지향하는 바를 극명하게 제시한다. "난 늙고싶지 않아. 우리 늙지 말고 당을 위해 이 좋은 사회를 위해 일을 더 하자구. 얼마나 좋고 벅찬 세월인가. 이제 석달만 있으면 당7차 대회가 열리지. 조선로동당 7차 대회! … 생각만 해도 가슴이 울렁거려. 천리마를 타던 젊은 시절 그때처럼 원수님 펼치시는 그 길을 따라 만리마속도로 젊은이들과 같이 달리려는 것이 내 마음이야." 처음에 반신반의하던 철이할머니는 마침내 춘화에게 동화된다. 소설은 다음과 같은 철이할머니의 독백으로 끝난다. "심신이 가벼워진다. 아니 몸보다도 내 마음이 더 젊어지는 아침이었다. 나도 60청춘이 되는 그런 갱신의 새아침이었다."

---

49. 송화미술원은 1996년 3월에 발족한 원로미술가 중심의 미술창작단이자 미술연구보급단체이다. 단체명인 '송화'는 "사철 푸른 소나무와 같은 억센 의지로, 불멸의 꽃을 피우는 전사로 영원히 살려는 로화가들의 소박한 충효의 마음"을 의미한다. 1996년 평양국제문화회관에서 제1회 '송화미술원전람회'를 연 이후 매해 4월 정기적으로 '송화미술원전람회'를 열었다. 제1회 전람회에는 6명의 인민예술가, 16명의 공훈예술가, 교수, 부교수, 학사 등 원로미술가들의 작품이 전시되었다. 량금철의 서술에 따르면 1999년 무렵 송화미술원 소속의 미술가들로는 원장인 김상직(1934~) 외에 인민예술가 리근화, 박진수, 리률선, 유홍섭, 공훈예술가 김린권, 문화춘, 리맥림, 그리고 교수 김형철, 부교수 최제남 등이 있다. 량금철, 「억센 의지의 붓-송화미술원」, 『조선예술』, 1999. 9, 58~60쪽.

50. 『문학예술년감』에 따르면 2016년 북한에서 열린 주요 미술전시회는 다음과 같다. 국가미술전람회(10월, 평양체육관), 중앙미술전시회(2월, 8월, 조선미술박물관), 국가산업미술전시회(4월, 국가산업미술전시회장), 얼음조각축전(2월, 삼지연군), 전국서예축전(4월, 평양국제문화회관), 미술전시회 〈백두의 칼바람〉(8월, 평양국제문화회관), 중앙산업미술전시회(10월, 국가산업미술전시회장) 박충성 외, 『조선문학예술년감 주체105(2016)』, 문학예술출판사, 2017, 445~448쪽.

51. 공천영, 「60청춘」, 『조선문학』, 2017. 5.

충정이라는 표상과 권력승계의 문화기획[1]

전영선(건국대학교)

1. 서론

예술영화 〈백옥〉은 인민무력부장이자 김정일의 후견인으로 알려진 오진우의 생애 마지막 일대기를 배경으로 한 2부작 예술영화이다. 북한에서 최고지도자에게 충성을 다한 인물을 소재로 한 영화 제작은 일반적인 일이다. 김정일 후계 체제 준비가 본격화된 시기로 알려진 2008년을 전후해서도 실존인물을 대상으로 한 전기적 영화가 창작되었다. '항일혁명투사' 오백룡을 소재로 조선4·25예술영화촬영소에서 2005년에 제작한 영화 〈유산〉(2부작), 조총련 의장이었던 한덕수를 소재로 2009년에 조선예술영화촬영소에서 제작한 영화 〈동해의 노래〉(2부작), 김일성종합대학을 졸업하고 백두산지구의 구시물동 혁명전적지 강사로 자원한 '은옥'을 주인공으로 2009년 조선예술영화촬영소에서 제작한 예술영화 〈백두의 봇나무〉, 김광철 영웅 가정의 며느리가 되어서 최전선에서 살림을 시작하는 '순희'를 주인공으로 조선4·25예술영화촬영소에서 2010년에 제작한 예술영화 〈내가 사는 가정〉, 황철나무 중대 지휘관에 대한 이야기를 소재로 2010년에 제작한 예술영화 〈황철나무중대〉, 2·8직동청년

---

1. 이 글은 「김정은 후계체제의 문화담론-〈백옥〉을 중심으로」(『북한학연구』, 13집, 2017)를 단행본 취지에 맞게 수정 보완한 것이다.

탄광 채탄공이였던 김유봉을 소재로 2010년에 제작한 예술영화 〈그는 탄부였다〉, 1996년 6월 현지지도표식비에 정성껏 마련한 들꽃묶음을 놓았다는 소녀를 주인공으로 2012년에 제작된 〈들꽃소녀〉, 조선인민군협주단 소속의 작곡가인 김옥성을 소재로 2012년에 제작한 〈종군작곡가 김옥성〉 등이 있었다.

예술영화 〈백옥〉의 제작 의도도 일차적으로 최고지도자에 대한 충성을 주제로 한다는 점에서 다른 영화와 큰 차이가 없다. 영화 〈백옥〉 역시 김정일에 대해 충성을 다한 오진우를 소재로 한 영화라는 점에서는 같은 맥락이라고 할 수 있다.

그러나 예술영화 〈백옥〉은 충성을 주제로 한 일반 영화와는 다른 의미를 갖는다. 영화 제목인 '백옥'은 영화 제작 이후 북한의 방송언론을 통해 '백옥같은 충정'이라는 새로운 레토릭의 원형이 된 영화이다. 2012년 12월 18일 김정일 사망 1돌을 맞아 발표한 김정은의 감사문 「금수산태양궁전을 주체의 최고성지로 훌륭히 꾸리는데 온갖 지성을 다 바친 전체 인민군장병들과 인민들에게」에서 "자기 수령에 대한 우리 당과 군대와 인민의 백옥같은 충정과 숭고한 도덕의리심"이라고 표현한 것으로부터 모란봉악단의 신작 〈날아가다오 그리운 내 마음아〉에서 '백옥처럼 참대처럼' 등을 통해 문화코드로 자리매김하고 있다. 북한의 방송언론을 통해 충정의 표상으로 자리하고 있는 '백옥'의 원형이 바로 영화 〈백옥〉으로부터 출발하였다.

이 글에서 주목하는 점도 이 부분이다. 김정일로부터 김정은으로의 권력 세습 과정에서 영화를 제작한 의도와 백옥이라는 충성의 담론을 공론화하는 의도 분석에 있다. 북한에서 정치와 권력은 불가분의 연계성을 갖고 있다. 문화는 인민에 대한 권력 세습의 당위성을 선전하는 정치의 수단이자 내면적 당위성을 만들어가는 과정이다. 인민들에게는 반복되는 학습과 문화적 경험을 통해 당위적으로 수용하는 과정을 거치게 된다. 이런 점에서 북한의 권력 세습 과정은 정치적 과정과 함께 문화정책이 투영된 복합적인 결과라고 할 수 있다. 예술영화 〈백옥〉을 통해 인민의 충성을 표상하는 용어로서 '백옥'이 의미하는 바와 자리매김하는 과정의 정책 의도를 분석하고자 한다.

2. 예술영화 〈백옥〉과 상징

1) 충정의 인물 오진우

예술영화 〈백옥〉은 조선4·25예술영화촬영소에서 제작한 작품으로 인민무력부장으로 알려진 오진우의 마지막 순간을 영화로 옮긴 작품이다. 김문선의 영화문학에, 강중모가 연출하였다.[2] 영화로 제작되어 2009년 5월부터 상영되었다. 예술영화 〈백옥〉에서 모티브가 된 것은 한 장의 사진이었다. 영화의 시작에서부터 한 장의 사진에 담긴 의미 해석으로부터 시작한다.

> 우리 혁명의 력사에는 위대한 장군님께서 인민무력부장이였던 오진우동지와 함께 흰옷을 꼭같이 입으시고 찍으신 한 장의 뜻깊은 사진이 있다.
> 이 영화는 그 사진을 가슴에 간직하고 위대한 수령님과 경

---

2. 김문선, 「예술영화 〈백옥〉」, 『조선예술』 2009년 7호(평양: 문학예술출판사, 2009. 7), 41쪽에 소개된 〈백옥〉의 스탭은 "주역 오진우(김석), 최광(공훈배우 김수일), 책임서기(인민배우 리익승), 상임위원회 의장(인민배우 정의겸), 리활(공훈배우 박용철), 림길석(리성광), 신대철(인민배우 현창걸), 홍경숙(인민배우 정춘란), 영화문학(김일성상 계관인 김문선), 연출(인민예술가 강중모), 협조연출(오승철), 촬영(인민예술가 오태영, 한영일), 미술(강창도, 량대원), 작곡(김영철)"이다.

예술영화 〈백옥〉 캡처

애하는 김정일동지를 순결한 충정으로 받들어온 혁명가 오진
우동지의 한생에서 생의 마지막시기를 취급하였다.[3]

영화 〈백옥〉의 첫 장면은 김정일과 함께 사진을 찍었을 때 입었던 흰
양복과 흰 지팡이를 보여주는 것으로 시작한다. 〈백옥〉의 모티브가 된
흰옷은 티끌 한 점 없는 주인공 오진우의 변함없는 충정을 상징한다. 영
화 〈백옥〉의 1부 시작에서 보여준 흰 양복과 흰 지팡이는 곧 2부 영화
마지막 장면에서 오진우가 마지막으로 입는 정장이었다.

문을 열고 들어서는 부관.
그의 시선이 한곳에 굳어진다.
흰 양복을 입고 거울에 다가서있는 오진우.
거울속에 흰 양복을 입은 그의 모습이 비껴있다.
감동에 젖어 보는 부관.
이윽토록 거울을 보던 오진우 낮은 어조로 부관에게 말한다.

---

3. 김문선(2009. 7), 64쪽.

예술영화 〈백옥〉 캡처 1부 첫 장면과 〈백옥〉 2부 마지막 장면

"부관… 장군님 계시는 최전선으로 가자."[4]

　김정일과 같은 옷을 입고 사진을 찍은 이후로 변함없이 흰옷을 간직하고, 죽음 앞에서도 흰옷을 입은 오진우의 변함없는 충정을 의미한다. 죽음을 직감한 오진우는 마지막으로 김정일과 함께 입었던 양복을 입고는 김정일 있는 최전방으로 향한다. 그리고 오진우는 마지막 숨을 거둔다. 인생의 마지막 발걸음을 장군님 곁으로 다가간다는 설정이다.

　죽는 순간까지 오진우가 입었던 흰색 정장은 김정일과 같이 찍었던 사진 속의 그 흰색 정장이었다. 영화 〈백옥〉의 모티브인 '흰빛'은 '한 점 티끌없는 순수함'을 의미한다. 영화 〈백옥〉에서 오진우는 처음 양복을 입고 사진을 찍었던 때를 떠올리면서 "그래… 그래… 10년은 넘었지. … 그분과 함께 이 사진을 찍은 때가… 장군님께서는 자신의 생신날에 나에게 흰옷을 입혀주시면서 한생을 백옥같이 순결한 마음으로 수령님을 받드는 전사가 되자고 이 손을 잡구 말씀하셨지"라고 회상한다.

4. 김문선, 『영화문학 〈백옥〉 제2부』, 『조선예술』, 2009. 8(평양: 문학예술출판사, 2009. 8), 79-80쪽.

"걱정에 넘쳐 말하는 책임서기.

… 자신께서는 영원히 수령님의 전사로 살것이라고 뜨겁게 말씀하셨습니다. 그러시면서 장군님께서는 빠른 시일안에 수령님께서 탄생하신 1912년을 원년으로 하는 주체년호와 4월 15일을 태양절로 제정하여 어버이수령님의 력사는 억만년 무궁할것이라는것을 온 세상에 선포하자고 하시였습니다.

끓어오르는 흥분을 억제하지 못하고 오진우 자리에서 일어나 창가로 다가간다.

오진우: 아, 동서고금 어느 나라에 자기 선대 수령을 이렇듯 고귀한 도덕과 의리로, 진실한 마음으로 받든 분이 있었소.

자리에서 일어나 오진우를 감동깊게 바라보는 책임서기.

책상우에 나란히 모셔진 영상사진을 바라보는 오진우.

어버이수령님과 군복을 입으신 오진우동지와 나란히 서서 찍은 사진과 경애하는 장군님께서 오진우동지와 꼭같은 흰 양복을 입으시고 찍으신 사진이다.

사진을 바라보며 말하는 오진우.

그래… 그래… 10년은 넘었지. … 그분과 함께 이 사진을 찍은 때가… 장군님께서는 자신의 생신날에 나에게 흰옷을 입혀주시면서 한생을 백옥같이 순결한 마음으로 수령님을 받드는 전사가 되자고 이 손을 잡구 말씀하셨지. … 헌데… 이게 뭐요.[5]

'백옥같이 순결한 마음으로 장군님을 받드는 전사가 되자'는 다짐이 흰색 양복에 담겨져 있는 것이다.

---

5. 김문선(2009. 7), 79쪽.

영화 〈백옥〉을 통해 찾고자 했던 모범적인 인물이 바로 오진우였다. 영화 〈백옥〉에서는 오진우를 무한으로 충직했던 혁명가로 규정한다. "우리 혁명의 첫기슭에서부터 위대한 수령님과 경애하는 장군님께 무한히 충직했던 혁명가 오진우. 투사는 갔어도 위대한 동지이시며 위대한 인간이신 우리 장군님의 숭고한도덕의리에 떠받들려 그의 혁명가의 빛나는 귀감으로 영생하고 있다"[6]는 언급을 통해 '무한히 충직한' 인물상이 필요하였다.

2) 최고지도자의 동지애

예술영화 〈백옥〉의 인간상은 오진우에 대한 충정과 함께 원로를 대하는 김정일의 이미지 상징화가 동시에 진행된다. 죽음을 앞두고 투병 중인 오진우에 대해서 김정일은 최대한의 정성과 예우를 다하는 모습으로 설정되어 있다. 이러한 의도는 지도자에 대한 맹목적인 충정이라는 일방향성을 보완하며, 동지애라는 이미지 부각에 기여한다. 영화 〈백옥〉에서는 몇 가지 에피소드를 통해 오진우와 김정일의 관계를 상징적으로 보여준다. 병석에 누워 있는 오진우를 아끼는 김정일에 대한 에피소드이다.

> 부장동지, 방금 장군님께서는 총참모장동지와 함께 여기 정
> 문까지 오시여 차에서 전화를 하셨습니다.
> 순간 굳어지는 오진우.
> 예?!
> 최광이 이야기한다.
> 장군님께서는 자신께로 치료중인 오진우동지를 만나시면 오

---

6. 김문선(2009. 8), 80쪽.

진우동지가 지나치게 흥분해서 오히려 건강이 악화될것 같다고, 또 오진우동지가 혹시 자기 병이 마지막기로에 왔다고 생각하면서 약도 안 드시구 식사도 안하고 맥을 놓으면 어쩌냐구 하시면서 오래동안 찬눈을 맞으시며 서 계시다가 오신 걸음을 힘들게 돌리시였습니다.

끝내 격정을 터뜨리는 오진우.

아, 장군님!

책임서기가 계속하여 이야기한다.

장군님께서는 여기 오시기 전에 금수산기념궁전에 가시여 수령님곁에 오래동안 계셨습니다. 장군님께서는 수령님의 혁명력사를 총화해보니 우리 혁명은 총대로 개척되고 총대로 승리해온 총대중심의 력사였다고 하시면서 자신께서는 인민군대를 혁명의 주력군으로 내세우고 인민군대에 의거해서 수령님께서 개척하신 혁명위업을 끝까지 완성할 굳은 맹세를 다지시였습니다.

숭엄한 감정에 휩싸이는 오진우.[7]

오진우가 있는 병원까지 온 김정일이 차마 병실에 들르지 못하고 전화로 안부를 전화를 묻고는 눈을 맞으며 걱정만 하다가 돌아갔다. 오진우의 병세가 걱정이 되어 병원까지 왔지만 자신을 본 오진우가 흥분하여 건강을 해치거나 병이 막바지에 왔다고 넋을 놓아버릴까 걱정하였다는 것이다. 병원에 왔지만 차마 병실에 들어가지 못하고 "오래동안 찬눈을 맞으시며 서 계시다가 오신 걸음을 힘들게 돌리시였"다는 것이다. 최

---

7. 김문선(2009. 8), 79쪽.

고지도자인 김정일이 오진우와 같은 노혁명가를 대하는 마음이 얼마나 깊은지를 보여주기 위한 설정이다.

3) 사실화의 장치

영화 〈백옥〉은 예술영화이다. 예술영화이면서도 기록영화의 장면을 활용하였다. 영화의 마지막은 오진우의 장례식인데, 장례식 장면은 오진우의 장례식 기록영상이 길게 이어진다. 시신이 안치된 곳에 화환과 장갑차에 영구가 실려 평양 시내를 가로질러 혁명렬사릉으로 가는 영상 기록이 그대로 보여진다. 도로변에 나온 시민들의 모습이며, 김정일의 화환, 오진우의 흉상(胸像), 인민군 사열대의 예포 등은 최고 대우로 치른 장례의 절차를 모두 보여준다.

장면 캡처

오진우에 대한 예의가 각별하였다는 것을 보여주는 설정이다. 오진우에 대한 김정일의 극진한 대우는 새해를 맞이하였을 때, 먼저 전화하는 에피소드로도 확인된다.

김정일은 몸이 아파 새해 인사에 오지 못한 오진우에게 전화하였다. 전화를 받은 오진우는 "경애하는 장군님께서는 나이가 아래인 사람이 나이 많은 사람에게 세배를 하는 것이 세상인륜이라고 하시며 오진우동지에게 먼저 전화로 세배인사"를 하였다면서 감격해하였다. 더욱 놀라운 설정은 김정일이 병원 문 앞까지 와서 찬 눈을 맞으면서 걱정하다가 전화만 하고 돌아갔다는 설정이다.

김정일이 병원까지 와서 전화를 한 것도 '항일의 로투사'를 위한 배려였다. 김정일이 병원에 들른 것은 새해 인사를 하는 자리에 오진우가 없었기 때문이었다. 오진우는 '자신의 병든 모습을 보여드릴 수 없어서' 새해 인사를 가지 않았던 것이었는데, 김정일이 와서 먼저 전화를 해서 안부를 물었던 것이다. 전화를 걸어 새해 인사를 하는 김정일에 대해서 오진우는 "조상 대대로의 례법"을 운운하면서 만류한다. 이런 오진우에 대해서 김정일은 '세상인륜'을 내세우면서 먼저 전화로 세배인사를 하였다고 설명한다.[8] 유교적 질서와 가치를 연계하여 체제 구성원들을 태생적으로 절대적인 관계로 재설정할 때 가능하다. 김정일은 오진우를 어른을 대하는 공경의 예로 대하였고, 오진우는 김정일에 대해 충성으로 대하였다. 유교적 전통으로서 주군과 충복의 아름다운 질서를 드러내고자 한 것이다.[9]

이러한 설정이 사실을 기초로 한 것인지를 확인할 수는 없다. 권력 깊은 곳에서 벌어진 일이다. 김정일과 오진우의 관계를 보여주기 위한 설정이다. 예술영화이기 때문에 이러한 설정은 가능하다. 북한에서 예술적

---

8. "경애하는 장군님께서 걸어오신 전화를 격정에 넘쳐 받던 오진우동지가 황황히 장군님의 말씀을 막아선다.《아, 안됩니다. 그것만은 안됩니다. 어찌 조상 대대로의 례법을 어기시려 하십니까? 예?》오진우동지가 그토록 만류하였지만 경애하는 장군님께서는 나이가 아래인 사람이 나이 많은 사람에게 세배를 하는 것이 세상인륜이라고 하시며 오진우동지에게 먼저 전화로 세배인사를 보내주신다. 항일의 로투사이며 인민무력부장 오진우동지는 끝내 솟구쳐오르는 격정을 터뜨리고만다. 이것은 예술영화〈백옥〉의 한 장면이다. 경애하는 장군님을 구 누구보다도 제일먼저 뵙고싶은 오진우동지였건만 새해의 첫 아침 불치의 병으로 오랜 침상속에서 수척해진 얼굴을 장군님께 보여드릴수가 없어 애써 자신을 다잡으며 그리움의 눈물을 짓고있었던것이었다." 황봉성, 「〈백옥〉이 낳은 불굴의 정신력」, 『조선예술』, 2009. 9(평양: 문학예술출판사, 2009. 9), 58쪽.
9. 북한의 유교적 질서와 체제의 상관성에 대해서는 한승대, 「북한의 정치적 의례에 관한 연구-지도자의 기념일을 중심으로」(동국대학교 북한학과 박사학위논문, 2017) 참고.

상상력은 사실적 사건 사이의 공백을 채워주는 기능을 한다. 실제적 사건과 사건 사이의 공백을 상상력으로 메운다. 영화 〈백옥〉이 기록영화가 아닌 예술영화로 제작된 이유도 기록영화로는 채울 수 없는 감정의 선을 확장하기 위한 선택으로 판단된다. 기록영화에서는 할 수 없는 상상의 설정을 통해 감정의 선을 확장한 것이다.

예술영화이면서도 사실적 자료와 영상을 활용함으로써 기록영화로 받아들이는 효과가 있다. 예술영화 〈백옥〉에 활용된 사진 자료와 영상을 활용하여 영화적 허구와 사실로서 실사를 교묘히 배치함으로써 영화가 아닌 다큐로서 인식하도록 구성하였다.

3. '백옥' 담론의 확산과 정치화

1) '백옥'과 '옥쇄(玉碎)'

예술영화 〈백옥〉의 모티브는 "위대한 장군님께서 인민무력부장이었던 오진우동지와 함께 흰옷을 꼭같이 입으시고 찍은 한 장의 뜻깊은 사진"이다. 흰 양복을 나란히 입은 것은 '숭고한 도덕의리와 동지애, 위대한 사랑'[10]이다. 전통적으로 의리와 충정을 상징하는 '흰색'의 순결함이 상징의 출발이라고 할 수 있다.

그러나 영화의 제목인 〈백옥〉은 단순한 충정의 차원을 넘어선다. 백옥은 순결한 의미로서 '흰색'을 넘어선다. '백옥'이 상징하는 이미지는 '흰색'을 넘어 온통 흰색으로만 결정되어 있는 옥(玉)과 같이 겉과 속이 한결

---

10. "예술영화 〈백옥〉은 명실공히 경애하는 장군님께서 오진우동지에게 돌려주신 숭고한 도덕의리와 동지애, 위대한 사랑이 담긴 한 장의 사진이 그대로 〈백옥〉이라는 종자의 핵으로 된 것이며 문학적이야기로 깊은 감명을 불러일으킬수 있었다." 김문선, 「'창작수기' 위대한 사랑이 〈백옥〉을 찾아주셨다」, 『조선예술』, 2009. 9(평양: 문학예술출판사, 2009. 9), 31쪽.

같다는 것이다. 동양에서 '옥'은 굳음을 상징한다. '옥쇄(玉碎)'라는 말이 있다. 옥쇄는 '옥처럼 아름답게 부서진다'는 의미이다. 명예나 충절을 위한 순결한 죽음을 의미한다. 〈백옥〉에는 옥쇄의 이미지가 반복된다.

> 앞상을 내리치며 웨치는 오진우.
> … 누가 동무더러 군복을 벗으라고 했소? 누가 전장을 버리구 달아나라구 했는가?
> 자리에서 일어나 고개를 숙이는 신대철
> 일어서서 신대철이를 추궁하는 오진우.
> 어지러워졌소. 그 마음이 어지러워졌소. 지금 같은 때에 더 어려운 일이 자기 신상에 닥쳤다해도 군인으로서 오로지 전장에서 죽을 각오를 가지고 장군님을 보위해야 할 동무가 군복을 벗을 생각을 하다니, …
> 창가로 다가가는 오진우.
> … 사람은 어려운 때 본색이 드러난다고 했소. … 새겨두오. 백옥은 부서져두 흰빛을 잃지 않는다고 했소. …[11]

영화에서 오진우가 간직한 '백옥'의 의미는 '백옥은 부서져두 흰빛을 잃지 않는다'는 것이다. 그렇기에 부서져도 깨어져도 한결같이 흰빛을 잃지 않는 백옥의 상징은 영화 〈백옥〉의 주제가에서도 확인된다.

영화 〈백옥〉의 주제는 "백옥은 부서진대도 그 빛을 잃지 않네/ 태양을 받들어 전사는 한길 가리/ 한없이 귀중한 의리를 지키여"[12]이다. 백옥의 상징과 의미는 마지막 순간까지 최고지도자에 대한 충성의 마음

---

11. 김문선(2009. 8), 68쪽.
12. 김문선(2009. 8), 75쪽.

을 버리지 않았던 오진우의 죽음을 해석하면서 '백옥철학'으로 확대한다. 영화 〈백옥〉에 대한 평가를 통해서 확인할 수 있다. "영화는 수령의 위업을 받드는 길에서 새 세대 지휘성원들이 부서져도 그 빛을 잃지 않은 백옥같은 깨끗한 충실성을 지니도록 교양하고 로혁명가로서의 의무와 도리는 다하는 투사의 형상을 통하여 령도자와 전사간의 뜨거운 동지애와 숭고한 도덕의리의 세계를 예술적화폭으로 감동깊게 펼쳐보여주고 있다"[13]는 평가를 받았다. 이러한 평가 속에서 오진우의 일생은 충정의 화신, 백옥철학의 실천자로 규정되었다.[14]

2) 영화 '백옥'에서 '백옥' 철학으로

영화 〈백옥〉의 상징과 의미는 영화로 그치지 않고, 최고지도자에 대한 충성을 상징하는 시대정신으로 확대되었다. 지도자에 대한 변함없는 충성의 상징은 '흰눈'이었다. 김정일이 사망한 직후인 2011년 12월 22일자 『로동신문』은 김정은을 '동지'로 호명하면서 '숭고한 흰눈철학의 순결한 계승'을 강조하였다. 『로동신문』에서 말하는 흰눈철학은 '백두의 혈통'으로 이어온 지도자들의 '흰눈세계의 아름다움과 고상함', '고결한 인생관'이었다. 흰눈은 아름다움과 고상함을 상징하였다.

> 흰눈세계의 아름다움과 고상함, 최고의 가치를 가지는 그 고
> 결한 인생관은 오늘 세월을 넘어 백두의 혈통으로 맥맥히 이어
> 지고 있다. 희천발전소의 룡림언제를 비롯한 여러 단위에 대한

---

13. 김문선(2009. 7), 41-42쪽.
14. "예술영화 〈백옥〉(영화문학 '김일성상' 계관인 김문선, 연출 인민 예술가 강중모)은 항일전의 그 나날로부터 1990년대에 이르는 오랜 기간 당과 군대의 책임적인 지위에서 어버이 수령님과 경애하는 장군님을 충직하게 받들어온 항일혁명투사 오진우 동지를 형상한 작품." 「백옥같은 충정의 인간이 되라!… 선군시대 충실성 교양의 산 교과서 예술영화 〈백옥〉(제1, 2부)에 대하여」, 『로동신문』, 2009. 5. 25

현지지도의 길에서 환호하는 인민군군인들과 인민들에게 우리 장군님 태양의 미소를 보내실 때면 그뒤에서 말없이 박수를 치시는 존경하는 김정은동지의 모습에서 우리는 숭고한 흰눈 철학의 순결한 계승을 보았다.[15]

예술영화 〈백옥〉의 마지막 부분에서 오진우는 사진 속에서 김정일과 함께 입었던 그 흰옷을 입고 지도자가 있는 곳을 향하여 달려가면서 죽음을 맞이하는 장면이 나온다. 장군님과 꼭 같은 흰색으로 시작하여, 그 흰옷을 입고, 눈보라 속으로 '장군님 따라 끝까지' 달려가 죽음을 맞이한다.[16] 이 장면에서 오진우의 죽음은 실제를 넘어 판타지로 작동한다. 문학적 수사로 만들어진 '충성의 신화'가 된 것이다. 충성의 신화는 밀실을 넘어 광장으로 향한다. 흰눈철학이 지도자의 세계관을 상징하였다면, 백옥은 지도를 향한 무한하고 절대적인 충정의 자세를 의미하는 코드로 자리매김하였다.

영화 〈백옥〉에 대한 평가에서 '백옥철학'이라는 용어가 등장하였다. '백옥'이 철학이자 가치관으로 자리 잡게 된 것은 영화 〈백옥〉에 대한 긍정적인 평가 때문이었다. 영화 〈백옥〉은 "백옥의 본색은 부서지는 그 순간에도 자기의 빛을 잃지 않듯이 영화는 오진우동지의 한생의 마지막시

---

15. 『로동신문』, 「《눈이 내린다》 노래를 들으며」, 2011. 12. 22.
16. 영화 〈백옥〉에서 오진우의 죽음은 다음과 같이 설정되어 있다.
　"눈보라치는 최전연의 들길로 달리는 오진우의 승용차.
　눈보라치는 들길로 달리는 오진우의 승용차.
　눈보라를 헤치며 달리던 오진우의 승용차가 멎는다. 여기에 들리는 학범부관의 소리.
　부장동지, 이 이상 더는 안되겠습니다. 돌아섭시다. 예? 부장동지!
　노래 〈동지애의 노래〉의 음악이 울린다.
　오진우의 소리.
　가야 해. … 장군님 따라… 끝까지….
　노을속에 서있는 오진우의 승용차.
　오진우의 소리.
　끝까지 가야 해…."

기에 비낀 충정의 세계를 형상속에 깊이 있게 펼쳐보여줌으로 하여 그의 한생의 전모를 알게 한다", "부서져도 흰빛을 잃지 않는 백옥과 같이 티 없이 맑고 깨끗한 마음으로 경애하는 장군님을 절대적으로 모시고 따르는 주인공의 투철한 사상정신세계를 감명깊게 펼쳐 보인" 작품이라는 평가를 받았다.[17] 이러한 평가 속에 "예로부터 부서져도 그 빛을 잃지 않는 백옥은 순결의 상징으로 깨끗한 인간이 생과 결부되어왔다"[18]는 것을 명분으로 '백옥은 부서져도 흰빛을 잃지 않는다'는 '백옥철학'으로 규정되었다.

> 무릇 시대를 대표할 만한 명작에는 사람들의 운명문제에 심오한 해답을 주는 고귀한 인생철학이 담긴다.
> 예술영화 〈백옥〉 제1, 2부가 그토록 지울수 없는 감동을 안겨주고 강렬한 공감을 불러일으키는 것은 작품에 담겨진 심오한 철학성 때문이다.[19]

'백옥철학'은 이후 '계승의 철학'으로 자리매김하였다. "백옥철학은 계승의 철학이기도 하다. 혁명은 계승으로 이어지며 계승되지 못하는 충정과 의리는 진정한 것으로 되지 못한다. 영화는 오진우동지가 지닌 백옥의 세계를 계승의 대를 잇는 문제와 직결시킨 것으로 하여 더욱 큰 철학적 무게를 가진다"[20]고 평가하였다. 영화 〈백옥〉이 영화의 제목을 떠나 하나의 담론으로 자리 잡게 된 이유이다.

---

17. 심영택, 「(평론) 백옥은 부서져도 흰빛을 잃지 않는다」, 『조선예술』 2009. 9(평양 : 문학예술출판사, 2009. 9), 61쪽.
18. 심영택, 앞의 글, 61쪽.
19. 심영택, 앞의 글, 61쪽.
20. 심영택, 앞의 글, 6쪽.

영화 〈백옥〉이 상영된 이후 전국적인 반향을 대대적으로 보도하였다. 예술영화 〈백옥〉에 대해 북한 언론은 '2009년을 빛낸 주체의 선군예술의 하나'[21], '우리 군대와 인민들속에서 커다란 반향을 불러일으킨' 작품으로 소개하였다.[22] 2009년 주요 언론을 통해 소개된 내용으로는 「예술영화 〈백옥〉(제1, 2부)에 대한 주체적 문예사상 연구모임」, 『로동신문』(2009. 5. 21)', 「백옥같은 충정의 인간이 되라!… 선군시대 충실성 교양의 산 교과서 예술영화 〈백옥〉(제1, 2부)에 대하여」, 『로동신문』(2009. 5. 25)', 「삶의 순간순간을 백옥처럼 순결하고 빛나게 살자… 예술영화 〈백옥〉에 대한 반향」, 『로동신문』(2009. 6. 3)', 「선군시대 영화예술의 새로운 화폭」, 『문학신문』(2009. 9. 19)', 「우리의 리상이 실현되는 올해를 빛내여 온 주체의 선군혁명문학예술」, 『문학신문』(2009. 12. 26)', '김문선, 「(창작수기) 위대한 사랑이 〈백옥〉을 찾아주셨다」, 『조선예술』(2009년 8호)', '황봉성, 「〈백옥〉이 낳은 불굴의 정신력」, 『조선예술』(2009년 8호)' 등이 있다. 2010년에도 『조선예술』 2010년 2호 고철훈의 「숭고한 도덕의 리와 혁명적 동지애의 세계를 펼쳐보인 〈백옥〉」, 『예술교육』 2010년 3호 박명현의 「백옥같은 충정의 세계를 깊이 있게 보여준 두 지팽이」를 비롯한 지면을 통해 반복적으로 소개되었다. 언론을 통해 표현된 백옥의 이미지는 북한 사회 전체가 공유하는 공적 총체성으로 재규정되고 있다.[23]

영화 〈백옥〉을 직접 소개하지는 않더라도 최고지도자에 대한 충성과 관련한 문건에서는 반드시 등장하는 필수의 문구가 되었다. "시련의 비

---

21. 「우리의 리상이 실현되는 올해를 빛내여온 주체의 선군혁명문학예술」, 『문학신문』, 2009. 12. 26.
22. 「예술영화 〈백옥〉(제1, 2부)에 대한 주체적 문예사상 연구모임」, 『로동신문』, 2009. 5. 21.
23. 가요 〈발걸음〉이 혁명역사의 계승을 공개적으로 정당하고 해명한 것이라면, 영화 〈백옥〉은 최고지도자를 향한 무한충정의 상징으로 융합된 이미지가 된 것이다. '발걸음'과 '길'의 이미지에 대해서는 이지순, 「김정은 시대 북한 시의 이미지 양상」, 『현대북한연구』 16권 1호 (서울: 북한대학원대학교 북한미시연구소, 2013) 참고.

장면 캡처

바람을 헤쳐가야 할 성스러운 혁명의 길에 이 신념의 기둥을 새길 때 수령결사옹위의 순간을 위훈으로 빛내일 수 있으며 령도자를 받드는 백옥같은 충정을 지닐수 있다."[24] 등의 표현으로 방송언론, 잡지 등의 매체를 통해 반복되면서, 김정은 시대 인민의 마음가짐, 도덕으로 정착되고 있다.

3) 김정은 시대의 '백옥' 담론

백옥과 관련한 담론은 김정은 시대에도 이어졌다. 『조선문학』 2012년 01호에 실린 황명성의 시 〈새해의 소원〉에는 '천만군민의 백옥같은 마음'이라는 문구가 나온다.

새해의 소원은 오직 하나
천만군민의 백옥같은 마음속에
억척불면의 신념과 의지를 담아
김정일장군님의 태양상 우러러 드리는 인사
해와 달이 다하도록 세월이 다하도록

---

24. 이러한 예로는-「주체100년사에 빛나는 명작-당에 대한 신념의 맹세 〈영원히 한길을 가리라」, 『로동신문』, 2011. 12. 15.

김정일장군님이시여
영생하시라 길이길이 영생하시라!
김정은동지이시여 부디 건강하시라

백옥의 상징과 이미지, 충정을 의미하는 문구로서 김정은 시대에도 통용되고 있다는 것을 알 수 있다. 주목하는 문건으로 김정은의 감사문이 있다. 2012년 12월 17일 김정은의 명의로 나간 감사문「금수산태양궁전을 주체의 최고성지로 훌륭히 꾸리는데 온갖 지성을 다 바친 전체 인민군장병들과 인민들에게」에서 금수산태양궁전을 새롭게 꾸린 것에 대해 감사하면서 "금수산태양궁전은 단순한 건축예술의 산물이 아니라 자기 수령에 대한 우리 당과 군대와 인민의 백옥같은 충정과 숭고한 도덕의리심이 낳은 수령영생의 대기념비이며 온 나라 천만군민의 마음과 마음이 합쳐져 대하처럼 흐르는 혁명의 성지"라고 하였다. 김정은의 공식 문건을 통해서 인민의 충성을 표상하는 용어로서 '백옥같은 충정'이 언급되었다.[25]

또한 영화〈백옥〉은 2012년, 2013년, 2014년, 2016년, 2017년 광명성절을 기념하여 열린 '영화상영순간'에 방영되었다. 김정일과 관련한 충정의 영화로 고정 레퍼토리가 되었다. 신문이나 잡지의 기사에서도 '백옥'은 인민의 충정하는 표상으로 사용되었다.

「크나큰 사랑과 믿음에 백옥같은 충정을 바쳐온 결사관철의
나날-김일성상계관작품 경희극〈산울림〉공연 500회 돌파」

-『로동신문』, 2012. 10. 16.

---

25. 김정은,「감사문: 금수산태양궁전을 주체의 최고성지로 훌륭히 꾸리는데 온갖 지성을 다 바친 전체 인민군장병들과 인민들에게」,『로동신문』, 2012. 12. 18.

「조선로동당 제4차 세포비서대회에서 한 토론들-당원들과 종업원들이 수령영생위업을 실현하는 성스러운 사업에 백옥같은 충정을 다 바쳐나가도록 하겠다.」

-『로동신문』, 2013. 1. 29.

「천만군민의 백옥같은 충정의 세계가 뜨겁게 흐르는 시대의 명곡」-『조선예술』, 2015년 6호

「백옥같은 충정의 마음을 다 바쳐-위대한 수령님들의 동상을 높이 모시는 사업에 뜨거운 지성을 바친 황해남도인민들」

-『로동신문』, 2015. 12. 18.

「천만군민의 백옥같은 충정이 펼쳐놓을 위인칭송의 꽃바다 -제20차 김정일화축전 준비사업 마감단계에서 활발」

-『로동신문』, 2016. 2. 6.

「백옥같은 충정으로 이어진 날과 달-평안남도김일성화김정일화위원회 김정일화온실에서」-『로동신문』, 2016. 2. 13.

전철주 특파기자, 「백두의 혈통을 천만년 길이 받들어갈 백옥같은 충정의 세계-지난 10여년간 백두산기슭에서 광명성절 경축 얼음조각축전을 펼친 618건설돌격대 인민보안부려단 지휘관들과 돌격대원들」-『로동신문』, 2016. 2. 1.

이 외에도 다양한 곳에서 '백옥'은 충정을 의미하는 상징으로 활용되

었다. 언론 보도뿐만 아니라 가요, 동시 등에서도 백옥은 충정의 표상으로 활용되었다. 김진주의 「(가사) 백옥처럼 참대처럼」, 『문학신문』(2014. 4. 15), 장용환의 「(동시) 백옥덩이」 『아동문학』(2014년 12호), 「백옥같은 충정을 안고」(천리마, 2014년 5호) 등에서 '백옥'은 충성을 상징하는 용어로 사용되고 있다.

대표적인 가요로는 2015년 모란봉악단의 가사 〈죽어도 혁명신념 버리지 말자〉, 〈날아가다오 그리운 내 마음아〉가 있다. 〈죽어도 혁명신념 버리지 말자〉는 〈가리라 백두산으로〉와 함께 2015년 6월의 모란봉악단의 공연에서 가장 강조되었던 신곡이었다. '위대한 김정은 시대의 빨치산가요, 새 세기의 혁명가요'라는 평가 속에서 〈적기가〉와 〈혁명군의 노래〉에 비견될 정도로 주목받는 가요이다.[26] 2015년 6월에 있었던 '제5차 훈련일꾼대회 참가자를 위한 모란봉악단 축하공연'에서 가장 강조된 곡도 〈죽어도 혁명신념 버리지 말자〉였을 정도로 주목하는 가요이다.[27] 모란봉악단의 새 노래 〈날아가다오 그리운 내 마음아〉에 대한 해석에서도 백옥같은 충정이 등장한다.[28]

2015년 3월 10일 『로동신문』 기사 「백두의 혁명정신, 백두의 칼바람정신으로 살며 투쟁하자」에서는 혁명일화총서 『선군태양 김정일장군』의 〈백옥, 소나무, 참대〉와 관련한 대목에서도 등장한다.[29] 최고지도자의 혁명일화와 연관된다는 것은 상징과 권위가 일종의 경전적인 표현으로 인정받았다는 것을 의미한다.

---

26. 「위대한 김정은 시대의 빨치산가요, 새 세기의 혁명가요」, 『로동신문』, 2015. 6. 5.
27. 〈죽어도 혁명신념 버리지 말자〉의 2절에 '백옥'이 등장한다. 가사는 다음과 같다. "키워준 품 받드는 량심도 의리도/ 순간도 변심을 모르는 신념으로 빛나더라/ 죽어도 혁명신념 버리지 말자/ 부서져 가루돼도 흰빛을 잃지 않는 백옥 백옥처럼."
28. "3절은 오늘 우리 시대 인간들의 영웅적 투쟁과 위훈의 밑바탕에 과연 무엇이 소중히 자리 잡고 있으며 령도자에 대한 백옥같은 충정이란 어떤 것인가에 대하여 격조 높이 해명하고 있다." 「모란봉악단의 새 노래 〈날아가다오 그리운 내 마음아〉」, 『로동신문』, 2014. 3. 29.

2017년 1월에 사망한 인민예술가 구승해의 사망을 보도한『로동신문』 기사에서도 "구승해 동지는 한생을 당과 수령에 대한 백옥같은 충정을 지니고 수많은 명곡창작으로 우리 당사상사업과 주체음악예술발전에 커 다란 기여를 한 재능 있는 창작가이다"고 하였다.[30] 이처럼 김정은 시대 로 오면서 '백옥'은 충정을 상징하는 용어, 충정의 가치관을 의미하는 '백옥철학'으로 자리 잡았다고 평가할 수 있다. '백옥'을 확산하기 위한 정책도 진행 중이다.

4. 결론

국가 권력에 의해 이루어지는 애도-원호의 의례는 주체가 그 의례 의 수행에 목적의식적으로 개입하는 또 하나의 정치행위이다.[31] 예술영 화 〈백옥〉은 오진우의 생애 마지막을 배경으로 한 영화이다. 실존인물 을 소재로 하였고, 구체적인 사료를 동원하면서 사실성을 강조한다. 실 제 오진우의 장례식 장면이 마지막 상당 부분을 차지한다. 예술영화보 다는 기록영화에 가까운 형식을 빌리고 있다. 영화상의 설정은 병이 들 어 마지막을 보내는 장면에서 보여준 오진우의 충성은 현실과 동떨어진

29. "수령이 령도하는 혁명위업에 한 몸 바칠 결심을 품고 나선 혁명가라면 부서져도 빛을 잃 지 않는 백옥처럼 뼈가 부서져 가루가 될지언정 자기의 신념을 잃지 말아야 하고 눈 속에 파묻혀도 푸름이 변하지 않는 소나무처럼 철창 속에서 일생을 마칠지언정 자기의 신념을 버리지 말아야 하며 불에 타도 곧음을 굽히지 않는 참대처럼 불에 타죽을지언정 자기의 신념을 굽히지 말아야 한다. 바로 이런 신념이 맥박치는 것으로 하여 백두의 혁명정신, 백 두의 칼바람정신이 그렇듯 고귀하고 우리 혁명의 영원한 명맥으로 되고 있는 것이다."「백 두의 혁명정신, 백두의 칼바람정신으로 살며 투쟁하자」,『로동신문』, 2015. 3. 10.
30. 「구승해 동지의 서거에 대한 부고」,『로동신문』, 2017. 1. 25.
31. 김봉국,「이승만 정부 초기 애도-원호정치: 애도의 독점과 균열, 그리그 그 양가성」, 이 영진 외 지음,『애도의 정치학-근현대 동아시아의 죽음과 기억』(파주: 도서출판길, 2017), 129쪽.

이미지이거나 어긋난 이미지일 수 있다. 그러나 죽음에 대한 국가적 차원의 애도(哀悼)와 의미 부여를 통해 현실에서의 '오진우' 이미지는 제거된다. 오진우는 충정과 최고지도자를 향한 일심(一心)의 충정으로 재탄생한다. 이렇게 재탄생된 신화화된 이미지를 공유한다. 감성과 기억의 공동체가 만들어지는 과정이다.

평양시내 곳곳을 돌면서 치러진 오진우의 장례식은 장례식 자체가 인민들에게는 배움이자 학습의 시간이었다. 영화 〈백옥〉은 이렇게 재구성된 오진우의 일대기 속에 영화적 허구와 사실적 영상을 교차함으로써 새로운 기록으로서 역사가 되었다. "역사에서 의미를 부여하는 것은 현재를 사는 사람들이다."[32] 기록이란 언제나 후에 이루어진다. 지나간 기록에 의미를 부여하는 것은 역사를 새롭게 만드는 과정이다. 영화 〈백옥〉을 통해 오진우는 김정일에 대해 온전히 충성한 인물로서 역사가 되었다.

김정일의 건강이 악화된 2008년 이후 북한에서는 김정은으로의 후계를 위한 포석을 놓기 시작하였다. 우선적으로 작동한 것은 문화였다. 김정일에서 김정은으로의 후계는 김일성으로부터 김정일로 이어지는 것과는 다른 방식이었다. 김정일은 후계자로서의 능력에 초점을 맞추었다. 수령의 사상을 가장 잘 이해하는 인물로서 후계의 명분을 삼았다. 김일성과 김정일은 수령과 후계자의 구도였다.

이런 상황에서 맞이하게 된 김정일과 김정은의 후계 구도는 논리적인 취약점을 안고 있었다. 수령과 후계자의 관계를 다시 확장하여, '수령과 후계자, 후계자의 후계자'의 구도로 갈 수는 없었다. 이 과정에서 전략적으로 유교적 윤리인 충(忠)을 동원하였다. 김일성과 김정일 체제에 충성

---

32. 박해용, 『역사에서 발견한 CEO 언어의 힘』(서울: 삼성경제연구소, 2006), 66쪽.

했던 인물들의 모습을 영화를 통해 재현함으로써 유훈을 받든 충신의 이미지를 중첩시키고자 하였다.

이들 영화 중에서 예술영화 〈백옥〉과 오진우는 후계 과정에서 가장 필요로 하는 상징과 이미지였다. 2016년 5월 강석주의 부고를 전하면서도 "강석주 동지는 당과 수령에 대한 백옥같은 충정을 지니고 생명의 마지막 순간까지 당의 령도에 무한히 충실하였다"고 하였고, 작곡가 구승해의 사망을 전하면서도 "구승해 동지는 한생을 당과 수령에 대한 백옥같은 충정을 지니고 수많은 명곡"을 창작하였다고 하였다. 영화 〈백옥〉으로부터 본격화된 '백옥담론'은 "흰빛을 잃지 않는" 의례적인 문구로 김정은 시대 충정을 상징하는 상징으로 자리 잡았다.

삶의 행복을 꿈꾸는 교육은 어디에서 오는가?

미래 100년을 향한 새로운 교육 혁신교육을 실천하는 교사들의 필독서

▶ 교육혁명을 앞당기는 배움책 이야기
혁신교육의 철학과 잉걸진 미래를 만나다!

한국교육연구네트워크 총서

 01 핀란드 교육혁명
한국교육연구네트워크 엮음 | 320쪽 | 값 15,000원

 02 일제고사를 넘어서
한국교육연구네트워크 엮음 | 284쪽 | 값 13,000원

 03 새로운 사회를 여는 교육혁명
한국교육연구네트워크 엮음 | 380쪽 | 값 17,000원

 04 교장제도 혁명
한국교육연구네트워크 엮음 | 268쪽 | 값 14,000원

 05 새로운 사회를 여는 교육자치 혁명
한국교육연구네트워크 엮음 | 312쪽 | 값 15,000원

 06 혁신학교에 대한 교육학적 성찰
한국교육연구네트워크 엮음 | 308쪽 | 값 15,000원

 07 진보주의 교육의 세계적 동향
한국교육연구네트워크 엮음 | 324쪽 | 값 17,000원
2018 세종도서 학술부문

 08 더 나은 세상을 위한 학교혁명
한국교육연구네트워크 엮음 | 404쪽 | 값 21,000원
2018 세종도서 교양부문

 09 비판적 실천을 위한 교육학
이윤미 외 지음 | 448쪽 | 값 23,000원

 **10 마을교육공동체운동:
세계적 동향과 전망**
심성보 외 지음 | 376쪽 | 값 18,000원

한국교육연구네트워크 번역 총서

 01 프레이리와 교육
존 엘리아스 지음 | 한국교육연구네트워크 옮김
276쪽 | 값 14,000원

 02 교육은 사회를 바꿀 수 있을까?
마이클 애플 지음 | 강희룡·김선우·박원순·이형빈 옮김
356쪽 | 값 16,000원

 **03 비판적 페다고지는
세상을 변화시킬 수 있는가?**
Seewha Cho 지음 | 심성보·조시화 옮김 | 280쪽 | 값 14,000원

 04 마이클 애플의 민주학교
마이클 애플·제임스 빈 엮음 | 강희룡 옮김 | 276쪽 | 값 14,000원

 05 21세기 교육과 민주주의
넬 나딩스 지음 | 심성보 옮김 | 392쪽 | 값 18,000원

 **06 세계교육개혁:
민영화 우선인가 공적 투자 강화인가?**
린다 달링-해먼드 외 지음 | 심성보 외 옮김 | 408쪽 | 값 21,000원

 07 콩도르세, 공교육에 관한 다섯 논문
니콜라 드 콩도르세 지음 | 이주환 옮김 | 300쪽 | 값 16,000원

 혁신학교
성열관·이순철 지음 | 224쪽 | 값 12,000원

 행복한 혁신학교 만들기
초등교육과정연구모임 지음 | 264쪽 | 값 13,000원

 서울형 혁신학교 이야기
이부영 지음 | 320쪽 | 값 15,000원

 혁신교육, 철학을 만나다
브렌트 데이비스·데니스 수마라 지음
현인철·서용선 옮김 | 304쪽 | 값 15,000원

 대한민국 교사, 어떻게 가르칠 것인가?
윤성관 지음 | 320쪽 | 값 15,000원

 아이들을 어떻게 가르칠 것인가
사토 마나부 지음 | 박찬영 옮김 | 232쪽 | 값 13,000원

 모두를 위한 국제이해교육
한국국제이해교육학회 지음 | 364쪽 | 값 16,000원

 경쟁을 넘어 발달 교육으로
현광일 지음 | 288쪽 | 값 14,000원

혁신교육 존 듀이에게 묻다
서용선 지음 | 292쪽 | 값 14,000원

 다시 읽는 조선 교육사
이만규 지음 | 750쪽 | 값 33,000원

 대한민국 교육혁명
교육혁명공동행동 연구위원회 지음 | 224쪽 | 값 12,000원

 독일 교육, 왜 강한가?
박성희 지음 | 324쪽 | 값 15,000원

 핀란드 교육의 기적
한넬레 니에미 외 엮음 | 장수명 외 옮김 | 456쪽 | 값 23,000원

 한국 교육의 현실과 전망
심성보 지음 | 724쪽 | 값 35,000원

▶ 비고츠키 선집 시리즈
발달과 협력의 교육학 어떻게 읽을 것인가?

 생각과 말
레프 세묘노비치 비고츠키 지음
배희철·김용호·D. 켈로그 옮김 | 690쪽 | 값 33,000원

 도구와 기호
비고츠키·루리야 지음 | 비고츠키 연구회 옮김
336쪽 | 값 16,000원

 어린이 자기행동숙달의 역사와 발달 I
L.S. 비고츠키 지음 | 비고츠키 연구회 옮김
564쪽 | 값 28,000원

 어린이 자기행동숙달의 역사와 발달 II
L.S. 비고츠키 지음 | 비고츠키 연구회 옮김
552쪽 | 값 28,000원

 어린이의 상상과 창조
L.S. 비고츠키 지음 | 비고츠키 연구회 옮김
280쪽 | 값 15,000원

 비고츠키와 인지 발달의 비밀
A.R. 루리야 지음 | 배희철 옮김 | 280쪽 | 값 15,000원

 수업과 수업 사이
비고츠키 연구회 지음 | 196쪽 | 값 12,000원

 비고츠키의 발달교육이란 무엇인가?
비고츠키교육학실천연구모임 지음 | 412쪽 | 값 21,000원

 비고츠키 철학으로 본 핀란드 교육과정
배희철 지음 | 456쪽 | 값 23,000원

 성장과 분화
L.S. 비고츠키 지음 | 비고츠키 연구회 옮김
308쪽 | 값 15,000원

 연령과 위기
L.S. 비고츠키 지음 | 비고츠키 연구회 옮김
336쪽 | 값 17,000원

 의식과 숙달
L.S 비고츠키 | 비고츠키 연구회 옮김
348쪽 | 값 17,000원

 분열과 사랑
L.S. 비고츠키 지음 | 비고츠키 연구회 옮김
260쪽 | 값 16,000원

 성애와 갈등
L.S. 비고츠키 지음 | 비고츠키 연구회 옮김
268쪽 | 값 17,000원

 관계의 교육학, 비고츠키
진보교육연구소 비고츠키교육학실천연구모임 지음
300쪽 | 값 15,000원

 비고츠키 생각과 말 쉽게 읽기
진보교육연구소 비고츠키교육학실천연구모임 지음
316쪽 | 값 15,000원

 교사와 부모를 위한 비고츠키 교육학
카르포프 지음 | 실천교사번역팀 옮김 | 308쪽 | 값 15,000원

▶ 살림터 참교육 문예 시리즈
영혼이 있는 삶을 가르치는 온 선생님을 만나다!

 꽃보다 귀한 우리 아이는
조재도 지음 | 244쪽 | 값 12,000원

 성깔 있는 나무들
최은숙 지음 | 244쪽 | 값 12,000원

 선생님이 먼저 때렸는데요
강병철 지음 | 248쪽 | 값 12,000원

 서울 여자, 시골 선생님 되다
조경선 지음 | 252쪽 | 값 12,000원

아이들에게 세상을 배웠네
명혜정 지음 | 240쪽 | 값 12,000원

 **행복한 창의 교육**
최창의 지음 | 328쪽 | 값 15,000원

 밥상에서 세상으로
김흥숙 지음 | 280쪽 | 값 13,000원

 북유럽 교육 기행
정애경 외 14인 지음 | 288쪽 | 값 14,000원

 우물쭈물하다 끝난 교사 이야기
유기창 지음 | 380쪽 | 값 17,000원

▶ 4·16, 질문이 있는 교실 마주이야기
통합수업으로 혁신교육과정을 재구성하다!

 통하는 공부
김태호·김형우·이경석·심우근·허진만 지음
324쪽 | 값 15,000원

 미래교육의 열쇠, 창의적 문화교육
심광현·노명우·강정석 지음 | 368쪽 | 값 16,000원

 내일 수업 어떻게 하지?
아이함께 지음 | 300쪽 | 값 15,000원
2015 세종도서 교양부문

 주제통합수업, 아이들을 수업의 주인공으로!
이윤미 외 지음 | 392쪽 | 값 17,000원

 인간 회복의 교육
성래운 지음 | 260쪽 | 값 13,000원

 수업과 교육의 지평을 확장하는 수업 비평
윤양수 지음 | 316쪽 | 값 15,000원
2014 문화체육관광부 우수교양도서

 **교과서 너머 교육과정 마주하기**
이윤미 외 지음 | 368쪽 | 값 17,000원

 교사, 선생이 되다
김태은 외 지음 | 260쪽 | 값 13,000원

 수업 고수들 수업·교육과정·평가를 말하다
박현숙 외 지음 | 368쪽 | 값 17,000원

 교사의 전문성, 어떻게 만들어지나
국제교원노조연맹 보고서 | 김석규 옮김 392쪽 | 값 17,000원

 도덕 수업, 책으로 묻고 윤리로 답하다
울산도덕교사모임 지음 | 320쪽 | 값 15,000원

 수업의 정치
윤양수·원종희·장군 지음 | 280쪽 | 값 14,000원

 체육 교사, 수업을 말하다
전용진 지음 | 304쪽 | 값 15,000원

 학교협동조합,
현장체험학습과 마을교육공동체를 잇다
주수원 외 지음 | 296쪽 | 값 15,000원

 교실을 위한 프레이리
아이러 쇼어 엮음 | 사람대사람 옮김 | 412쪽 | 값 18,000원

 거꾸로 교실,
잠자는 아이들을 깨우는 수업의 비밀
이민경 지음 | 280쪽 | 값 14,000원

 마을교육공동체란 무엇인가?
서용선 외 지음 | 360쪽 | 값 17,000원

 교사는 무엇으로 사는가
정은균 지음 | 292쪽 | 값 15,000원

 교사, 학교를 바꾸다
정진화 지음 | 372쪽 | 값 17,000원

 마음의 힘을 기르는 감성수업
조선미 외 지음 | 300쪽 | 값 15,000원

 함께 배움
학생 주도 배움 중심 수업 이렇게 한다
니시카와 준 지음 | 백경석 옮김 | 280쪽 | 값 15,000원

 작은 학교 아이들
지경준 엮음 | 376쪽 | 값 17,000원

 공교육은 왜?
홍섭근 지음 | 352쪽 | 값 16,000원

 아이들의 배움은 어떻게 깊어지는가
이시이 준지 지음 | 방지현·이창희 옮김 | 200쪽 | 값 11,000원

 자기혁신과 공동의 성장을 위한
교사들의 필리버스터
윤양수·원종희·장군·조경삼 지음 | 280쪽 | 값 14,000원

 대한민국 입시혁명
참교육연구소 입시연구팀 지음 | 220쪽 | 값 12,000원

함께 배움 이렇게 시작한다
니시카와 준 지음 | 백경석 옮김 | 196쪽 | 값 12,000원

 함께 배움 교사의 말하기
니시카와 준 지음 | 백경석 옮김 | 188쪽 | 값 12,000원

 교육과정 통합, 어떻게 할 것인가?
성열관 외 지음 | 192쪽 | 값 13,000원

 학교 혁신의 길, 아이들에게 묻다
남궁상운 외 지음 | 272쪽 | 값 15,000원

 프레이리의 사상과 실천
사람대사람 지음 | 352쪽 | 값 18,000원
2018 세종도서 학술부문

 혁신학교, 한국 교육의 미래를 열다
송순재 외 지음 | 608쪽 | 값 30,000원

 페다고지를 위하여
프레네의 『페다고지 불변요소』 읽기
박찬영 지음 | 296쪽 | 값 15,000원

 노자와 탈현대 문명
홍승표 지음 | 284쪽 | 값 15,000원

 선생님, 민주시민교육이 뭐예요?
염경미 지음 | 244쪽 | 값 15,000원

 어쩌다 혁신학교
유우석 외 지음 | 380쪽 | 값 17,000원

 미래, 교육을 묻다
정광필 지음 | 232쪽 | 값 15,000원

 대학, 협동조합으로 교육하라
박주희 외 지음 | 252쪽 | 값 15,000원

 입시, 어떻게 바꿀 것인가?
노기원 지음 | 306쪽 | 값 15,000원

 촛불시대, 혁신교육을 말하다
이용관 지음 | 240쪽 | 값 15,000원

 라운드 스터디
이시이 데루마사 외 엮음 | 224쪽 | 값 15,000원

 미래교육을 디자인하는 학교교육과정
박승열 외 지음 | 348쪽 | 값 18,000원

 흥미진진한 아일랜드 전환학년 이야기
제리 제퍼스 지음 | 최상덕·김호원 옮김 | 508쪽 | 값 27,000원

 교사를 세우는 교육과정
박승열 지음 | 312쪽 | 값 15,000원

 전국 17명 교육감들과 나눈
교육 대담
최창의 대담·기록 | 272쪽 | 값 15,000원

들뢰즈와 가타리를 통해
유아교육 읽기
리세롯 마리엣 올슨 지음 | 이연선 외 옮김 | 328쪽 | 값 17,000원

 학교 민주주의의 불한당들
정은균 지음 | 276쪽 | 값 14,000원

 교육과정, 수업, 평가의 일체화
리사 카터 지음 | 박승열 외 옮김 | 196쪽 | 값 13,000원

 학교를 개선하는 교장
지속가능한 학교 혁신을 위한 실천 전략
마이클 풀란 지음 | 서동연·정효준 옮김 | 216쪽 | 값 13,000원

 공자뎐, 논어는 이것이다
유문상 지음 | 392쪽 | 값 18,000원

 교사와 부모를 위한
발달교육이란 무엇인가?
현광일 지음 | 380쪽 | 값 18,000원

 교사, 이오덕에게 길을 묻다
이무완 지음 | 328쪽 | 값 15,000원

 낙오자 없는 스웨덴 교육
레이프 스트란드베리 지음 | 변광수 옮김 | 208쪽 | 값 13,000원

 끝나지 않은 마지막 수업
장석웅 지음 | 328쪽 | 값 20,000원

 경기꿈의학교
진흥섭 외 지음 | 360쪽 | 값 17,000원

 학교를 말한다
이성우 지음 | 292쪽 | 값 15,000원

 행복도시 세종, 혁신교육으로 디자인하다
곽순일 외 지음 | 392쪽 | 값 18,000원

 나는 거꾸로 교실 거꾸로 교사
류광모·임정훈 지음 | 212쪽 | 값 13,000원

 교실 속으로 간 이해중심 교육과정
온정덕 외 지음 | 224쪽 | 값 13,000원

 교실, 평화를 말하다
따돌림사회연구모임 초등우정팀 지음 | 268쪽 | 값 15,000원

폭력 교실에 맞서는 용기
따돌림사회연구모임 학급운영팀 지음 | 272쪽 | 값 15,000원

 학교자율운영 2.0
김용 지음 | 240쪽 | 값 15,000원

 그래도 혁신학교
박은혜 외 지음 | 248쪽 | 값 15,000원

 학교자치를 부탁해
유우석 외 지음 | 252쪽 | 값 15,000원

 학교는 어떤 공동체인가?
성열관 외 지음 | 228쪽 | 값 15,000원

 국제이해교육 페다고지
강순원 외 지음 | 256쪽 | 값 15,000원

 교사 전쟁
다나 골드스타인 지음 | 유성상 외 옮김 | 468쪽 | 값 23,000원

 미래교육, 어떻게 만들어갈 것인가?
송기상·김성천 지음 | 300쪽 | 값 16,000원

 인공지능 시대의 사회학적 상상력
홍승표 지음 | 260쪽 | 값 15,000원

 선생님, 페미니즘이 뭐예요?
염경미 지음 | 280쪽 | 값 15,000원

 시민, 학교에 가다
최형규 지음 | 260쪽 | 값 15,000원

 혁신교육지구와 마을교육공동체는 어떻게 만들어지는가?
김태정 지음 | 376쪽 | 값 18,000원

▶ 교과서 밖에서 만나는 역사 교실
상식이 통하는 살아 있는 역사를 만나다

 전봉준과 동학농민혁명
조광환 지음 | 336쪽 | 값 15,000원

 교과서 밖에서 배우는 역사 공부
정은교 지음 | 292쪽 | 값 14,000원

 남도의 기억을 걷다
노성태 지음 | 344쪽 | 값 14,000원

 팔만대장경도 모르면 빨래판이다
전병철 지음 | 360쪽 | 값 16,000원

 응답하라 한국사 1·2
김은석 지음 | 356쪽·368쪽 | 각권 값 15,000원

 빨래판도 잘 보면 팔만대장경이다
전병철 지음 | 360쪽 | 값 16,000원

 즐거운 국사수업 32강
김남선 지음 | 280쪽 | 값 11,000원

 영화는 역사다
강성률 지음 | 288쪽 | 값 13,000원

 즐거운 세계사 수업
김은석 지음 | 328쪽 | 값 13,000원

 친일 영화의 해부학
강성률 지음 | 264쪽 | 값 15,000원

 강화도의 기억을 걷다
최보길 지음 | 276쪽 | 값 14,000원

 한국 고대사의 비밀
김은석 지음 | 304쪽 | 값 13,000원

 광주의 기억을 걷다
노성태 지음 | 348쪽 | 값 15,000원

 조선족 근현대 교육사
정미량 지음 | 320쪽 | 값 15,000원

 선생님도 궁금해하는 한국사의 비밀 20가지
김은석 지음 | 312쪽 | 값 15,000원

 다시 읽는 조선근대 교육의 사상과 운동
윤건차 지음 | 이명실·심성보 옮김 | 516쪽 | 값 25,000원

 걸림돌
키르스텐 세룹-빌펠트 지음 | 문봉애 옮김
248쪽 | 값 13,000원

 음악과 함께 떠나는 세계의 혁명 이야기
조광환 지음 | 292쪽 | 값 15,000원

 역사수업을 부탁해
열 사람의 한 걸음 지음 | 388쪽 | 값 18,000원

 논쟁으로 보는 일본 근대 교육의 역사
이명실 지음 | 324쪽 | 값 17,000원

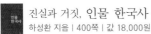
진실과 거짓, 인물 한국사
하성환 지음 | 400쪽 | 값 18,000원

다시, 독립의 기억을 걷다
노성태 지음 | 320쪽 | 값 16,000원

우리 역사에서 사라진 근현대 인물 한국사
하성환 지음 | 296쪽 | 값 18,000원

한국사 리뷰
김은석 지음 | 244쪽 | 값 15,000원

꼬물꼬물 거꾸로 역사수업
역모자들 지음 | 436쪽 | 값 23,000원

경남의 기억을 걷다
류형진 외 지음 | 564쪽 | 값 28,000원

▶ 더불어 사는 정의로운 세상을 여는 인문사회과학
사람의 존엄과 평등의 가치를 배운다

밥상혁명
강양구·강이현 지음 | 298쪽 | 값 13,800원

좌우지간 인권이다
안경환 지음 | 288쪽 | 값 13,000원

도덕 교과서 무엇이 문제인가?
김대용 지음 | 272쪽 | 값 14,000원

민주시민교육
심성보 지음 | 544쪽 | 값 25,000원

자율주의와 진보교육
조엘 스프링 지음 | 심성보 옮김 | 320쪽 | 값 15,000원

민주시민을 위한 도덕교육
심성보 지음 | 500쪽 | 값 25,000원
2015 세종도서 학술부문

민주화 이후의 공동체 교육
심성보 지음 | 392쪽 | 값 15,000원
2009 문화체육관광부 우수학술도서

교과서 밖에서 배우는 인문학 공부
정은교 지음 | 280쪽 | 값 13,000원

갈등을 넘어 협력 사회로
이창언·오수길·유문종·신윤관 지음 | 280쪽 | 값 15,000원

오래된 미래교육
정재걸 지음 | 392쪽 | 값 18,000원

동양사상과 마음교육
정재걸 외 지음 | 356쪽 | 값 16,000원
2015 세종도서 학술부문

대한민국 의료혁명
전국보건의료산업노동조합 엮음 | 548쪽 | 값 25,000원

교과서 밖에서 배우는 철학 공부
정은교 지음 | 280쪽 | 값 14,000원

교과서 밖에서 배우는 고전 공부
정은교 지음 | 288쪽 | 값 14,000원

교과서 밖에서 배우는 사회 공부
정은교 지음 | 304쪽 | 값 15,000원

전체 안의 전체 사고 속의 사고
김우창의 인문학을 읽다
현광일 지음 | 320쪽 | 값 15,000원

교과서 밖에서 배우는 윤리 공부
정은교 지음 | 292쪽 | 값 15,000원

카스트로, 종교를 말하다
피델 카스트로·프레이 베토 대담 | 조세종 옮김
420쪽 | 값 21,000원

한글 혁명
김슬옹 지음 | 388쪽 | 값 18,000원

일제강점기 한국철학
이태우 지음 | 448쪽 | 값 25,000원

우리 안의 미래교육
정재걸 지음 | 484쪽 | 값 25,000원

한국 교육 제4의 길을 찾다
이길상 지음 | 400쪽 | 값 21,000원

왜 그는 한국으로 돌아왔는가?
황선준 지음 | 364쪽 | 값 17,000원

마을교육공동체 생태적 의미와 실천
김용련 지음 | 256쪽 | 값 15,000원

▶ 평화샘 프로젝트 매뉴얼 시리즈
학교폭력에 대한 근본적인 예방과 대책을 찾는다

 학교폭력 어떻게 만들어지는가
문재현 외 지음 | 300쪽 | 값 14,000원

아이들을 살리는 동네
문재현·신동명·김수동 지음 | 204쪽 | 값 10,000원

 학교폭력, 멈춰!
문재현 외 지음 | 348쪽 | 값 15,000원

평화! 행복한 학교의 시작
문재현 외 지음 | 252쪽 | 값 12,000원

 왕따, 이렇게 해결할 수 있다
문재현 외 지음 | 236쪽 | 값 12,000원

마을에 배움의 길이 있다
문재현 지음 | 208쪽 | 값 10,000원

 젊은 부모를 위한 백만 년의 육아 슬기
문재현 지음 | 248쪽 | 값 13,000원

별자리, 인류의 이야기 주머니
문재현·문한뫼 지음 | 444쪽 | 값 20,000원

 우리는 마을에 산다
유양우·신동명·김수동·문재현 지음 | 312쪽 | 값 15,000원

 동생아, 우리 뭐 하고 놀까?
문재현 외 지음 | 280쪽 | 값 15,000원

 누가, 학교폭력 해결을 가로막는가?
문재현 외 지음 | 312쪽 | 값 15,000원

▶ 남북이 하나 되는 두물머리 평화교육
분단 극복을 위한 치열한 배움과 실천을 만나다

 10년 후 통일
정동영·지승호 지음 | 328쪽 | 값 15,000원

 선생님, 통일이 뭐예요?
정경호 지음 | 252쪽 | 값 13,000원

 분단시대의 통일교육
성래운 지음 | 428쪽 | 값 18,000원

 김창환 교수의 DMZ 지리 이야기
김창환 지음 | 264쪽 | 값 15,000원

 한반도 평화교육 어떻게 할 것인가
이기범 외 지음 | 252쪽 | 값 15,000원

▶ 창의적인 협력 수업을 지향하는 삶이 있는 국어 교실
우리말 글을 배우며 세상을 배운다

 중학교 국어 수업 어떻게 할 것인가?
김미경 지음 | 340쪽 | 값 15,000원

 토론의 숲에서 나를 만나다
명혜정 엮음 | 312쪽 | 값 15,000원

 토닥토닥 토론해요
명혜정·이명선·조선미 엮음 | 288쪽 | 값 15,000원

 인문학의 숲을 거니는 토론 수업
순천국어교사모임 엮음 | 308쪽 | 값 15,000원

 어린이와 시
오인태 지음 | 192쪽 | 값 12,000원

 수업, 슬로리딩과 함께
박경숙 외 지음 | 268쪽 | 값 15,000원

 언어던
정은균 지음 | 268쪽 | 값 15,000원

 민촌 이기영 평전
이성렬 지음 | 508쪽 | 값 20,000원

참된 삶과 교육에 관한
생각 줍기